李育善 著

商山草医录

陕西师范大学出版总社 西安

图书代号　WX24N1658

图书在版编目（CIP）数据

商山草医录 / 李育善著. -- 西安：陕西师范大学出版总社有限公司, 2024. 10 -- ISBN 978-7-5695-4587-6

Ⅰ. I253

中国国家版本馆CIP数据核字第2024XM3397号

商山草医录 SHANGSHAN CAOYI LU

李育善　著

出版统筹	刘东风　郭永新
责任编辑	彭　燕
责任校对	舒　敏
封面题字	贾平凹
绘　　图	陈明玉
封面设计	张潇伊
出版发行	陕西师范大学出版总社
	（西安市长安南路199号　邮编 710062）
网　　址	http：//www.snupg.com
印　　刷	西安市建明工贸有限责任公司
开　　本	720 mm × 1020 mm　1/16
印　　张	18
插　　页	5
字　　数	275千
版　　次	2024年10月第1版
印　　次	2024年10月第1次印刷
书　　号	ISBN 978-7-5695-4587-6
定　　价	69.00元

读者购书、书店添货或发现印装质量问题，请与本公司营销部联系、调换。

电话：（029）85307864　85303629　　传真：（029）85303879

序
一本书，一种认知事物的法门

穆 涛

草如人，是有待去认识的。

"卑微如草芥"这句话，是人的自喻。表面看上去，好像是自谦，细究一下，其实是自尊、自恋，或自以为是，是把草看低了。匍匐于地、遍及山野的草，怎么就卑微了，位卑品质就微吗？仅那种基本的生命动能，"野火烧不尽，春风吹又生"的更生力量，就是人怎么都不能比肩的。还有"草民""落草"这两个词，也是对草的失敬。

书法中的草书，对"草"的界定是清醒的："错综变化""造化为师""有呼有应""血脉不断""气象万千""不羁不拘""势来不可止，势去不可遏""或敛束而相抱，或婆娑而四垂，或攒箨而齐整……或落箨而自披""众巧而百态，无尽不奇"。草和人一样，都是芸芸众生。老子说得好，"夫物芸芸，各复归其根。归根曰静，静曰复命。复命曰常，知常曰明"。人需要向草学习，以根为本，知常守常，少些轻率的扶摇而上。

育善兄的《商山草医录》写成了，书里兼容着他的认识和见识，更有他的人生智慧。这部书在创作之初，我们一起讨论了多次，他之前的书，多写秦岭里的民俗风物，志人、志事、志物、志水，这一本，写秦岭里的中医和草药。这个选题方向好，仍是秦岭的大主题，但更独到。凡是入药的草，都是草中的精英，是植物界的有突出贡献者，不仅有益于人，还是野生动物的福音。野生动物界没有医生这样的职业，但动物们各有以药草食疗或理疗的手段。育善兄也讲过多个这类的事例，可惜此书所述不多，是个遗憾。

商山绵延于秦岭南麓，历史久远，人文厚重，域内植物种类多达5000余种，野生药材更是丰富多元，《全国中草药汇编》中收录的2002种中草药，商山分布生长着1192种，其中265种收入《药典》。《商山草医录》中，采访并记写了60多位医术独到有成的中医，并具体记述了数种有流布价值的医疗验方和偏方。

商山最早的采药人，名望最高的是商山四皓，即东园公唐秉、绮里季吴实、夏黄公崔广、甪里先生周术。这四位原本是秦朝的博士——古代的博士不是学位名称，是职官，也是学术权威，相当于皇帝的文化顾问。这四位文化人物不满秦朝政府的治国政策，是当时最大的持不同政见者，弃官隐居于商山之中，逍遥于天地之间，采药，是他们的情趣，用时兴的话讲，是放飞自我吧。

　　汉兴有园公、绮里季、夏黄公、甪里先生，此四人者，当秦之世，避而入商洛深山，以待天下之定也。

　　　　　　　　　　　　　　——《汉书·王贡两龚鲍传》

这四位不是职业采药人，但留下一首《采芝操》。操是古代的琴曲名称，"忧愁而作，命之曰操，言穷则独善其身而不失其操也"。古代以操命名的诗或文有很多，商代名士箕子，就是传说中远走平壤，建立"箕子朝鲜"的那位大德人物，即创作有《箕子操》等。孔子"仁政"思想的源头，就取自箕子，他著有《离拘操》，孔子则著有《猗兰操》。《采芝操》写的即是在商山采紫芝的感慨，这首诗，是四位隐士集体而作，还是出于哪一位之手，史书中并无记载。

> 皓天嗟嗟，深谷逶迤。树林莫莫，高山崔嵬。岩居穴处，以为幄茵。晔晔紫芝，可以疗饥。唐虞往矣，吾当安归。
>
> ——《乐府诗集·卷五十八》

《商山草医录》中记写了三位职业采药人。山里的中医，老传统是医药不分家，自己的方子，用自采的药材。而职业采药人，多是出身穷苦的，去深林险山处采难得的药种。难得的药种能卖上好价钱，采集却是极危险的，摔胳膊断腿是常有的事，可以说，这份钱是用命换来的，采药人挣的是要命的钱。这些人活过来了，就是一身的传奇。书中着墨最多的是张京旺，他是1935年腊月生人，一脸沧桑之后的慈祥，"说话一句是一句，慢慢的，但记性很好，脑子清醒"，"手里不离一根棍，说是年龄大了，走路得有个招呼"。育善兄的书里，这样充满味道的语言不少，这是他写作的亮点之一。

张京旺老人采药，也行医，医人也医家畜。书中有一个细节，很生动：村里邻居的一只小山羊腿跌断了，他把羊抱回来，把捣碎的百步还阳草用酒浸拌，敷到伤处，一个礼拜，羊腿就长住了。

另一个细节更传神，是张京旺老人的秘方独得：人要是吞下铜钱，用铜钱草熬成水喝，可把铜钱排出。这种方法源自他对生活的观察——山里的女人预防蛇偷吃鸡蛋的方法，是在鸡蛋壳里放入石头，再放回鸡窝。蛇一旦吞吃，就会四处寻找铜钱草，这种草药性硬，可以克化蛇肚子里的石头。

这部书中《商山里的中草药》一章，是专门记写草药的，领略一下其中的趣味药名，便可由一斑联想全豹。它们是文学的，更是认知层面的："小名叫蜂糖罐儿——丹参""花像紫色和尚帽子——桔梗""叫忍冬，花却开在春天里——金银花""花是一串金黄——连翘""酸辣苦甜咸——五味子""百花丛中最鲜艳——牡丹""叫枣皮子却不是枣——山茱萸""黄金条一样的根——黄芩""赤箭——天麻""火头根——黄姜""地乌桃不是桃——猪苓""浑身长胡子——苍术""能给人类以大爱——艾叶""龙根——板蓝根""三片叶子一个秆——半夏""既是菜又是药——白蒿"。

  写文章，最要紧的是写出独到的认识，这是高度，也可以说是深度，是一个作家区别于同行的标识。如果在行文的过程中，再寄托以情怀，文章的厚度也呈现出来了。《商山草医录》这部书，做到了这两点。祝贺并祝福育善兄，在六十岁的这一年，又有了新的文学贡献。

2024年寒露

目 录

引子 — *001*

穿越时空的王家成 — *005*

他说王家成 — *030*

我遇见的乡间草医人（一）— *040*

我遇见的乡间草医人（二）— *084*

我遇见的乡间草医人（三）— *132*

我遇见的乡间草医人（四）— *175*

我遇见的山里采药人 — *212*

商山里的中草药 — *223*

我所了解的中草药炮制 — *252*

中草药里的文学 — *258*

那些远去的草医人 — *264*

后记 — *275*

引　子

在秦岭南坡商洛山里，生活了几十年，对这里的一草一木，都有了感情。那些花花草草，就像一群山里的娃娃，可亲，可爱。一次，陪平凹老师在山间漫步，面对着疯长的野草，他笑着说，这旺的草，看着激动。小时候给牛割草，没见过这好的草哩。那时候，人没得吃的，庄稼不长，连草都不好好长。山里人，跟山、跟草、跟树，像一家人一样，平淡，亲热。

七八岁上，一到暑假，一伙小娃背上背篓，拿上镢头，上山去挖药，为的是卖了挣学费。哪种药长在哪儿，哪种药怎么个挖法，心里都很清楚。苍术、柴胡、桔梗、丹参、红胡、沙参……不管它们的学名叫啥，老家人都给取有小名。像丹参叫蜂糖罐儿，那紫色花里的黄色花蕊，猛吸一口，特别香甜。沙参又叫奶奶菜，白白，长长，跟山羊的奶子一样。这小名听起来顺耳，好听，蛮有诗情画意的。一种药，是剥皮，还是去毛根，谁不问谁，全都会。大太阳天，药倒在土场上晒，谁的啥药，有多少，不会弄错，谁也不会拿谁一根药的。晒干，处理好了，拿到代销店卖，却为秤杆子高了低了，跟人家争吵不休。堂弟人老好，那人把秤称得高了（也就是斤两少了），我扑上去，差点把秤杆子给拽断。其实，那些药也卖不了多少钱，手里攥着些毛毛钱，一蹦一跳，喊喊叫叫回家的样子，现在想起来都觉着好笑。

药，其实也就是草，农村人叫草药。它能调整人身体的阴阳平衡，能治疗疾病。得病了，弄上几味草药一吃，很快就能见效。过去老辈子人，就靠它治百病的。小时候，我肯肚子疼，婆先做柱子、立柱子（一种乡村巫术，这情节贾平凹先生在长篇小说《山本》写过，逼真，生动），要是还不行，母亲就小跑去前坡嘴下，找先生爷，就是满爷——村上人把教书的、看病的都叫先生。先生爷给捏一点草药面面子，一吃，少时就不疼了。我在《我的父老乡亲》一文里写过他的故事：

"先生爷自小喜好中医，对山上的草药有特殊的感情，每每采集回来，都要对着《本草纲目》去琢磨，蒸啊，煮啊，用嘴尝啊，一丝不苟。这样，几年下来，他掌握了许多调节人体阴阳平衡的方子，在实践中边医病边提高，后来就有了自己一套治病的绝活。

"他还常常怀揣一本黄得像表纸一样没头没尾的破书，人说那是一本叫《奇门遁甲》的奇书。先生爷能掐会算，有看坟地，乃至'骑鬼捉鬼'的能耐，也许都得益于那本书吧。

"一次，村里的牛娃他妈在家里又哭又闹摔东西，谁也劝说不下。请来先生爷。只见他一手端一碗水，一手拿一把刀，在屋子的旮旮旯旯儿转了三圈，边转边嘴里念念叨叨。这时，牛娃他妈躺在炕上，满头的水，嚷着口渴要喝水，已经没啥事了。"

他一年四季都是一身黑袍子，一双黑布鞋，头顶光光的，后脑勺一圈头发很长，有同伴偷偷说，像电影《闪闪的红星》里的胡汉三。把先生爷说成坏蛋，差点挨一顿揍。我一个人待着的时候，也偷偷想，还真像，于是只能捂着嘴，偷着笑。他讲鬼故事，我们都很害怕，却也很爱听。他家里每到过年，拜年送礼的人都排队哩。到春上青黄不接时，村上人大多吃了上顿没下顿，他家晒的蒸馍片，用笸篮装着，我们放学老远看见，都流口水哩。

现在想来，先生爷就是个草医。他治好的人，只要还健在，都会说他一笸篮的好话。农村采草药，用草药治病，多是过去的事了——20世纪70年代，商洛地区还开过"四老会"（老药农、老草医、老中医、老西医）……

2019年11月，长篇散文《走过丹江》出版后，我想着下来该写啥呀。小说还是不敢下手写，天赋不够，想象力也不行，还是想写一部长的纪实类的东西。选啥题，搜集啥资料，一时间成了老虎吃天，没处下爪。长篇散文也是非虚构，关键是要拥有大量真实的素材。

一次跟商洛的文友、专注搞评论的马修亚老兄闲聊,他建议写商洛的草药和草医:农村的草医很神的,再不写,那些七老八十的人走了,一些验方、偏方就被带到坟墓去了,那可是莫大的遗憾呀。也真是这样的,那些散落在乡村的草医,学问不一定深,看的病人多了,也积累了不少经验。马修亚老兄让我先从《黄帝内经》看起。我在电脑上搜到北京中医药大学的曲黎敏讲《黄帝内经》的视频,收藏起来,用十几个晚上,边听边看边记,看完记了厚厚一本子。又读南怀瑾老师对《黄帝内经》的解读。这样多少对传统中医有了一点了解。

我曾去给平凹老师说我的想法,他说,这倒是个好事,怕不好写,他淡淡一笑。这一下子,心凉了半截。又去找穆涛兄,他说,好呀,可以先写草药,再写草医。他还给我推荐了梅比的《杂草的故事》,先看看人家是咋样写杂草的。我让干女儿从网上买,2020年2月29日拿到手,书腰封上那句话吸引了我,"美是一个过程,是生长和衰老中表现出的优雅"。我读完了这本书。梅比写了十来种杂草,把杂草的灵魂写活了。我在想,草药不也是一种特殊的杂草么,咋写呀,总不能写成道地的药材志吧。

秦岭无闲草,商山多灵药。在《全国中草药汇编》的2002种草药中,商洛有1192种,其中265种入了《药典》。十大道地中药材已经成为商洛的品牌。

我又买来《伤寒论》《本草纲目》《汤头歌诀》《神农本草经》,一页一页去啃。我不是为当医生,是为了写中草药,写草医、中医。有时,请教名中医,人家会用异样的目光看我,我只虔诚一笑,说想了解了解,不当医生,不抢你们的饭碗。读《汤头歌诀》时,想起堂兄,他当年上的是渭南中医学校,寒暑假我俩就不拆伴,他吃住都在我家。他晚上在煤油灯下看《汤头歌诀》,叽叽咕咕背诵,有时我一觉醒来,他还靠在炕头叽咕着。

2016年,习近平总书记在江西江中药谷制造基地考察时指出,中医药是中华民族的瑰宝,一定要保护好、发掘好、发展好、传承好。怎样保护,怎样发掘,怎样发展,怎样传承?这是每个热爱中医药传统文化的人,都得思考的问题。2017年，国家颁布了《中华人民共和国中医药法》，迎来了振兴发展的大好时机。而我，先后用了三年多时间，跑了商洛市七个县（区）七十多个镇（办）一百多个村子，采访了商洛境内的七十多名草医、中医以及采药人，比如王家成、任桂莲、张青华、邢旭光、赵冠群、程金红、贺力坤、曹廷华等老草医、老中医，还有一些科班出身的中青年中医，像陈书存、王震、张彦利、李勇等。他们对中医药的真诚，对患者的真心，对中医文化的追随和毕生奉献，很值得我写一写。不然，面对渐渐消失的草医，真的会有负罪感的。

穿越时空的王家成

我决定先去采访王家成，但先生已去世多年，只能采访相关的人。小贾说柞水的贺晓祥，是文友，跟他说好了，可以联系一些当年跟王家成接触过的人。

王家成，是个神草医。他凭一把草药，治好了成千上万骨折患者，他的秘方成就了商洛市唯一一家上市的制药公司，陕西盘龙药业集团股份有限公司。

2020年4月11日，星期六，晴天，我们一早7点出发，去柞水下梁镇西川村的关山，见到了王家成的乡亲们，大家一哇声说，是个好人，是个好医生。

后来，贺晓祥先生给我复印了《柞水文艺》上刊登的张德先生写的《王家成别传》，好几万字，我认真阅读，对王家成有了一点认识。把文中提到的一些人的名字记下来，让柞水的朋友联系，好多人已经不在了。听谢晓林先生说他岳父张德老人已经八十多了，身体不太好，得待老人家方便时再去拜访。那天见到柞水县人大原副主任刘鹏，他还送给我一本他主编的、2000年5月陕西人民教育出版社出版的《骨伤科名医王家成》，我如获至宝。通过同事的妻子联系到王家成老先生1971年给治好骨伤的河南省气象局的夏书耀的后人，也就是当年陪父亲从北京转到柞水看病的夏俪铭。她在电话里说，王大夫特别好，特别好，不光医术高超，人也特别好，你想，周总理都接见了。王大夫不太说话，真的特别好。跟盘龙药业集团股份有限公司现任董事长谢晓林一块聊，他对王老也是满嘴好话：人好心好，本事好，没有王老也就没有今天的盘龙。

慢慢地，王家成老人的形象在我心里活起来了。我曾看过中央一台撒贝宁主持的《典籍里的中国》，那是2021年的"五一"假期。节目里演到，李时珍到去世也没看到印出的《本草纲目》，撒贝宁却穿越四百多年见到李时珍，让老人弥补了遗憾，老人感动地说："这一刻，我等了一辈子。"那天我受撒贝宁影响，写了一篇《穿越》发表在《光明日报》上，那只是思念亲人，只是小我。此刻，我想穿越时光，去拜见朴实憨厚真诚的王家成，想听王老讲讲他的故事。

那是一个周末的上午，初夏的阳光照到柞水县中医医院骨伤科房间，王家成大夫正在看一张骨折片子。我上前尊称了一声王大夫，他抬头看了看我。长脸，大耳，高颧骨，大鼻子，皱纹成堆，白大褂里露出黑衣服，他憨憨一笑，说："小李吧，采访我么事嘛，我么事都莫做，只是看病，这是分内的事么。"他让我到房间，说还有病人要去看，我和他相约，他还是那句"没啥子好采访的"。我说，把他的秘方写下来，传出去，救治更多病人。一说这，他才笑笑，说："那你先找老张（张德）吧，他写过我。晚上到我家吧。"

夏日的晚上，天上星星密密麻麻，亮成一片天街，很深很长。我来到下梁镇的关山沟，山的影子看着都不太高，像卧着的各种怪兽的影子，让我想到《山海经》里每座山上都会有怪兽把守，每座山都有自己的故事。王老先生下班，花几个小时走回家。在门口核桃树下的石桌上泡好了一搪瓷缸子竹叶，白色缸子的搪瓷已经碰掉好几处，成了黑疤，上面红色的"为人民服务"字样还能看清楚。他给我倒了半碗竹叶水，自己也拿起粗碗，抿了半口，便说起他的事情来。

我也是七十好几，土都埋到脖子的人了，又得的是严重哮喘。一辈子也没儿没女，跟老伴，也清闲。要说最高兴，就是三次见到周总理；要说最开心，是给五六万患者解除病痛。组织对我也关心得很，把我选成第四届、五届全国人大代表。在全国科学大会上，再次受到党和国家领导人接见，当着那么多大科学家说了话，发了言。凭这，我知足得很很了。我是么事，一个农民，没文化，却得到天大的荣誉，真是祖宗八辈子烧了高香了。那些治病的药方子，都是医院的同志们，大家弄出来的，我只是跟他们一块，做了应该做的事，没得啥特殊的地方。

一

说么事呢，听老人说，我是清光绪三十三年，也就是1907年农历三月初九出生的，兄弟里算老二。原先住在镇安县凤凰嘴下孟里张氏沟、秦家湾小牛槽沟口，后来生活所逼，我和兄弟王家时跟母亲讨饭跑到西川，在关山住下来。

有一年，父亲上山给财主家砍柴，不小心从悬崖上摔下来，摔断了左腿跟三根肋骨。主家不给看病，还把父亲赶出来了。这样，他干不了活，家里也没得吃的。我干着急，没得办法。后来想，自己要会看病，父亲就不会受罪了。

十二岁那年，我给一家富户放牛，在山上见一个人，拿着镢头，背着背篓，就悄悄跟在人家后头。人家发现后，就凶乎乎地冲着我嚷："这个碎尿娃，跟来干啥呀？"我说，想跟他学挖药，那人一扬手，说："去，去，去，滚远些，一个穷尿放牛娃，还想咋哩。"我的记性好，在跟他那一段，记下了他采的是什么树的叶子、树皮、树根，什么草的花、叶、秆和根。后来才知道，那人是山阳县小河口的一个接骨医生。

十四岁那年春上，放牛时，牛受惊了，把我抵得滚下山，右胳膊绊断了。我妈求人家给我看病，那家人不想让外人知道，背着人请了草医，把草叶、草秆、草根一块砸碎，给我包在伤口处。等那草医走了，我偷偷打开药包，一一辨认都是些啥草药，在心里记下来。富户人家不想花钱给我看病了，再没叫草医来。这不，我这右肘长得变形了（说着，他伸出胳膊让我看）。

生活逼得我下决心学草医。头一个师父是山阳县袁家沟口的陈重书。他会吊挂面，也能接骨，人都叫他吊面匠半胯子先生。他还带我加入了"大刀会"，"大刀会"是抗粮抗捐的穷人武装。还教我学接骨，带我上山认药、采药。

一年冬天，我和哥哥王家洪在牛槽沟一带打工，听说咱穷人的队伍路过红岩寺、肖台一带，一路打土豪、扫民团，就想和哥哥一块参加红军，可是紧跑慢跑都没赶上，人家部队早已走了。

后来，红二十五军在山阳袁家沟口成立了战地医院。经哥哥介绍，223团3营7连指导员吴华昌批准，第二天下午，我就到医院报到，虚心向红军医生学习，精心护理伤员，还上山采药，在这里学了一点治骨伤的知识。

1935年，韩子芳的部队包围了柴庄，庞炳勋部进攻张氏沟、秦家湾，我跟哥哥一块参加了支前战斗。仗整整打了一天，敌人才跑了。

7月2日，红二十五军和第三、四路游击师在袁家沟口打死打伤陕警一旅三百多人。我和陈重书、刘大敏一同组织群众为医院挖药。

9月7日前后，我还用地方的草药，给"大刀会"的刘得进治好了腿肿。后来，还用三叶膏、过山龙、闭骨丹等给刘顺全治好了腿骨伤。

红军走了后，我又回家种地。不忙了，外出打短工。在商县杨斜打短工时，遇到一位草医，他知道不少秘方。我多次下跪求人家，想学艺，人家不答应。没得办法了，我说，我给你屋里干十天活，不要工钱。实际上，给干了一月，那人这才给我说了三四样接骨的草药方子。

住到西川后，这里有个范先生，在村上办有医堂。我就以卖工的办法，帮人家采药、做护理。几年里，对那家人的作为看不惯，就没去了。

二

咱这地方山大沟深，满山都是花草树木，那些草大多都能当药用，多的是没入《药典》的，治病效果却不错。这些草药太多太多了，六百多种，咋样才能知道这些草药的功效？我也像过去的神医李时珍，一个一个去尝。寻找草药，你得满山跑，草鞋穿烂了多少双，都记不清了。后来，有了解放胶鞋，耐穿，也不磨脚了。跑的山路多，经常是脚大拇指戳到外面了，照样跑。

那些前人没用过的草药，我都要放到嘴里嚼一嚼。有的一咬，舌头发麻，舌根发硬；有的一咬就恶心得想吐。有一次尝一种草药，我一下子昏迷了好几个小时,就这样,慢慢尝着,便知道了百十来种草药的特异性能、用法。慢慢地,我自己摸索出一些规律,明白草药可以根据味道辨别药性:辣味草药是烧性,有毒,用时要谨慎;苦味的是凉性;甜味的是补性;酸味的是热性;臭味的是调合剂,不适宜内服。慢慢地,止疼、长骨、生血、麻醉、止血,草药的药性我都对上号了。我感觉,治外伤、骨伤,草药来得快,效果也好,主要在鲜活的汁子的作用上,药性药力能直接到病体上,自然就快,就好。

在给富户放牛时,我还学着用草药给牛治病。这才知道,人和牲畜不一样,病理却是相通的。那家一头怀孕的母牛,从崖上往下跳,跌断了一条前腿。主家没办法,要杀牛,我给挡了,说不看老牛了,还要看牛娃子哩么,叫我试着给治治,治不好,再杀也不迟。主人看了看我诚恳的样子,这才点点头。我拧身跑到山上,拔了几种草药,连根带秆带叶,砸碎,吐上唾沫,放在布条上。几个放牛娃牵住牛鼻子,压住牛身子,先复好位,再把药敷在断腿处。主人也没咋吭声,任放牛娃们摆弄去。随后,我天天割草喂牛,在牛吃的草里加了几味草药。七天后,老牛能站起来了,"哞哞"叫着走到牛群里去了。

咱这山上的草药可够神的哩,能治怪病的草药也不少哩。就说那个叫山狗的草药吧,它也叫搜山狗——草药跟人一样,有学名,也有小名。这药可不得了呀。有一年,一位领导的老婆,得了一种怪病:肚子胀,肚子痛,大小便不畅。跑了好多地方,看中医,看西医,诊断是腰椎压缩性骨折。手术风险大,中药西药吃了不少,就是不见效。病人吃不好,睡不成,难受得要死,一天到晚声唤得不停。医生按摩了,能好点,不按摩了,照疼。叫我去,我问清病因,说是坐在车上,路不好,颠簸成这样的。我思谋了好一会儿,说:"这病我见过,得找几只山狗,才能治。"领导激动地拉着我的手,说:"那太好了,太好了,山狗是啥吗?"我说:"一种根瘤子,有樱桃大,长在高山石崖边,这,我回柞水找去。"第二天,回去挖好,拿来给病人生吃,让她咬烂后,再用凉开水冲下。过了一个多小时,她的肚里轰隆隆乱响,又放了几个大响屁。又过了两个来小时，大小便通了，胀痛好些了。我又给说："这病要剜根，要用草药把腰治好，不然，会复发的。"又给炮制了些药，外贴内服，一个月就好了。

三

毛主席说过："把医疗卫生工作的重点放到农村去。"这话说到咱老百姓心上了。我一个农民，靠一把镢头，一个药篓，在大伙帮助下，办起了县上第一个农村合作医疗站。山高路陡，交通不便，山里人上山干活，稍不注意，就会跌打损伤。一旦受了伤，去医院很不方便。这咋办？只有上门去给看。我是随叫随到，想想病人的难过，咱还讲啥条件哩。看病，没收过一分钱——用的都是自己采的草药，只花了点功夫，再说，生产队还给记工分，咱啥都没费么。

1961年冬天，隔壁一个村，一户人家盖房，十几个人去给帮忙。那天又是大风，又是大雪，两人抬檩，要上到两丈高的山墙上。结果挂脊檩时，脚下一滑，檩条掉下来砸伤了人。被砸的那人倒在地上，口鼻出血，肚子鼓得像皮球，人不动弹了，吓得主人抱头大哭，没得主意。有人来叫我，我连夜晚打着灯笼火把，跌跌撞撞，走了十来里山路，去折腾了好久，才把人弄醒。第二天，天刚亮，就上山挖药。地冻着哩，又看不到草药，我就用两手扒开雪找，手冻得又麻又疼，用嘴哈哈热气，继续扒，手指头上指甲都掰断了，指头蛋上血都冻成块了。实在没办法了，找来石头砸开地皮，再挖。药挖到了，加工炮制，外敷内服，自己守在病人身边，按病情变化，随时调配方子。两天过去了，病人要喝水哩，没让喝，让给熬了稀糊汤，撇了上面的苞谷油油给喝。三天后，能吃一碗饭了，还能起来坐好一会儿。七天后，能下炕走几步。半个月就能自由活动了。二十天后好了，能干活了。那人拉着我的手，哭着说："是你救了我，这倒咋谢承你呀哩么？"

看病是口口相传的，有不少外地人，知道我能看骨伤病，就都跑来找我了。那时候，从西安到柞水，公路才修，还没班车，只有三辆马车。到县城都不容易，到咱关山就更难了。城里离这儿六十多里，还要翻三座大山。病人好不容易来了，吃饭都成问题。公社和大队的干部就给想办法，在村上搭草庵子，家家户户都起灶。人手不够，就请几个草医、药农，还让学校的学生，利用课外时间，组成红小兵采药队。

1967年春上，我被接到西安看病。我人一走，大队就张罗给我盖房。支书的老婆很能行，她是妇联主任，人活泛，能说会道，她在会上说，咱这儿出了个王家成，这可是咱大队的光荣呀，咱不能让别处抢去了，要留下他，把他的草房推倒，盖瓦房。大伙同意了，她通知人员，各自分工。给我婆娘说了，我婆娘说老头子回来骂了咋办，她一拍腔子说，有我哩。不久，新房盖起来了，还盖了一间灶房，修了厕所。我回来，看着新房，眼泪哗哗地流，连夜晚跟老伴磨了二斗小麦，做了几架挂面，挨家挨户送去，表示谢意。

1968年冬天，外地骨伤病人一拨一拨拥到咱这儿。公社提出来，让我到西川街卫生所坐门诊，大队不同意，要把大队办公室的两层土楼腾出来，让我全家搬进来住。争来吵去，定不下，我说，我哪儿都不去，就在家看病。

四

你问我爱情？咱农村人懂啥子爱情哟，能找个人，成个家，一块过日子，都不错了。我是二十五岁上，经人介绍，认识了古大梅，后来结婚成家的。成家那年，母亲去世了，弟兄们也就分开过了。我跟老婆到张氏沟油盐沟住，租种别人家的地，打短工，烧木炭，放牛。婚后第三年的3月，秦家湾的黄花沟口召开了千人大会，成立了张氏沟苏维埃政府。我两口子都参加会了，听说我哥跟古大政都是委员——古大政是我舅倌子，我俩兴奋得几黑来都没睡着。后来，我哥跟舅倌子被国民党反动派杀害了，我妻子也被追杀。没办法了，她跑到山阳小河口关帝庙当尼姑了。我去了好多回，人家就是不见。从此，也就断了缘分。

1944年，经人撮合，我跟湖北郧西逃荒来的吴凤英结婚。苦命人互帮衬，我和岳父一块在关山沟杜家场，搭了一间茅草庵，三个人一同过苦日子。

1952年土改时，大队给分了三间草房，我们就在关山青龙嘴住下了。我俩这一辈子，要儿没儿，要女没女，倒也落个清静。后来，抱养了一个女子，长大也成家了。在县医院，大家像亲戚一样对我，我很满足。那个丛厚珍，照料我们晚年的生活，比亲女娃子还亲。我走后，二十多年，她把我老伴一直伺候到入土。这些叫我还有么事说的哩。

五

外地病人越来越多，我一个人也没法应付。就在1970年前后，组织破格聘用我到县医院当了医生，还任了副院长，给我发工资，给了房子，让我吃上了商品粮，连老伴的户口问题也解决了。我当时都六十四岁了，按正常上班，早都该退休了。还是党的政策好呀，这样把一个大老粗当回事，我不好好干，咋对得起组织哩。我就是豁出这老命去干，也没法报答呀。医院给我配了四名助手，好几名药工，还成立了中草药科研组，省上拨专款，盖了骨科大楼。

我是个大字识不了几个的农民，跟人家那些科班出身的大学生比，差得太远了，自己只是比人家吃的饭多，经的事多，我只有用心向他们学习的份儿。有个大学毕业的大夫，号称柞水"第一把刀子"，见我穿得土，有点瞧不起，工作上还时不时刁难我。我倒无所谓，不当回事，始终把人家当老师待。在我拿下一个又一个骨科顽症，比如把从北京大医院来看骨伤的河南的夏书耀治好后，他来找我，说，王大夫，你的本事，我服了，甘愿做你的学生。后来，我们就成了朋友了。

县里对我方方面面都好。外地有加急电话、加急电报，叫我出急诊，县政府就会把仅有的一辆吉普车派给我（那时的吉普小轿车不仅是高级交通工具，更是身份象征，是政治待遇），领导下乡都坐班车，距离近了，领导就走路去。

有一次，我带着助手到西安给人看病，抢救一个手臂粉碎性开放性骨折的病人。在那里，铜川一家煤矿又送来五名伤员，我一并给看。草药不够了，打电话叫县上派人去山上采。矿上一位负责人说，他家在长安，便开车拉上我助手，上翠华山采药。采回来的药，用了不见效。我把药放到嘴里一尝，说，这药不行，劲儿不大，还是用柞水的。等敷上柞水挖来的草药，一顿饭工夫，就消肿了，也不疼了。

1970年深秋的一天晚上，西安高压电瓷厂的工人加班挖地道，突然塌方了，人被埋在土里了。刨出来，几个重伤，一直不见好转。省军区首长派人叫我去。我带了两个徒弟，仔细察看了伤情，便开始跟徒弟给配中草药。我们把带来的两麻袋草药摊在地上，一一分类，一味一味调配。配好了，就在医院过道的水磨石上，用榔头砸。医院的病人、家属还有大夫、护士围上来，像看耍把戏一样，看热闹。一个主治大夫看了半天，见我们把草药倒在布条上，用手拍平，嘴里噙着水，往上面喷，他质问道："你这科学吗？卫生吗？感染了咋办？"一个女护士也帮腔道："就是呀，这跟马屎一样，能治病吗？"我一声没吭，继续砸药，配药，一个徒弟气得顶了一句："不懂，就不要乱说。"那主治大夫发怒了，吼道："这里是医院，不是耍江湖、卖老鼠药的地方。"另一个徒弟也没好气地喊："我们为了治病，忙得跟啥一样，吼啥哩。草医草药能治病，有啥不科学的？"眼看吵得都快要打起来了，院长跑过来，厉声说道："别吵了，新事物嘛，都有个认识过程，他们为病人，看结果吧。都给我回到自己岗位上去。"院长解了围，还向我们道了歉。

我们采用传统手法复位后，敷上现场配制的草药，勤换药，勤护理。两三天过后，骨折造成的大便不畅，自通了；因脊髓移位痛得声唤睡不着觉的，也呼呼噜噜睡着了；腿肿得像罐子的，也不肿了。又过了二十多天，几乎都出院了。

我是个直肠子人，说话办事从不拐弯抹角，也不保守，保守也没得啥意思，多一个医生多一份力量，有么事不好的？行医几十年，我在西安、宝鸡、商洛等地多次举办培训班，培训了上千人，把我知道的一股脑都说给大家。像河南省洛阳市正骨医院的院长，带领十名专家教授来咱这儿，我一点都没保留地给他们说了我的接骨技术。

在我们医院，我也是多带徒弟，多教人，对四名徒弟和三十多名中医大夫，都是一视同仁，从认药、选药、加工、敷药等环节，手把手教，对一些细枝末节也一点不马虎。像骨折后软组织肿胀，用草药时，男女有别，男的多用接骨丹，女的多用红丝毛，疗效更好；早上采的药要晾干露水，新鲜草药不能用水清洗；体弱的外伤骨折病人，复位时，要轻柔，耐心细致……我都七十好几了，还要上山挖药，为的是采回的标本放心。有了这些好标本，也不好把他们带瞎，让他们反复观察，给他们说清楚，这类草药多长在啥地方，咋长的，药性是啥，咋用哩，用时注意啥。像医院原来从事西医的郭业富，是个很好学的人，跟我学了十多年，在治疗骨伤疑难病、后遗症方面都有创新，还把一些技术用到运动创伤治疗上了。王治军后来成了我的得力助手，为总结推广中草药治疗骨伤，吃了不少苦，流了不少汗，做出了不少贡献。就连一些从事行政的同志也学上了中草药，像刘鹏、柯尊恒等，利用业余时间跟我学，他们有文化，学得快，也悟得深，在学术上和开发秦巴山区草药资源上都有成就。

六

我这人是穷苦出身，从不把人分啥子三六九等，把人当人看，把事当事办。只要是病人，管他是谁，都一样耐心，一样精心。

县医院病床不够，一部分病人只好住在县城北关旅社，等着我去给看。当时有七八个病人。一个女的，是从湖北郧西来的，一路要着饭，走了十来天，身无分文，她的吃住钱，店主也没要。她家一年前，被山洪卷走了男人和五岁的孩子，她右胳膊断了，在当地接了，现在还动弹不得。我看了情况，从怀里掏出两颗药，让她吃了，十来分钟后，她昏迷过去了，就让一个徒弟跟店主压住她的头和腿，跟另一个徒弟从断臂的上下，向断处慢慢摸。摸到断处时，我马上喊：使劲！只听咔嚓一声，臂被重新拉断了，病人痛醒过来，号叫了一声，又晕过去了。随后，把她断臂重新接好，让徒弟上好小夹板，敷上草药，再进行了一次检查，这才坐下来，一边擦汗，一边说："在乡下没麻醉药，就这样治病哩。没法做手术开刀，就用这种笨办法、蛮办法。这法子要十拿九稳，在药里加麻醉止疼方剂，病人也受得了。换上三五回外贴药，吃些草药，七八天就好多了。这女的是错位愈合，骨痂没包住断骨茬，长成畸形了。重新接了，加点防止骨痂外流的药，敷上。"过了十几天，我路过旅社，问店主，他说："那女的前天就走了，你老真是活菩萨，看病没要钱，听女的说，还给了她一百块钱做盘缠。"

1970年秋季，东海舰队某部战斗英雄张顺志执行任务时，左胳膊被压断，成了三节，肩骨粉碎性骨折，在二军大断肢再植手术后出院。出院不久，他的伤肢发凉，皮肤成紫色，指甲发黑，桡动脉摸不着。专家会诊后，要截肢，首长不同意。打听到我，派人接我去。看了伤情后，我半天没吭声，急得首长赶忙问："王老先生，有办法没？"我没言传。他向我讲了小张的英雄事迹，又补充道："花多少钱都不是问题，只要能治好。"我说："首长，这种病，我以前没看过，不过，有个方子可以试试。"小张兴奋地说："王爷爷，你是神医，会有办法的。你来了，我就有救了。"经过反复察看伤情，我心里慢慢有谱了，跟军医说："截肢使不得，多年轻的好小伙，没了胳膊咋行哩。这病十有八九是手术后瘀血，造成血脉不通。用活血、散瘀、舒筋的中草药试试，可我不敢保证哦。"军医点点头，我就这样给治了。两天后，桡动脉有了。四天后，受伤的肢体温度正常了，皮肤的颜色也正常了。七天后，坏死的皮肤脱掉，长出新皮，指甲也长出来了。就这样，保住了小张的一只胳膊。他扑在我的怀里，哭得说不出话来。

镇安县一个农民，修路时，右肘多处被石头砸伤，关节开放性损伤，肌肉、神经、骨质外露，还有脓性物流出。一家医院让截肢，家里不同意，就转到我们这儿。我和徒弟们对病案做了分析，先给输血、输液、局部冲洗，外敷草药六月凌、半枝莲，随后换上我们研制的1号生肌散，二十天左右，做点状植皮。三十五天左右，皮瓣成活。五十天左右，治愈出院。

骨折的麻烦，就在骨延迟愈合和骨髓炎上，这是中西医的一大疑难顽症。我和草医老师夏康怀一块治过一个人。那是河南省气象局干部夏书耀。他是三年前出公差时出了车祸，造成右股骨干骨折，先后在河南、北京几大医院做过三次手术，钢板内固定两年零九个月，总是形不成骨痂，没有愈合的迹象。1971年，快到春节了，他心情很不好，也没心思过年，一个人在北京一家医院烦躁地乱翻报纸，无意中看到《光明日报》上一篇《神奇的骨伤科草医——记陕西柞水县接骨医生王家成的先进事迹》。他反复读后，有了一线希望。大年初一这一天，他就写了一封长信，从北京寄出。收到信后，我马上让徒弟给回了信，说这种病能不能治好，只有见了病人，才能说清，让他来柞水试试。他收到信后，很快就来到柞水县医院，我反复检查，最终确诊为陈旧性骨延迟愈合。认清了病，开始治疗，先外敷接骨粉，内服劳伤散。一周后，却没有一点疗效。这可咋办？我跟医院几位大夫都觉得时间太长了，又做了三次手术，不能像治新断骨那样用药。我跟夏康怀，还有其他同志一块下功夫，反复试验，配制出了一种生肌长骨效果好的生肌散（2号生肌散）。把这作为内服药，再加内服适量的加速血液循环的马铜砖片，再加上按摩、患者坚持锻炼等办法，一个月后，病情出现好转，疼痛好点了。三个月之后，有了新骨痂了。五个月后，达到临床愈合程度，患者甩开双拐，还能走上五六里路。后来回去就能正常上班啦。

给大领导看病跟一般人是一样的，在我面前他们只是病人，是需要我去真心给看病的。像在西安一家大医院，我给一位将军治过伤病，到甘肃给谭启龙、茅林等领导治过伤病。

七

最让我难忘，也最让我这辈子感到幸福的是见到了周恩来总理。他是多么忙的大人物呀，竟然三次接见我这个大老粗。民间草医，有些医院大夫都瞧不起。但每次接见，总理都会拉着我的手，跟我说不少话，这是我这一生最大最大的荣耀。

1970年11月至1971年2月，我以特邀代表身份，在北京参加了全国第一次中西医结合工作会议。1971年2月17日下午3时40分左右，在国务院会议室，总理接见了我们十三位赤脚医生代表。他和我们一一握手问候，还拿着名单册子，亲切地叫每个人的名字。当听到"王家成同志，请你坐到前边来"，我激动得浑身发抖，走上前去，坐到他的身边。总理再次握住我的手，说："你是草医，懂接骨，用手法复位，上小夹板，外敷草药治骨折，你接骨几天可以好？展览会上有没有你的方子和草药？生产队给你记工分，收入咋样？有没有零花钱？"我激动得半天说不出一句话，结结巴巴，好一会儿才一一做了回答，总理满意地点头笑了。总理又问："听说你还教徒弟，这好啊！不保守，开通！"我说："保守么得意思。"总理爽朗地笑着说："好啊！我要向你学习！"总理站起来摸着我的脖子，关切地说："脖子上长了什么？是不是与水土有关？是不是缺碘？你们那里这种病多吗？"我感动地说："是甲状腺肿瘤，我们那里叫嘤呱呱，现在吃上碘盐了，好多了。"总理深情地说："家成同志，你为人民服务，救治了那么多病人，你自己的病也该治一治。"总理立即给卫生部在场的人打招呼，说："你们要给王家成同志治好这个病。"听到总理亲切关怀的话，我已经是泪流满面了。晚上6点，总理陪大家吃过晚饭，又跟大家继续交谈。他说："你们各有长处，要推广先进经验。要搞好预防工作，预防是有生命力的。你们还要不断努力，两三年后再见。"总理和大家一直交谈到凌晨，才笑着和大家告别。回来不久，二军大医院就给我摘除了嘤呱呱。

第二次是全国人大四届一次会议后，总理请我们到他办公室，总理说："你现在在县医院门诊，经常去西安治病，交通方便吗？回家乡采药方便吗？"我双手比画着回答道："从县城到西川要翻几座山，还要过一条大河，汽车进不去。"总理说："山区都要把公路修起来，把桥梁架起来，这是我们的责任啊！"后来，省卫生厅、交通厅分别拨了专款，建起了柞水医院骨科大楼，修通了县城到西川的公路，在乾佑河上架起了公路大桥。群众叫这"王家成大桥"，我赶紧摇头，说："不敢，不敢，该叫总理大桥才对哩。"

1975年秋天，我又被接到北京，到中南海，到国家机关，到中央军委，先后给共和国元帅、国家领导人及其家属五十多人治疗伤病，这一待就是十三天。有一天下午，又把我接到总理办公室。总理正忙着写东西，见到我，很高兴，迎上来握手，说："家成同志，你辛苦了，请在这边坐下，我们再谈谈。"看到总理脸色苍白，我心里一阵酸楚，说："总理，您身体还好吧？我来给您看看胳膊吧。"总理笑着说："家成同志，你在这里为同志们治伤病，效果很好，他们让我转达对你的感谢！"我很不好意思地说："有些伤能治好，有些伤，时间长了，不比年轻人的新骨伤好治，只能给留点药，病发了，吃药缓解缓解。"总理深情地说："是啊！这些同志大多是革命战争年代留下的伤痍或后遗症，差不多也有三四十年了。我是相信草医草药的，在战争年代，西医很少，西药更缺，我们就请草医、中医给战士治伤，同样有好效果。所以，我特意请你来北京，为革命老同志治伤。事情都是一分为二的，哪能有个百分之百。家成同志，在这里你都为谁治过伤病，你知道吗？"我说："我没文化，记性也差，头一次见面，人家都说过，过后就想不起名字了。"我缓了口气，又说："可有一些领导的名字我记下了。像给李副总理看病时，他说他对商洛很熟悉，问我商洛的山阳、柞水现在咋样。徐元帅说他在柞水打过仗，还在我们家乡住过几天。有个领导姓谭，我们生产队里也有个他这姓的人，我一下子就记住了。林佳楣到柞水去参加全国卫生工作会议，我们都叫她林大夫，算是老熟人了。还有个元帅，他说他跟我是同行，都是研究科学，专门对付敌人的，我对付的是病人身上的敌人，他对付的拿枪的敌人。"总理哈哈一笑，说："那是聂元帅。"在工作人员多次催促下，总理这才脱去上衣，让我看他的胳膊。我睁大眼睛，反反复复打量，深知总理胳膊的伤是战争年代留下的，当时复位没有对准骨茬，筋络没有舒展，成了肘关节畸形。我边用手捏肘部，边问："总理，疼吗？哪儿疼得厉害？"总理说："肘下部捏起来有点麻木，一般还可以，天气变化时，有酸痛感。"我心疼地说："疼痛有方子治，只是这肘关节时间过长了，看得太晚了……"说着，我掉下眼泪，总理却风趣地说："是见你这位专家太晚了。"

周总理去世时，我找到县革委会主任，说想去北京把总理送一程，送上山，组织没有同意，托人发了唁电。后来，又把我被总理接见的情况告诉给人，请人家代我写了一篇《周总理和我们心连心》，发表在1977年1月6日的《陕西日报》上。

八

在县医院工作，我也慢慢觉得西医重要，比如拍片子，看片子，准确，也方便，比草医拿手捏好得多。草医摸外骨损伤大多数不会有差错，而对内骨伤就全凭经验了，不一定准确。我对外科副主任郐守玺说了，要跟他学，他却握住我的两手，说："王老呀，不敢当，不敢当，您才是我的真老师，从您进医院第一天，我就认真学习您老对骨折的诊断、复位、固定、用药、治疗等每个环节的独到处。"我还是跟着他学。他上手术，我像见习生一样，仔细察看动静脉血管、肌肉构造层次、开刀、缝合的每一个环节。慢慢地，我还掌握了光的技术，会看片子了。也正是这位郐大夫，把我治疗骨伤疑难病的方法、外用药、内服药等，收集整理，进行药物试验，临床观察，机理探讨，写出了不少有价值的文章。由我口述，他来整理的《王家成接骨法》《王家成接骨经验汇集》等专著，对后来医生治疗骨伤也起了一些作用。

我还积极地向妇科、儿科的医护人员学习。我始终不能忘记总理的教诲。总理在接见我时，问我懂不懂妇科、小儿科，我说懂得不多，总理说："业精于勤么，要不断学习。"在乡下看病，有时会遇到妇科、儿科、内科的病人，有把握了，给拔草药治治。把握不大，就不敢胡来，只有回来好好学了。

不管是草医、中医，还是西医，都是为人治病，把他们的好处都用上，才是最好的。这样，我也重视起了草、中、西医结合，在临床上，治好了不少开放性骨折合并感染病例，成功率都在98%以上。我们采用感染创面和骨折同时处理，中草药内服与外治相结合的方法，这样，愈合时间缩短到十天左右，还防止了并发骨髓炎和畸形愈合，避免了截肢。像1975年11月29日，铁佛公社一个男青年，右前臂被脱粒机绞伤，皮破，骨茬外露，血流不止，在当地包扎后十三小时才到医院。经检查，诊断为右前臂背侧桡骨外露，皮肤及软组织损伤三十平方厘米，掌部背侧皮肤缺损十二平方厘米，第二、三、四掌骨骨质缺损，伤口内有泥土、青草污染，肢体呈暗紫色。对此，先由西医对臂、手部做清创术。三天后，体温还持续在39.5℃，换敷料，外渗液是绿色。随后，改用草医常用的食醋加入温开水洗创面。十天后，用草药配制1号生肌散，撒在创面。十四天以后，改用玉红膏配合生肌散一块外用。二十六天后，伤口皮肤红润，大部分成活，分泌物多，脓臭。再改用生肌散，用桃叶煎水，外洗。慢慢地，能看到植皮的地方融合了。八十六天后，伤口痊愈了。这一病例，就是草、中、西医结合的典范，先后解决了病人持续高烧、水肿隆起、分泌物脓臭等难题，也创造了草、中、西医结合治疗开放性骨折合并感染的奇迹。三方面结合，最大的优势就是，创面愈合快，瘢痕组织比较松软，功能活动恢复也快。

九

我这人，吃穿不讲究，吃咱这粗茶淡饭，穿，就是粗布缝的对襟衫子。在乡下穿草鞋，到城里没得穿的了，就买浅沿的解放胶鞋。住，医院给了一间宿办合一的平房，一张木板床，几把木凳子，还有个摆设，就是靠床头办公桌上放的那个马蹄钟。锦旗牌匾啥的，都挂在医院办公室，有的在科室。还有名人字画，我又不懂，谁看上了给谁。房间里最珍贵的是，挂在墙上的总理和我说话时的照片。每每看到它，我心里就热乎乎的，浑身就有使不完的劲。给人看病是我的本分，一不收钱，二不要礼。1972年12月8日下午，省军区刘参谋找到我，说首长说我给看病有功，他代表军区首长，送来首长省下的军大衣和大头皮鞋。我说啥也不要，他还让张德给我做工作，我说："在乡下从没收过人东西，到城里也变不得。再说了，咱个乡里人穿个大衣像个么事吗？穿上大头鞋，上山挖药，还不绊得翻跟斗？心意领了，把东西让人家拿回去。"甘肃省委一位书记，因我给看好了病，过意不去，让秘书送来一条毛毯，我连门都没给开，那秘书只好把毛毯交给我们县委书记。书记找到我，说："东西值钱不值钱，是另一回事，关键是对你的关怀爱护。"我说："那好吧，让徒弟们收下，上山采药时，当公用被子盖。"

在深山里过活了大半辈子，住茅房，吃粗粮，心里滋润。上山挖药，饥了，啃一口黑馍；渴了，喝一口泉水。夜里，睡山洞，一点都不觉得苦。唯独外出给人治病，吃呀，住呀，不习惯，坐车呀，坐飞机呀，叫人受罪。

从柞水到西安，人家急着接我去看病。车一开快，几个弯转过去，我就被甩得吐天哇地。结果是，没见病人哩，自己先倒了。从西安到北京，到杭州，人家都买好了飞机票，我硬让改成火车硬座。

吃饭，更受不了，人家好心招待，七碟子，八碗子，山珍海味。我呢，不吃鸡鱼，也不喝酒，不抽烟，茶也不喝，真叫难伺候。有一次，去宝鸡给人看病，主人问要吃啥，我无意中说了一句"腊肉片子就苞谷糁干饭，一顿能吃两大碗"，第二天中午，人家端来一大碗苞谷糁干饭，外带四个菜，都是我家乡菜。我闷头吃了个饱。过后，我纳闷，人家才说，给柞水打过电话，特意从太白县弄来的食材。听了，我很内疚，为我一顿饭，叫人家兴师动众，太不应该了。

头一次去北京，住在中南海接待室，床太软，枕头也软，折腾得一夜没合眼，腰都疼哩。工作人员把热水放好，让我洗澡，我只想烫烫脚，看见一大池子热水，想洗脚，也没处下。上卫生间，坐在马桶上，半天拉不出来。晚上灯亮着，电视放着，就是不知道咋关哩，耐着性子熬到天亮。第二天，跟工作人员说明情况，人家很快换成木板床。后来，总理问起这件事，还批评了工作人员，把我羞愧得不得了。晚上，总理和我们一块吃饭，他举起杯子说："家成同志，你不会喝酒，就用开水代酒，干杯！"我感动得说不出话来，总理怎么连我这个老百姓的生活小事都知道呀。我鼓起勇气，走到总理跟前，双手把他的酒杯捧到他跟前，说："总理，我敬您一杯！"

十

我这一辈子，没得啥爱好，不会打牌，说不来话，也不会跟人交往，只对草药喜欢得不得了。没事了，就爱上山跟草药说说话，就像给自己的娃们说哩。也爱琢磨，一种草药到底有啥用处，非得弄个清楚不可——就是咱农村人经常说的一根筋了。咱就说这个盘龙七吧。它又叫岩白菜、地白菜，是多年生的草本植物，叶子长在茎基上，叶子短、厚，倒伞状排列，茎独枝长出叶面五寸左右。初秋开花，花小，白里带紫红，结的籽很小。籽儿熟后，随风散落繁殖。一般生长在海拔两千八百至三千二百米的悬崖间，耐寒耐旱，多长在岩石还有草丛、树荫间。根头部像龙头，主根和须根大多盘绕在岩石凹处，像盘龙一样。根就是药。

也就在上世纪50年代，我上关山挖药时，发现崖凹处一苗开小花的草，爬上去，连根挖回来，用嘴尝时，感觉味道像红花草，药劲儿更烈。红花草是我最常用的，活血化瘀的草药。我就试着用这种草药给人治病，这一用，不得了，效果好得很很呢，还没有啥不良反应，没有毒副作用。这草药，后来就成了治疗跌打损伤的主打药了。这药的名字就是我给它取的：药的样子像盘龙，就叫盘龙；叫七，也就是七方治七伤。中药的七方就是大方、小方、缓方、急方、奇方、偶方、复方。七伤，就是大饱伤脾、大怒伤肝、久坐湿地伤肾、形寒寒饮伤肺、忧愁思虑伤心、风雨寒暑伤形、大恐惧不节伤志。盘龙七在我们这里不少地方都有，像柞水的牛背梁、四方山、小摩岭、九华山、光头山、黄花岭等。全国各地骨伤病人慕名来到柞水，盘龙七不够用咋办？县上有人提出人工引种，我觉得不行，人常说，山高一丈，都不一样，阴阳坡，差得多，不同的山地，药的效用都不同哩。县上组织药源普查，我建议一处药不要一次性采完，要留种。后来，盘龙公司雇采药农，沿秦岭南坡一线普查，指导采挖，定点收购，逐步解决草药资源问题。

盘龙七药的研制，不是我一人的功劳，是大家辛苦的结果。研制组一班人，严把选药、剂量关，制成了酒剂和片剂，经过反复试验，还请西安市药品检验所、沈阳药学院药理教研室、西安医学院、陕西中医学院进行药理实验分析，证明这药酒、药片没有毒副作用。在1984年6月到7月，通过四百六十八例临床验证报告，证实了这药的奇效。这些病例中，风湿性关节炎一百八十二人，骨折及后遗症二十三人，软组织损伤八十五人，腰肌劳损一百零二人，肩周炎二十五人，增生性脊柱炎十二人，梨状肌综合征十一人，臀上皮神经损伤六人，颈椎病六人，网球肘六人，大骨节病五人，类风湿关节炎五人，椎间盘脱出一人。让这些病人内服盘龙七药酒，一天两次，一次二十五毫升，十天一个疗程，治疗有效率达到97.8%。可以给你说几个具体的病例。像一个40多岁的农民，男的，得风湿性关节炎有二十多年了，走路要拄拐棍。住院后，用了药酒，两周就消肿了。另一位也是四十多，右小腿被砸断，肿痛畸形，是右外踝闭合性骨折。手术复位后，连续喝了两斤药酒，三天后疼痛减轻，七天后，肿胀消失，一个月后就出院了。一位二十多岁的小伙子，右踝关节扭伤，喝一斤药酒，三天止痛，五天消肿。西安市外贸局一名职工，五十多岁，腰痛十多年，住院后，确诊为双侧臀上皮神经损伤，腰背肌劳损，喝了两斤药酒，四天后，疼痛减轻，腰部活动自如，一月都没复发。

我这人对啥子专利没得兴趣，只要能治病就行。1985年1月25日，大家在西安人民大厦召开了专家鉴定会，我因病没参加。省上批了以后，开始批量生产盘龙七酒。

盘龙七剂方子也是我给出的。县医院的陈福安等几位大夫，通过心血管功能测试仪，从侧面就药的活血化瘀单项，对二十位骨伤患者服药后的心血管功能进行测试。结果表明，这药能增加病人的心搏量，使其心脏指数增大，心脏泵血压力增强，外围阻力减小，改善血液循环，促进损伤恢复。大连医科大学附属第二医院骨外科，采用口服盘龙七片，配合功能锻炼，治疗单纯胸腰椎压缩性骨折二十一例，平均随访半年多，还与以往十八例以复位、卧床、功能锻炼方式治疗的病人进行比较，发现治疗组有效率达到95.2%，对照组有效率为88.9%；治疗组局部疼痛平均4.1周消失，对照组为6.3周；治疗组治愈好转的平均时间为9.2周，对照组为12.8周。陕西省建材医院外骨科，于1985年5到7月，对盘龙七片临床疗效进行观察：二百三十个病例中，盘龙七治疗组二百例，消炎片治疗组三十例，结果是盘龙七片对腰肌劳损、软组织损伤、风湿性关节炎及骨折的疗效都很好，有效率达到93.5%。

还有一个秘方，这一药方，主药是龙须藤，又叫摆龙须，大多生长在阴沟凹槽里，是多年生的藤本植物。还有小叶葡萄藤根皮、韭菜根等七味，能活血化瘀、接骨续筋、通经活络、壮腰补肾，也对骨折延迟愈合及骨性愈合有很好的疗效。在1978年的一百个病例中，对临床愈合及骨性愈合有效率都达到了96%。我治疗的河南省气象局的夏书耀，就属于典型的中草药治好骨延迟愈合病的病例。1976年5月，石泉县一个农民，左尺骨被砸碎，在当地医院固定一年后，拍片发现是骨折畸形愈合，切开复位，用钢板固定，还疼痛。转到我们医院后，拍片没有看到骨痂，就马上服用龙须藤片，一天两次，一次六片，加服马铜砖片，饮盘龙七酒，加上锻炼，局部再给敷上草药。三十天后，连续性骨痂包绕，骨折愈合。又过了四十天左右，右手能提一桶四十多斤重的水了。马铜砖，是我在夏先生的方子上提炼出来的。红接骨丹、朱砂等四种中草药，晒干，磨成粉，粉末像干马粪，再压成片，颜色赤黄像古铜，硬得跟砖块一样，这才叫马铜砖的。在接诊的十多万患者中，要预防骨髓炎、肢体部分坏死，以及其他不良病变发生的，都要加用马铜砖。

接骨粉，是我从接骨草药中，选出红接骨丹、过山龙根皮（剂量加重一倍）、捆仙绳全草、白接骨丹、红丝毛根等制成的。把鲜草药晾干后，磨成粉末。要是闭合性骨折，直接用这药外敷；要是粉碎性骨折，在这药中加苎麻根皮、捆仙绳；要是开放性骨折合并感染，上面撒生肌散，外敷这药时，再加核桃树根皮。

生肌散，是在中药方子基础上，调整剂量，再加几味草药，最后的方子是儿茶、龙骨、乳香、重楼、九节梨。把这些药研成细末，撒到伤口，消炎、止痛、止血、化腐、生肌。

十一

经过多年的实践,我自己也摸索出一套看骨折病的独特法子,就是五个字:问、看、摸、听、量。

问,就是询问受伤全过程与受伤的部位,问受伤的时间、受伤的原因、治疗的经过,确定骨折的性质、类型。

看,就是看神色。神志清醒,较好治疗;神志不清,脸色苍白或发红,病情较重;有耳鼻出血、昏迷、抽风、瞳孔不大的,属颅脑损伤,应该急救。看姿势与动作,确定部位、伤势。观察伤部有没有肿胀、畸形、瘀斑,关节畸形,大多是脱臼,或者是骨折合并脱臼;骨折处畸形,大多是骨折端移位;肢体缩短的,多是骨折重叠。看伤口,就是看伤口的形状、大小、深浅、出血量多少,来断定伤情轻重。伤口红肿,有分泌物,大多是感染引起的。

摸,用两手拇指、食指沿骨折处摸。要是压着痛,按痛的部位、范围、程度,来判定损伤的性质。压着痛的面积大,局部性不明显,大多是软组织损伤,斜形、粉碎性骨折,比横形骨折面大。摸畸形,判断骨折移位的方向,横断骨折有移位时,凹凸明显,斜形骨折凸出不在同一平面;摸骨软,在肢体平时不能活动的部位,摸到异常,像假关节样儿,多是骨折,肢体有弹性,大多是脱位。

听,听骨折断端的摩擦声。两手压骨折两头,上下交错,听响声。横断骨折,响而脆短;斜形骨折,低而钝长;粉碎性骨折,多而散乱,像手握沙石的声;要是没有声音,说明复位正常。

量,肉眼观察,测量肢体的长短、粗细以及关节活动度,和健侧做比较,也叫比量法。比健侧长,多是脱位;短,多是骨折或关节后脱位。比健侧粗,多是骨折;粗,畸形不明显,多是软组织损伤;细,大多是肌肉萎缩,或者瘫痪。要是关节活动度小于健侧,多是关节功能障碍。

这五字法,也是同事郅守玺,经过十多年观察、总结出来的。传统中医正骨法，在《医宗金鉴》中，总结成八字法，就是摸、接、端、提、按、摩、推、拿。

我还创立了整复正骨法，具体说就是断的复续，陷的复起，碎的复完，突的复平。总结成六字诀，就是摸、牵、捏、扣、旋、抖。

摸，用轻缓手法，先摸骨折部位，由浅入深，从远到近，先轻后重，两头相对。摸骨端是横茬、斜茬，还是粉碎性骨折。再摸有无畸形，成角畸形还是移位，判断骨折断端方向，确定整复方法。摸，是诊断的继续，是正骨的开始。

牵，整复时，牵拉受伤肢体，让一两个助手扶着病人固定姿势，对抗牵拉，减轻肌肉收缩，矫正重叠畸形。用轻缓手法抚按，解除肌肉痉挛。牵是正骨的重点，是手法正骨的关键环节，时间要短，对抗牵拉要恰到好处。

捏，把病肢摆到适中位置，用手捏。要是上下斜茬，用拇指和其他手指上下捏，要是前后斜茬，就扦手捏，把它挤压到一块。横断的茬，把断的一头捏在一起。捏是手法正骨的核心。我捏骨简单，不疼。病人还没感觉哩，就好了。

扣，捏骨后，用手反复按压，或者两手扣在一起，用手掌由两侧向远处赶，直到骨干平滑，摸不出异常突出为止。扣，是手法捏骨的延续，需要用时再用。

旋，正骨中，经过牵、捏，如果骨折断端间产生旋转、成角畸形，在牵拉下，将骨折远段，连同与它形成一个整体关节的远端肢体向相反方向旋转，让它与骨折近端方向一致，成角及旋转畸形即可矫正。旋，只在手法捏骨出现特殊情况下才用。

抖，捏、扣、旋完成后，从远端骨头向上推，轻轻抖摇几下，摩擦声小或者没有，断端稳定，无移动或短缩，这就完成了手法正骨。抖是检验手法正骨的必要手段。

在创立正骨手法的同时，结合按摩，我还创立了"弹拨理筋，顺正平压，端提顶按，点穴按摩"的正骨法，结合药物温灸、药物展筋按摩，对骨折，骨关节脱位，软组织损伤，腰脊、颈椎急性闪错扭伤等效果很好。我的正骨，不需要进手术室，随时随地都能行，轻者半小时，重者，从诊断、正骨到上小夹板、敷药，也就一个来小时。在我们医院里，两年接诊的六千八百九十个病例中，痊愈率达84.3%，总有效率达95.2%。

用小夹板，也有技术含量哩，要按季节、性别、年龄区分。夏季用柳木夹板，其他季节用泡桐木夹板。柳木又有红心柳、白心柳、毛柳、河边柳，都有很妙的用处。

用观察手指梢颜色，来确定夹板松紧度，简便，准确，适用。将外敷药贴在夹板外，包扎固定，保证复位准确，又方便换药，还有利于肢体消肿后夹板适度调整。做小夹板固定术，在对抗牵引下正骨后，用手紧压住对好的骨茬，放在四条柳木（或桐木）小夹板（板薄而有弹性，宽2到4公分，厚0.3到0.4公分，长度可根据性别、年龄、损伤部位、肢体长短而定）上。在夹板内可垫点棉花，用布带绑三四道。夹板可按肢体（不包括上下关节）定宽窄，松紧适度。布带绑好后，能不费力地上下移动一公分，是最适合的。小夹板固定适用于一般稳定骨折，像肱骨干骨折，桡、尺骨干骨折，胫、腓骨干骨折。而股骨干骨折，不稳定（斜面、螺旋、粉碎）的胫、腓骨干骨折，需要小夹板固定合并骨牵引。掌、跖骨骨折用小型夹板固定。指、趾骨骨折用木片固定关节，内骨折、近骨节的干骺端骨折、骨折间软组织嵌入不能缓解的，用手法捏骨后，限定活动三五天，就能收效。

从骨折整复后，夹板外固定到取下，是小夹板固定时间。取下外固定日期，是骨折临床愈合日期，多从这几方面去看：不疼、不肿、没有异常活动，证明骨痂通过骨折线；松动外固定后，上肢向前平伸，拿一公斤重的东西，坚持一分钟；下肢，不拄拐，在平地上连续行走三分钟，能走三十来步，这时，可以解除外固定。我治骨折，一般是两到四天止疼，两到七天消肿，三十到五十天愈合。

在治疗骨折中，我和郄守玺慢慢总结出动静结合的方法。固定是为了骨头在正骨后保持很好的位置，活动是治疗的目的之一，这也是将固定给肢体带来的不利因素减少到最低的有效措施。肢体练功活动，保证血液循环通畅。关节适当运动，可以避免骨膜粘连和关节囊挛缩，维持生理压力。动静结合法，临床分为早、中、后三个阶段。

早期，伤后两周内，骨折处局部疼痛、肿胀，骨折端不稳定，是经脉受伤，瘀血停滞造成的。这时，练功主要是自主肌肉收缩和松弛，达到活血化瘀、消肿的作用。上肢做伸掌、握拳、耸肩等运动，下肢做股四肌收缩及踝背屈等动作。

中期，骨折两周后，肿胀消退，骨折一端慢慢纤维性连接，骨头慢慢稳定。这时，瘀血还没化尽，除了做上面的动作外，上肢可做关节屈伸活动，下肢可做提臀、提腿、屈膝活动。

后期，临床愈合，取掉外固定，局部软组织恢复正常，肌肉坚韧有力，骨折处有足够的骨痂，骨折断端相当稳定，筋骨还不坚强，功能活动还没有完全恢复。这时，要加大关节活动力度，按功能要求进行，姿势要正确，防止产生习惯性畸形。上肢做太极拳动作，下肢扶拐练习步行，脚不腾空，不点地，用力踏平。

在骨折中后期，还可以加上按摩、舒筋等，有助于散瘀消肿，通利关节。按摩就是用手掌或拇指食指在关节周围或伤肢的肿胀处推拿，柔而有力。舒筋就是由轻到重，轻柔有力，持续用劲，不用暴力，顺着走向捋筋。

我的药物加减法，是在多年实践基础上总结出来的。啥病采啥药，采多少，全凭经验。再加进去止疼、止血、活血化瘀、防腐、消毒、消炎的草药，就成了一个方子了。最早学接骨时，用茯苓树根皮接骨，长骨快，可烧劲大，敷上半天后，好肉烧得起了水泡。我把凉性的水红袍草药掺进去，这样，就不起水泡了，治好的时间也缩短了十天左右。接骨治疗，要注意整体与局部统一，整复、固定、练功有机结合。使用中草药既要考虑止痛消肿，又要考虑恢复关节功能，还要考虑骨折合并大面积软组织损伤、骨折延迟愈合等方面的疗效。

我接骨，基本的草药是：红接骨丹、白接骨丹、黄接骨丹、黑接骨丹、大叶接骨丹、水接骨丹、苎麻根、捆仙绳、百日丹、壮筋丹、伸筋草、红丝毛、散血丹、破血丹、九头鸟、过山龙、土牛膝等。你听听，这些草药的名字，还蛮有意思的吧，好多都跟"接"有关，跟"骨"有关，跟"筋"有关的。这三十多种鲜草药，去掉泥土等杂物，砸成泥，加入醪糟，直到药膏能粘起来，再加少量的白糖，搅拌均匀，就能用了。其实用法也很简单：骨折手法复位固定后，将药膏涂在纱布上，两到三公分厚，敷在小夹板和夹板之间，再用纱布绷带包扎。一天换一次，一般换上三到五次，就能收到活血散瘀、消肿止痛的奇效。

后来，县上成立了盘龙公司，还是那个谢晓林，跟一帮子小伙子的功劳。又听说，还上市发股票了，是我这个大老粗想都不敢想的事。

十二

我这一辈子活得也很简单。跟草药结下了不解之缘，爱它，爱捣鼓它，也用这些花花草草给不少人治好了病。用你们文化人的话说，这大概就是人生的价值吧。

一辈子没儿没女，也算人的遗憾事。古人都说过，不孝有三，无后为大，我也是个普通人，想想，也对不起列祖列宗。其实呢，我也曾养过三个女娃一个男娃，可都没成人就不在了。这也许就是命吧。也像人常说的，医不自治。我得的哮喘病，捣鼓了不少药吃过，也不见效，最后也就是哮喘要了我的命。不过，话又说回来，像我这笨人，就是有了儿女，也给不了他们多大的福分。受苦的命，一个人受，也不连累娃们。

月亮已经爬到半天上了，山村的夜晚，很凉快。王老起身，在院子里转悠着……

那天晚上，我睡在老人家的土炕上。山里凉快，还要盖被子。梦里我一直跟在老人身边，仿佛是他的徒弟，跟他学着辨认草药，学着捏骨……

他说王家成

一

穿越，我见到了王家成，跟他深情地交谈，他憨厚老实的鲜活样儿，总是在我的眼前晃来晃去。他始终在说，我么得啥。王家成到底是个咋样的人？还得听听其他人是怎样说的。

第一次去采访是2020年4月11日。那日，是文友老贺给我们带路，去的就是王家成的老家关山村。这里，原来属于西川乡和东川乡，现在都合并到下梁镇，成为西川村了。

进沟，山青，水绿，河里石头大，浑圆，黑灰色，大多上面都长有苔藓。这里脱贫的项目，主要是地栽木耳，就是直接在地上栽食用菌袋（也有大棚栽的），形成了一个木耳小镇。小镇有一处木耳自采区，有小溪，有观光火车，还有各种造型的动物雕塑。游人来休闲，还能体验采摘的快乐。

顺河而上，河边是地，地后面是房子，白墙，红瓦或灰瓦。房后面就是山，山不高，一片绿。车行到一处竹林边，一位身穿白大褂的中年人，在路边等着。他就是村医童建设，半秃顶，圆脸，紫红。他带我们从地中间一条水泥路走进去，就是他家。门口场上，晒满切成片的葛根，我们叫蒌根，也是一种药，退热，消渴，解酒。他叫我们坐到屋里，我说还是在院子晒太阳好。他上小学时，就和同学们跟王家成老人上山采药，也是王老先生教他们认识草药的，像红接骨丹、白接骨丹、黄接骨丹，都能认得。也是王老告诉他们，凡是长节的草都能接骨，看来自然界跟人是紧紧联系在一起的。刘寄奴、泡桐树根皮、刺椿头、过江龙、过山龙、壮筋丹、水红袍、水接骨丹、川牛膝、伸筋丹等，七药山上都有，长在崖上。接骨草药就有几十种，开的花有红、白、黄等，各不一样。采回这些鲜草药，按比例调配，再用药锤砸碎，加上黄酒——苞谷做的，调和好摊到纱布上，敷上，用夹板夹上，可除风寒，除湿，活血化瘀，伸筋，长骨头，一般用在不开放的骨伤上。年轻人，半个月就好了，年龄大的，也就是个把月。

晓祥先生让他回忆，老先生曾给哪个人看好骨伤，这人跑过不少地方都没看好，比较轰动的。他想了想，说，这一个人好像是河南那儿的，姓夏，骨头坏了多少年都看不好，最后到这儿来，治好了，那人感激得不得了，后来，多年都来柞水，跟他父亲都成了朋友。那大概是七几年的事，那个人好像在气象台工作。上世纪70年代，全地区在柞水开了好几场中草药接骨现场会，来人有好几十个，有省市专家组成的评审组，参加比赛的有二十多个接骨的草药大夫。每人给一条断腿的狗，让给接好，敷上药，看谁的接骨效果好，王家成先生是最好的一个。现场会前后开过几次，一个叫谢景兰的说，王老先生给他也看过病。王老还跟范公端学过草医。范公端也是这儿的人，已经不在了，儿子还能接骨，接骨还用盘龙七、重楼，还有胖婆娘腿等草药。用的鲜药，干了还要泡软，才能用。当时，大队医疗站有七八个人组成的采药组，帮忙采药的还有三四个人，村上给记工分。王老给人看病，是免费的，不要钱。村上摔伤的，都叫他给看过。后来，他把药方子捐给了国家，办了药厂。那人对人好。

童大夫带我们沿沟而进。他说，这上面有个四方山，有罗汉树，有五指峰，还有两个人合抱的枫树。在一处土房子前，我们见到了王家成老人的侄子王启富，已经七十八岁了，耳聋，身体也不好，记性也差，人也木呆呆的，左脸上受伤，沾了一小片纸。问他伯王家成的情况，他只是摇头，说啥都不记得了。

我们又驱车往王家成老家走。路边有好几处群众养的中华蜂，摆在河道边地塄上，蜜蜂飞出飞进。

走到王家成老宅子处，是一片缓坡地，土房早都倒了。看着那挖过的地，想到王老先生的过去，我心里一阵凄凉。

再走，前面正在打水泥路，车走不了了，只有步行。前面河边一棵柳树，有两搂粗，好几丈高，树上还有一个鸟窝，路边的黄花开得很艳。

在慢坡一处竹园旁，洋芋地里一男一女在拔草，那男的就是范宽地大夫，长脸，粗壮。他从地里上到路上，陪我们到他家，地离家也就一二十步。靠路是楼房，新盖的，边上是老屋，土木结构，是他父亲盖的。他老婆也跟着回家，外穿绿呢子，内是红毛衣，还戴着耳环，不像是金子的。她忙着给拿凳子倒水。台阶有半人高，台阶下长满了一种开黄花的野草，范大夫说，是雄黄草，也叫消肿草。蜂蜇了，蛇咬了，把这草砸碎敷上，立马见效。说到治骨伤，他那长脸上的胡子动了动，眼睛来神了，皱纹跟核桃皮一样。他家四代都能治骨伤，王家成就是跟他父亲学的，在他家住过好几年。他说，那人老实，能吃苦，挖药、干活，没叫过一声累。

他还说，王家成给周总理看过病，也当过全国人大代表，这是真事。那时，他脖子上的嘤呱呱，还是总理叫人给割了的。

二

在那本《骨伤科名医王家成》里，有赵先振先生整理、夏书耀口述的《王老救了我的命》：

我是河南省气象局的干部，1967年下半年，被汽车撞伤，右股骨干骨折，先后在河南、北京几家医院住院治疗，做了手术，也花了国家不少钱，受了不少苦，但效果总是不明显，断骨总是不能愈合。亲戚朋友和家里人都很担心，我也很悲观。我在想，这么多大医院，这么多名医，咋就治不好我的腿呢，恐怕这腿没治了，今辈子怕再也站不起来了。越想越伤心，有时就偷偷地哭。也就是在1971年1月，我突然从一张《光明日报》上看到老草医王家成的事迹，心里久久不能平静。大医院名医都治不好，这山里的草医能行吗？也就是抱着试一试的想法，2月左右，我给王老写了封信，询问情况，没承想，3月份他就回了信，说这病没看过，可以试试。5月左右，我就从北京到了柞水县医院。当时，我拄着双拐，还得两个人扶着，才能走。

王老给我的印象很深：身穿农民装，脚蹬黄胶鞋，诚恳俭朴，平易近人。我入院后，他通过检查观察，了解了病情，跟其他大夫研究，决定采用内服生骨率较高的龙须藤片和马铜砖片，后一种药能加快血液循环，加上按摩以及功能锻炼。治了一个月，就不太疼了。三个月后，拍片子看，骨痂出现了，又继续治了两个多月，达到临床愈合了，我能甩开双拐，走上百十米了，又经过十多天的锻炼，一次就能走上三四里了。

是深山里的老草医王老治好了我的腿，让我重新站起来，给了我新生。他是我的大恩人，我一辈子都不会忘记。当时，他每天都到病床前来看我，有时一天要来三四次。得知我的病情有所好转，他满意地笑了。遇到气候变化，他的哮喘病发作，可他还是带病来看我，真叫人感动啊！

三

有关王家成大夫用北瓜（就是南瓜）瓤子治疗枪伤的故事，我是从谈世根先生的微信里找到的。2020年3月27日，谈世根先生采访过吴志贤，当年王家成就是给吴志贤儿子治的枪伤。

1978年秋的一天，吴志贤在瓦房口街垣电站干活，不到六岁的儿子吴建品在家意外受了重伤。

吴志贤家住在甘沟里（那时甘沟还没有公路），附近有一所初小，学校边有一间代销店。代销店主平时爱打猎，经常背着土枪在山上转悠。那天，他把装好弹药的土枪放在了店门后。邻居家的小孩跑到店里玩，趁大人不注意，又把枪拿到门口玩。那娃力气小，举不起枪，就把枪放到地上，趴在地上向外瞄准，学打枪。刚好吴志贤他娃也过去玩，便站在门槛外看那娃玩枪。那娃说："你再看我就开枪呀。"一扣扳机，结果砰的一声枪响了。枪弹穿透厚厚的门槛，一下子打在他娃的右小腿上。

店主赶紧和吴志贤妻子一块抱着娃去找他，他们赶到乡卫生所，医生见娃失血过多，昏迷不醒，简单止血包扎，就让赶紧送到上级医院。他们就抱着娃步行往凤镇赶，晚上10点多才到凤镇区地段医院。医生听说了情况，开始根本不敢搭手，在他们的苦苦哀求下，医生对伤口做了简单清理包扎，又让去县医院。他们又累又饿，只得在凤镇住下。第二天天不亮出发，他们步行翻越小岭，在东坪遇到一辆运粮的卡车，就抱着娃跪在路中间挡车。司机立马抱了娃平放在司机楼儿（驾驶室）里，把他们捎到县城。县医院医生见状，还是不敢收治，说这是枪伤，让去西安市红十字会医院试试。天晚了，又没有车，他们在县城住了一夜，第二天坐班车（那时还是东风大卡车）去西安。司机看娃可怜，就让售票员坐车厢里，把娃放在驾驶室里。到了西安，找到红十字会医院，接诊医生一看娃发烧，昏迷，腿上血肉模糊，好多处已化脓，说要截肢，因为土枪散弹多，无法取出。吴志贤不愿意，手术费也高，也没有钱住院，只好又回柞水，另想办法。

他又把娃抱到七坪乡，找到在那里工作的堂兄。他堂兄说认识西川有名的草医王家成，就找王家成看有没有办法。王家成听后没有推辞，让把娃带过去。王家成当时有六七十岁，人非常和气，听了娃受伤、求医的经过，看了看娃的腿，摇了摇头，啥也没说，出门走了。他一下子急了，看着堂兄说："咋办？人家先生是不是不给看了啊？"堂兄说："你别急，王先生肯定是找药去了。"

约莫过了一袋烟工夫，王家成回来了，后面跟了一大串人，男女老少，个个都抱着北瓜，有大的，有小的，有长的，有短的，不一会儿，屋子里就放了几十个。王家成说，他这是去邻居那里找北瓜去了，邻居听说要用北瓜治病，都给送来了，顺便也来看看，咋样用北瓜治病。王家成解开娃腿上的纱布，娃的小腿肿得很粗，全都化脓了，几乎没有一处好皮肤，娃也痛得直叫唤。围观的人都不敢正眼看，好多妇女都哭着说："这娃好可怜！"王家成不慌不忙，也没清洗，直接切开几个北瓜，掏出瓜瓤，去了瓜子，在娃受伤的小腿上，厚厚地敷上了一层，用纱布包扎好，说："过一个对时以后再换药。""一个对时"就是二十四小时。

第二天,王家成解开纱布时,娃腿上的脓血、烂肉、瓜瓤一大堆,骨头都露出来了,把吴志贤也吓得不得了。王家成说:"你莫怕,我都不怕。"之后,他又切开几个瓜,继续用瓜瓤敷伤处。他说:"瓜瓤这东西,既烂肉又长肉,长肉的时候,腿上肯定有些痒,千万不能用手抓。"就这样每天换一次,娃伤腿上腐烂的肉一次比一次少,新的嫩肉慢慢长出来,孩子的痛苦也一天天减轻了。坚持了二十天左右,已经没有什么脓血了,王家成就陪着一块到了县医院。县医院的人都很尊敬他,也没有要钱,给娃拍了片子。几个医生看了片子,确认娃腿里面有十三颗枪子儿,其中骨头里有四颗,肌肉里面有九颗。

看了这个结果后,王家成又带他们回到他家里,让老伴照顾好娃,自己拿了一只小陶罐,带吴志贤一块上山找药,到石岩底下,寻找一种叫地蚰牛的小虫子。这虫子也叫倒退牛,土灰色,椭圆,前面有两个长夹子,一般钻在岩石下干燥的土里。有这种虫子的地方一般都有几处干细沙土,呈漏斗、旋涡状,土窝窝大概有酒杯那么大。发现这种漏斗窝后,用手指头或者小木棒在"旋涡"口轻轻一拨拉,叫着"地地牛儿,地地牛儿",那种小虫子就会从"旋涡"里钻出来。这时候就赶快捉住它,放到陶罐里。半天,王家成他们就捉了半罐。王家成将虫子放在石板上,用木槌锤成绒糊状,对着娃片子上子弹的位置,仔细涂抹上去,用纱布包好。又过了一天,解开纱布时,娃腿上肌肉里面的枪子(绿豆大小的铁砂),一颗一颗地顺着敷药处钻出来了,有的在皮外,有的粘在纱布上。仔细数数,整整九粒!王家成说:"骨头里的子弹,暂时没办法,等娃长大后,再找机会治疗吧。"然后,又给娃腿上敷了瓜瓤。就这样天天用瓜瓤敷伤口,也没有见他用别的啥子药,娃腿上的肉就慢慢地长了起来,先是红色的嫩肉,没有皮,到后来慢慢地长出肉皮,和普通人一样了。

娃的腿治好后,再没复发过。现在那娃也快五十岁了,在外地打工。

吴志贤说,王老热心助人。在他家那段时间,他家里几乎天天都有人来看病,他总是不厌其烦,耐心帮助,也不收别人的钱财。吴志贤跟娃在王老家待了三四个月，管吃住，分文不收。他说："先生，你是我们的救命恩人，我今生无以为报，来世给你当牛做马。"王老却笑着说："我没得娃，把这娃当自己的娃，给自己的娃治病要啥钱？我老了，腿脚不便，上山挖药得有人帮忙，你给我帮忙就是换了工了。"王老老伴天天在家帮忙照顾娃，吴志贤就天天跟王老一起上山采草药。王老教他认得上百种草药，还给他讲哪种草药治什么病，他慢慢记下。晚上看医书，上面有很多很多的草药，有画有文字。王老说："十男九痔，十女九崩。痔疮、崩漏、骨折、红伤等都是山里人的常见病，只要用对了草药都能治。"

治好吴志贤儿子的枪伤，王老还送了他三本草药书。王老说："你不是徒弟，但也跟我学了几个月。看病很难的，百草都是药，你能认字，这些书拿回去认真学。千万不要弄错了，不敢害人。"回家后，吴志贤上坡找草药时就拿着书对照，仔细地辨认，慢慢地也学会了一些中草药的使用方法，能给周围的人看一些简单的病。后来村上推荐他当了赤脚医生，乡上卫生所还给他发了一个药箱，到现在他还保存着。只是三本书，其中一本大书不知道让谁拿去了，两本小书也都损坏不全了。

吴志贤眼中的王家成先生，和善真诚，穿戴也很朴素，看起来非常"土"：平常穿着草鞋，好点就是黄胶鞋。肩膀上搭着一只大烟袋，烟斗像小茶杯那么粗，烟袋杆拇指粗细，两三尺长，白铁的烟嘴也有五六寸长，连在一起既能防身又能当拐杖。烟袋杆上挂着一只三角形的烟荷包，荷包上面绣有花，下边两角吊着花穗子。他平时走路，总是把烟包挂在胸前，把烟枪放在背后。

四

柞水县人大原副主任刘鹏先生，对王家成最了解。2021年5月21日，我拜见了刘主任。说起王家成，他有说不完的话。

他说，是王老把草药验方引进县医院的。1972年，商洛地区召开中西医结合现场会，之前还解决了王老两口子的农转非户口（农民户口转成城镇居民户口），定了工资，按大学本科标准，一个月四十七元，第二年转正，一个月五十八元。王老的资料都在刘鹏编的那本书里，在那篇他跟乔有年合写的《人民的好医生》一文里。文章写道，王家成运用中草药治疗骨伤的事被解放军总后赴柞水医疗队发现后，他们邀请王家成参加了陕西省在宝鸡召开的战备中草药科研会议。会上，王家成进行了中草药止血、治伤现场演示，交流了他多年积累的经验。省上组织了军队与地方院校、医院、科研单位的专家，组成中草药科研小组，来到柞水县西川乡合作医疗站考察、学习、研究、总结王家成的接骨经验，以及中草药秘方。王家成也先后参加了省、地中西医结合、中草药科研会议，赴西安等地会诊、治病。报纸、电台播出王家成的事迹后，全国各地的骨伤病人来人来函，求治的人数不断增多。这个偏僻、不通车路的山区，为接待不了这么多骨伤病人而发愁。关键时刻，县上决定聘请王家成到县医院当骨科医生。仅四年多时间，他就接诊来自二十四个省、市的四万多病人，治好了许多当代医学上认为的"难病""绝症"。

王家成在民间行医时，经常带着几个人，行医路上，就顺便上山采药，一边采，一边教他们认草药，他觉得，多一个人知道中草药药性，就能多救几个病人。

他的徒弟中，有学中医的，也有学西医的，他都一视同仁，一样善待。

陶道明先生在《从骨折患者到接骨医生》一文中写道：王家成想，自己没有天生的才能，也没有学习接骨的条件，一没钱，拜不起师；二不识字，看不成书。但他下决心要学，谁也不是从娘肚子里带来的本事。拜不起师，就勤听，勤看；读不了书，就到山上采来草药，试着辨药性。此后，他就试着给人治些小伤小病。有一年，他弟弟在山上跌了一跤，把右腿膝关节折断了，他努力回想草医当初给他接手腕骨伤时的情景——先整骨复位，把断茬接好，再贴上草药。他照葫芦画瓢，按人家给他接骨的手势，握住弟弟的伤腿，向下用力一拉，对准直线，轻轻往上一碰，又扶着伤腿上下摇动，摸摸两条腿的膝关节，形状相同，估摸着断骨整好了，就敷上砸碎的草药，十多天就好了。

张德先生在《大山人的风采——忆王家成先生二三事》一文中，也描述了王家成老先生的感人事迹。文中写道，他从县城出发，翻三座山，沿山涧溪流，走六个多小时，才到西川关山王家成家的林间小茅屋。经人指点，他瞧见王老先生正在屋檐下，搓葛麻绳。看见来人，王老这才放下手里的活，坐在那儿不说话，只是细眯眯地微笑着。这时，他对王老先生的第一印象油然而生：活像一尊诚实憨厚的雕像，仿佛救苦救难的活菩萨——在大多数人眼里，王老先生都是一个木讷、和善、诚实的人，那句"就是给人治伤么，还有么事好说的"，就是老先生的口头禅了。

张德先生做完采访后，还写出了剧本《红草医》，征求意见时，读给关山村民听，大家都说好，可老先生却不言传。最后，他缓慢地说："有么事好，就是给人看病治病么，唱那个花里胡哨的歌么意思。"1971年冬，在地区召开的"活学活用毛泽东思想积极分子代表大会"上，王老发言说："毛主席教导我们为人民服务，'完全''彻底'。白求恩不嫌恁远，来给中国人治病，我给自家门跟前的人看病，没有么事好说的……"

赵先振先生在《难以抹去的记忆》一文中，从王老办医疗站，采药，尝药，到给中华村摔断五条肋骨的社员看病，到受到周总理接见，到不收外省领导送的毛毯，到研制新药等，都写得具体生动，感人至深。

谢晓林先生在《正是"盘龙"腾飞时》一文中写到道，王家成先生对骨科顽症骨延迟愈合有独特建树，造诣颇深，为中华医学做出了卓越贡献；他献出的验方之一，盘龙七药酒，对风湿、骨折、慢性腰腿病都有特殊疗效，是中华医学宝库的瑰宝之一。

王家成去世前，将自己毕生研究所得的"盘龙七"和"盘龙七药酒"两个奇方无偿捐献给政府。以此组方，柞水县成立了西安制药厂柞水分厂，性质是国营企业。

现在的陕西盘龙药业集团股份有限公司，前身就是西安制药厂柞水分厂。现在，它已成为一家民营上市公司，下辖五个全资子公司，一个非企单位，三个控股孙公司。拥有十一条生产线，九大功能一百多个品规的产品，销往全国各地。

王家成是柞水"盘龙七"品牌的发明者。他运用传统手段，本地资源，创造了骨药奇迹。这是商山草医献给世界、生命、人类的一份大爱，是商山草医的骄傲。

2021年5月23日，阴天，还有点凉，在柞水县城，我们还拜见了丛厚珍大夫。老人已经七十八岁，退休在家照看多病的老伴。她一直跟王家成老人学草药、草医知识。王老去世后，她一直伺候王老的家属。2005年王老家属去世，也是她给送上山安葬的。她二十年如一日地照顾王老家属，从没有计较个人的得失。她记性好，说出了不少感人的细节。

2023年3月26日上午，我采访谢晓林先生，他说得最多的还是王家成老先生，说老先生值得宣传。他说他是王老第二拨徒弟，说也一直在收集王家成的有关资料，还准备在王家成老家关山建纪念馆。王老先生的墓地是他给选的，每年清明节，他都去给老先生扫墓。他把王家成的小夹板申报了非物质文化遗产，还建议我们写一个《红草医》的电视剧剧本。

从采访的人，到书写王家成的文章，一一印证了，我穿越时听到王家成先生说的，都是真事情，没有半点添油加醋，有些事迹，老人甚至没给说出来。那些生动鲜活、让人感激涕零的细节，从老人口里说出却平淡、自然，一切都是那么的平常。

我遇见的乡间草医人（一）

商洛自有人类生存，就有了草医，所以草医可谓源远流长了。民间疾苦的消除、文明的发展、生命的衍化，都有草医、中医相伴。中草药则是自然对人类的关爱，对生命的呵护，中草药在商洛可以说遍地都是。我的经历、精力、视野、水平无法全视角地写出秦岭南坡商洛中医与中药的全貌，只能描绘出我有限视角下的商洛草医、中医、中药的一部分。

商洛山大沟深，要寻访民间草医，都是通过熟人联系好，约好时间，再去相见。草医大多是老年人，有的出身悬壶世家，有的是生活所迫，为养家糊口，学一技之长，多数是喜欢，从小就爱上了。他们大多文化程度不高，有的可能大字不识一个，看病、把脉，却都有一套；有的能给你说出一大串药理，有的说不来，对疑难杂症却看一个保准好一个。当然了，那些科班出身的中医大夫，有一定的中医理论基础，也有丰富的诊断经验。

范宽地

范宽地，男，七十岁。柞水县下梁镇西川村八组人。

采访时间：2020年4月11日上午

采访地点：柞水县下梁镇西川村八组范宽地家院子

到他家时，太阳红红的，正照在他家院场上。说是院子，也没有围墙。风很大，吹得人都坐不稳。他家屋檐下晒着萝卜干，我冷不丁一看，还以为是腊肉，这里的人喜欢腌腊肉。

他说，他是六岁上就跟父亲学的认药。十二岁跟父亲学看病，还跟当时城关卫生所的张大夫、周大夫、献大夫学过。他中医外科、内科都能看，在柞水弘慈医院坐诊了四年。他最拿手的要算治骨折了，最厉害的是曾治好一个骨头发黑的病人：用草药敷上，骨头从里往外长，就长好了肉。对化脓、长蛆的骨折病人，他也都治好过。20世纪80年代，他村上一个娃，十几岁，被人用刀砍了左胳膊，在西安住院，要交一千多元，还要给截肢。娃没钱，跑回来时骨头坏死，伤口都长蛆了。他用草药给治，只花了不到几百元，就好了。现在这娃在西安打工。90年代，柞水丰北河一位姓余的男人，在外打工，回去过年，遇上大雪，在大峪岭上冻了三天三夜，回到家，用开水烫脚，半个脚都快掉了，肉都烂到了脚踝骨上，医院叫截肢，这人不愿意，找到了他。他给熬草药喝，把鲜草药砸烂给敷上，用了半年时间，那人两只脚上的脚指头都长出了尖尖，彻底治好了。这人现在在西安开理发店，都有两个娃了。2004年，小岭一个人，二十来岁，右膝盖粉碎性骨折，长不起来肉，又有骨髓炎，要到医院也是截肢。找到他，他用草药，三个月就给治好了。现在那人在下梁菜市场卖菜哩。

他还掌握不少"七药"，像红毛七、白毛七、竹根七、大叶子七、小叶子七、羊角七、盘龙七等的药性。这些药各有各的用法，像大叶子七治老伤好，小叶子七能治妇科病。

他说，病毒性肺炎，用草药也能给治，就是用那六生散。野菊花、生力草、金银花、绿豆、芦根、苍术，全部用干药，打碎成粉，用蜂蜜调制好后，喝下去，效果嫽得太太。这方子当年华佗、张仲景都用过。还有些治肺炎、解百毒的方子，可用来给学生娃防治流感，好多娃到他这儿，很快就治好了。方子是用贝母、毛辣根，他说着，歪了歪头，想了想，又说，蒲黄根、黑豆、蒲公英、红丝毛根、半夏、桑根皮，熬制成汤药，口服。治咽炎时，加王八叉、射干、冬花、桔梗。王八叉就是王婆六，用全草更好。

他还给我们几个看了病，一一说了用啥方子。像老何说他老婆的支气管炎，用罂粟壳、贝母、苏根、百步、冬花、杏仁、桔梗、蒲公英，熬着喝就行了。

他说那些方子时，不假思索，跟升子里倒核桃一样利索。那些药多少克，也是一口就说个准。

他说农村抓中、草医，还是毛主席六二六指示后的事。1969年，他被派去湘渝公路工地，当了三年医生，也学会了看拍的片子。1970年，他还参加了商县的"四老会"，会上给他发过笔记本。

他家这地方，叫牛头沟，在牛公庙山下，海拔一千一百多米。

5月23日到24日，我在镇安县拜访了十多位草医人。那两天，天气晴好，心情也好。多亏了好友扬长湖先生，他当时任镇安县中医医院院长，全县的中医大夫他都很熟。他提前就联系好了我要采访的这些大夫，时间也安排得恰到好处，不耽误大夫行医，也让我们没浪费时间。

邢旭光

邢旭光，男，四十岁。镇安县高峰镇人。

采访时间：2020年5月23日上午

采访地点：镇安县城邢宗儒诊所

邢宗儒诊所在街上一个巷子里，慢坡上靠右手的一座楼，就是他的家，门口蹲着大大的方牌子，上面写着：邢宗儒诊所。

诊所一位白脸黑发、留长胡子，目光有神的中年人，跑到门口，笑脸相迎。他就是邢旭光大夫。诊所两面墙上靠着褐色的中药橱柜，每个小抽屉斗上贴着白色的字，那是中草药的名字。

邢旭光大夫给我们沏好茶，坐下来说话，话语温润，且稳且缓，一绺长髯，有浓浓的仙风道骨之气。他的父亲就是邢宗儒，诊所用他父亲的大名，一则为纪念，再则沾老人名气。他们邢家历代从医，太爷爷就是中医。他父亲生于古历1933年二月二日，是个公正平和的人，用药简单，疗效很好。他小时候跟他爷爷学过草医。他儿子现在七岁，也跟他学，都能背诵不少汤头口诀了。

他说，父亲一生坎坷。爷爷去世早，解放后，父亲当了四年兵，回到临潼兵役局工作了一年。后来，响应党的号召，父亲回到张家乡卫生院工作，一直干到五十七岁上退下来，又被返聘。父亲克服困难，在老家搞中医、针灸、拔罐、推拿等，父亲接骨、推拿是绝活。有一次，金矿里的一个人吃野蘑菇中了毒，父亲用甘草熬绿豆汤，解了毒。父亲这些作为，也让他耳濡目染，慢慢爱上了草医。这样，就一直跟着学，也跟父亲上山采药，先后采过苍术、麦冬、金银花、杜仲皮等。一次，还在悬崖上见到血灵芝，那上面站着一只黑鸟，崖高，危险，没敢去采，但那情景他现在都记得清清楚楚。

他母亲过世早，那时他才五六岁，是父亲一手把他们姊妹几个拉扯大的。老人心劲儿很强，贫穷可以改变，做人的道理不能变。对他影响最大的是，当一个好草医，一要医术好，二人要谦虚。为学好针灸，他在装绿豆的桶里练习扎针，手指都磨出了血泡。父亲给人看病，不收一分钱，有的患者给送了豆腐之类的土特产，父亲舍不得吃，拿去换粮食养家糊口。父亲经常对他说草医不是为了挣钱的，是给人治病的，也给他讲"为而不争"的道理。

父亲看病讲究医养结合，像县百货公司一位职工，患严重胃病，好多年都没治好，吃他父亲的药，三服就好了。父亲给那人说，吃药是一方面，生活和心情也很重要。有一年夏天，他跟父亲回家收麦，遇到一个割麦子的人晕倒，父亲上前，把那人放平，给扎人中，扎丹田，救过来了。有一个四十多岁的女的，得了崩漏，不得好，可家里穷，抓不起药，父亲就把棕树皮炒熟，跟头发一块烧成灰，用童子尿，加灶心土，冲着喝，给她治好了。

柴坪一个四十来岁的男人，得了脑梗，走不动路了，家里老人用架子车拉来看，吃了两个疗程的中草药，见效了。后来再来，那位白发苍苍的老人，背着个黄挎包，哭着说家里把啥都卖光了，没钱了。父亲就让他们住在家里，把草药碾成粉给喝。两个月后回去，再没来过。父亲还专门跑到柴坪，上门给那人看病，父子二人感激得给父亲下跪磕头。那男子现在在外地打工。

高峰镇青峰村一个人，得了肺结核，看病没钱，家里养了一头猪，又舍不得卖，那是一家人的救命钱呀。农村人习俗，宁买棺材，不买药。没办法，父亲就用自己的工资给那人买药看病。病人没吃饭,父亲给下面,那人站在灶旁,也不用碗,直接拿筷子急匆匆地在锅里捞着就吃。他听父亲说到这里,惊奇地睁大眼睛,父亲对他说,这有啥哩,人饿极了么。

邢旭光上完初中,正式跟父亲学中医,还拜过县上几个名中医为师。后来,还到渭南中医学校学习过。2001年,开始独立接诊看病,那时,他才十九岁。一天早上,一个三十来岁的男人,手扶着腰一瘸一跛来,说腰疼,找父亲,正好父亲不在家,他就说让他先给看看。那人疑惑地问:"你能行?"他点了点头,说:"试试吧。"他给把了脉,说可能是肾虚引起腰损伤,脉有点沉,便给开了五服中药。那人还是不放心,借口说钱不够,只让先开两服,他说:"吃三服都不行。是这吧,钱不够,回头再说。"他强给开了五服,那人这才勉强同意。配药时,他紧张得手都乱抖。正在这时,父亲回来了,又给那人把了脉,看了药方子,说好着哩,给减了两味药,这才给抓了五服。过后,父亲给他说:"药方开得有点大,还是不自信。这样会增加病人的负担。用药,先把药性弄清,再把剂量弄准,不能太轻,也不能过重。"

父亲又找来药书上的方子,让他对照,看问题出在哪儿。父亲要求他,白天看病,晚上看书,又时刻告诫他,记着"医者,仁也"。

他能看胃病、肾病和骨科病。行医二十多年,现在还把看过的病人的相关资料都存在手机上,用微信回访患者,又作有行医日记。他翻了一会儿手机,找到一个病例。那是宁陕县小川镇人,姓何,六十多岁,2012年前后,经人介绍来就医。之前,那人在西安几家医院看眼睛,花了十几万,也没治好,来时还是两个兄弟扶着来的。他检查后,认为是肾虚加上年龄导致的,能治,得两三个月。他先给开了十服中药,才二百元。那人咋样也不相信,药都抓好了,还不走,很认真地说:"先生,我是宁陕来的,坐了四个多小时车,咋就这二百块钱的药?可别忽悠我,我娃在上海工作,钱有的是。"那人第二次来,只有一个兄弟陪着,他又给开了十服中药,还是二百块。第三次,那人一个人来的。那人听他说过,谷糠能当药,就扛了一麻袋谷糠来。这次也给开了十服中药。去年那人来,眼睛彻底好了,现在干贴石墙的活,一天能挣二三百块。

柞水一位二十九岁的银行女职工，结婚后，多年不生娃，家里人都很着急。他给把脉，也看了医院检查结果：输卵管窄。他给开了七服中药，第一个疗程下来，没怀上。他笑着说："这是个系统工程，肝郁肾虚造成的，以后，生活要规律，心情要好。"第二次，又给开了七服中药。吃了药后，那人工作忙得走不开，他让她在微信上发来舌苔照片和没有化妆的素面照。他看到她面色红润，肾不虚了。这之后，他就没管过。过了二十多天，一个人来说那女的怀上孩子了。那人一走，他就跟那女的联系，女人说："实在对不起，忙得忘了给你说，回头给你送锦旗过去。"他告诉她，那就好，心态要好，也甭休假。前几天，那女的抱着一个男娃来了，说奶水不够，让他给开药，还给他塞了一个红包，他没要。那女人的男人，从车上取了一盒木耳，笑着说："这总得收下吧，总书记来都说柞水木耳好呢。"

他自己还研制了一些方子。像用苍术和麦麸子一块炒，治眼病和湿疹；凤仙花治灰指甲；凌霄花治荨麻疹、痛经、黄褐斑；灶心土加白芍一块炒，治肝硬化。他跟父亲一起研制的痛经散，疗效很好。

他说，传统的方子先要学精，研究透，才能根据病情，因人而异，加减用药。他的四经汤，就是独创，对应天地人和，参天悟地，融入了大宇宙。他的诊所有中草药三四百种，现在每天接诊也有二三十人。他坐诊，心理疏导，为人治病，也用手机回访。

他父亲2015年去世。老人一辈子善良正直，治病救人，用药简单，视病人如亲人。20世纪80年代，他在老家高峰镇开了一家诊所；2005年到县城租房子开诊所；十多年后，贷款买下现在这块地方，盖了楼房。之所以用老人的名字开诊所，主要还是想把老人的医术医德传承下去。

中午时分，他硬要留我们吃饭，我们加了他微信，告辞了。后来，我每天都能在微信上看到他就诊的情况，有时，还有一些方子，或《黄帝内经》里的经典妙语，让我也学到不少东西。他在跟我们交谈时，把病人都称为客户，就能看出他对患者的尊重了。

临走，我还翻拍了他父亲的照片，老人一脸的慈祥。他说，他还有不少线装书，有父亲的手抄本。他以为，中医的最高理论都在老子的学说里。他还向我们推荐了他的老师赵冠群，笑着说："老师身上有不少故事。"

赵冠群

赵冠群，男，八十二岁。西安市鄠邑区人。1958年自西安卫校毕业后分配到柞水县医院。

采访时间：2020年5月23日下午

采访地点：镇安县城怡康诊所

一见面，赵大夫很热情，又是亲自沏茶，又是自己掏钱，让徒弟去给买水果。

赵大夫大方脸、大眼睛，说话快。他那镇安腔里夹杂着关中味儿，豪爽，大气。他半开玩笑似的说："采访是问答式，还是漫谈式？"我也笑着说："您老随便说吧。"

他毕业后，先分到柞水县医院，镇安和柞水两县合并后，一直在镇安县医院。当时，他是从西安徒步到这儿来的，后来每年的探亲假也是走着回户县，再来也是走的，就这样走了五六年。他爱吃面和馍，吃不惯这里的糊汤，有人就反映，说他"不吃糊汤是资产阶级享受思想"。这样，县革委会卫生部门就没给他按时转正。他去找领导追问，领导说了这事儿，他就说："我不吃糊汤被说是资产阶级享乐思想，那你不知道呀，我也不吃肉，两相抵消，不就扯平了么。"领导一听，笑了，就给他转了正。

他先后多次到西安进修。1974年，他到陕西中医学院"中医学习西医提高班"学习，成绩优秀，院领导两次给县上领导写信，要他留校。山区人才太缺了，县上没同意。后来，他又到北京编《中医大辞典》，过了一年多，又回到镇安。

他一直从事中医工作，曾任县医院中医科主任。他当年考副主任医师时，全地区一百多人参加考试，只通过了两人，他就是其中之一。但当时，一位徒弟办了个药店，他曾给帮过忙，有人就告他走穴捞钱。就这样，副主任医师耽误了五年才批下来。到能晋主任医师了，年龄过了，要退休了。

他对消化系统病、心脑血管病、胃病、妇科病都有研究。商州、洛南的不少妇女患者都慕名找他看过病。他有个方子能治痤疮。治疗肝硬化，像月河的宋强民，他第一个疗程让吃了五服中药，第二个疗程两服就解决问题。县农械厂职工岳喜娃，长期患肝腹水、黄疸，吃了两服中药就好了，现在都能喝酒了。木王的陈牛，五十六岁，严重肝腹水，腿肿得都走不了路，肚子胀得跟怀孕八个月的妇女一样，医院都不收了，吃了他的中药，好了，都能放牛犁地了。后来，他还给老陈的儿子找了媳妇，是湖北襄阳人。汪女士贲门炎、李女士慢性胃炎，他让她们改变生活习惯，少食多餐，不吃腌菜、腊肉等。改了习惯，药效有了。艾小强，四十来岁，得了结肠炎，晚上大便五六次，白天也在七八次。诊脉后，他说是脾盛阳衰，给开了中药，一个多月就好了。他还给我们一块去的老喻开了方子，老喻的妻子老是胃胀痛、反酸，他一眯眼，一口气说出几种药和剂量：炒甘草、柴胡、枳实、陈皮、佛手、党参、半夏、黄芪、乌贼骨、贝母、川芎、炒姜枣做引子，加百合。老喻回来用了，疗效不错。

他是党外人士，在县医院当主任、当院长，也曾担任过几届县政协常委、副主席，还兼任县中草药领导小组组长、陕西省中西医结合专业委员会委员。他看肝病的事迹，县志有记载。

他这人爱好多，专门买了一套顶层房子，在楼顶种花种草种蔬菜，还栽有樱桃、石榴、枇杷，吃不完的菜呀水果呀，都送人了。上卫校时，他就是乐队队长，唱男高音，曾让苏联专家竖过大拇指，吹笛子，也让专家听得陶醉。县上搞活动，还叫他唱过《一壶老酒》。我们正谈得欢，突然，一声"我爹爹贪财把我卖"的秦腔唱起来，原来是他的手机响了，他的铃声设的是秦腔《十五贯》唱段。

他退休后，还在带徒弟，他总想着，治病救人的事，好医生越多越好么。

刘立甫

刘立甫，男，六十七岁。镇安县云盖寺镇云镇村人。

采访时间：2020年5月23日下午

采访地点：镇安县云盖寺镇云镇村卫生室

见到刘立甫大夫，他正给人把脉。他人瘦小，眼睛却大，脸有棱角，脸色红润，额上也没皱纹，咋看也不像近七十的人。

他十九岁上拜当地的中医大夫杜连心为师，学草医。杜大夫那时还是个赤脚医生，是他第一个师父。1978年到1980年，他在云镇公社卫生所工作，师父一天至少也要看二三十个病人，很忙，还要教他认中草药，带他上山采药，用采的药给没钱的病人解决吃药问题——那时看病都是免费的，基本能做到小病不出村。他的第二个师父叫肖天庆，当时也就五十来岁，老先生脾胃理论学得扎实，用药也是一牛眼窝珠（剂量少）。农村粗粮多，脾胃不好的病人也多，师父那一套，到现在还能用上。他的第三位师父就是他的伯父，名叫刘民德，是个伤寒把式，杂病啥的都能治。

三位师父各有所长，在临床上都很实用。他跟第一位师父学了四年，学认药、炮制药。师父看病时，他在一边守着，等病人走开了，才一一询问。杜先生是他的启蒙老师，把病人当亲人，也是跟这位师父学的。医生跟病人，要有缘有情，病人听话，才会好得快。对偏远山区的病人，他还给管吃管住，给病人扎针也不要钱，针一拔，病人走了，下次来还要扎，从来不问扎针要钱不要钱。

采药、种药，只是出力气，不计入成本。那时干活，一个月给他记二十五个工分，他缺钱，可他从不收病人的钱，处方都是把白纸裁成窄溜溜子，用油印机印上"处方笺"就用了。办合作医疗时，也很可怜，进的西药少，多用采回来的中药。像妇女的子宫下垂，吃不起药，就在路边给采草药。我们说话间，他又跑到院子后边采来他自己种下的几样草药，说这样叫毛叶千里光，止泻止血，治肠炎，还能治眼病；这个叫白及，是个抗毒的药，还能抗癌；那个是天蓬草，对肠炎、痢疾都有效；这个叫九节梨，《本草》上叫红三七，一般长在海拔一千八百米以上的山上，根一年只长一节，超过九节，也在十年以上了，能治腰椎突出、胃肿瘤等。他的一位徒弟吃了十节九节梨，颈椎松活多了，又吃了几回，头也不晕了。

他又跑出去了，挖了几苗药，拿回来说，这个是四块瓦，也叫四儿瓦、四大天王，四个叶子，根是药。蜂蜇了，一用一个准；藿香，芳香健胃，农村人煮肉放点，肉更香；紫苏，为啥叫这个名字呢？紫是颜色，苏是指能苏醒人的胃，"苏醒"了，就是见效了；这是吴茱萸，散气消肿；这是牛膝，能治腿疼，风湿关节炎病人用着好，外敷内服都行；这个叫鸭跖草，清热用的，口舌生疮，妇女炎症、淋症都能治。

他的卫生室有医护人员六个，承担着云镇和周边两三万人的医疗保障工作，国家给钱盖起了两层楼房。他最拿手的还是脾胃学。他研制的胃溃疡汤头，临床试验治愈率达到90%以上。为了让人们容易记住，他还编了顺口溜：萎缩胃炎胃溃疡，健陈芳杜牛肉香，川前仙草砂苓枣，杞地三白草蜂房（后三句全是草药名的简化）。

他善于钻研。一个人烫伤面积大，找他给治，他仔细观察松树，见其四季常青，就把松树皮炮制，烧成炭，用吸水的办法生肌。他用盐水洗了伤处，散上炭粉，包上。第二天那人就不疼了。再洗一次，撒上炭粉，这样就好了。有两口子，说吃了草乌，中毒了，没法救了，家里都给烧了落气纸（也叫倒头纸）了。他得知后，跑去，把脉，男的还有温度，赶紧用红毛七砸成浆，给灌着喝了，把人救下了；女的因耽误时间长了，人没了。他在治疗渗出性炎症上，还总结出临床经验，写出了论文。他从抽屉里拿出优盘，说，他的论文都在那里头，还让助手抱来一摞资料，让我们看，我们把能用的一一拍照。他有二十二个专利，还拿出了专利证书叫我们看。

他还说，九节梨还有好多故事呢。那是1975年，这里还没修公路。一个支书的老婆肚子疼，拿椽捆的轿子往外抬，那女人疼得从轿子上蹦下来。一位姓董的先生赶来给捏了十来克九节梨，砸烂，熬了喝。才十几分钟，那女的说好点了，又上轿子，到火岭上时，说要下来尿，尿完，说病好了，不去街上了，自己走回去了。他说："中医是书本一大半，实践一小半，不努力，就会成了书本一小半，实践一大半，就会出问题。学中医首先要认定，言传意会只有靠悟性。"他的一篇文章《珍贵的土郎中悟性》，曾发表在中医核心期刊上。

他又跑出去拔了一苗仙鹤草，有些地方叫红头参。他说，乾隆皇帝之所以长寿，得益于这仙鹤草。对此，他曾撰写《仙草传奇》一文，在中医杂志上发表。他总结民间土方，用仙鹤草治疟疾，用自拟的仙萝汤（又称仙萝将帅汤，以仙鹤草、萝藦相伍）治虚脱，治白血病（仙鹤草、萝藦加女贞子、黄芪），治烫烧伤，治带状疱疹，治糖尿病（仙鹤草、萝藦为主，加知柏、地黄），还能治牛的肠炎病。他的仙萝汤还对各种肿瘤、肌萎缩、强直性脊髓炎、阳痿、痛风、股骨头坏死、尘肺等有扶正祛邪作用。仙鹤草还有抗衰老的作用，他正在用这种草研制一种保健茶。他对草药有一种特殊感情，每到山上认识一种新草药，就像得到一种特殊享受一般兴奋。

他的弟子、陕西中医药大学研究生吕欣妮在撰写的《小故事红白丸》一文中说，2017年暑假，自己跟师父接诊了一位腰腿痛的妇女，挖了院子里的虎皮海棠根，取其两个蛋（根部球状），一个红的一个白的，她吃了后轻松离去。学生立马翻了师父的药书，才得知这药可止痛、止血、止泻、治风湿痛，于是编了一首诗记下：开的桃红海棠花，身披虎皮红马甲。赤白二丸随身带，华佗悬壶也用它。他的弟子、西安市中医医院大夫刘林涛，也是镇安县人，2019年时曾撰文《新时代下中医药传承现状与问题暨名中医刘立甫学术经验浅谈》，提道：中医理论研究与临床经验方面，要懂阴阳五行，生克制化；望闻问切，首重望切；辨病与辨证相结合；经方与时方并用；特药挖掘方面，要重视临床有特效的中草药，比如仙鹤草、九节梨、萝藦、寸金草、红毛七、扣子七、土巴戟等。他自己撰写的《车前止暴》一文，用病例说明炒焦的车前子，水煎口服，补液，治各种腹泻，寒湿泻、湿热泻、积食泻、脾虚泻等用的君药都是车前子。在《智聪胶囊治疗记忆力减退的临床报告》一文里，他列举了五十一个病例，治疗有效率为94%，方剂由人参、地黄、头晕草、五味子、记忆果等中草药组成。智聪胶囊在2012年7月13日就获得了专利权。

天已近黄昏，刘大夫的老婆叫他回家吃饭，还叫我们一块去，他说："要不到前该（街）定泡馍。"我说："谢谢了，今天任务还没完哩，改天上你家吃饭。"他笑着说："那可说话算数噢。"

任桂莲

任桂莲，女，六十八岁。镇安县永乐街道办太平村人，曾任镇安县人民医院院长、县人大副主任。

采访时间：2020年5月23日下午

采访地点：镇安县城安德神医堂诊所

县城这家诊所，装修得古香古色，一看就跟中医有关。任桂莲主任是个豪爽人，像个男子汉。问她名字是哪个"桂"，她笑着说，就是蟾中折桂的"桂"。

她1978年参加工作，是从北京中医大学毕业的，王永炎院士是她的老师。当初，她上了八年，工农兵学员搞了四年，没学好，又多学了一年，其中《伤寒论》进修了一年，高级进修班上了两年，还到上海进修了一年。后来，还到中央社会主义学院学习礼仪，回来在县上金台山老年大学给县级干部讲礼仪，讲21世纪大健康教育。

她说，她之前没有接触过礼仪知识，听了清华大学老师的讲授，就喜欢上了。她大学的教授任俊秋，讲课幽默生动，医术精湛，精通文史哲，可谓才高八斗，在古代肯定是个合格的御医：过去给皇帝看病，也要能跟皇帝谈国家大事。她当时学习好，和北京协和医院、人民卫生出版社已经说好了，可以留在北京，可上高中时，家里就定了亲事，只有回到家乡工作了。

回来，先在县医院急诊科工作了三年，又到中医科工作了七年。院长见她科室病人多，又把她调到老干部病房，之后又到内科，一晃就是二十多年。

她学中医从《黄帝内经》《伤寒论》起步，她的老师王应麟、郝万山、刘渡舟等，都是国家级名老中医。她的老师梁晓春，是山西人。她的同学刘大兴，是个谦谦君子，做人大气，从医三十多年，大医精诚，具有悲悯情怀。她说，看病凭本事，要谨慎小心，不得马虎，不能乱来。病人家属寻事，肯定是你有不到之处，不是技术不到位，就是说话有问题。她又说道，人的能力靠开发，人的大脑有一百四十多亿个细胞，平均一天减少十万个，到老年易痴呆、脑细胞死亡，不刺激不行，经常用，可缓衰老。每天都要看书，接受新东西。此外，当医生要学会说话，学会安慰病人，不会说话，会加重病人的病情。一个医生的素质、修养，要长期积累，境界、格局，要打开。

她以为，就像有的人说的，中医全体化，西医精准化，中医宏观，西医微观。病人来就医，需要逐层去看，像高血压、冠心病、心绞痛、心梗等，要学会辨证施治，不一定全按方子生搬硬套。糖尿病，用田七、瓜蒌、黄芪等加减。头晕加天麻，头痛加葛根，高血压用黄芪、山楂、丹参三样药打成粉喝。黄芪治气血虚，山楂对心脏、血管好，活血健脾。中医是多靶点治疗，西医是单靶点治疗。

她说："口乃心之门户，有爱心必生和气，有和气必生悦色，有悦色必生婉容。"这样对待病人，病就先好了一半。

李　勇

李勇，男，二十七岁。镇安县云盖寺镇云镇村人。镇安县中医医院大夫。

采访时间：2020年5月24日上午

采访地点：镇安县中医医院会议室

李勇是云镇村卫生室刘立甫大夫的徒弟。小伙子白脸，高个，2017年从北京中医药大学临床专业毕业。

他笑着说，这一生真是跟中医有缘。他爷爷当年就是赤脚医生，了解草药，有一本手抄《本草纲目》，陪他度过了童年。他打小体弱多病，母亲到镇卫生院找的就是老中医刘立甫。刘大夫用简单的中药调理，每次都是一吃药就好，让他对中医也有了浓厚兴趣。后来，他就拜刘大夫为师。刘大夫看儿科，用的是仙萝将帅汤。师父的师父是杜四，因此，杜先生也算是他的师爷了。师爷最拿手的是八味肾气丸，从金匮肾气丸改造来的，加减用药，治疗老人肾虚和小孩先天肾气不足。

大学期间，他就能自己给自己开药治病。一次偶然的机会，他认识了国医大师陆志正先生。那是2014年2月，他在河北保定市中医院实习时，先生在那里的门诊坐诊。他一连三天都站在旁边看，陆先生很好奇，问他不看病，在看啥。他说，在看先生咋看病。先生知道他的用意，随便问了几个中医方面的问题，他很流利地答上来了，先生就收他为徒了。

刘立甫师父教他治糖尿病的方子仙萝马兰汤很管用。还有理中地黄汤，治小孩出牙迟、说话迟、走路迟等"五迟"病，疗效很好。他从刘大夫那里学到的方子，上大学后，才知道大多来自《伤寒杂病论》。看来农村草医，也从传统里汲取了不少东西。

刚参加工作时，他有时会一头雾水。后来，就通过临床实践，反复思考，研判方子，寻找药方效果差的原因，逐一排除疑虑。对中医经典，则逐字逐句学。学《伤寒杂病论》，师父让背诵，他就天天读，连做梦都在背汤头。他自己学懂了，还把一些草药，比如车前子、牛膝、大黄、蒲公英、半夏等的知识教给群众，让他们学会自己使用。在临床上，心衰、肾病等一些慢性病，要长期花钱，他让病人学会控制尿蛋白，对病情有好处。他始终认为，好的中医大夫，不是养小白鼠写论文"发表"出来的，而是扎根基层，反复临床实践，磨炼出来的。他在《传承经历》一文中，记述了他在恩师刘立甫接诊过程中学习的故事。诊病间隙，在小药园看药苗，看到菟丝藤，他即兴吟道：无土无水命顽强，自生自养沐阳光。春去秋来结金实，平补肝肾功最良。恩师马上对道：无根无叶可生存，金丝缠绕花季春。夏日绣朵相思瑰，秋后产子报佳音。

对病人，他基本上都是采用一人一方，辨证施治。比如治眼病，用枣补肾养肝，整体治疗，效果好，不复发。现在，他一天也看十多个病人。

吴文义

吴文义，男，五十七岁。镇安县柴坪镇建国村人。

采访时间：2020年5月24日下午

采访地点：镇安县职中门诊部

吴大夫说，自己上小学时，母亲下地干活，手背砸伤，骨头没接好，手经常肿痛。找到当地的名医罗占元大夫，大夫看了，说筋没顺好。大夫给捏了捏，就不肿不痛了。他想：这咋这怪呢，一捏就好？便对接骨有了兴趣。1977年初中毕业，他就跟罗大夫学接骨。罗大夫是柴坪人，家里有诊所，接骨医术是祖传的。在罗大夫家当助手，学了三年，罗大夫见他诚实，也有悟性，就毫不保留地把接骨手艺传授给了他。后来，他还娶了罗大夫的小女儿，做了罗大夫女婿。师父曾给一个被别人接过骨，没接到位，走路还一跛一跛的人接骨——打断重接，那人走路再不跛了。这，给他留下了深刻印象。

1982年他就出师了。他的两个舅佬子也跟岳父学了，学得不太扎实。为了两个舅佬子的生计，2001年，他搬到湖北枣阳，在那里开了诊所，还曾经去神农架采过药。住了几年，啥都不习惯，2007年又搬回来了。

他接的第一个患者姓崔。那女的上山种地时，骨盆被石头砸成粉碎性骨折。他先给复位，再让服中药治疗。四十多天下来，好了。后来，那女的还生了三个娃。他村上的老队长吴有，从山上摔到石缝里，昏迷了二十多天。经检查，颅骨粉碎性骨折，胳膊腿也都骨折了。家属将其拉到他家，他先手工复位，再用草药医治。治好后，那人继续当了七八年队长。庙沟乡村民李新民，在20世纪90年代修地时，趴到拉沙的拖拉机上，从车上摔下来，还被拖拉机后轮压了小腿，造成粉碎性骨折。他给接好，用夹板夹好，开了中药，内服外敷。好了后，那人还能抬石头。庙沟还有一个姓董的，从山上摔伤后，医院要给截肢，那家人把人从枣阳接回来请他治。现在那人当上老板了。刘政是2018年来看病的，腿伤感染，外皮发紫，造成血栓，医院要给截肢，被家属送到他这里，用草药，二十多天就能走路了。

他在枣阳居住时，那里草药不多，每年都得回来挖草药。有些人说话也不好听，说医生都没药，还能治啥病，纯纯是糊弄人哩么。这也是他搬回来的原因之一。

他善于钻研，研制的中药有不少获得国家专利。像治疗骨折的中药组合物及其配制方法，就在2014年5月申请到了国家专利证书。这个方子，他用了六年时间，反复试验，反复调节。药效好了，皮肤却痒，就再进行调整，直到皮肤不痒为止。治疗骨伤，第一步就是活血化瘀，然后才是治疗，这个方子排瘀血效果好。他发明的花粉药能治外伤、骨质增生、动脉硬化，也申请了专利。现在包装成小瓶，一瓶二十毫升，一百五十元，是外贴药，用起来很方便。

三十多年来，他先后治好上万病人。他觉得，做个好草医，医德在先。他师父当年经常给他说，当草医不能只赚钱，主要是修炼人品。师父也是考验了他好多年才给他传授医术的。师父人善，对穷人像亲人，当时的县长要给师父转正，给全家转吃商品粮，师父都不答应。现在，他也把治骨伤的医术传给大儿子，能脱手了。

他说，他还有一手绝活，叫水法接骨。师父传的，他是第二代。为了学习这个方法，他不吃肉，认真钻研李时珍的《本草纲目》中有关水法治病的知识。他把山泉水用于接骨后的镇痛，取四十到五十毫升水，喷到伤口上，马上就不疼了，很神的。西安有个银行行长摔伤，把他接去，他只带了一瓶山泉水，采取扯、拉、拽等方法，加上水，给治好了。2013年，他还在陕西的杂志上发表了这方面的论文。用水法，也能治其他病。2020年初，他的一位姑妈，磨豆腐时吃了一口自己做的锅巴，卡到喉咙，他也用水给解决了。他说，水法好久都没给人用过了，条件不成熟，亲儿子都不能教。

水法听来很玄，这让我想到巫术在古代治疗疾病中的运用。像马王堆出土的汉墓帛书《五十二病方》（战国时期成书）里，就记载有祝由术，"楚……信巫鬼，重淫祀。"（《汉书·地理志》）可见当时巫风盛行。《黄帝内经》中岐伯也说清了祝由方术能治病的原因："祝而已者，其故何也？岐伯曰：先巫者，因知百病之胜，先知其病之所从生者，可祝而已也。"此外，作家三毛写过《巫人记》，提到她在加纳利群岛居住时，也曾让巫人给治过病，当时最盛行巫风的是多山区的拉芭尔玛岛，乡民生了病，用巫术，吃草药。可见，巫术在世界都曾经风行过。过去，商洛山里人看病也很多是用巫术的，现在几乎没有了。

李　涛

李涛，男，四十五岁。镇安县铁厂镇铁厂村人。镇安县中医医院大夫。
采访时间：2020年5月24日下午
采访地点：镇安县中医医院会议室

李涛是从陕西中医药学院毕业的，学的是中医针灸，针灸康复也干了二十多年了。刚到医院针灸科，只有他一人，也没仪器，他就自己带去了四百多根针，还有电针仪、配套针灸针、两盒小针刀。现在他的住院病人有二十多个，门诊一天也有五十多人。

他的病人多是农村的，大都在五十岁以上，关节痛、腿痛病居多。针灸一个疗程一般七天。

他说，他的病人从疾病分类看，第一类为中风后遗症，伴有肢残障碍，一年要来好几次。第二类为颈椎病，发病率高，治疗得七到十天。第三类是肩周炎，有的肌肉粘连，有的肌肉坏死，扎针时较痛，病人怕疼，时间就要长些；第四类是腰椎间盘突出，一般建议手术，早期可治；第五类是类风湿关节炎。

针灸能治风、寒、湿、热病，针对这些病，他用针灸为病人调节气血，调节经络，调节阴阳，增强免疫力，解决了许多慢性疾病问题。他自己还创出了"飞狐闪电针"，针长一尺，他甚至还用过一米二的长针。

2002年冬季，有个人因面肌痉挛，得了抑郁症，他给针灸，让那人恢复了健康。有一位六十多岁的老太太，经常跟人吵架，精神不好，没有及时来就诊，后来，那老人自杀了。那时，他在北京学习，回来听说后，感到很遗憾。

从那以后，他特别重视病人的精神状态，一旦有啥感觉，他会及时跟病人家属联系，让家人多陪病人说说话。就这样，他救下了不少人的生命。他每年接诊上百人，对抑郁的病人，除了针灸，他还给心理疏导。他认为，行医也是长期经验的积累，见过的才会重视。现在，他经常用手机跟患者交流，病人也成他朋友圈的人了。

2020年6月6日，是个晴天，我们一行人早上7点出发去洛南县拜访中医大夫。那些中医大夫是县卫健局乔书勤先生提前给约好的。他已经退休，对县上的中医很熟悉，哪位大夫有啥能耐，他一清二楚。7点30分，他跟县中医医院的赵抗山大夫就在高速路口等着我们了。赵大夫是我同事的丈夫，是个直人，跟我喝过几次酒，不作假，不耍赖。见面后，乔大哥开玩笑说："这次找的，都是能看病，还能两个胳肢窝底下夹簸箕的人。"我疑惑地问："你说啥？"他笑着说："就是能煽乎的人，能说会道的么。"说得大家都笑了。

陈永昌、陈丙照

陈永昌，男，九十岁。1930年生人。陈丙照，男，五十六岁。陈永昌的儿子。洛南县三要镇三要社区人，村卫生所医生。

采访时间：2020年6月6日上午

采访地点：洛南县三要镇街道村卫生室二楼陈丙照家

陈丙照大夫家一楼是诊所，二楼住人。一大早，来看病的已经在楼下站了一堆。在二楼客厅，他叫来他父亲。陈永昌老人已经九十岁了，走路说话，就像五六十岁的人。说到中医，老人满脸的欢喜。中医汤头，老人一口气说出一串串。陈丙照大夫倒好水，又忙着给大家发烟。忙活一阵，才坐下来跟我们说话。

他祖上是从山西迁来的，大约在清光绪年间。祖先曾中过举人，官到五品。他家四代从医，他爷、他爸、他，还有他儿子。他爷叫陈联芳，看儿科全县出了名。他爷当年是从三要卫生院退休的，那时，医院不让退，一直干到八十三岁。他爷也参加过洛南的"四老会"。他对他爷印象深，小时候还跟爷在卫生院睡过觉。他爸在三要医院跟商洛医院的刘辉做过同事，在寺坡卫生院干了四年，又到马莲滩、化庙工作。老人创办了村卫生室、社区卫生室，也经常上山采药，跑到过蟒岭。老人有点自豪地说，开始啥都没有，连药柜都买不起，他组织成立了采药队，蟒岭方圆四五十里地都跑遍了，还种了十几亩药。这些药给老百姓治病用，剩余的还拿去卖。后来他爸还办起了建筑队，挣钱养卫生所。这样，卫生所的家底就有十几万了，开始给老百姓看病还收几分钱，之后就免费了。老人行医七十多年，从没出过啥事，中医针灸都很行，对中药药性很熟悉，配伍自然。老人说："中医讲究精益求精，要胆大心细。"

陈丙照说，他爸靠针灸，救活过一个快死的人。那年，一个人抽风抽得没气了，叫几个先生给看了，都说没救了，家里都拿席卷了，准备埋呀。又叫他爸去，老人用针灸刺激，终于将人抢救过来了。原来那是一种假死现象。那人现在也六十多了，年年正月初二都要来给老人拜年。在化庙卫生室工作时，一个小娃癫痫病犯了，昏死过去，娃他妈抱来，也是扎针救过来的。那女的执意要给娃认干大，不认不行，那娃就成了老人的干儿子。有个女的抽嘴，老人给扎针，再配神赭散吃了，不再发病了。老人说，那方子他给外甥说了，没给儿子说。丙照大夫说："好大哩，你没说我都知道了。"说得我们也笑了，老人孩子般一脸真诚。

老人还写了《中医验方》，一本小册子，收了一百三十八个方子。老人用手比画，说那书有三指厚，说叫女儿学，她不学，儿子才学。后来那书掉到床底下，叫老鼠都啃成两半了。

老人还自豪地告诉我们，自己六十多年没吃过一次药，不生病，长寿的秘诀就是，娶妻要丑，心宽莫愁，遇事闭口，吃饭不饱，睡觉如狗。饭饱生余事，饥寒讨安生，病从口入么。

老人说，自己从小没吃过母亲的奶，小时候体弱多病，丙照的爷为自己才学的医。七岁上，老人开始念药书，弟兄中，只老人一个跟着学医。

陈丙照大夫，是个多才多艺的人。他写得一手好字，他家客厅墙上就挂有他的书法作品。他很小就跟父亲学医，1986年上的商洛卫校，学的是中西医结合。1990年，他能单独行医了，便在洛南县城办了个健康诊所，还承包过县药材公司批发门市部。他看的第一个病人是个女的，得的是肝腹水，浑身肿得厉害，住医院都没有效果。他给开了中药试试。没想到，吃了几服就有好转。人家来给他放了鞭炮，送了锦旗。2004年，他又到陕西中医学院进修了半年。他先后拜过当地的贾德诚、董恒贤、郭德义，市上的樊玉高、田淑珍、张晓慧、王士哲等为师。

2003年，村上一个小伙子意外受伤体瘫。当时，他是村主任，负责把人接回来了。人还在发高烧，血压也高，两个屁股蛋烂成洞，是典型的低蛋白水肿。他一次买了十瓶白蛋白，给吊上，这才让那人慢慢恢复过来。又给开了驱腐生肌散，用双氧水清洗伤口，终于给治好了。后来，那小伙子在县城西门口摆摊子，卖小吃，日子也过得好。

一个五岁的女孩，水肿严重，他给开了五服中药，调理阴阳，很快就消肿了。他们生产小队一个女子，得了乙脑后遗症，差点把命送了。他给开了资寿解语汤。小贾问哪个"资"字，是紫色的"紫"么，丙照父亲插话说，是资本的"资"。老人还顺口吟诵道："资寿特名解语汤，专需竹沥佐些姜。羌防桂附羚羊角，酸枣麻甘十味详。""主要用竹沥跟菖蒲，菖蒲用九节菖。"丙照大夫说，鲜竹沥能化痰止咳，加上远志，吃了六七服，还用了针灸。那女子现在都二十八九了，结婚了，都有两个小孩了。老喻说，你说咱这古人咋这么伟大么，从自然当中寻找这些东西，对应人体解决问题，真是深奥。小贾说，路边长吻啥草，咱都认不得，对人却都有用处。

丙照说，他给洛南作家韩景波的亲戚扎过针，治好了咽炎，韩景波在他那篇《三要小镇》一文里还写过呢。

他当了九年村主任，也给村上办了不少事。修了路，整治了污水渠；发展了烤烟、天麻、香菇产业；搞了一二期移民搬迁。村里人现在跟城里人一样，也住上了楼房，村委会也盖了办公大楼。

丙照大夫说，学中医没有个穷尽，现在他还经常跟市上、省上的中医专家联系，向人家请教。

永昌老人坐了半天，又发话了。老人说，有一个女娃五岁了，身上肿得都快要破了，没法治，老人给吃了三服中药，就塌得净净的（肿消了）。老人还顺着说了一段"三字经"：水肿病，有阴阳，便清利，阴水殃，便短缩！老人这段话出自《医学三字经·水肿第十一》，后面还有一段内容：阳水伤，五皮饮，元化方，阳水盛，加通防，阴水盛，加桂姜，知实肿，萝枳商，知虚肿，参术良，兼喘促，真武汤，从俗好，别低昂，五水辨，金匮详，补天手，十二方，肩斯道，勿炎凉！可见，是阳水肿，还是阴水肿，要分清楚，用的中草药是不一样的，不能乱用。

丙照大夫说，他爸药性赋好得很，不管哪种病，汤头都能背过来，还能灵活使用。

丙照父亲边说话，还边拿儿子切好的西瓜让我们吃。看那一招一式，哪儿像九十高龄的人，比我们几个五十几的都麻利。

丙照大夫还请来了几位中医大夫，在他家一楼等着。他下楼去叫了来。

杨逢春

杨逢春，男，八十多岁。洛南县三要镇街道人。

采访时间：2020年6月6日上午

采访地点：洛南县三要镇街道村卫生室二楼陈丙照家

杨逢春大夫小时候也是跟永昌老人学中医的。前面老人说，把那个神赭散方子教给外甥，那个外甥就是他。老人说都没给儿子教，可见老人对这个外甥的偏爱了。后来，他又在三要卫生院跟刘辉（后来当了商洛一个医院的院长）学医。他1969年开始行医，先到大队医疗站。（陈永昌老人纠正说，是1962年进的医疗站，还跟老人上山采过药。）他会算账，还当过大队会计，后来在药铺管账。他在卫生所干了三十多年，现在还在三要街道搞慢性病防治。

他的针灸，用的是外科埋线法，见啥病治啥病。

那时，采药队有六个人，不给工钱。村上抽出了二十多亩地，种黄芪、栽牡丹、枳木、白术等十多种药材，用种的药材给药铺搞收入，光牡丹就种了上千苗，丹皮可以卖给县药材公司。

大队一个月给他记三百个工分，另外，还给七八块钱。三要镇师塬队一个人得了胃炎，他用大黄、牡丹皮汤加其他几样药，加上红糖泡二花、蒲公英给治，方法简单，却很管用。针灸埋线，用的是羊肠线，埋在穴位上，靠线压迫神经来治病，埋不同穴位治不同病，能治气管炎、哮喘、胃出血等，一两个月就能好。埋线也能治癫痫病。

牛薛武

牛薛武，男，五十岁。洛南县三要镇北司村人，村医。

采访时间：2020年6月6日上午

采访地点：洛南县三要镇街道村卫生室二楼陈丙照家

牛大夫说，十六岁上，经人介绍，他拜龙山村杨铁龙大夫为师。他小时候身体不好，曾让杨大夫给看过病，很佩服人家，加之杨大夫跟他姑又是邻居，所以跟了杨大夫。学了三年，就当助手了。杨大夫的名气大，一天到黑，屋里来看病的人挤得是满满的。在村卫生室工作后，他还上过商洛卫校，拿到了医师证。他对治疗骨伤、癫痫病都有办法。一次，一个妇女小腹上长了个疙瘩，有人说可能是癌。他给切开，一天一次用黄纱条穿眼，又让喝中药。一年就彻底好了。

他时刻记着师父的话：急病人所急。一次，他骑自行车到丹凤给人看病，来回有上百里。那是夏天，他中暑了，也顾不上管，一到家就忙着给别的病人抓药。

1989年正月的一天，他走了二十多里山路，去给一位八十多岁的老人看病。老人重感冒时间长了，体质弱。号脉后，他给开了大柴胡汤，加连翘、山楂，没敢用芒硝、大黄，怕老人受不了。老人只喝了一服，就好了，感动得硬塞来两块钱，他没要。后来，老人一有病就找他，他一直给老人看到九十好几。这是他接诊的第一个病人，是大柴胡汤给他开的路，他一辈子也忘不了。

1992年腊月二十七八，村上一个女的抱着两岁的娃来看病。娃烧得很严重，他给打了一针，抓了中药。女的把娃抱回去，走了百十来步，娃抽风，脸成了紫色，女的又把娃抱回来，喊道："先生，你快看，我娃咋成这样子了？"他一看，娃脸乌青，赶忙用针扎十宣穴，又刺十个手指头尖，挤出的血都是黑色，扎完，娃的脸色马上变了，哇一声哭了。这下没事儿了，他也紧张得出了一身汗，浑身都湿透了。

陈永昌老人这会儿还跟大家坐在一起呢，听到说感冒高烧，他的话匣子又打开了。老人说，这样的人，自己一辈子经的有好几百，多用针灸，扎十宣穴，扎人中。女婿从五楼上摔下来，把脊梁骨摔成三节，老人用正骨紫金丹，治好了。那药连腿受伤的鸡娃子吃了，也能好。

牛大夫还能治面瘫。针灸，加中药牵正散，半个月就见效。一个五十来岁的男人，扎针，吃了六七服中药，加上用鳝鱼血敷，面瘫好了，再没犯过。

陈百锁

陈百锁，男，六十多岁。洛南县三要镇龙山村人，百锁诊所大夫。

采访时间：2020年6月6日上午

采访地点：洛南县三要镇街道村卫生室二楼陈丙照家

陈百锁大夫中等个子，说话很快，六十好几。他祖上是从江南太湖边迁来的，时间大约在清朝末期。陈家跟丹凤县峦庄镇塔尔坪陈姓是一家子，是下湖人，跟著名作家陈仓也是本家。他们把爷叫爹，把婆叫奶。

他十六岁上跟常正义学中医，还到省医疗队办的农医班学过。常大夫是红山人，过去给他父亲看过病，见他喜欢中医，人又灵性，就教他。他自己也觉得，做个医生让人看得起，家里有啥好吃的好喝的，都是先尽医生的。高中毕业推荐上大学哩，常大夫说，上啥学哩，回来还不是一样，干啥都是为了一碗饭。后来，有人问他后悔不，他说不后悔。他现在能给人看病了，还有三个娃，大女儿教书，儿子当医生，小女儿上大学学口腔科。要是那时上了大学，也没这三个娃了，看来啥都是命啊。

看面瘫、脑血管病，他有自己的拿手办法。面瘫分好几种类型，有些能针灸，有些不能。像他妻子的面瘫，好几年了，就是他扎针治好的。像腰拧了啥的，他一扎一个准。东坪李天民的女儿头痛，四五天也不大便，他一看舌头，红烂，是食症，他给开了大承气汤，只要五毛钱就好了。这时，陈永昌老人又补充说，大黄、芒硝，加甘草，清内热，以通为顺。陈百锁大夫又讲到丹凤一位妇女得了结核病，咳血厉害，他让挖黄芩熬了喝。他还讲了孙思邈的故事，孙思邈他妈咳血，也就是黄芩治好的。那女的喝了也好了。

陈百锁说："过去人说了，学好《寿世保元》，背上褡裢挣钱。"他学《伤寒论》，用麻黄汤、桂子汤治感冒，效果很好。过去行医也就是维持个生活，混口饭吃。

一个老汉，脸肿得明晃晃的，他给开了麻黄连翘汤。老汉花了四毛钱，喝了四五天就见效了，感激地说："你咻药咋恁厉害么，一喝，尿了几泡，就不肿了。"他说，中医讲上身宜发汗，下身宜利水，要学会辨证施治。像六味地黄汤，小娃用就要取掉附子、肉桂。小娃是纯阳之体，滋阴降火不补阳。这要通过自己的理解加减用药。中医很深奥，他觉得自己文化还是浅，还要朝深里学哩。

何瑞生

何瑞生，男，七十九岁。洛南县古城镇何村人，村卫生室医生，已退休。

采访时间：2020年6月6日下午

采访地点：洛南县古城镇何村何瑞生大夫家

6月6日下午，我们来到古城镇何村，见到何瑞生大夫。他也是中医世家。他爷是老中医，他叔何俊德也是中医。1945年，日本人打到河南卢氏县时，八路军伤员转移到这里，有六名伤员在他家，是他叔给治好的。半月后，伤员全部返回部队。八路军离开时，还给他家赠送了一个"荣誉证"，一颗机枪子弹，一颗步枪子弹，一个弹壳，作为救治过八路军伤员的证明，他们现在还保留着。八路军还给他照过相，照片上有"1945年留念"的字样，当时他才三岁。他叔给武工队的人看过病。他姑父是新四军，是他父亲送去当兵的，解放后，当过汉中粮食局局长。何俊德曾在公私合营的寺坡卫生院工作过。

他是1962年跟他叔学中医的，参加过寺坡卫生学习班。上中学时，古城卫生院的彭金良，让他晚上就睡在门房看门，他睡了三年，也学了三年中医。他独立行医是修洛华公路时，先后在萤石矿、界河水库、姬家河水库、山阳建司等地干过。当时也是记工分，一顿饭也就是两毛钱、四两粮票。苞谷面弄熟，用刀切成小块，就是饭，炒苞谷豆则是干粮。

有个女的得了妇科病，跑了好多地方没治好。农村人也不好意思给人说啥病，他就开导说："你比我女子还小，有啥不敢说的。"这才给说明病情。他给开了中药，让熬着洗，很快就好了。后庙村一个女人得了牛皮癣，浑身上下都是，他给配了中药，让外用，两周就没事了。柏树叶熬熟，加两剂药，也能治疙瘩癣。这验方，他曾给部队上的伤员用过。他还用瓦松烘干，揉面，治蜂蜇。西安医学院一个医生要野生猕猴桃树，研究抗癌药，他就骑上摩托跑到山里去找。他说，只要是为治病，再大的困难都能想法克服。

他对党对英烈感恩，是发自内心的。交谈中，他顺口就编出顺口溜：清明时节雨纷纷，感念先烈祭英魂。昔日热血洒疆场，换来今天幸福人。

赵建政

赵建政，男，六十四岁。洛南县古城镇古城村人，村医，已退休。

采访时间：2020年6月6日下午

采访地点：洛南县古城镇古城村卫生室

赵建政脸黑瘦，高个子。说起学中医，他话多得没完没了。

1970年，他在古城的红医班学中医。那时，他婆得了食管癌，一吃饭就吐，他很心疼，整天在药书上找方子，又按着方子去买药，给老人吃，以减轻痛苦。红医班给他代课的是医学院毕业的学生，讲药性、药理、单味药效。古城卫生院院长李丹生是个名医，他便天天跑去，看人家咋样看病、开方子。李大夫还以为他要看病，他说他不是来看病，是来看咋样看病。李大夫看他人也诚实，就给村支书说，让他给帮忙，也给记上工分。就这样，他正式跟李大夫学医了。县上正式招学医的了，李大夫给他报了名，还带他到粮站交了苞谷。上了两年，毕业回到村上当医生。村上除了记工分，还给发补贴，一月八块钱。

他看的第一个病人，是河南卢氏小河人。那人到他村上行人情，不停地打嗝。他问情况，那人说都好长时间了，在灵宝看过，没好。这病他也没见过，但听老师说过。他就给针灸，扎合谷、足三里等穴位。针一扎下去，那人马上就不打嗝了，他又给开了平胃散，里面有半夏、苍术，加柿巴子（柿蒂）、沉香。治好后，再没犯过。

他印象最深的病例，就是1990年，灵宝一个村支书的事。那支书村上一个妇女是他给看好的，就让那女人的男人联系到他，又花五十块钱，雇车把他接去。那时，那支书还在灵宝住院，他偷偷跑到医院看了，说这病能治，支书就办了出院手续。他住在支书家，一住就是一个多月。他确诊支书得的是高血压伴脑梗，带有轻度中风。他一天给量三次血压，一周就找到了规律。他采用的是中西结合治疗，睡前吃降压药，白天针灸，还给开了补阳还五汤加减。一个月后，支书手不麻了，也有劲儿了，气也不短了。他又在那里住了三个月，给支书治好了。支书给他一万元的酬劳费，还很感激地说："赵大夫呀，多亏了你呀，要不是你，我早都没命了。不瞒你说，我把墓都拱好了。"

古城村主任老贺他伯，开店卖拉面，抬炉子时，腰椎间盘骨折，下肢瘫痪，到当时的卫东医院看，说没有特效办法，又用蚂蚱娃子车（蹦蹦车）拉回来。他给扎针，吃中药，吃的是金匮肾气丸，加牛膝、鹿角，补阴。扎第一针那人就有感觉了，"腰背委中求"么。晚上睡觉时，腿慢慢热了，阳气引导出来了，经络疏通了。加上补阳的药，腿上出现红子子（小红疙瘩）了，这是好现象。治了半个月，就能拄拐棍走路了。又治了半个多月，彻底好了。总共只花了二十七块钱。

他擅长治乙肝和肺炎。用茵陈、虎杖等治乙肝效果很好。三要的杨磨子给他一个方子，叫逍遥散，也很好。渭南检察院一个青年干部，得了乙肝，慕名找到他，他给开了虎杖，治好了。

他还给我们讲了一个故事。古时候，一个秀才进京赶考，路上得了病，是急性黄疸肝炎。找到民间中医给看，先生说这病治不好。秀才很郁闷，走到山里，遇到一位和尚，和尚给喝了白蒿汤，不久便好了。秀才找到那个中医，说明了情况，中医卸下牌子，不开诊所了，去拜和尚为师。

聂树春

聂树春，男，七十三岁。洛南县巡检镇人。虎良中药铺坐堂医生。

采访时间：2020年6月7日上午

采访地点：洛南县巡检街道虎良中药铺

聂树春清瘦，气色好，说话和气。他祖上是从韩城迁来的。他十七岁时，跟村上公私合营的大队医疗站老中医苏卓科学习。苏大夫曾当过保长，社教运动时回来的。他跟上苏大夫学中医、学西医、学针灸，后来到永丰办的卫生班进修，还参加过县卫生局办的培训班，学完就在巡检公社新民大队医疗站工作。他主治胃病、心脑血管病以及中老年杂症，对半身不遂初期病症，扎针就能治疗。他为了病人，吃苦受累，在所不惜。一次，一个人在镇上跟人打牌，打着打着，人突然不动了。他就陪着送到医院，那人得救了，也没来得及谢他，他就回家了。

他看病，也是根据病人病情加减药量。腰椎间盘突出，用大和血汤很管用。为找到好的中药，几十年下来，他跑遍了周边大大小小的山川，还上秦岭去挖过猪苓。

大和血汤是他从书上看到的,给不少人都用过,效果都很好。像20世纪70年代,镇上一位周镇长,坐在办公室起不来了,腰椎出了问题,喝了两服大和血汤就见效了。1993年,三原县一个六十多岁的妇女来到巡检,也是腰椎问题,他给开了三服中药,后来就好了。2016年,他村上一位老年妇人,把腰拧了,睡下连身都翻不过,喝了一服大和血汤就能动了。他看病,经常采取的是一人一法,剂量不同,一用就灵。2007年春上,寺耳镇五仙村一个小伙子得了胃溃疡,已糜烂,他给开了六服中药,一喝就见效,又连续开了三十多服中药,彻底治好了。

他说:"药过十三,医生不沾。"意思是,中医用药,讲究适度,不能过量,过了,伤人;还要看病人病情来配伍,单味不成药。针灸也有风险,禁针穴位不敢扎。胃痛,在脊背穴位扎针,一扎就见效。街道上一个老汉,碾麦子时,胃痛得厉害,他在背后扎了一针,马上不疼了。

他对病毒性肺炎也有研究,说主要还是要清肺,清热解毒,可用管仲、藿香、金银花、连翘、五味子等。药店卖的连花清瘟感冒药,就含有管仲、藿香、金银花等。他还说,现在金银花也很贵了,人工种植的一斤七十块钱,野生的也到一百二十块了。

张平良

张平良,男,五十八岁。洛南县城关街道办七岔口村人。洛南县秦岭草医药研究所所长。

采访时间:2020年6月7日下午

采访地点:洛南县城关街道办七岔口村张平良家

张平良长得又壮又高,圆脸微黑,大眼,大嘴,大嗓音,说话也快。说到收集验方,采药治疗,他眉飞色舞。

这个研究所,是他跟赵月静一块发起创办的。省上有个草医学会是中医学会下属，这个草医研究所则是省中医学会的分会。研究所2014年注册登记的，大厅西墙上贴着"洛南县秦岭草医药研究所章程"，七章，三十七条。

他说，洛南是个特殊的地方，跨长江、黄河两大流域，草药种类多，药物的成分也比较理想。像丹参，含1个单位的丹参酮，而其他地方的只有0.5个单位。天津天士力就在这里建了基地。

研究所主要从事民间验方、秘方收集、整理工作，研究开发中草药。他们的工作已经开展二十多年了，单是国家专利就申请有二三十种，像一种血清胶囊的中药组成、一种消痔散的中药组成等等。他们推出"痛痒一喷"，治蜂蜇、蚊子咬、冻伤、腰扭伤等。"黄药膏"治骨刺，"黑药膏"治外伤、烧伤、带状疱疹。治疗颈痹，最佳配方是：黄芪、防己、粉葛、薏苡仁、木瓜、茯苓、赤芍、丝瓜络、威灵仙、白芍、甘草，水煎服，一日一剂。治疗颈源性眩晕症，处方是茯苓、桂枝、白术、甘草、柴胡、升麻、黄芩、人参、生姜、白芍、大枣。治疗颈肩臂痛，处方是五加皮、苍术、巴戟天、海风藤、羌活、威灵仙、桑枝、红花、川芎、何首乌、甘草、淫羊藿，水煎服，一日一剂。治疗慢性咽炎的处方是：大青叶、胖大海、蝉蜕、丹参、知母、牛膝、桔梗、木蝴蝶、乌梅、麦冬、天花粉、香附子、佛手、黄芪、太子参、薄荷，水煎服，一日一剂。治疗哮喘的处方是：小蓟、大蓟、陈皮、核桃、生姜、侧柏、红糖，水煎服。治疗骨折的接骨贴处方是：丹皮、生地、大接骨丹、菊三七、自然铜、甘草节、赤芍、白芷、川芎、乳香、没药，研细过100目筛备用，用鸡蛋清调和制成膏药，贴患处。治疗颈椎病的处方是：黄芪、丹参、白芍、木瓜、葛根、天麻、延胡索、威灵仙、淫羊藿、川续断、牛膝、甘草，水煎服，一日一剂。治疗肩周炎的处方是：肉苁蓉、巴戟天、骨碎补、川续断、生地黄、鸡血藤、木香、羌活，一日两次，用开水或黄酒服。治疗风寒湿痹颈椎病的处方是：羌活、川芎、防风、荆芥、蔓荆子、桂枝、藁本、甘草，水煎服，一日一剂。

在收集过程中，他知道了南药王韦善俊就在洛南行医，曾在皇宫做过御医，跟孙思邈不相上下，只可惜没留下啥东西。他发现当地好多民间祖传秘方，配伍都很严密，从这一点看，有可能就来自韦善俊。比如，治痔疮的秘方，他是从一个老太太那里得的。那位老太太说八服中草药就能治外痔、混合痔，到去世的时候，才把药方子给了他。他收集的一些中草药方子，也申请了专利。省草医协会也给他们下达了收集任务。

治糖尿病，要中西医结合，要分析，要化验。空腹血糖和肾上腺功能、肝功能有关，可用柳枝、夏枯草控制。有个九阳麒麟汤也很神奇。1997年，他曾给一个第二代计算机研究员的父亲治病，老人都睡倒五年了，自己都写了遗书，吃了两个月他的中药，人就能坐起来了。治疝气，用白桦树根跟小茴香。这些都是秘方。他接着说，收集时，也是用尽了办法，有时动之以情，给人家行人情，有时恨不得把人家叫爷。有个方子，他和赵月静先后跑了四年多，经常给老人送礼，照顾老人，最后感动了老人，把方子给了。

草药长的地方不同，药效也不同。连翘能清热解毒。洛南黄龙长的连翘，叶子能治好多病，别的地方的连翘叶子就不行。

他还拜毛顺龙为师，学中医。师父有一种药叫"哒哒"，实际上是动物身上的结石，治疗肿瘤有效果。洋芋砸烂加白矾，敷上，能治骨髓炎。他制的药王茶，采的是海拔两千米以上地方生长的生金蜡梅叶子、甜叶菊叶炮制而成的，可益脑、清心、健脾，防三高（高血压、高血脂、高血糖）。

为了采特效草药，20世纪90年代，他和赵月静上过太白山、华山，一来一去上百里。还遇到过抢药的人，他手拿棍棒，一下子打跑了三个人。他们采药，也注意留住幼苗，这也叫挖大留小。采药，他也干了三十多年了。

他1985年到1987年在洛南中草药医药学校学习，之后又到西安市中医医院实习了八个月，在工商联的药铺学习了一年，回来就自己开了药铺，一天也就挣个十来块钱。他看的第一个病人是位六十多岁的老人。老人是严重脑梗，抬来时还昏迷着，他一给号脉，说能治。在其他大夫配合下，四五天后，老人醒过来了。他说，用药如用兵，胆要正，心要细，要把握好用量，有的要亲自尝。老人没醒过来那几天，他一直守着，觉也没睡，让老人的家属感动敬佩。

他先后拜过不少名医。那位毛老师教他用马桑治疗骨质增生。他用景天、三七代替广三七，活血化瘀。景天、三七又叫养心草，能治心脏病。他是个有心人，记性也好。一次在省上开会，他拿酒招呼一帮子老名医，他们你一言、我一语，言谈中，透露了不少方子。他用心记着，回到房间，马上用笔写下来。

他说，只要是后天得的病，一般都能治。甘肃平凉一个痛风病人，他用碱性药物代谢治疗，治好了。他还给小贾的过敏性皮炎开了方子，鲜杨树枝、柳树枝、花椒树枝、白石灰、土荆芥，一起熬好，洗，擦，很管用。他说，树枝都要用当年新生长的。

赵月静

赵月静，男，七十岁。洛南县城关街道办西关人。

采访时间：2020年6月7日下午

采访地点：洛南县城关街道办七岔口村张平良家

我们来到赵月静大夫的药店时，见门口晒了不少中药。他让邻居看着，便带我们找张平良去了。在张平良家，趁张大夫给人看病，他说了他从医的经历。

赵大夫脸色红润，为人豪爽，说话快，走路快，像个小青年。老喻跟他是熟人，笑着说，赵大夫这名字还是很有诗意的哩。叫赵大夫坐近点说话，他却开玩笑说："我这人有温度，坐得离大家远点，就不热。"说得大家都笑了。1959年，他跟他伯父学中医。他伯父是一家卫生院的老中医，他好爱跟伯父跑。后来他就给伯父算账，学着给人看病。到病人家，还能吃到荷包蛋，他觉得很幸福。1972年，他到东郊村医疗站工作，1974年到县医院进修，也就是这一年，他开始单独行医。后来，大队任命他为医疗站负责人。

他看的第一个病人是农科站村的张霞，四十多岁。那女的下身流血不止,他给开了熟地、槐米、蒲黄、地榆四样药,只花了四毛钱。用了一服药,那人说有感觉了,又给开了一服,血止住了。

赵大夫也很时尚,有微信,网名叫秦岭采药人、铁杆老中医。他现在看病,多是从微信上看,很方便。他看皮肤病有绝招。2018年12月10日,省上一个人在微信上找他,那人是1958年生人,说得皮肤病都有三十多年了。他用自己采的药,晒干,粉碎,磨面,用快递给病人发药,还让病人发来视频,根据病情加减草药。之后,那人再没发过微信,可能是好了。

有一天,来了个病人,说得皮肤病有二十多年了。赵大夫说,内科不治喘,外科不治癣,让先到医院看去。那人说,好多医院都去过了,一吃药就轻了,不吃药又犯了。他觉得,那人体内湿邪,癣都有湿。他用龙胆泻肝汤,把问题解决了。他还查看了不少中医书,编了不少汤头歌,都能浓缩成两句,比如,"龙胆泻肝通泽柴,车前生地草归偕""栀芩一派清凉品,肝胆郁热亦能排"(都是中药材名字的简称)。

程金红

程金红,男,七十三岁。商州区板桥镇龙王庙七星村人。

采访时间:2020年10月31日上午和12月13日上午

采访地点:商州区板桥镇龙王庙七星村程金红家

这天是个阴天,界文光大夫带我们从市区北边,翻过黄沙岭,来到板桥镇龙王庙七星村找程金红大夫。界大夫带着银针,还有在旧书摊买的书,对程大夫说:"给你拿的,还拿个本本。你那书,旧书摊买不到,我拿的是这。"程大夫说:"那是六几年给我们发的。"界大夫说:"这是山西编的,你那是全国编的。你看这也有毛主席像么。"他说:"一样,都有毛主席像哩。"能感觉到,他跟界大夫是熟人朋友。程大夫又看着我,问:"是卫生局的?"我说是医保局的,跟卫生局有联系。他说,他耳朵有点沉,说话声音要高点。

老人干瘦,眼有神,人熟了,话也多。他父亲是中医,他跟上学过针灸。他十六岁初中毕业，他们一班二十四个娃，大部分都出去工作了，他没工作，一个是成分高，再一个，父亲给人看病能挣钱。他父亲医术高，他说，医生没有阶级性，啥人都给看哩。上学的时候，他年轻，好学，语文成绩老是名列前茅。写的作文，老师老给学生娃念哩。土地承包后，他想，靠种地养活不了一家人，老伴能干，让她去种地，他提着包包外出给人看病，走江湖。

1982年6月，麦子杏黄时节，他第一次走出家门，去给人看病。走了很长一段山路，也没见人家，好不容易来到寨沟，又饥又渴。见一家院子有树杏，黄黄的，他直流口水。麦才收结束，一个妇女头上包着手巾，正在院子簸簸箕。他往女人旁边的石头上一坐。那女的问他干啥的，他说："我是寻的看病哩。"女的把簸箕一放，说："那，麻烦你给我把脉号一下，看有啥病。"号脉是他父亲给教的。他一试，是迟脉，沉而细涩，从脉象看，这人没生过孩子。他说："我说你也别恼，我从你这脉象上试着，你没生过娃。"女的板凳一拉，说："走，坐到屋里去。"人家让坐到屋里去，他就去了。他出门了就想蹭摸人家一顿饭。女的说："我这脉到医院里都没说准过，你一句就说准了，我是不孕症。我家在金陵寺哩，离了两次婚，对方都嫌我不生娃。我跑到这山里来，我身上有缺陷哩。"他说："不咋，能生下娃。那给你看不看？"女的说："那要看哩，你吃饭了没有？"见地上倒了一堆洋芋，他说："没吃哩，你给我做饭，把这洋芋刮些，擀些洋芋面。"女的立马给他做，他用老碗吃了两大碗，说："给你看，先得扎针。"女的问："都在哪搭扎哩么。"他说："你不懂这穴位，关元么，足三里么，调子宫、通血脉，属于滋阴补阴性的。"女的说："那行。"他说："可有个原则，你男人不在屋里，我是青年人，你是青年人，跟前没个监护人，我给你咋看病哩。"女的说："那你放心，我哥（男的他哥）从部队上转业了才回来，你看外边屋子住的就是我哥，一会儿就回来了。"他说："那等你哥回来了再扎针。"

老程的老伴又来要一个人的电话号码，他在手机上翻到给她，继续说，饭吃了，等了一个多小时，女的还给他摘了杏吃。这会儿，他也有精神了，那女的哥也回来了，就给她哥说了这事儿。她哥过来给他发根烟，说："那你给看，我兄弟是瓦工，出去做活去了，我在屋里就是代表。"他说："当了兵的说话就是干脆利气。"扎了一礼拜针，一天扎一次，最后走时给开了个处方。他说："这个处方你用三个月就能见效，就是一百天还差十天。"也就吃了他的药，她三个月就怀孕了。他村里有那人的亲戚，就是那人给他说的。头胎是个男娃，现在那男娃都工作了，在铁路上开火车。第二个还是个男孩。在城里一个诊所坐诊的杨大夫的儿媳也是不孕症，还是他给看的。

从那儿下去进了沙河子，他见人就给发根烟，说他看病哩。人说你看啥病哩，他一想，看疝气最零整（整端），就说："专看疝气哩。"那人说："就是看气蛋哩。"他说："就是的。"那人说他是木匠，给人家做活哩，他娃就是气蛋。那人把娃引来看，娃五六岁了。他说："那咋不给娃看呢，娃掉下来多可怜。"那人说，医院里说娃太小了，等长大了做手术哩。他笑着说："人说北瓜长得哆（大）了面，我还没听说病叫长得哆（大）了看。到我手里当时就给看了。"那人说："那你给娃看得多少钱哩。"他说："八十块。"那人说："我给你一百。可是这，结束后，我认可才给你钱哩，不认可不给钱。"他说："你说得对对的，我也是这话。"我问："哪一年？"他说："1982年来。"老喻说："那相当于咱那时三个月工资。"他让找节八号铁丝、锤、斧头、铁砧子。啥都给拿来，他说："还得一尺红布，一把棉花，针线剪子。"那人的婆娘也马上拿来了。他自己做了个小包包子，把疝气促上去，放到做好的窝窝子，一戴，松紧一调，把娃尻子一拍，让娃耍去。娃他爸说："害怕一跑跌了。"他说："你娃上山打老虎都跌不了。"娃他爸说："你这松紧跟别人不一样，有些特殊劲。"他说："原理是一样的，各有各的技术。"疝气袋是医疗上常用的，他说："是用来固定的，疝气严重的话，根本不行。"又说："热天，叫娃跑去。"过了一会儿，那娃黑水汗流地跑到他面前，说："伯伯，你看，我那气蛋不下来了呢。"他说："你叫下来还是不叫下来？"娃说："哎，不叫下来么。"他说："那好么。"那娃可跑了。娃他妈高兴了，娃他爸也高兴了。村里人问："你还能看啥病？"他反问："你还有啥病哩？你看病，不知道你得啥病？"村里有得疝气的，有得关节炎、坐骨神经痛这些运动系统病的，还有说一黑来睡不着觉的。女人的病更杂。就这样，他在村里给看开了。这一家请，那一家叫，他成了个香饽饽了。这一下子挣了一两千元在兜兜装着。他问了，沙河子对面叫浦峪沟，跟山阳交界。人常说走南撂北哩，他就沿沟往上走。翻过梁是一洼洼人。一问，是商州上官坊黄竹爬，归商州黑山区管，还不归山阳。村里一串串人，有十几家，一个碎娃娃子（小）村。一个婆娘跟一个老汉子，在村头子绑了老碗口粗的树轱辘子，拉锯、扯板子哩。他走上前给发烟。他背个包包，穿得也普通，那老汉猜测，公社的人吧，不像，又不像农民。他问："你这村里谁有啥病没有？"人家把他打量半会儿，意思是说，该不是个骗子，问病卖假药的可不少。那人就说："我有一个病人，把这个病看了，就说你是活神仙。"他问："啥病么？"那人说："就是村里学校有个史老师，婆娘在炕上瘫了十三年了。你把呦人看得能站起来准事儿哩。"他有点不服气，到学校找，三个老师站一行，他把史老师叫到边上，说听拉锯解板的人说史老师老婆有病，问看不看。那两个老师也走过来了，一个说："你不是说前三天做了个梦么，梦着梁那边过来一个老汉，个子不高，提个包包，给你屋里人扎针哩。今儿来你还说扎针哩，这该不是神仙来了。"史老师说他是说闲话哩。两个老师都说："那你瞧好要看哩。"史老师真做过这梦，但他婆娘这病，没想过针灸能治。史老师问："你那代价咋弄着哩？""扎一针是两块钱，不管苗子多少。"他答道。那老师就定下了。

史老师又一脸难色，说他屋里条件瞎得太太。他说："你条件再瞎，总吃饭哩，你吃啥我吃啥。"史老师说："哎，那把你亏了。"他说："我出门不是旅游的，是为了给大家看病解除困难哩，有啥不可以。"史老师说自己有三个娃，老婆常年瘫着，回去才做饭，上一顿锅都没洗，屋里弄得跟猪窝一样。他说："不咋，不嫌。"史老师便跑到代销店给他买了一条子东升烟。

引到屋里，就是史老师说的那样子。炕上睡了婆娘，脊背下是海绵垫子，史老师说那是学校发的椅子垫子，把几个拿来夹着婆娘。那婆娘六月天还用被子包严，脸色苍白。他说："脸苍白，不是中气，就是元气伤了。"一抹手，湿溜溜的，水出得来。他说："水出成这样，为啥还盖这么厚呢？"女人说浑身冷。他把脉一试，脉浮而迟，是肾阳不够了。他脑子里马上有了方案。他先给扎针，扎的是中元、内关穴、足三里。穴位扎上以后，他给写了个单子，是真武汤加减。那女的她哥在宽坪街有个大药铺，抓药的人回来说："娃他舅说来，这个单子是不治病，也不害多大事。"他说："那跟我给人开的梅咳气药，治咽炎，药铺人说是治胃的药一样，那是隔行着哩。不管咋弄，这是三服药。这药喝了，我得走十天。十天后有作用了，再给抓三服。我初次出门也很长时间了，得回去照看屋里。十天后我可来。"过了还没十天，邮递员来了一封信，信是那婆娘写的。人家信中称他"医生哥"，"你是我的再生父母。你走后，我能闻着饭香，已经能下地了，还能做点活。我这地方病人多得很，大家都叫你来看病哩。"他接到信，给屋里人说："这技术是一边，人这智慧，有个啥都要用。人常说学下武艺，上战场、上杀场要会用哩，该用的时候咱可一蹴。不怕，我去呀。"到村口，那两口子还在那儿拉锯解板。男的说："哎呀，你把乱子捅下了，寻你麻烦呀哩，你可来了。"他说："哎，是福不是祸，是祸躲不过，那我才不怕。"婆娘一笑，说："你看我这二厮，人家来了，你说咻话，都候你候不来，病人很多。人家都能到她门涧下地里拔菜么，门上打漆籽哩么。"男的说："我说笑哩么。"去了，见那婆娘走路不太稳，颤颤悠悠的。女的拉住他的手，说："好哥哩，你真正是我的再生父母。你看我都胖了。"那女的手也不湿了，穿得也不厚了。程大夫说："中医看病最基本的是平衡阴阳哩。给她送一把火，她就盖不住被子了。一热以后，筋脉自己开了。一个男人说他婆娘去医院，叫穿白大褂的一个压住，一个拽，他婆娘疼得吱哇吱哇蛮叫，大夫还说喊得影响其他病人情绪哩。我说，牛不喝水，强压犄角哩么，咋能那样给人看病哩。黑山区政府一个人跑来看我来了，说，哎妈妈爷，史老师媳子瘫痪了多年，叫你给治好了。人家问我在哪个单位，我说我是农民，人家说，你这手艺咋把你搁农村呢，我说，时运不行么。"他接着说："在沙河子给那个娃看完气蛋，娃他娘说她村里有四个娃都是气蛋。人家一块引来，都争着让给娃看哩。我说都甭急，买面的还怕你吃八碗？第一次在这儿看了五个疝气。这么回去,都说我会扎针。问谁看气蛋哩,人也都说在龙王庙哩。人知道我,跟我联系都是看疝气哩。疝气整整看了几十年,看好的人都在全国各地打工哩。信息也传得快,后来来的有福建的、河南的,湖南也来了两个小伙子,他们离毛主席故乡只有三十里路。"这时,程大夫老伴来说:"红利把娃引来了,说娃那架子戴着磨人哩,叫你给翻嘎子。"我们让他去了。他去给娃调好,回来接着说:"也有不信的哩,像我到河南一个地方看病,还让放暑假回去的一个大学生来审问我了哩。娃戴个眼镜,来问疝气咋样形成的,我这人直戆,我问那大学生'你懂不懂?'那娃说他不懂,我说,你懂了,咱探讨,你不懂了,听我说。中医说的话,疝气有七种哩。西医说有两种,一个是直疝,一个是斜疝。这咋形成的?比方说一个口袋,装了粮食,装得太多啦,你拿脚踏一下,那个地方薄,负压大,肤壁弱,弱和大一加,这儿就形成疝气。中医认为是中气虚,气虚下陷也。但是中气虚也罢,还是其他原因也罢,治的原则是把这个东西送回去,外面给夹住,走路也不影响。夹一段,不下来了,然后,给吃补中益气丸,那才起作用哩。如果不弄住,给喝药都不起作用。那小伙子当下服我了。我还说,这有先天性的,有后天性的,还有遗传性的。啥叫遗传性的?他爷是疝气,他大是疝气,生下娃也是疝气。"

这时,界大夫指着老喻说:"这位睡不着觉,给扎两针。"程大夫问了,耳鸣不?老喻说不,他说:"脑子后面有两个穴位,安眠1,安眠2么。"界大夫说:"我找不着那穴位。"程大夫笑着说:"那怪你找不着,我能找着么。然后把神脉扎上,再一个扎足三里和中元。这两个营养不上去,其他穴位得不上力。来,给你扎得不得醒来,睡着呼噜呼噜的。"说着就给扎起来了。老马问刚说的事儿,疝气遗传,他说他村里就有爷孙三个都是疝气。有一年热天,麻街五星村一个老婆子引她出月才四十天的儿媳子,来给刚生的木娃子看疝气哩。看了以后,三年了,娃都好了,人家给打电话,说她媳子生第二个男娃也是疝气,他开玩笑说:"那是种的事吧。"老婆子也笑着答道:"嗨吧,是种的事。"

小贾让他讲讲他父亲给红军看病的事。他说,他父亲在县城一个地方,叫柳家沟，他老外家在那儿，他大的母亲、他婆的娘家也在那儿。他大在那儿看病，那儿的雷家，弟兄三个，在县城有武装哩，是霸王。他们把他大抢去，那屋里女人多，家大，一待就是月把。就说那雷家在那儿设的岗哨逮住一个人，说是红军，热一下冷一下，是胃疼哩。他大给扎几针，给弄了点药。雷家把人在那儿扣押着哩，最后，麻街一个人叫王祥生么啥，跟延安联系，延安发指令，把那人救出来，连夜送走了，入了耀县，直到陕北，送到解放区，安全了。

他又说："门口邻居的媳妇，还是个退休干部，把胳膊摔坏了，然后给拽展，给绑住。那婆娘当时说不疼了，到城里透视，下午回来，连绑的解都没解，说安得好，开了点药，叫回来了。来个娃，胳膊掉了，眼泪流，给娃安上了。来个人牙疼得不得了，两针扎得不疼了。你说这救人救难，给社会服务，这事情看谁咋说哩，站哪个角度说哩。"他指着界大夫儿子界贝的脸，说："这脸上长了几个疔疔子，人说那是痤疮，我给刺了一针，叫他抹的牛黄解毒片压烂的粉。你没看好了没有？"他又说："没了。毛主席说救死扶伤，实行革命的人道主义。来个跛子腿，你给扎两针，灸哩，走呀，把拐棍都撂了。我说你咋不拿你的拐拐，那人说，哎，我咋忘了。我村上侃娃埋他妈哩，他女人来，在场里转转，突然晕倒了，口吐白沫，四肢抽搐，是癫痫。人给扶到床上，乱喊说，娃没气了。有人说赶紧叫我，我去，都把我往前推，叫快给娃救命。扎了几针，娃醒来了，我跑门口烤火去了。人都跑我面前说，这，你不是救人哩么。你的德行好得太太。我说，这是小意思。娃起来叫我伯伯，娃不咋了，叫我不给她扎针了。我说我娃能叫个伯伯，那就不扎了。"问他第一次出诊有多大，他说："让我算算，我那儿子今年四十二。第一次出去走江湖，哎，这账你好算么，我是1982年，三十几出去的。界贝、连红利说让我把他俩带上。人说有技术传内不传外，社会上人这个说你把我娃带上，那个说我娃有摩托，能把你带上。我心里不公道，想着技术给儿子，人家不学；大的孙子十六七了，人家也不学；小孙子学哩，才十三，太小。我都七十多了，总不能把技术带到土里头去。所以，给这两个娃，教个针呀、穴位呀，都很甘心，很认真给教哩。有些危险地方，你比方说，眼渠、中枢神经，一针可以把人扎死，就得叫娃安全行医。"

他扎针能治好多种病。大荆镇上来了三个人，得的是一种病。一个媳子引着上初二的女子，娘儿两个都是痔疮。还有一个小娃，四岁，也是痔疮。为啥来找他看，是他给那里一个人看好了疝气，那人问痔疮能不能看，他说能看。那媳妇子四十几，说她那痔疮在医院做手术来，手术做了以后，她立不能立，坐不能坐，有将近三个月了。她到地里掰苞谷，一干活，肛门疼得跟针扎一样。他一看，再不能做手术了，做手术把那收缩筋再放一下，就收不住大便了。人浑身那功能是自然的，尻门子收缩快，跟眼窝一样。他给一礼拜扎一次针，最后再配上中药。痔疮一般大便容易干燥，这药喝了就没事，血管慢慢活动了。这针灸，这中药，都是疏散的，叫血脉流通，不集疽就不得痔疮。见效了，又扎了几周，好了。还有个病人是肝与胆中间长个瘤子。医院里用个管子，插在瘤子上，不知道用的啥药，几年了，一透视，瘤子老在哩。他说这是外科当外科病治。他给开的二花、公英量大，阑尾炎用的大黄牡丹皮汤加起来，叫熬了喝。他开始试脉，脉沉得试不出来，脸苍白。过了很长时间，那人来，再一试，三部脉平稳了，脸有红色了。阑尾是近邻，他说："这就是那啥号子殃及，意思就是说这搭有祸、有难影响了。"我说："这就是城池失火，殃及池鱼。"他说："就是，就是。这医疗方面，行万里路，胜过读万卷书，临床实践多就好，痔疮就能说一串串子。有些病医院医生都没见过，比如头皮癌，像开一朵莲花一样，人脸刺啦的。我给病人娃子说你妈这病叫头皮癌，没法治，现在只能止疼。娃子说，你说只能给止疼药叫不疼，那止疼药喝遍了不起作用么。我说我给的止疼药起作用哩。我给开寸香。娃拿上说，哎妈妈，你开寸香到医院人都不知道咋办。我说药铺里都是青年人，不是老年人，老年人知道麝香，他咋不知道寸香呢。开麝香，人一看会说价钱高得太太。一克的一半，好几百。拿回来咋弄哩，把这化稀，弄个棉签，一沾就不疼了。咱这里面可能有内行哩，你可以反问我，咱在这儿探讨哩么，不光叫我一个说。"老喻笑着说："你歇嘎，喝点水。"他说："探讨对人生社会只能有好处，你们脑子有知识么。"小陈问:"你对这关节炎啥的还有办法没?"他没答应,界大夫说程大夫耳朵笨。他接着说:"我对啥都研究探讨哩,脑子想的一门子。有一句话是金子总有发光的时候,只要有真才实学,任何时候社会都会认可的。我发现妇女不孕症,商洛市中医医院的龙志敏看得好,我去给人家发烟,人家不抽。我看他给三个妇女都打的一个单子,啥处方呢?"他喝了一口水,继续说:"是毓麟珠,偏偏我屋里可有哩。其他人不知道加的啥,加的七八样药:赤香、木耳、首乌、川芎、当归、赤芍、益母草、枸杞子。毓麟珠是我父亲传下的。中医是先调经,然后才种子,这个汤头就有这两个作用。我把这方子说给你,可以在社会上用。"他又说:"沙河子街上有个医疗室,那有个老汉姓刘,有两个儿子,大儿子生了两个男孩……"老喻给他点上烟,他继续说:"两个娃都是疝气。春季里我在沙河子看疝气哩,我在村里住着,有人给刘老汉说我看疝气,人家不屑地说,他能看疝气?做手术都失败哩。那人不相信。到阴历九月了,我看的疝气都成功了,他给我写了一封信。"

"吃饭!"老伴端着菜到上房来了。他继续说:"叫我去给娃看。我给看了,那黑来老汉跟我在灶房炕上睡觉哩,没啥给我说了,只说,唵,你给我娃把病看了。那个时候我不信服你,但是你看的都成功了,现在我没啥报答你,我给你送一句话。我说,好话也值千金哩,啥话?他说,你把你咻烟少吃些。他原来也吃烟,失眠、吐痰、消瘦,是慢性自杀。那人现在还活着,也八九十岁了,也是个名医。他们那里还有个姓李的,大儿子是小儿麻痹,扎针后现在能走了。"吃饭间,他又说了个笑话。一个小伙家牛滚坡死了,坐在路上哭,过路的说你哭啥哩,你把牛一剥,牛皮卖到供销社,牛肉一吃,添点钱再买个小牛,三年后就是个大牛了。小伙这样做了,后来真有了大牛了。小伙村上有个人,人家大从坡上滚下来,死了,那人哭得呜呜的。小伙也给人家这样说了,你哭啥哩,把你大皮一剥,卖了,肉一吃,添点钱买个小大。人家一听,就抓起石头砸小伙。他说:"这就是教条主义了。"听得大家笑得差点把饭喷出来。他又边吃边说:"城里桂园小区里面有个医疗室,咻人姓张,爷父两个办了门面。他外甥的疝气,他治不住,可给我引来,还有杨斜的几个也引来，我给治好了。他爷他大他都是医生，他捎信叫我下去，跟他坐坐，把针灸这啥的说说。那天，跟老婆吵架哩，我生气了，跑了。到那里，一家子把我当事得太太，那黑来把我安排在宾馆。我说住一回宾馆多少钱，人家说，咻你就不管事么。拿了一瓶正宗茅台，要跟我喝呀，我不喝酒，叫他独自一人喝去。他问我两种病，一个男的说，肯放屁，我说放屁是肠道通，人生理自然现象么。他说那一连串咚咚咚，跟机关枪一样，不一般，我说中气不够，扶正祛邪，赶紧扶中气。另一个是三十岁的女人，突然闭经，我给说了方子。那天下午在他医疗室，来了几个病人，我都给处理了，扎针的扎针，开处方的开处方。那黑来，他说给说个小故事你听呀不，我说那听哩么。说一个庙，进门搁了三个神像，中间一个大神像，两边两个小神像。人进门，就在地上的蒲团上跪下磕头，烧香。两边两个小神发闲哩。"这时，又来人了，是个女的，界贝说她面瘫治好了。他说："就是抽嘴风那个人。"女的笑着说："我把我哥引来，他是高血压。"让吃饭，说吃过了。他接着说："庙里经管神的和尚，自言自语给那三个神讲话哩。说你大神，一天人来都给你磕头上香，两边小神啥也没有，我感觉不公道。咱轮番作业，今儿把你请到边上，小神放中间。大神没言传，他就说大神同意了。人一进门还是给中间磕头，就是给小神磕头。最后，张家给总结了一句话，人家还是文化人，说：这人的位置没放好，把你这个医生的位置没放好。医生要传统，还要创新。带状疱疹，在医院得半个月，咱只用三五天就治得不疼了。一个人耳鸣得一会儿说是雾影（蝉）叫，一会儿说是醋蛛蛛叫，整夜睡不着，到医院住院，说脑供血不足。我给治耳朵，叫它不响就对了。扎几个穴位，耳门、清宫等。"说到看书，老伴说他自碎碎（小小）都看娃娃书哩，现在土都涌到脖项了还看哩。他说"三言二拍"就是社会哲学书。中医理论是痛则不通，通则不痛。老伴催他赶紧把饭吃完，他只管说话，饭也不吃了。他说："用药如调兵，看病如说理。五行相克相生，泄泻其子，固固其母也。遇着四时八节，都有影响，这道理你不懂，你咋样看病哩。中焦有问题，可是胃溃疡呀、胃嘈杂呀、胃下垂呀、胃炎呀，总是胃有病。脾胃属土，易干燥。像沙土地里庄稼长得好，吃啥东西，要温，胃暖暖的，这才是内行话。有些说是炎症，消炎哩，越消越日塌了。脾胃都宜温。"他记起来我们同行的谁失眠，我说是老喻，叫给扎两针，他三下两下就给扎上了。

小贾同刚来的中年女的聊天，知道她是夜村流岭槽一个患者，叫唐花，1970年生人。女的说："我一直不知道，家里人也没给我说，看颈椎时，医生说你得过面瘫的。我说没有呀。叫我把眼睛闭上看，我一闭，闭不严，真的得了面瘫。今年3月，在商洛的医院扎了十五天针，没啥起色，眼睛死活闭不上。后来是这个医生相好的，给介绍到这儿。一个月以前，医生给我扎了七天，说你这时间长了，不敢给你保证跟原先一样，可以让你嘴不抽，人中端，眼能闭。扎了七天，一天比一天好了，眼睛能闭上了，现在跟正常人一样。我的病时间长得没样，老流眼泪，到医院一看，说是眼内道堵塞，开眼药，结果把我这病耽搁了。现在眼泪不流了。程大夫收费也不高，扎针手法好，扎一扎还给转一下，这个不行了，还换穴位。"配合吃中药，扎了上百针，程大夫还曾治好了羊羔风病人。

12月13日，阴天，很冷，我们再次来到七星村，拜访程大夫。他说，天冷，就在厦房吧，这儿暖和。他老伴还从上房取来了电暖器。厦房很小，床边柜子上一摞药书，都发黄了，里面还有线装本。有一本书是1956年出版的，那书比我都大七八岁哩。

说话间，商州黑山镇一个妇女打来电话，说她的偏瘫扎好了，身子能动了，也不疼了，要给送感谢信，要程大夫通信地址哩。他在电话里给挡了，说心意领了。他说，荣誉不是个啥，当医生先要有德行。人常说，要想挣钱，《寿世保元》。当好医生，学好经典。他说："我给开的是加减白乌汤，给扎针，扎足三里、内关和中关。四天，掌柜的做的糊汤面，她闻着香了。七天，摸着下来要穿袜子哩，腿颤的。穿上鞋和袜子，叫我扶住下来了。"他还说："我大的德行传给我，我传后代。我家族人丁旺，我大十六七岁，就给人看病了。快解放那会儿，上河来了一个二十来岁的人，戴眼镜，背褡裢，说话文文的，是游击队的人。那人腿不好，我大给扎针，第二天走路就没问题了。"他爱看贾平凹的书，问我还能见贾平凹不，他说："我看贾平凹陕南行那书来。说的第一个是他大是教师，他姊妹几个一星期六了，就候他大从学校拿回来那一角子馍。他大舍不得吃，拿报纸一包，拿回来，他姊妹在路口子候着哩，拿到手一掰一吃。光说候他大的馍着哩，这一小事情人家就写神了。贾平凹是鬼才。看他的书跟吃羊肉泡一样，吃一口，还想吃第二口哩。第二个是交猪，一百斤才够标准哩。那时一等猪，一斤才五毛钱。不够斤数，还不要。他大拉着猪哩，姊妹几个瞅着猪尻门子，猪一屙，哎，可把一斤屙出去了。路边一个寡妇，开个小商店，从窗口一招手，咯吱一声车停了，给女人取名叫车闸……"他读贾平凹老师的书，把细节记得一清二楚，还给我们讲了《商州初录》里的故事，说有些是他经过的。

他说，他父亲教他看病，除了德行，就是学好手艺。他村东头的冀田娃，跟他同年，十八九岁上，到山上砍柴，担柴走到河里，热人被凉水刺激了，腿发麻，走路都得人扶着。这属于风湿，用的是二妙散，有当归、川芎、天麻、苍术、黄柏、木瓜、桑螵散等。扎针，吃药，一服药两三毛钱。一个月就能走路了。

他也能看恶疮。他大的干儿子的姐得了会阴疽，医院都不给看，本来是叫他大去给看，他大出诊，叫他去。他去也不便看病情，给开了个处方，四样子药，一样二花，一样公英，一样当归，一样元参。结果药铺不给，说那药量是给猪牛等牲口开的，他说他就是大夫，这才给抓了。当晚熬好，喝了一碗。半夜了，他姐喊叫哩，说出脓了。他又给开了单子，是去腐生肌汤头。有个病人身上长了恶疮，有蒸馍那么大。按他大说的，治疮花跟种庄稼一样，要出苗哩。他一看，病人的疮花快出苗了，把红皮蒜砸一碗，将蒜泥摊到疮口上，再用艾草烧熏，病人疼得好点了，用卫生纸沾脓，光纸就扔了一大脸盆。然后，用手术刀切开，白脓喷出来，把人吓得不得了。之后出血了，用黄纱条敷上，绑住。不久，就痊愈了。

说起针灸，他真是一套又一套。他扎好了羊羔风，还有风湿。他还扎好了一个抑郁症女娃，那女娃她妈在他七十大寿时，上的礼金比谁都多。他说得不间断，老伴在一旁说："听他给你吹牛，他咂啥都是书上来的，扎针是看了书，在自己身上扎了试火，觉得有底子了，才敢给人扎哩么。啥都不干，地里一点不沾。"他二孙子跟他学扎针，还小哩，把针在他身上扎，吊一串串子。人家已经知道肚里疼扎哪儿，牙疼扎哪儿了。

这时，又来了一个病人，进门一看，原来是我给介绍的一位检察院退休的老兄。这位老兄面瘫几个月了，在医院扎了一段时间，效果不太好，听我说了程大夫，这才来的，说："还是程大夫穴位扎得准，扎了一次就见效了。"

程大夫说，民间有些药是很奇特的，像一个得肝癌的女人，在医院做了介入手术，他给配了金银花、蒲公英等药，熬好，让喝。后来，那女的脸上都有红晕了。

程大夫老伴也是个热心肠，一定要留我们吃饭，我们也不好推辞。洋芋糊汤、蒸馍、萝卜菜，吃得一个个都说好。界大夫还让他儿子界贝跟程大夫学针灸，小界是程大夫的徒弟，也跟家里人一样，抹桌子、端菜、舀饭，招呼大家吃。

我遇见的乡间草医人（二）

查斯鸿

查斯鸿，男，五十七岁。丹凤县庾岭镇石门吊棚村人。棣花镇卫生院大夫。

采访时间：2021年1月10日上午

采访地点：丹凤县棣花镇卫生院

阴天。清早，我们一行赶到棣花镇卫生院，见到了查斯鸿大夫。

查大夫，文静、面善，能说会道。他共有姊妹五个，老家那里属于黄河流域，过去归洛南县管，当年红二十五军就在那儿活动过。他婆是旧社会闹土匪时，从龙驹寨白家塬跑到这里来，在这里落脚的。他父亲是教师，他哥也是老师，都退休了。他是在马家坪中学上的学，后来到峦庄中学，再到丹凤中学读书，1984年从宝鸡的中医学校毕业，之后一直在基层卫生院工作。基层医生少，啥都得学，来啥病人看啥病，中医、西医甚至接生，样样都得会，好多是现实逼出来的。他说："不管中医还是西医，不管用啥办法，只要把人病治了就行。"

他说，中医目前还处于低潮状态。中医倡导全身理念，中医理论体系其实就是哲学理论体系。比如，《黄帝内经》有一定实践性，是单方、验方在生活中解决问题后再传承的。可以说，一个中医也算一个"土哲学家"了。西医总体建立在解剖、显微镜和抗生素上。慢性病、三阳病、三阴病，中医就有优势。他说："比如我看的心脏病病人，好几个都是大医院放弃了的，我给治疗，效果很好。"

他是个善于研究问题的大夫。各类疾病，他都尝试着治疗。2000年，他在交大二附院进修了麻醉，在手术室看了一年多解剖，对人的整体生命结构有了更深层次的认识。他感觉心跳呀呼吸呀是生命的指征，手术中，病人的心跳、呼吸都掌握在大夫手里。2008年，他开始从脊柱研究颈椎疼痛的原因。他也研究胃病、溃疡等，涉及西医和中医，比如幽门螺杆菌引起胃部感染，西医以为是免疫力低下引起的，而中医认为是身体失调引起。他还研究各种癌症，他对书上的知识，是有分析的学习。比如麻黄消渴止痛、发汗利尿消肿，哪些成分利尿？哪些成分消肿？如方剂学，方剂组成的原则，用药原则，组成的药有几样，大原则、适应证、禁忌证等在临床的变化是什么。临床上没有哪个人的病跟教科书上说的一模一样，他笑着说："李逵和林黛玉的感冒咋能一样呢？"说得大家都笑了。

他给万湾的李清娃看病，那人得的是癌症，又有脑梗，他用中药调理，三个月就见效了。还有西街的许家老两口，都得了肺结核，肺全成空洞了，在医院治也没有明显效果，只有回来等死。他用中草药配合针灸，让二老多活了十多年。他还利用周末跑到四川绵阳，给一位癌症患者看病，让人病情有了大的好转。他看得最多的，还是一些疑难杂症。像他院长的胃病、心脏病和所有关节积水，都是他用中药治好的。他医院一个年轻人是学西医的，一直排斥中医，还不叫病人喝中药。这年轻人每到冬天，咳嗽都不得好，他给开了三服中药，人家喝了，第二天来说，药喝下去十分钟，原来绑着一样的气管松了。他说："中医对生理、病理的认识跟西医不一样。病毒跟人类共生存，好多病是病毒引起的，只有想办法把它送出去、请出去。"他现在正把治疗癌症的药物进行分类整理、研究，寻找规律。

他说，中医为啥好？就是根据病人的体质量身定制。有的大夫一个处方可以看一辈子，就是凭经验加减，望闻问切，看一眼就知道这病人啥病，基本上是八九不离十的。

他现在带的学习中医的学生有二十六七个，2019年，还带过一个广州的，一个福建的。说到养生，他以为，病大都是吃出来的。想吃啥，说明身上缺啥，像农村有的娃吃土，就是缺锌。他一不抽烟，二不喝酒，十几年来一直都是早上、中午各吃一顿饭就行了，下午不食，身体很好。

我跟查大夫也加了微信。后来，他给我发来好多信息，都是中医方面的资料，让我学到不少中医药方面的知识。他也时常在微信朋友圈发些中医治疗的病例，我都一一收藏起来，慢慢学习。

张书田

张书田，男，八十岁。丹凤县棣花镇茶房箭沟垭人。退休教师。

采访时间：2021年1月10日上午

采访地点：丹凤县棣花镇茶房移民小区

小时候，老家村里有谁从山上滚坡或是从树上摔下来了，人就会说，赶紧到班庄子叫张先生给捏去，张先生一捏一个准。那个张先生，周围人都知道。班庄子就是东箭沟垭，在原来的茶房乡。传说黄帝从商州城东的东龙山放箭射丹凤城后面的金鸡的冠，一箭射出七十二道沟，箭沟垭就在丹江北岸前山上。

刚联系到张书田时，他不愿接受采访，说自己只是个退休教师，有啥可采访的？好在这家跟小贾是亲戚，让小贾联系好，我们一块赶到茶房移民小区，在一栋楼的一楼见到了他。

我和老喻都当过教师，跟他是和尚不亲帽子亲，话能说到一块来，张大夫的话匣子就打开了。他爷叫张兴森，是个接骨专家，1934年到1935年，跟红二十五军的军医学过接骨手艺，他家老屋里四面墙上都挂着锦旗。他是张家的长孙，十八岁上就跟他爷学接骨了。他爷有一本接骨书，他最爱看。

他这人嘴很能说，他说："我是个教书匠，接骨只是个业余的，但人身上有二百零六块骨头，哪一块是啥样子，我都能说清楚。"

他说，陈家沟一个娃，大腿股骨错位，断了四块。医院给娃穿了六个月石膏裤。找到他时，他见娃跟个木头轱辘子一样在炕上乱滚。他给娃拆了石膏，先给按摩肌肉，等肌肉、筋骨活力恢复了，再将骨头错位处，用手慢慢捏到位。等肌肉长住后，又慢慢将第二个错位拽开，捏着复位，加上中草药配合。那娃最后恢复得跟正常人一模一样了。

就在前一天，丹凤鹿池一个女的骨折后，脊柱和腰椎疼得都没法翻身，他给捏了后，一切都正常了。

他还经常利用课余时间，骑上自行车上门给病人接骨、正骨，配伍上中草药，效果都很好。

这时，一同去的界大夫说胳膊不舒服，让给捏捏。张大夫一搭手，就说，曾受过伤，界大夫先是大吃一惊，再是赶忙点头称是。

说话间，他接了一个电话，是商州金陵寺一个女的打来的，说上次他给捏的胳膊，感觉很好，还想再来，跟他预约时间。

丹凤贺村一个妇女姓卢，她男人是农村婚礼主持人，她在挖地时椎间盘脱位，造成大小便失禁，他给手捏复位，对住腰椎线，用夹板固定。不长时间，她就彻底恢复了。丹凤中学一位女学生，叫张灵，身高一米八，因长期歪身子坐，导致腰椎弯曲，大人引娃到西安给做金属支架，一天要戴二十二小时，一年半下来，娃受不了了。来到他这儿，他给按摩，两个月就好了。

茶房有个新生儿，一生下来，脚就是歪歪子，父母很着急，来缠他，他就用手给按摩，用走高腿子的板子给矫正。两个月以后，歪歪子脚长得跟正常娃的一样了。现在，那娃都成小伙子了，走路啥的，没一点毛病。他说，给娃矫正拐脚，要按照娃成长的自然规律，跟嫁接果树一样，取眼子、树芽、砧木、削斜，树皮对树皮，木质对木质，一个月后揭开包扎的塑料纸，再重新固定。接骨拉线对端，对腰椎间盘突出、滑脱、囊肿、增生等，要根据身体素质、年轻年长的不同施治，治愈率很高。

商州夜村孝义湾一个姓姜的，上树砍干树股子，从树上摔下来，肩胛骨和胳膊粉碎性骨折，找到他，他用桌子给牵引，把十几块骨头，一一捏到位。那人在他家住了六天，骨折好了，高兴地给他唱秦腔。

他说也有治不好的，苗沟一妇女，出嫁女儿时，到木楼上给猪取猪糠，不慎摔下来。家里人拉来，他一看，瞳孔都放大了，让赶紧拉到医院去。他说的就是我村里我母亲的堂妹，我雪儿姨，当时是脑出血，到医院人也没救过来。

交谈间，他老伴一边给我们添水，一边说："我这老汉人好，善良，心实。"

他也带徒弟，收徒弟，先要看人品。丹凤双槽一个小伙子，叫田木头，骨折了让他给看好后，就一心要跟他学捏骨。他让小田到当地派出所开证明，证明他不是坏人。学了三年，小田到山东威海做了上门女婿，在那里也给人接骨，口碑很好。另外有个一心为了挣钱的人，想跟他学，他咋样也没有收。

他说，接骨里边学问可大了，涉及解剖学等，你知识要跟得上。学接骨，也是修炼人哩，是给后代积德积福哩。人要有一颗良心、善心，不误人、不害人。

看到徒弟送的牌匾，他心里舒服。那句"授人一技之长，养百年人生"的赠词，他很是喜欢。他现在身体还硬朗，只要有病人来，照样给看，有人叫，也照样上门去给捏。

张生瑞

张生瑞，男，八十岁。家住商州区杨峪河镇吴庄村。退休村医。

采访时间：2021年1月16日上午

采访地点：商州区杨峪河镇吴庄村张生瑞家

天气阴冷，一大早，在姚河、商州到山阳省道上坡的路边下车，走过一座小石拱桥，对面就是一个农家小院。院子边、地塄上放了不少蜂箱，小贾说养的是中华小蜂。箱子还用棉布、旧衣服包着，怕蜜蜂受冻。听到有来人，一个穿着棉袄的老人走出屋子。他清瘦脸，小眼睛，高个子，说话快。他就是我们要找的张大夫。他迎我们到上房屋里，让到火盆边坐下，倒水，让烟。他一坐下，就跟我们说起来。他1959年初中毕业，在大队当了八年会计。1967年，姚河大队成立了医疗合作社，他就跟南岔里的李增芳先生学医。学了一年，又到商县大荆区学习班学了一个月。他跟师父在松树嘴卫生院研制"升单"，红升白降，治疗外伤感染。1979年，他又在商县卫校学了九个月。他很勤奋，自学了药性、汤头、中医基础、脉学等，光笔记就写了四五本。他看过的书上面也勾画得五马六道。他自己还考取了医师证。聊到这儿，老人跑到小房子翻出他的医师证来，叫我们看。他在村上合作医疗站干了四十多年，退休时一月才给四块钱，现在涨到二百五十六块了。他看胃病很行。吴庄桐木沟的一个人，姓翟，胃溃疡好多年了，他给配了面子药，药中有白术。吃了药，那人就彻底好了。胃病是七分养，三分治。农村人不忌口，往往一顿饭，就吃坏了。他还能顺口背诵十二神针口诀，他说，现在岁数大了，手感也不准了，也不给人扎针了。

他过去也上山挖过药，像丹参、大黄、柴胡、天麻等都挖过不少。他常用天麻钩藤饮治疗肝阳上亢、高血压。

20世纪70年代初，一个娃上吐下泻，严重脱水，眼眶塌陷，医院都不收了，没法了，大人抱来让他给看，他先用中药补水，之后用生脉饮加肉桂，强心回阳，再配人参、麦冬、五味子，熬着给娃喝。两天两夜，抢救过来了。

面瘫，他用中药、针灸，还用活鳝鱼血抹到面瘫部位，治好过不少病人。他对反复感冒患者，用黄芪、白术、生脉饮、玉屏风散，止汗，是阳虚；盗汗，是阴虚。

他记性好，说到脾胃虚寒，能记得在药书的哪一页。他把脉也准，像妇女怀孕，能从脉上号出来。

他还能接生，先后接生的娃有一百多个，最早接生的娃，现在都有娃了。最后接生的那个娃，去年都当兵去了。他接生的娃，没有得过破伤风等四六风，原来的村支书媳妇生双胞胎，第一个娃生下了，第二个生不下来，他跟家里人连夜晚送到医院，等着生下来，这才回来，到家里已经是大年三十晚上了。我心里疑惑，过去在农村，男女授受不亲，男人接生能行么？他说，咋能不行？咱这里过去又不通公路，总得有人干这事么，他是医生，又会。农村人说，人生人吓死人，一点不假。他去接生，会带一两个女助手，到人家小房子，先让在炕上墙上钉两个钉子，挂上一个布帘子，把生娃的女人挡住。他说咋弄，让助手上手。到剪脐带时，把剪子提前烧红，晾凉，就算消毒了。

他现在一年还看好几百个病人。家里没有药铺了，都是他给看了，到镇上药铺抓中药。他看的病人，东边到沙河子的浦峪沟，西边到上官坊，都有。他看病，凭的是二十七脉。

老人的笔记本上记载了不少验方、单方，像血管性痴呆用复方苁蓉益智胶囊，其中有制首乌、荷叶、肉苁蓉、地龙、漏芦等。不同年龄段的人感冒，用药也不同，像老年人重在卫气虚，扶正气，用玉屏风散、黄芪、白术、防风、人参败毒散加生姜、大枣等；青壮年人感冒多为突感风寒，外寒内热，单方用紫苏、菊花水、柴葛解肌汤（柴胡、葛根、黄芩、白芷、羌活、桔梗）；小孩反复感冒多为发热、腹胀、泄泻等，方子用柴胡、黄芩、薏米、玉片、厚朴、泻叶、焦三仙等。

吴家锋

吴家锋，男，五十八岁。洛南县洛源镇涧坪村村医。

采访时间：2021年3月6日上午

采访地点：洛南县洛源镇涧坪村吴家锋家

吴家锋大夫自己盖了一栋三层楼房，卫生室在一楼。一大清早，卫生室门口站了不少人，说是镇卫生院在搞慢病筛查。

他说，自己上过洛南县的卫校，学中医，小时候也跟父亲学过，后来在村卫生室干了三十多年。他说话实在，说的是浓郁的洛南方言。他笑着说，那时读了好几箱子的药书，像《黄帝内经》《伤寒论》《寿世保元》等，有的几乎都能背诵下来，还能很好地用到治疗实践中去。

他的桃红四物汤，配合针灸，治疗中风，是远近出了名的。病人有来自杨凌的、西安的、蓝田的，大多数都是预约好的。

他村上有个姓杨的，六十七八岁上发病，血压高到190/110毫米汞柱，口眼歪斜，半瘫，家里人是用架子车拉来的。他给开了中药，针灸，治了一周，嘴就不歪了，三个多月就好了，现在都能下地干活了。杨凌一个患者，肝腹水，他用疏肝利气法，给治愈了。他看中风，一般采用中西医结合的方式，先用西医方法降压，然后针灸，喝中药。对糖尿病人，他也是先用西医方法降糖，后用中药制成的消渴丸调理。

他自己家还种有中药材，有黄芪、桔梗、柴胡等。他有时还熬好管仲汤，让群众免费喝。

陈书明

陈书明，男，五十六岁。洛南县洛源镇张坪村人，洛源镇卫生院中医大夫。

采访时间：2021年3月6日下午

采访地点：洛南县洛源镇张坪村陈书明家

3月6日下午，我们见到了陈书明大夫。他说，他十岁就跟父亲学中医，看中医书，熟悉药性、汤头，十九岁顶替父亲到张坪卫生院工作。他曾在县卫校上了两年，跟洪秀珍大夫学妇科，跟郭池大夫学中医。农村需要全科大夫，他也是啥科都学。2014年，他看过一例席汉氏综合征，留下了很深的印象。当时，病人浑身肿得厉害，他用参苓白术散补阳，五服药就见效了。张坪村一个十岁的男娃，得了肾病综合征，他用中药，让吃了八十多服，治好了。现在那娃三十多岁了，成家了，都有小孩了。

2017年春，商州马角一个女的，肝腹水严重，肚子大得连二层楼都上不了，在医院住了两个月，也不见效，来找他。他给开了二十服中药，吃了，很快就恢复了。去年农历十一月初，华阴县一个女的，四十八岁，也是肝腹水，找到他，他诊断是低蛋白引起的，先给抽了水，后吃了七服中药，腹水消失了，又坚持吃了二十服，好了。他说，脾虚了，就不利水。有个乙肝患者，他给开了四十多服中药，喝了，转阴性了，又让喝了四十多服，到医院检查，各项指标正常。

他对治癫痫病也有研究，认为这种病多是外伤、高烧、惊吓引起的。他看好了不少这类病人。

有个女的月经不调，每月只来白的。他过去没见过这种病，药书上也没病例，他给开了六味地黄汤，补阴虚，用水法二仙、三仙，加活血化瘀，便治好了。

他是大夫，自己却体质差，得了胸膜炎。20世纪90年代，医生叫他做手术，没钱，只花了五块钱，抓了五服中药。后来又犯，喝了十枣汤，见效了。2006年，又患脑梗，严重得都走不了路，一直吃中药，还买了小型粉碎机，将药打成粉，喝了八个月，现在好了。

胡军锋

胡军锋，男，四十四岁。家住洛南县永丰镇白洛师沟。县城中街骨科诊所大夫。

采访时间：2021年3月6日下午

采访地点：洛南县城中街骨科诊所

胡军锋大夫说，他爷爷胡龙泉、父亲胡振荣都是乡间名气很大的接骨大师，他家算是接骨世家了。他上过县卫校，跟父亲学过接骨。1999年，又到县红会医院，跟巩四海大夫学过一年多骨科。

他的曾祖父胡太银，从湖北迁居而来。他从小就跟爷爷、爸爸上山采药、认药、配药，啥药有毒性，咋个配法，都很熟悉。他们兄弟三人，都学医，都能接骨。他媳妇也是学医的。

2018年10月12日，城关一个十六岁的男娃，姓白，右手第五掌骨胫骨连续性中断，他用手法复位，打上石膏，开了中药：小救驾、上山虎、下山虎、轮叶景天、兔儿伞、黄酒半斤。第一服药水煎后分三次服用，吃完一周后，再服第二服。11月底，电话随访，已经好了。

2018年8月6日，麻坪镇东麻坪村一个姓田的，五十来岁，左髌骨骨折，他用手法复位后，也打上石膏，内服跟前面病例一样的中药，只是剂量加大一倍。11月3日，电话随访，那人走路已基本正常。

2018年11月24日，四皓街道办代塬村一个十岁的女孩，左孟氏骨折，他给复位后，外敷接骨2号，打上石膏，用上山虎、下山虎、兔儿伞、四叶七、夏枯草等药研粉，酒调后外敷。2月25日，电话随访，其肢关节已活动正常。

还有不少病例，他都是用同样的手法复位，同样的中药，内服外敷。

宋成璋

宋成璋，男，七十五岁。老家在洛南县麻坪镇孤山村。退休大夫。

采访时间：2021年3月6日下午

采访地点：洛南县城税务局家属院宋成璋家

宋大夫人微胖，脸白净，说话沉稳。他说，自己十岁上得过骨髓炎，因为得病，便对医学有了兴趣。他家里爷爷、父亲都是中医。1953年，父亲在巡检开过药房，公私合营后，回到石门医院工作。1961年，他的脚出了问题，没法上学了，就跟上父亲学医。那时的村医，没有工资，抓药、切药、炮制都是手工操作，吃饭自己带粮。1966年5月，工作解决了，他到孤山卫生院一干就是十年。1976年，他到县上学习一年，1980年又到商洛的医院学习一年，1982年考上主治医师。他还根据自己多年的临床经验编写了一本《宋氏医学》。

农村有一种脱发叫鬼剃头：睡一觉起来，头上这儿秃一片，那儿秃一片。他有个方子很灵验，何首乌、柏子仁、红花、当归、黑芝麻，五样药打成粉，一顿一勺子，一天三顿，两服喝完就见效。他这药，已在网上销售，每个月都要给北京、深圳、广州等地寄出几十服。

治小儿食滞，他用鸡内金、二丑、玉片、乌梅、八米（去油）等药，效果不错。

他说他是看病的，也是个病包。他患有冠心病、心衰、高血压、糖尿病，心脏搭了支架，2015年又截了下肢。他自己给自己开药，打成粉，每天都喝。看他乐呵呵的样子，哪像个多病缠身之人。

分别时，他给我送了他出的书，还把自己配制的降糖药给老喻装了一小桶，老喻要给钱，他生气了，说，我们都是同病相怜，只要有作用，回头再给配。我给他送的那本《走过丹江》，他很喜欢。老喻回来吃完那药后，感觉浑身有劲儿了，还又联系了宋大夫。

刘海运

刘海运，男，六十二岁。家住洛南县保安镇小文峪村，自己在家办有精神病院。

采访时间：2021年3月27日上午

采访地点：洛南县保安镇小文峪村刘海运家

刘海运在乡间看精神病已远近闻名。小时候，看到周边的乡亲因缺医少药，不少都死了，他便暗下决心，将来当个医生。1975年，十六岁的他就到县卫校学习，1976年毕业，回到村卫生室工作。当时卫生室只有三个人，老中医聂生寅是站长。聂老看精神病、癫痫病都很有名，他就跟着学。1978年，他见村里一个小伙子，一丝不挂地乱跑，到苞谷地里，掰下苞谷穗子就啃，他知道那小伙得的是精神病，他想，要是我能给看好，该多好呀。他就一边跟聂大夫学，一边读《寿世保元》《民间验方》《黄帝内经》。《寿世保元》一书，还是县公安局一位朋友送给他的。1979年，他给许庙村一个三十多岁的青年看精神病。那小伙因找不到对象，加之受了气，成了精神病，在村里乱打人。他一连十几天到那小伙家，一边安慰，一边给扎针，配合吃中草药。不久，那小伙子正常了。

1982年，土地承包到户了，卫生室两名医生回家了，不久聂老就过世了。刘海运把卫生室搬到他家，用半间房办起了医疗室，1986年，又改成村卫生所。一家四口人挤到一间房里，腾出两间给远处来的病人住宿用，还把卖猪的钱都用来买药品。看病之余，他还上山采药，把采回的野生天麻种在自家地里。1999年，他盖了六间砖房。2004年，按国家建卫生所的标准，他拆了旧房，盖了五间两层楼房。病人慢慢多起来了，平时留观的病人都在四十多人，家里只能住下十一个人，其余的只有借住在左邻右舍了。2009年，他又投资八十多万元，借贷了一百六十多万元，把房子扩建成有一千一百平方米、四层的标准化卫生室，门诊观察床也有六十多张了。2019年3月，他又投资二十多万元，绿化环境，建了活动场所，修了洗澡堂。

四十多年来，他把自己的一切都跟病人联系在一起。有人说精神病是永不死亡的恶魔，他却专门想去征服这个恶魔。有朋友也曾劝他："专家学者多的是，你一个乡村医生想攻克精神病，怕是水中捞月一场空吧。"他却偏不信这个邪。他请教老中医，反复研读《黄帝内经》《伤寒论》《神农本草经》等，还订阅了十几种医学报纸杂志。他访名医，寻验方，跑遍了秦岭南北、黄河上下，苦苦钻研，反复试验，研制出了独特的精神病治疗方法，临床试验后，疗效很好。1980年以来，他诊治的病人数也数不清，光精神病人都在二十多万人，来自十多个省区市。最远的像新疆库尔勒车务段一个三十多岁的火车司机，姓高，曾患重度精神病，不能正常上班。在家人护送下，这人来看了一个半月，恢复健康了，回去又重新开上火车了。黑龙江省佳木斯市一位姓尚的年轻妇女，得了精神病后，厌世，寻短见。在大城市医院看，花了四万多元，收效不明显。1998年冬，她在妹妹的陪同下，慕名而来，治了一个月，只花了一千二百多元，病就好了。后来，她还在北京一家旅游公司下属的茶庄当了经理。1999年春季，西安一个男孩，得了精神病，他外婆跟他妈送来，刘大夫通过针灸，加中药调理，四个月就给治好了。2003年，洛南黄龙一个小伙子结婚，专门邀请他参加。那小伙子二十岁时得了精神病，自己吃自己的大便，赤身裸体乱跑，家里也管不住，是他给治好的。现在那小伙的儿子都十岁了。丹凤县一个小伙子，得了精神病，他给治好后，那娃还考上了大学。

他给人看病，把医德看得很重。河南灵宝一个姓孙的金矿老板给治好后，为感谢他，给送了一枚金戒指，他没收。后来，那老板给送来感谢信，信中说："刘大夫，你是我见过的最好的大夫。你治好了我的病，不但不索要钱，还拒绝了我送给你的金戒指。你不仅医术高明，医德也高尚。"洛南县瓦子坪乡六十多岁的精神病患者老黄病好后，给他送了二百块的红包，他坚决不要。后来，老黄在电视台给他点了一首《365个祝福》，表达谢意。

作为市政协委员，他时刻操心着家乡的发展变化：2001年，为本村小学争取到大红鹰集团捐赠的图书、教具，价值一万五千元；2002年，捐资六千多元，还带上子女参加劳动，解决了村上的自来水问题；2008年，投资两万元，修通了乡村大桥；2012年春节，拿出五千多元，给村上的孤寡老人、五保户、贫困户买了米面油。他先后免收医药费、给公益事业捐资，累计达一百一十多万元。

他最后给我们说："省内外有很多医院都叫我去，面对他们的高薪，我也曾动摇过，细细一想，又都回绝了。我想，乡亲们需要我，我一走，他们看病就不方便了。再说，咱这里山清水秀，空气清新，也适合这类病人疗养。我会一直坚守在家乡的。"

他的付出，也得到了各级组织的肯定，他也被授予"全国优秀乡村医生""陕西省农村优秀人才""三秦名人""商洛市劳模"等荣誉称号。他的卫生室也被省管理科学研究会定为"管理科学与精神病科研究"基地单位。患者送来的锦旗、牌匾也有上百面，挂满了一屋子。

罗万英

罗万英，男，六十五岁。家住洛南县灵口。洛南县中医医院大夫。

采访时间：2021年3月27日上午

采访地点：洛南县中医医院

罗万英，陕西中医学院毕业，1982年从洛南灵口地段医院调到县中医医院工作。他擅长治疗高血压、冠心病、糖尿病，还有中风。治中风，他开的是补阳还五汤，按病人的身高胖瘦加减药量。治乙脑，用白虎汤加苍术，效果很明显。他还因治疗伤寒的方子受到了市上奖励。

他用中药治好了一些癫痫病人，用中西医结合治疗糖尿病人，效果也很好。

他已经退休，又被中医医院返聘，一年光开出去的中医药方价值也在二百多万元。外地高薪聘请，他没去。

赵抗山

赵抗山，男，五十九岁。洛南县永丰镇赵川村人。县中医医院中医内二科主任，主任医师。

采访时间：2021年3月27日上午

采访地点：洛南县中医医院

赵抗山大我一岁，人直，话少，脸黑，做事干练。这次在洛南采访，他是全程陪同，给我们一行提供了不少方便。他是1988年从陕西中医学院毕业的，主攻神经内科和心血管疾病。他行医看的第一个病人，是肝硬化，三十六岁，用的是实脾饮。这人喝酒后，消化道大出血，先用西药急救，再用中药调理，理气消肿，治好了。他接诊的脑梗、心梗病人，年轻人还不少。有个十九岁的女子，得了脑梗，他用滋阴潜阳、活血通络的方法，治好了。还有一个二十岁的小伙，得了心梗，也都治愈了。2014年，他给县工商银行一位老人用中药活血通络，治好了脑血管病。巡检一个贫困户病人，得了脑血管病，没钱看，他拿他的工资给看病买药，连吃饭都给管了。

贺五牛

贺五牛，男，六十四岁。丹凤县商镇人。退休后返聘丹凤县中医医院。

采访时间：2021年4月14日上午

采访地点：丹凤县中医医院会议室

这天是个阴天，我们一早到丹凤采访贺五牛大夫。他人稍胖，慈祥，说话幽默。他说，他那"贺"是加贝贺，"五"是一二三四五的"五"，牛是犁地的牛，说得我们会心地笑了。他是退休后被返聘到医院的。他父亲贺正道也是老中医，解放前是地下党，给穷人看病不要钱。他父亲德行好，一般是中午12点以前给村人看病，12点以后，背上药箱跑到山里给人看病，经常是深更半夜才回来。他是渭南的中医学校毕业的，在基层待的时间长，是全科医生，他谦虚，说自己啥都行，啥都不精。他擅长治消渴病，也就是糖尿病，肝肾病、眩晕、高血压等，他也能看。他也注重中西医结合，治糖尿病以西药降糖，并发症则以中医为主，常用的是洋参降糖汤。

他自制的半麻参葛饮，治疗高血压、颈椎病、脑梗引起的眩晕、肢麻效果很好，里面有半夏、天麻、丹参、葛根、陈皮、白术、甘草、茯苓，加枸杞、杭菊。这是基础药方，随病症适当加减。颈椎病引起的眩晕，加鹿衔草、补骨脂；脑梗引起的，减去枸杞、杭菊，加上赤芍、川芎、水蛭、黄芪。大峪沟一个叫李治的，头晕眼花，肢体半麻，喝了半麻参葛饮，十五天左右就好了。这个药还有颗粒剂，很方便。这个药方的使用情况，他写成论文，在中医药杂志上发表，他晋级时还给他加了分。

说话间，贺大夫接了个电话，是个糖尿病人打来的，他让下周一来。他接着说，治颈椎病引起的肢体麻木，加桂子、黄芪，黄芪可用多点。他在说起这些药时，就像在说自己的娃，一脸的亲热劲儿。

他说，他治糖尿病的消渴汤方子1994年他在商镇卫生院时就开始用了，主要有知母、黄连、石膏、天花粉、生地、葛根、山药、麦冬、石斛、女贞子，血压不高的，加西洋参。他自己也是糖尿病，一个月吃十五服，糖降下来了，并发症也提前预防了，小便没沫，肾脏功能也没受影响。他用这个药方治疗的糖尿病人都给建了档案，现在已经有三百多个病例了。他说，糖尿病可三到五年不犯，犯了，就一直得吃药。丹凤一个眼镜行的老板，是湖北人，全家都是糖尿病，吃了消渴汤，配合西药，都得到了很好的控制。

他治脾胃病，也很拿手，有两个中药方子，一个是柴胡疏肝散，一个是半夏泻心汤。前一个，有柴胡、炒枳壳、制香附、川芎、白芍、甘草；后一个，有半夏、黄连、黄芩、党参、甘草、干姜。这两个方子治病的情况，他在杂志上公开发表过，还得过奖。像商镇的刘学文，七十多岁了，萎缩性胃炎，用半夏汤，三个疗程，一个疗程八服药，病症就消失了。月日乡保仓村的李福贤，是慢性萎缩性胃炎、十二指肠溃疡，用柴胡汤，加乌贼骨、贝母，先治糜烂，也是三个疗程，到第二个疗程症状就没有了。

治疗冠心病，用胸痹汤，配伍是全瓜蒌、薤白、桂子、半夏、丹皮、赤芍、石菖蒲、郁金、茯苓、枳壳、炙甘草、元胡。如果胸不痛，可取掉元胡和丹皮。

他自己的养生之道是，多锻炼，心情好，少吃饭（七成饱），有规律。他说，他岳父一辈子就是这样做的，老人都九十多岁了，现在还下地干活。另外，对于老人，要做到"三慢"，就是走路慢、吃饭慢、大便慢。

回来后，我经常在微信上跟贺大夫联系，他给我发了消渴汤方子，我坚持吃了一段时间，感觉很好。我还把他的治胃病的方子推荐给朋友，朋友吃了几个疗程，很有效果。他这人不保守，只要说能治病，药方随要随给，统一发到微信上，有时还要提醒你咋么用，问一问吃药后的感觉，是个特别有心、特别细心的人。

王益民

王益民，男，六十八岁。丹凤县峦庄人。中医内科主任医师。现被县医院返聘。

采访时间：2021年4月14日上午

采访地点：丹凤县中医医院会议室

王益民，1975年考入陕西中医学院。他看病以内科为主，常看的有心脏、肺、肾、胃上的病。双槽乡退休教师李老师，现在八十六岁，二十年前得了肾炎，吃了他三服中药，就好了。中药改善心血管功能，能治冠心病。中药调理，还能治疗男女不孕症。对糖尿病，中药能减少并发症，延迟并发症。商镇老君店的张书亮，肾衰竭几十年了，西医给做透析排毒，他给开了中药，吃了十几服，有好转。他知道农村人挣钱大都不那么方便，一般情况下，开药都不超过两百块。

他对待病人很认真，用他的话来说就是认真不仅是一种态度，更是一种能力。他常常说，要用心去对待患者，用心去为患者治疗，用心解除患者的疾苦，他是这样说的，也是这样做的。他对病人好，医术也高，比如对重症水肿（肾病综合征、慢性肾功能衰竭），健脾益肾，调节人体水液代谢，治疗效果很好。对急性肾炎，进行分期治疗：初期，病在表、在肺，用解表宣肺利水；中期，病在脾，用益气健脾利水；后期，恢复阶段，用益肾固本规范化治疗。对一些特殊病例，常法不能治疗的，采用变法治疗，如龙胆泻肝汤，治疗遗精、滑精；补中益气法治疗胆囊炎；补阳还五汤、电热理疗并用治疗慢性胃炎等。

他临床实践多，经验丰富，善于总结，也勤于动笔。从事中医临床四十多年，他擅长疑难杂症，比如肝胆病、肾病、心脏病、中风、肠胃病、男性病、妇科病、不孕症等的诊断和治疗。他先后在省级以上医学核心期刊上发表了不少文章：论文《寒热胃中汤治疗慢性胃病300例》发表在《河北中医》2003年第4期上；《三步疗法治疗急性肾炎》一文发表在《湖北中医杂志》2003年第2期上；《补中益气法治疗胆囊炎的体会》发表在《实用中医内科杂志》1989年第3期上；和王康民合著的《补阳还五汤临床新用》发表在《陕西中医》1990年第7期上。

他曾获得505医德奖，2013年，被评为商洛名老中医。

相金陵

相金陵，男，八十八岁。祖籍河南镇平，现住山阳县银花镇街道，退休在家。

采访时间：2021年4月17日上午

采访地点：山阳县银花镇街道相金陵家

阴天，一早，在山阳县医保经办中心阮主任的陪同下，我们来到距银花镇政府不远的小街上，看见一个小院，门口一侧是一丛斑竹，呈紫色，另一侧是一棵桂花树，大门是铁栏杆做的，两边门柱上贴着对联。大高个子的相金陵老人，出来迎接我们。

他是跟父亲学的中医。父亲十八岁就开始行医了，跟师父学习《伤寒论》。师父见父亲有悟性，有一天，对父亲说，我不带你了，你要自己去学，不能走远，也不要离师父太近。师父还把药铺的一份给了父亲。后来，父亲在河南的白浪开了一家药铺，有了诊所。慢慢地，就出名了。成家后，父亲回到镇平贾宋开了诊所。抗战时，日本人打到镇平，逼父亲给看病，父亲不给看，被迫逃到山阳中村开诊所。父亲的字写得好，国民党一个保长让去当文书，老人推辞了，又搬到银花了。

相金陵父亲1940年就跑到银花，做了详细考察。1941年全家逃荒来这里。父亲还带着相金陵他四叔、十叔、十二叔。父亲有两个朋友，一个是算命的，一个是看病的，算命的是相金陵他舅爷，看病的是当地一个大财主。看病先生对父亲说，算命的阴阳先生是盼人死哩，看病的是叫人活哩，还是叫娃去学看病吧，父亲就让他跟先生学医了。学了一个月，先生不教了，找他父亲说："严师出高徒，想叫娃有出息，得送远些，挑个名医，严管。咱这儿太近，管严了，太生分，管松了，娃学不下真本事。"父亲听了先生的话，把他送到湖北均县拜名医为师，学了三四年。

他家原来开有诊所，母亲不识字，能认得药，记性也好，给人抓药。父亲要是到乡下去给人看病，他就在家里帮忙拣药，那时也才十来岁。他小学毕业时，山阳县就解放了，他跟父亲学到二十岁。父亲给他说的四句话，他现在还记得清清楚楚："一技在身乐悠悠，五湖四海任你游。白天不怕君子借，夜晚不怕贼来偷。"1956年，公私合营，他父亲的诊所改成联合诊所了，他师兄胡如海任院长，他做调剂师。在看病时，有的病他认得，有的他还不认识。他又到商洛市中医医院进修了一年。1976年,他又去陕西中医学院进修了两年。

他擅长看肠胃病,也能看癫痫病,好多方子都是从父亲那里传下来的。2008年,他的一个熟人的孙女癫痫病犯了,他给用了两服中药就好了。他还懂一些土方,像用石灰水治烧伤:把石灰水和食用油一拌,抹到烧伤处,见效很快。

1993年,他退休后,又坚持义务看病二十多年。现在,他还经常看药书,一天至少要看一两个小时。他的生活很有规律,每天早上5点起床,打太极拳、八段锦、华佗五禽戏。早餐多是糊汤。一天烟只抽四根,不喝酒,晚上9点休息。他开玩笑说,他的朋友就是手机、电视和收音机。他最近在读《刺史难知》和陈修元的《识一字便可为医说》。孙子是他最好的朋友,几乎年年都要给他过生日,陪他过年,他对孙子,只管大原则,不管细节。

对小儿消化不良,他用香砂六君子汤加减,再加炒山楂、炒麦芽。如有腹泻,加肉豆蔻、大麸皮。2017年,山阳洛峪一个娃腹泻,吃了三服药,就好了。

1963年,他到山阳南宽坪李家村,发现这个村几十人都拉肚子,原来是钩虫病。他跟张纪祖大夫一块,先采样到县医院化验。确诊后,负责发药,还给配发了补血露,人们一下子都好了,都称他是神医。

有一年冬天,天下着大雪,在离南宽坪卫生院二十里之外的一个村子,一位怀了双胞胎的妇女,生下一胎,第二胎难产。他冒着大雪,跌跌撞撞赶去,帮助她顺利生产了。在返回的路上,他一想,生两个娃,是不是还有一个胎衣没出来?又返回去,到那家,一说情况,才知道是他错了,双胞胎也只有一个胎衣。那时交通不行,到基层去看病,经常都是走路去。最远一回,走了七八十里路。

马建波

马建波,男,五十九岁。山阳县高坝店镇井岗村人。

采访时间:2021年4月17日下午

采访地点:山阳县卫健局会议室

马建波说，他曾上过三年县卫校中医学徒班，1984年后在宝鸡卫校进修了三年。回来在高坝店卫生院工作，行医坚持中西医结合。他家也是个乡村中医世家，他爷、他爸都是中医。他爷叫马天恒，在十里铺看病，他爸跟着学中医。他爷去世后，他爸又跟刘吉汉学习。他爸编写的一本《汤头新歌》，1987年由陕西科学技术出版社出版，印了三次。他父亲要求严，他、他弟、他侄子都从老人那里学到不少东西。老人八十一岁了，除了腿脚不灵，啥都很好，一天还要喝斤把酒。老人现在还坚持学习，记性也好。老人跟他交谈，没耐性，只说让他按方子操作，而对其他人，很有耐心，让人家认真听、细心记。

他专心攻消化系统和肾脏疾病，还用中医药治疗恶性肿瘤。1991年，一个叫刘令文的人得了胃癌，找到他，他先后给开了六十多服中药，吃过后，那人脸上也有了红光，之后，比医生预测的多活了六年。他岳母得了胰腺癌，在医院手术后，他用中药给调理，先后吃了九十多服中药，过了四个月到医院检查，好多了，生活也能自理了。他自己制的六消平，治好了好几个人的肿瘤。他用中药吃好一个肾病综合征患者，是个小伙子，当过六年兵。他给开的六味地黄汤，三服药才需花三毛八分钱。他还会针灸，用埋线针法，治好了十多个腰椎间盘突出的病人。

他看病爱琢磨，也写过一本书，打算退休后再出版。

郭安成

郭安成，男，五十八岁。山阳县人。山阳县中医医院大夫。

采访时间：2021年4月17日下午

采访地点：山阳县卫健局会议室

郭安成大夫，中等身材，眉黑，眼大。他父亲郭居良，1930年生人，是个教书先生，又懂中医，解放后，在山区教书，业余时间看病，看病的人经常在门口排长队。见到这种情况，乡上领导就说，干脆不要教书了，去当医生，他父亲就到医院做了大夫。他父亲也写得一手好毛笔字，每到过年，都义务给乡亲们写对联。父亲也爱打篮球，还能扮社火，做这些事情，高兴得天天都是笑呵呵的。受父亲影响，他跟他大哥都爱上了中医。他哥十二岁就出门给人看病，有好几次外出看病时，在甘沟的刺架里见到狼，他哥吓怕了，就改行当了教师。他是1980年顶替父亲的，先在元子街卫生院工作，1982年到洛南卫校学习一年，1984年正式做医生，1999年在色河卫生院当了院长。

他是中医全科大夫，四十多年来一直在临床一线。他认为，临床经验很重要，他自己能够熟练运用三百多个汤头治病。他用合欢皮加太子参治疗心律失常，他觉得，心肾同源，在治病的同时，要正本清源。一个女人在西安做了卵巢癌手术，在医院住了四十多天，伤口长不好。他给用内补黄芪汤解决了问题。治胃病，他用柴胡疏肝散，再加沙参，还能治背心疼。他侄子在县医院神经外科工作，他叔侄二人也经常在一块交流。他用"开鬼门，洁净府"疏便。用"补阳还五汤"治半身不遂，把黄芪量加大，还能改善血管，化痰利气。他还能用僵蚕治疗惊风面瘫，用二仙汤治高血压。

1987年"6·5"水灾时，他去给一个妇女接生，治好了女人的破伤风。女人很感激，硬缠他，让娃认他做干大，他没答应。他父亲当医生时，想来认干大的娃太多了，干娃年年都来给拜年，老人没有过过一个消停年。他妈千叮咛万嘱咐，不准认干娃。还有色河一个七岁的娃，他用中药给打了四十多条蛔虫，那娃的父母死缠活然要让娃认干大，他也没答应。

色河铺镇陆湾村一个妇女，绝经后头晕、耳鸣、心烦、失眠，他用二仙汤，加酸枣仁汤，让吃了五服，就好了。二仙汤用的中药有仙茅、淫羊藿、巴戟天、当归、黄柏、知母等，根据阴虚阳虚调剂药量，平衡阴阳。酸枣仁汤有当归、枣仁、知母、茯苓、甘草、旱莲草、女贞子等，治疗更年期综合征，加合欢皮、琥珀、夜交藤，出汗多，加龙骨、牡蛎。

相金州

相金州，男，七十九岁。家住山阳县银花镇街道，已退休。

采访时间：2021年4月17日下午

采访地点：山阳县卫健局会议室

相金州是相金陵大夫的堂弟。他父亲是中医大夫，做药材生意，日本人打到镇平时，逃难到银花镇的，药铺就开在他伯父的对面。一天，他哥跟父亲一块用报纸糊顶棚，两人站在一个长板凳上，他哥没言传，跳下来了，他父亲摔了下来，胳膊骨折，他初中没念完，就得回来照看。之后，他跟伯父学中医，背汤头，1958年就出师了。

1964年，他被分配到中村镇的红河寺卫生院工作，1965年到商县麻街中医班进修。他基本上是以自学为主，临床实践，摸索总结。1966年，他调回银花卫生院工作。银花二五八逢集（古历逢二逢五逢八遇集），他在卫生院看病，其余时间都在家里坐诊。

他善于用古方子，又不照搬，因病人病情，灵活运用，对胃病、肝病等慢性病钻研得比较深：胃病，依托张仲景的枳术丸，进行中医调理；对妇女抑郁、烦躁、月经不调、乳腺增生，用古方药物加减；用麻黄十神汤、平胃散、桑菊饮等传统验方，辨证施治。他看的第一个病人是联合诊所租住房子的房东，是肠胃炎，他给开的藿香正气散，加上针灸。

他调到银花卫生院工作时，工资低，生活压力很大，乡镇又鼓励大家"以收顶资"，他便靠工作之余吊挂面，维持生活。2002年他退休时，银花卫生院年收入已达到一百多万元。

现在，他已经有十多年不给人看病了，不会打麻将，也没其他爱好。每天的生活就是看新闻，走走路，打太极，看医书，在电脑上下象棋，同时慢慢总结整理自己几十年看病的经验。

李满、李书战

李满，男，已仙逝；李书战，男，六十八岁。家住丹凤县棣花镇苗沟村瓦房组。

采访时间：2021年4月24日上午

采访地点：丹凤县棣花镇苗沟村李书战家

周六，天下雨。一大早，我们到棣花镇，朝北进我的老家苗沟。下了好几天雨了，河水也上涨了，晚春发洪水跟夏天的洪水一样，这还是多年少有的。水泥路上，也有落下来的石头和树枝。走一段，就得下车，搬开这些杂物。水声很大，飞过的鸟，也叫个不停。

到老家，看到啥都亲，一草一木，都像亲人了。

我曾在那篇《我的父老乡亲》的散文里，写过先生爷，他会看病，是出了名的善人、神人。先生爷叫李满，官号李生财，生于光绪二十八年（1902年）十一月十九日。家贫，只上过两年半私塾，他却勤学苦读，练得一手好毛笔字，读过的《三字经》、四书、五经，有的能大段大段背诵下来。之后，他跟许登蒿学中医。

先生爷原来住在黑房沟台上，两间土房，家里开有诊所。那时，狼很多，人没啥吃，狼也饿得见人就想进攻。有时，狼把爪子从房抹眼伸进来，找吃的，抓得墙乱响，非常怕人。20世纪40年代初，先生爷搬到苗沟河边，前坡嘴下，盖了四间土房，跟兄弟两个，一人两间，兄弟就是官印爷。搬迁还有一个原因是，先生爷发现台上裂了一个大缝子，用三个竹竿连起来，捅下去，都没试到底，怕那里要出蛟（也就是滑坡）。

书战大大（故乡人对叔父的称呼）讲起先生爷，会说得两嘴白沫，听得我们也是一惊一乍。他说，先生爷还给狼看过病。给狼看病的故事，贾平凹先生在《商州初录》那篇《莽岭一条沟》里有描述。有一天，先生爷回到黑房沟，见一只狼坐在院子路口，摇着头，也不走开。先生爷说："狼呀，你要饿了，想吃我了，你就吃，我拿我的命救你一命，免得伤别人；你要是叫我看病，就点点头。"狼听了，便点了点头。狼张开嘴，先生爷一看，狼喉咙长了个疮，他就给狼熬汤药让喝。后来，狼的疮好了，为感激先生爷，给叼了一个银项圈来，先生爷一想，一定是吃了哪家的娃，一气之下，打了狼一棍，狼吓跑了。这传说我那时候经常在山里听说，是真是假无所谓了，也算是个通用的有关狼的故事了。

先生爷还跟一梁之隔的韩河里的米先生学中医。他俩年龄差不多，经常在一起切磋交流。后来，先生爷侧重学中医，米先生侧重学阴阳了。

先生爷一生吃素，也不吃葱、姜、蒜、韭菜，吃的油是蓖麻油，外出看病，都带着干粮。20世纪50年代，我们本家有一个爷叫李生芳，在棣花公社当书记，跟先生爷也算叔伯弟兄，叫先生爷到公社卫生院工作，先生爷说，自己一辈子忌口，吃不了食堂的饭，就没有去。书战大大开玩笑地说："要是当时吃了国家饭，后辈说不定还能沾光哩。"

1946年，中原部队突围，也从苗沟经过，先生爷给部队一位首长看过病。后来国民党队伍的兵拿枪吓唬他，让他说出那首长是谁，他淡定地说："来的是病人，我咋知道是干啥的。"他一点都没怯火，那兵一看，问不出来个究竟，就撤走了。

先生爷还能看细病，也就是今天说的食管癌。1962年，商镇粮站职工冯元勋，五十岁上得了细病，先生爷用中药给治好了。那人给先生爷送了一块牌匾。那匾现在还完好无损，书战大大小心地拿出来给我们看。那匾是暗红色木框，玻璃里是一幅画：边上是粉红色，中间湖水天空成一色，有水、有树、有庙一样的房子，左上角写着：祝李先生留念，中间写着：医师明仙，右下角落款是，元勋赠于一九六四年正月十三日。字是用毛笔写的，不太好，诚心可见。

先生爷人心善。有一年，茶房李家湾一个人到苗沟割柴，背了一背篓柴，走到瓦房村上时，肚子疼得在地上打滚。先生爷知道后，赶忙跑去，把那人背到屋里，给诊脉，给吃药，还让先生婆给那人做了糊汤面吃。1968年，先生爷给商州会峪青棉沟的人看不孕症，治好后，那女人生了一儿一女。20世纪70年代，棣花公社条子沟大队有个病人李东印家因为夏天下雨滑坡，把房子中间两间冲垮，一家人生活成了问题。先生爷给掏了二十块钱，让书战大大翻梁到条子沟，把钱送去救急。遇到可怜人来看病，先生爷把药塞到病人手里，掀着叫走，从不提钱的事。

先生爷家没有药铺，他给人看病，开了方子，都让拿到棣花街上或茶房去抓药。二十世纪七八十年代，棣花的周德娃开药铺，请先生爷去坐诊，给人看病，一看就好，看病的名声远扬。先生爷还能看阴阳，生老病死几乎都有人请去，三更半夜出门，是经常有的事。

先生爷过八十四大寿时，方圆几十里的人，前来祝寿，客人坐了近八十席。先生爷是1987年过世的。

书战大大跟先生爷学医十多年，在苗沟医疗站干了三十多年。先生爷很喜欢这个小儿子，直到去世的前几年，每到遇集（棣花街是三、六、九逢集），只要书战大大去上集，都会拄着拐棍，站在门前间塄上等，见到人就问："你见我书战回来了没有？"每每说到这些事儿，书战大大都会泪流满面。

书战大大还从柜里翻出当年先生爷用毛笔楷书手抄的《验方新编四》，竖版，封面右下角是"长生堂记"。纸已发黄，毛笔字很秀气。内容很多，如："癣疮　凡癣内有虫，治好复发，非药不灵，虫未尽也。发后再治，无不愈矣。……新鲜皂角刺一二斤，捣烂，熬至将成膏时，加好醋熬稠，将癣剃破敷之，日剃日敷，自有毒水流出。流尽再敷十日。虽数年阴顽恶癣，无不断根。此林屋山人屡试神方。""泄泻不止，腹有硬块不消　此症有气滞、血滞之分，一人患此，照气滞治之不效，后用桃仁、大黄、芒硝、甘草、桂枝、白芷，服数剂而愈。小儿水泻不能服药　痢疾亦治。巴豆三粒，黄蜡三钱，共捣烂成膏，贴脐上，用绢帕缚住，半日即愈。"《验方新编》的卷十二、十三、十四、十五、十六，老人抄为第五本，比如："松豆酒　治风气骨节疼痛、半身不遂。黑料豆一升，小扁如腰子样者佳，油松节锉碎四两，白蜂蜜一斤，好烧酒十五斤，蒸一炷香久，取出泡水中过十四日，早晚随量饮。有人瘫痪不能行动，饮此半月，行走如常，其效无比。"

刘 鹏

刘鹏，男，六十六岁，字飞，号南山老翁。西安市临潼区斜口街办韩峪村人。副主任医师，历任柞水县卫生局副局长、局长，柞水县委副主席，县人大常委会副主任、督导员。现任柞水县老科协会长。

采访时间：2021年5月21日上午

采访地点：柞水县医保局会议室

那天，采访刘鹏主任，是想让他说说，他所知道的王家成，没想到他不只是个官员，还是个名中医，退休后还在给患者看病。

他小时候也吃尽苦头：下雪天提着泥烧的火盆，不慎摔破了，只有少花钱买次品；1959年背着干粮到西安63中上初中；最苦难时，吃母亲用野菜做的菜饼，苦得难以下咽；给学校用架子车拉白菜时，和同学们偷着吃白菜心充饥；高中毕业被学校推荐报考军事院校，因眼睛散光等原因，改录到陕西中医学院。陕西中医学院始创于革命战争年代，解放后迁建于西安，名为"西北中医进修学校"。1959年国务院批准其升格为陕西中医学院，新建在咸阳，是西北五省区唯一一所中医药高等学府，汇聚了西北地区许多中医药专家、学者、名老中医。进入陕西中医学院，他真正步入中医药知识的海洋，学理论、读经典、跟名师、做临床，学习医学知识和医疗技能。像在咸阳二院实习时，他从李江峰大夫那里抄了三十多个秘方，后来在行医中用这些秘方治好不少病人。毕业时怀着"不做良相，愿为良医"的理想，他走进老区为柞水人民的医疗保健服务。

他又深情地说，1970年8月12日，他和同学，也是他的新婚伴侣宁怀存一块到柞水县卫生系统工作。那时山大沟深行路难，他们带着父亲让人用白杨树根做的书箱，从西安到柞水。一百四十二公里的路，早上7点坐车，翻大秦岭和黄花岭，下午3点多才到。从西安到柞水，顺利时一天一班车，没车的话，从早到晚也到不了，要在秦岭过夜。柞水全县当时唯一一辆车是救护车，县委书记到西安开会还要借医院的救护车。全县五区三十六个公社只有老林、营盘、药王通公路，出诊下乡全是走路。只说去参加1971年商洛军分区征兵工作会议，去得走四天，会议两天，返回又得走四天。这就是当时柞水的真实情况。说到父亲过世的事儿，他依然眼睛湿润，那是1981年正月十一，大雪封山，从凤镇到县城没车，等他赶到家，父亲已经安葬了……

柞水县卫生资源特别缺乏，卫生系统人员少，医院规模小，设备落后。全县第一大区凤镇的医院，西医只有听诊器、血压计、体温表三大件；中医也只有银针一包（针灸针），其他设备全无。化验室只做血尿常规，配血都不会做。中西医本科生七人（含从公社借调的三人），中专生含护士、药剂师等六人，其他人员不到二十人。药品等医用物资要从县城找架子车运回来。

在门诊上班就是全科医生，内、外、儿、妇都要看，中西药、针灸合用。下乡出诊，内科打针，外科救护包伤，接生，等等。1972年10月18日商洛地区中西医结合经验交流（柞水）现场会后，他也更重视中西结合治病了。除了管病房中西医轮换值班，他还要培训赤脚医生，要带实习生，要带省医疗队上山采药。那时只有两顿饭，上午一碗糊汤，晚上一碗面，除此以外没饭吃，上山时，他就让炊事员买些红薯蒸熟带去。另外，医生要早晚劳动，修大寨田，抬石头，春种夏收冬修地；要服务中心工作，如抓合作医疗，搞路线教育宣传；要帮助农村三改（水、灶、厕所），和贫下中农过年等；要防疫，如冬季防流感，春夏防麻疹等；还要进行地方病普查普治，下乡蹲点等。

他曾参与筹建柞水县中医医院。那是1979到1980年，他在陕西中医学院师资班进修结束后，回柞水接受的一项重要工作。柞水县中医医院作为全省首批县级中医医院，能和商洛地区中医医院同时获建，是省卫生厅对柞水卫生工作的重视和支持，也是对骨伤科名医王家成发挥中草药治疗骨病优势和特色的支持。1971年，省卫生厅拨款十七万在县医院修建了骨科楼，迎接1972年商洛地区中西医结合经验交流（柞水）现场会的召开。中医医院当时主持工作的副院长是他的老伴，无精力主管基建。他调任卫生局副局长不到三个月，原局长调走了，新局长未通知，只好把中医医院建设拿在手上亲自抓，通过协商，取得了省卫生厅的重视和支持。从立项、选址、征地、筹备资金、委托设计到招标等，一直到老伴调西安后，新任院领导接着干，至1989年才建成了两千四百平方米的门诊楼。1990年，省卫生厅中医管理局郑局长到现场剪彩，医院正式开业。

他到工作岗位时是全科医生，中西药、针灸并施，后来成为中医儿科主治医师，再后来则是老年病科中医副主任医师，临床善用清热解毒法治疗儿科常见病，益气活血法治疗内、妇科疑难病。在他送我的那本《飞云斋医话录》（内部资料）里，他无私地把自己治疗疑难病症的药方以及一些病例贡献了出来。像治疗三高，他常用夏枯草、草决明、玄参、丹参、生山楂、黄连、炒枣仁、泽泻、制首乌、炒大黄、知母、白术。有脂肪肝时加郁金、柴胡、虎杖；头晕耳鸣时加磁石、珍珠母；肢体麻木时加地龙、鸡血藤。治疗心血管疾病包括冠心病、心悸、心肌供血不良、结代脉、病毒性心肌炎、心动过缓、心动过速、心梗、冠脉支架术后再狭窄等都有不同的药方，像胸痹、冠心病处方为：生黄芪、丹参、生山楂、全瓜蒌、赤芍、薤白、元胡、川芎、首乌、甘草、桂枝等，水煎服。气滞加枳壳、檀香；血瘀加三七粉、桃仁、红花；痰湿重加半夏、厚朴、陈皮、藿香、佩兰；失眠加夜交藤、五味子；心阳虚加制附片、桂枝；肾虚加杜仲、桑寄生。中成药通心络胶囊配合中药，效果更好。像心梗处方为：制附子、干姜、炙甘草、麦冬、川芎、红花、菖蒲、万年青、黄芪、丹参、党参、五味子、降香等，水煎服。像升血压时用制附子、制黄精、升麻、炙甘草等；稳定血压时用制附子、制黄精、炙甘草等。像抗心衰药物、益气药有黄芪、人参、麦冬、党参等；温阳药有附子、淫羊藿等；活血药有丹参、赤芍、当归、鸡血藤等；养阴药有山萸肉、女贞子等；强心药有葛根、补骨脂、附子、党参等。像冠脉支架后再狭窄处方为：生黄芪、知母、柴胡、西洋参、麦冬、五味子、三棱、莪术、桔梗、升麻、生牡蛎、山芋肉、十大功劳、北五加皮等，水煎服。对甲状腺功能亢进症等四种疾病有不同的处方。对胃病里的胃痛、浅表性胃炎、糜烂性胃炎、反流性胃炎、萎缩性胃炎等，他都有好的药方。像萎缩性胃炎常表现为气阴两虚、气滞血瘀等，药方为：沙参、赤芍、生地、麦冬、白术、云苓、生山楂、生山药、炒大黄、甘草等，水煎服。胃酸缺乏加乌梅、木瓜；有热加黄连、公英、连翘；肠腺化生加三棱、莪术、土元；胃胀加厚朴、枇杷叶；晚上痛加焦三仙、三棱、丹参；胃酸多加乌贼骨、贝母、白蔻，去山楂；夹湿加薏苡仁、草果仁、石菖蒲；胃寒加干姜、半夏、良姜、砂仁；胃热加黄连、吴茱萸。临床用药要灵活加减，收效更佳。

对肝病，他有处方，有病例，无论是甲肝、乙肝还是脂肪肝等。像泾阳一个二十岁的小伙，2007年8月20日确诊乙肝，吃了两个月中药，转氨酶从309单位每升降到57，又改服另一方中药，一个月后肝功能正常。前面吃的中药是生苡仁、丹参、白花蛇舌草、炒莱菔子、炒苍术、升麻、陈皮、炒黄柏、虎杖、川牛膝、甘草等，水煎服，每日一剂；10月12日复诊，转氨酶降到128，其他证也减轻，守方加豨莶草、郁金，水煎服，十剂；10月29日，转氨酶到57，余证消失，后面改服生黄芪、太子参、白花蛇舌草、丹参、山楂、苦参、川楝子、郁金、炒白术、虎杖、茯苓、升麻、甘草等，水煎服，持续一个月巩固疗效。

他还探索研究中医药治疗老年病，如舒肝益肾、活血化瘀治疗肝肾疾病、老年性痴呆、前列腺增生、帕金森等疑难病。像治疗老年痴呆，虚、瘀、浊、毒是病机，病位在脑，肾精亏虚，脑髓失养，他分成早、中、晚三个阶段治疗，各阶段有不同的药方。（验方为：人参、石菖蒲、远志、郁金、天麻、川芎、云苓、地龙、炒三仙、葛根、炒白术、香附、制首乌、丹参、甘草等，随证加减，服三个月有效。）对汗证，像热郁汗、瘀血汗、气虚汗等八种，他都有药方，不明原因的盗汗也有药方，还有治疗好的病例。对各类便秘证，他也有不同药方，像老年性便秘药方为：郁李仁、火麻仁、全瓜蒌、番泻叶，水煎服。便干结如羊屎加炒大黄；阳虚怕冷加大云、巴戟、淫羊藿，或加硫黄末分两次冲服；阴虚加生地、玄参、石斛、麦冬；血虚加当归、黄芪。他对中医治疗白细胞减少症、真性红细胞增多症、干燥综合征、痛风、偏头痛、低热、紫癜、小儿厌食症、小儿多动症等都有妙方。对一些中草药在验方中的作用，他专门做过研究，如白花蛇舌草、薏苡仁、金钱草、丹参、淫羊藿、白僵蚕、玄参、郁金、附子等，配啥药，治啥病，他都有一套办法。像白花蛇舌草配葶苈子、桔梗、大枣、鱼腥草、桑白皮、法夏、云苓、陈皮、贝母等治疗咳嗽最有效；

白花蛇舌草配生苡仁，泡代茶饮，治疗痛风、高尿酸有效；白花蛇舌草配黄芪、桂枝、白术、白芍、公英、煅瓦楞、乌贼骨、白及、大黄、丹参、百合等治疗糜烂性胃炎、胃溃疡等有疗效。像玄参能滋阴降火，除烦。他自拟的双降汤（夏枯草、玄参、决明子等）加减，治疗各类高血压、冠心病、糖尿病、心血管疾病等，药证相对，效如桴鼓。他的医案篇里有肾结石案、耳鸣耳聋案、病毒性角膜炎案、郁胀案、晕厥案、无名足肿案、子痫案、胰腺癌案、呃逆案、嗜睡案、喘咳案、多发性口疮案、慢性阑尾炎案、久泻案、脱发治验案、湿疹案、阳痿案、性冷淡案、消斑汤治疗白癜风案、月经病案等。在《中药治疗类风湿性关节炎的体会》一文中，他认为这类病肾精亏损或不足是根本，属湿热痹阻证，常用苍术、黄柏、牛膝、生苡仁、金银花、地丁、菊花、白芍、全虫、甘草等，随证加减。他还给提供了五个验方。湿热痹阻型用苍术、薏苡仁、金银花、地丁、天葵、白芍、生地、黄柏、牛膝、赤芍、甘草、制马钱子、全虫粉，水煎服，基本痊愈后用补肾通络药巩固。中晚期类风湿关节炎用麻黄、肉桂、干姜、鹿角胶、全虫、炮山甲、酒大黄、桂枝、炒白芥子、生黄芪、蜈蚣、熟地、紫河车、土元、白藓皮、乌梢蛇、土茯苓、虎杖、昆布、海藻、淫羊藿、仙茅、大云、黑附子（先煎一小时）等，水煎两次取汁，一日两次，饭后服，四天服完，十天一疗程，三个疗程见效。类风湿强直性脊柱炎用熟地、杜仲、防风、淫羊藿、制附子、鹿角片、赤白芍、羌独活、金毛狗脊、川续断、骨碎补、桂枝、补骨脂、知母、牛膝、炙山甲、炙麻黄，水煎服，三个月可痊愈。五藤三草汤为：雷公藤、青风藤、海风藤、络石藤、鸡血藤、老鹳草、豨莶草等，水煎服，三个月一疗程，配合氨甲蝶呤片，每周服一次，柳氮磺吡啶肠溶片，第一周0.5克，每天服两次，第二周0.75克，每天服两次，第三周1克，每天服两次，尼美舒利胶囊100毫克，每日服两次。祛风散寒、清热养阴、化痰祛瘀、补肾护骨验方是羌活、生地、熟地、黄芩、忍冬藤、莪术、葶苈子、姜黄、白芥子、川牛膝、制川乌（先煎）、黄连、陈皮、佛手、川芎、甘草等，水煎服，长期服可使变形的手关节恢复。他结合对秦岭中国生物基因库及牛背梁的考察，提出了柞水中医药、生态旅游、矿产三大资源开发，形成三大产业，振兴柞水经济的建议，促进了县域经济发展。他对盘龙七片强心功能的研究，拓展了盘龙七片的功能和使用范围，《王家成与盘龙七药酒、片，研究与探索》就是他在广州做的学术报告。他还跟当时的分管县长带领科技、卫生、林业、广电、旅游、中医院等单位的五十余人实地考察牛背梁，促进了牛背梁国家级森林公园的开发和野生中草药的引种，以解决盘龙制药紧缺中药基地建设的困难。

"少小立志去求学，寒窗苦读为报国。悬壶济世非故里，坚守老区知苦乐。"这是他写的自勉诗。他看好的病人无数，这里列举一二。

谭某，女，十五岁，中学生。发烧一周，早上低热，午后高热，退了第二天又发烧。住院治疗，能做的各种检查都做了，准备向西安转院。她爷爷说，找刘鹏大夫看中医药有无办法。经查诊，为中医大柴胡汤证，用大柴胡汤加减：柴胡、黄芩、法夏、枳实、厚朴、大黄、赤芍、沙参、石斛、甘草等，两服，水煎服，一日一剂。当天一服药后，半夜大便通，次日烧退，午后低热。两服药服后，第三日热退，再未发热。调理三日出院，上学去了。

雷某，女，六十九岁。高血压多年，2020年8月突发中风。住院治疗后，左半身偏瘫。儿子将她背来就诊。舌质暗红，苔白厚腻，脉弦滑，诊为中风（中经络），痰瘀阻络型，用补阳还五汤合二陈汤加减：生黄芪、生山楂、炒山楂、丹参、决明子、姜半夏、白术、炒莱菔子、陈皮、茯苓、地龙、石菖蒲、连翘、厚朴、草果仁、甘草等，水煎服。加减服五十剂后，老人自己拄拐杖来复诊了。前方加桑枝、豨莶草、鸡血藤、威灵仙，再服三十剂，生活自理，跟女儿学跳广场舞了。

任某，女，六十三岁，大学教授。心脏支架术后，工作易劳累，胸闷，气短，乏力，舌暗红，舌下脉络青紫，脉沉涩，诊为胸痹，气虚血瘀型。药用生黄芪、丹参、赤芍、西洋参、全瓜蒌、法半夏、郁金、枳壳、柴胡、虎杖、葛根、天麻、白术、地龙、甘草等，十剂，水煎服，一日一剂，后加减莪术、磁石等，每月服十剂，连服三个月，诸症消失病愈。

他对中医的认识是：中医药学是有独特理论、防病治病的科学体系，是中华民族几千年来从生产生活中与疾病作斗争，总结发展起来的，在基础理论的指导下，有丰富的临床经验，确有临床效果的一门医学，对中华民族的预防保健做出了巨大贡献。但是中医药学发展历尽艰难，经过了医与巫、科学与玄学、中西医并存发展的历程，也经历了国民政府废止中医案，新中国初期的存药废医斗争，网上废除中医等闹剧。十八大以后，在以习近平同志为核心的党中央领导下，中医药学迎来了科学发展的春天。因此，各地应紧跟中央落实具体措施，为中医药发展、造福人民做出自己应有的贡献。要重视加强中医药人才培养，建立健全各级中医药机构，采用符合中医药发展规律的科学的管理、考核、奖励机制，调动现有中医药人才积极性，振兴中医药事业，为人民医疗保健、防疫治病、充分发挥中医药优势和特色做出更大贡献。同时，要支持中医药走出国门，为人类健康事业增加福音。

王成文

王成文，男，七十二岁。柞水县杏坪镇中山村人。

采访时间：2021年5月23日下午

采访地点：西安市长安区杜曲镇西杨万村十二号路王成文大夫租住地

从柞水到西安，我们找到了王成文大夫。他说，小时候，家里有十一口人，他是老大，有八个姊妹。家贫，父母亲有病，请不起大夫，逼着他学医。父亲是在转初级社时得的病，胃溃疡导致大出血，母亲是腹腔癌。因为贫困，他十一岁失学，到卫生所跟父亲的姨夫陈善智学习中医学，跟草药先生李文利学习草药知识，李先生人品好，教学医啥也不保留。后来他还参加过赤脚医生培训，也曾自学医药知识。

他学医出师后，就在县城开了诊所，刚开始还自己上山采药，后来医务忙了顾不过来，就请人采药，给人家开钱。他自己认识两千多种中草药，几乎每一样药都在自己身上先做实验，然后才敢给病人开处方。镇安县的陈忠宪患心脏病，发病时，一身汗出完，人才能起来，到处去看都不见效。陈忠宪姐姐的外甥介绍说他能看怪病，有怪办法，说只要看好，花多少钱都行。他说试试看吧，先给开了药，吃了一个月，未见效果，就让陈忠宪走，陈忠宪不走，他没办法了，就继续给看。他对陈忠宪说："这病是有一定原因的，咱得想办法，讲科学，让我慢慢研究摸索，你也不要急。"他经过查找大量医学资料，从治疗猪胃病的药中找到一种抗病毒的药，增加剂量让陈忠宪喝了，五天没有犯病，有效果。

年轻时生活困难，他不管到哪儿给人看病，人家都给打鸡蛋汤，他很感激。他理解病人的心情，只要有人叫，随叫随到，尽最大努力解除病人痛苦，从不推辞。他对我们说，他和洛南县的同行、中医大夫赵月静，是在毛顺龙办的陕西中草药协会上认识的，后来成了最好的朋友。

他说："因为看病几十年，我养成了一个习惯，睡觉从来不脱衣服，经常三更半夜起身给人看病，一旦有事，立马就走。"

有一次，他从外边回来，他老伴说大儿子不行了，他看了看，抓住孩子的腿提起来，给孩子倒痰，后给喝药，经过治疗，孩子好了。这孩子一直身体不好，十三岁前没上过学，经过长期治疗，后来身体很好，现在在柞水县下梁镇开诊所。

山阳患者刘一牛因手术时医生误将食管接到肠道上，吃啥屙啥，转化成了胃癌。他给看病，先以肺养脏器、养小肠，健脾，又用太子参治疗。后来去拍片子，没有阴影了。之后，他用癞蛤蟆肉炖猪肚子，以脏器养脏器，治好了这人的病。

山阳人大一位领导患癌症，他给用核桃树嫩枝煮鸡蛋吃，经过一段时间的治疗，那人的病好多了，做CT，肿瘤消失了。

长安县司法局有个老汉得的癌症，亲属请他去给看病，他给开大叶藿麻根治好了。镇安大坪村黄石板沟一个姓吕的得了肝癌，医院都说不收了，他去了，发现那人家门口岩石上有红豆杉，让给那人每天泡茶喝。喝了一个月，效果很好，继续喝，好了。王大夫说，当地人用红豆杉叶子喂猪，猪不生病。那家人后来感谢他，他说这有啥谢的，只要好了就行。

王成文给我们说，用开水泡葛根汤，可以防癌治癌。

他治疗肝癌用五朵云，就这一味药熬水煮鸡蛋吃，效果很好。

王大夫用药有讲究：不用垃圾坑旁、坟地里产的药，有癞蛤蟆和蜘蛛的地方的药不用，保证自然药效。

他的抗癌药处方有：解郁九肺汤、抗癌一号等。他还编成了《临床诊治必要》《临床实用本草》《临床案例荟萃》《临床处方集》等。现在，他在一家寺院带大学生，传承中医。

在他住的院子里生长有千里光，王大夫说："有人识得千里光，全身一世不长疮。"他用金钱草（俗称排石草）加二色补血草排尿道结石和胆结石，效果良好。他还给我们介绍了补肾草的使用方法。

王成文大夫自己研究开出的药方有许多，现举几例。

肺癌处方：南沙参、北沙参、天冬、麦冬、百合、生地、二花、黄芩、白茅根、舌草、鱼腥草、铁树叶、苡仁、陈皮、荞麦七等。

抗癌一号：赭石、旋复花、老苏根、壳砂仁、急性子、陈皮、党参、生地、鸡内金、路路通等。

攻癌夺命汤：深海藻、生甘草、木别子、醋别甲、蛇舌草、夏枯草、重楼、元参、海蛤壳、黄药子、生半夏、鲜姜、贝母、山茨菇、山兰根、全虫、蜈蚣、雄黄等。

醒脑复元丸：黄芪、太子参、全归、白术、云苓、熟地、黄精、山萸肉、川芎、制仙灵脾、水蛭、丹参、蜈蚣、三七粉等。

临告别时，王成文大夫带我们参观了他二楼的药房。

张志军

张志军，男，七十五岁。商州区北宽坪镇张河村人，退休后在女儿开的康民诊所坐诊。

采访时间：2021年6月6日上午

采访地点：商州区东关康民诊所

一大早，我们就来到商州区东关康民诊所，见到了中医大夫张志军。他中等个子，圆脸，目光温和，正在给一位中年患者把脉。等他把完脉，带我们到诊室里面一间小房子，那是他办公的地方。他吩咐护士给倒茶，茶水上来了，他坐下来，便聊起他的从医经历。

初中毕业，他十八岁，一边到生产队上工，一边跟着村里老中医王世贤学习中医。学了一年，他又到夜村区张涧汪顺利家学习中医。随后，还到商洛中医进修班学习了一年。

1970年，公社卫生院没有抓药人，招副业工，一月三十元工资，在那时算比较高的了。他就进了北宽坪公社卫生院，一月收入要给生产队交十二元，给他家记工分、分粮食。

1973年，卫生院要撤换副业工，他参加了考试，在一百七十多名考生中脱颖而出，考了第十名；1979年，参加正式招考，他考了全商洛地区第一名，顺利转正；随后，他调到广东坪乡卫生院当院长，当了三年；又调北宽坪区地段医院，当了三年院长；之后调到沙河子卫生院当了三年院长；随后又调回北宽坪卫生院当院长，他是宽坪人，家里有地，遇到周日还要回家种地；1993年，他被调到杨峪河卫生院当院长；1999年搞社教，他被安排到金陵寺铁沟卫生院当院长；2003年，他要求调回老家北宽坪卫生院工作。

1993年，省上在商洛设第五考场，考中医士，三天考六门课，发给了个本本，说是相当于大学毕业证书。他笑着说："我是啥大学毕业，我就是个放牛娃！"在商洛医院进修时，他曾跟杨巧云大夫学习妇科、内科。杨巧云大夫是红二十五军首长带到延安去的孤儿，工作后由解放区推荐，在遵义医疗队学习草医，解放后一直在商洛医院做中医，现已去世多年。

在长期的基层临床实践中，他学习了很多中医技能。他擅长内科，晋级靠的就是内科。他主要擅长面瘫治疗，经过四五十年的摸索实践，积累了丰富的经验，治愈率达到99%。另外，他还擅长治疗肾结石、泌尿系统疾病等，效果特别好，患者也非常满意。他还把自己的经验写成论文，发表在《湖北中医杂志》上，得到了专家认可。

有两件事令他非常难忘。20世纪90年代，在北宽坪卫生院，春节期间，从年三十到正月初五都总是他值班，因为他离家近，总让其他离家远的医务人员回家过年。他老婆意见很大，埋怨他不顾家，让他当时很纠结。

在杨峪河卫生院工作期间，一遇麦忙时节，他就骑自行车奔波在杨峪河和北宽坪之间。那时交通不便，路上需要四五个小时，后来通了车，一天一趟，他也要早上4点起床，摸黑赶到公路边，常常跌跤。所以麦忙时节他一听到布谷鸟"算黄算割"的叫声，心里就着急，不能按时回家种地，让他心里很是纠结。

他为人诚实，当院长从不花医院一分钱，也从不收病人一分钱。老伴埋怨说，就是让他当院长把家给当穷了，但他说还是病人可怜。因在群众中口碑好，患者给他送的锦旗多得没处放。

卫生院里都是全科医生，看病、妇女结扎、接生、参加县上培训，哪一样不懂都行不通。

治疗面瘫一般需要三个疗程，时间需要三个月。他给面瘫病人每天扎一次针，连续扎七天，休息三天，又接着扎针。

张大夫说，面瘫初发现时是最佳治疗时间，时间长了较难治疗。他现在所在的康民诊所是他女儿开的。女儿上卫校，学的是西医，儿子当过兵，后来在板桥镇工作。

他总结从医经验，先后撰写了不少文章发表在中医大刊上，像《胃痛辨证施治之我见》于2010年发表在中医杂志上。

张大夫平时爱看书。年轻时，他看了《创业史》《保卫延安》《铜墙铁壁》《红楼梦》等，当时，点的是煤油灯，看书看得鼻孔都是黑的。

张大夫说，《红楼梦》真是奇书，太厉害了，里面中医、天文、文学、地理、美学、哲学，啥知识都有，把人物写活了，尤其是把女人写绝了，个个性格鲜明。

他业余时间喜欢读书、写毛笔字。小时候没有纸，就上山挖药卖钱揭纸。拿到书，他就认真拜读，他认为诗文写真情，是"高尚的书"（马修亚语）。临分手时，张大夫给我们每人送了他写的两本书。一本是《杏林秋韵》，一本是《诊室悟道》。他给我们说，第二本是马修亚老师写的序。两本书中还收录了他从医的经验。下面摘录一些：

一、现代人阳痿的基本病理是实多虚少，用益肾宁神大补丸煎合安神定志汤化裁、加减。

二、胃痛要辨证施治。就新旧胃痛而言，胃痛不超过一月为新病，遵守"邪去正安"；超过一月为旧病，治疗原则是"扶正祛邪"。就胃病的寒热而言，实寒是寒邪直中胃脘，疼痛剧烈，虚寒多伴隐隐作痛，喜暖和、喜按揉；实热的胃痛，热结火郁胃失通降，虚热的胃痛脾胃阴虚津乏液亏。就胃病的虚实而言，实症用消导攻下法；虚症用补益法。就辨气血而言，病位在气分，较轻；在血分，较重。就舌苔舌体脉象而言，舌苔黄、厚、腻、苍老，脉象实、弦紧、滑数多为新病实症；舌苔淡薄、无苔或有花剥、裂纹、红降、瘀斑，脉象虚弱无力、细数、涩，多为旧病虚症。见热勿解毒，甘温除胃热，用甘温易升药物来升脾阳。新病先攻邪，邪去病自愈。见胀勿行气，消导降浊是治疗胃病胀满的基本法则。要辨明虚实证痛，辨证施治，保护脾胃之气。

三、中医治疗泌尿系统结石，他自拟了四个方子。对体强、结石长横径一厘米者，用一号排石汤，即金钱草、鱼脑石、海金沙、郁金、鸡内金、石韦、滑石、车前子（包煎）、冬葵子等。易郁怒肝气不舒的，用二号排石汤，即台片、木香、山萸肉、川楝子、牛膝、青皮、冬葵子、王不留行、金钱草、泽泻、车前子、滑石等。石体较大（横径两厘米以上）、有淤血的，用活血化瘀三号排石汤，即制穿山甲、炙鳖甲、川朴、贝母、海藻、三棱、莪术、金钱草、海金沙、生大黄、牛膝等。体质差的，先促肾气再排石或二者并举，用四号排石汤，即覆盆子、金钱草、炙龟板、补骨脂、黄芪、九地、首乌、王不留行、牛膝、黄精、白茅根等。2010年前后，他治疗泌尿系统结石四十二例，痊愈三十六例，好转六例，有效率达100%。

四、痫证兼暑厥。一位二十多岁的小伙子发病，张大夫三诊就治好了。首诊先服安宫牛黄丸，再用豁痰息风定痫丸化裁，包括明天麻、茯苓、川贝母、姜半夏、茯神、远志、黄连、石膏、胆南星、全虫、僵虫、琥珀、陈皮、知母、麦冬、甘草、灯芯草、生地等。一日一服，分两次灌服。二诊用温胆汤合调胃承气汤加减，有陈皮、茯苓、桃仁、半夏、竹茹、芒硝（溶化）、大黄等，水煎服。三诊用大补丸煎合六君子汤加减，有党参、怀山药、杜仲、枸杞、白术、云苓、陈皮、半夏、建曲、甘草、九地等。

五、眩晕。高血压初起型，用黄芩、山枝、白药、甘草、大黄（后下）、勾丁、牛膝、天麻等，水煎服，一日一服，分早晚服。高血压多年型，用九地、谷精草、夏枯草、勾丁、明天麻、野菊花、决明子、旱莲草、怀牛膝、桑寄生等，服法同前。内耳性眩晕，用柴胡、竹茹、龙胆草、山枝、青皮、枳壳、炒苍耳子、黄芩、半夏、大青叶、荆子等，服法同前。气血两虚型，用人参、白术、茯神、远志、元肉、炒枣仁、黄芪、当归、炙甘草、木香等，以姜枣引。肾精不足型，阴虚者用左归饮，即熟地、山药、山芋肉、菟丝子、龟胶、川牛膝等；阳虚者用右归饮，即九地、山药、山芋肉、枸杞、菟丝子、杜仲、当归、肉桂、制附子等。痰浊中阻型，用半夏白术天麻汤，即半夏、天麻、茯苓、橘红、白术、甘草、生姜、枣等。

六、头痛。风寒头痛，用川芎茶调散加减，即川芎、荆芥、薄荷、羌活、细辛、香附、白芷、防风等。偏头痛（血管神经性头痛、三叉神经痛），透骨草为君药，量大，川芎、细辛、白芷、僵虫为前药，半量，另有荆芥、防风、九月。风热头痛，用芎芷石膏汤加味，即川芎、白芷、九月、石膏、藁本、黄芩、山枝、薄荷、知母、石斛等。头痛而眩，用天麻钩藤饮加味方。痰浊上蒙清窍引起的头痛，用半夏白术天麻汤加味。偏头风，用全虫、制川草乌、白芷、川芎、地龙、蔓荆子等。

七、肝炎。乙肝用清肝解毒汤，即柴胡、半夏、重楼、赤芍、当归、板蓝根、黄芩、生牡蛎（先煎10分钟）、土茯苓、白茅根、公英等。每日一服，早晚一次。乙肝、丙肝，用清胆解毒汤，即广郁金、黄芩、山枝、重楼、黄连、丹参、公英、土茯苓、白茅根等。无黄疸型肝炎，用归芍和胁饮，即当归、白芍、炒枳壳、甘草、香附、姜黄、黄芩、青皮等。每日一服，早晚一次。慢性肝炎，用舒肝和络饮，即柴胡、制香附、乌药、白芍、当归、苍术、丝瓜络、生牡蛎、木香、郁金、川朴、枳壳、冬瓜子等。服法同前。乙肝、胁痛，用疏肝理气和解法，即柴胡、枳壳、白芍、甘草、川芎、香附、陈皮、川楝子、郁金、元胡等。乙肝、胁痛、黄疸，用清肝利胆祛湿热法，即用龙胆草、柴胡、当归、泽泻、车前子（包煎）、山枝、甘草、木通、茵陈、生地等，胁痛者加郁金、川楝子、青皮。

八、糖尿病。基础方为：人参、麦冬、山药、五味子、生地、天冬、茯苓、生牡蛎、元参、黄芪等。尿糖不降，加花粉、乌梅肉；血糖不降加知母、石膏、粳米、大枣（即白虎汤）；饥饿明显，加玉竹、熟地；尿中有酮体加黄连、黄芩。糖尿病兼白内障，用当归、川芎、干地黄、熟地黄、白芍、桔梗、人参、山栀、黄连、白芷、蔓荆子、菊花、甘草等，每日一服，服两次。糖尿病气滞血瘀型，用当归、生地、桃仁、红花、赤芍、枳壳、桔梗、柴胡、牛膝等（基本是血腑逐瘀汤加减）。每日一服，分两次服用。糖尿病气虚血瘀型，用黄芪、赤芍、当归尾、地龙、桃仁、川芎、红花等（补阳还五汤加减）。老年糖尿病，用天花粉、葛根、生地、麦冬、五味子、甘草等。口渴加沙参、地骨皮、石斛；善饥、便秘，加知母、玉竹、火麻仁、大黄；口渴喜饮，尿频量多，加枸杞、首乌、山药；阴虚甚者加麦冬、元参；气虚者加黄芪。每日一服，早晚服。

九、胸痹、颈椎病、坐骨神经痛、癫痫等。

胸痹。心肌缺血，组方是丹参、槐花、川芎、红花、降香、赤芍、三七粉（冲服）等，一日一服，七天一疗程；心肌梗死，组方是人参、全当归、元胡、川芎、广藿香、佩兰、陈皮、半夏、生黄芪、紫丹参、生大黄等。

颈椎病。益气活血祛湿法，组方是黄芪、葛根、川芎、鸡血藤、路路通、威灵仙、姜黄、地龙、桂枝、羌活、炙甘草等。手肩麻痛加土元、郁金，屈伸不利加伸筋草。补肾通络法，组方是威灵仙、肉苁蓉、九地、青风藤、丹参等。上肢麻痛加姜黄，下肢麻痛加牛膝。

坐骨神经痛。一是坐骨神经痛方，即制川草乌、当归、威灵仙、晚蚕砂、乌蛇、川续断、秦艽等。二是乌头汤加减，组方是制川乌、黄芪、白芍、麻黄、红花、炙甘草、桂枝、牛膝、蜈蚣等。三是温经止痛汤，组方是黄芪、九地、淫羊藿、巴戟天、杜仲、桑寄生、当归、赤芍、牛膝、附片、川芎、鸡血藤等。四是祛瘀止痛方，组方是当归、丹参、黄芪、鸡血藤、乳香、没药、桃仁、牛膝、全虫、蜈蚣等。五是祛湿活络方，组方是川芎、红花、独活、防风、地龙、肉桂、木瓜、炮山甲、苡仁、桑枝等。另有一种温经止痛方，组方是麻黄、甘草、白芥子、九地、白芍、黄芪、鹿角霜、制川乌（先煎半小时）、干姜等。

癫痫。一是定癫汤加减，方子是竹沥、菖蒲、胆星、半夏、天麻、全虫、僵虫、琥珀、茯神、远志、辰砂（水飞冲）等。二是二虫定痫散，有蜈蚣、全虫等。三是抵挡汤加味，组方是水蛭、地龙、僵虫、虻虫、大黄、土元、全虫、桃仁、花蕊石、蜈蚣等。四是小柴胡汤加龙骨、牡蛎。

酒糟鼻。有三个处方，即活血凉血方，有山楂、当归、槐花、葛根、丹参等，每日一服，早晚各一次；山楂、黄柏、葛花等，温开水泡，擦鼻；凉血清肺汤，有生地、生石膏、丹皮、黄芩、知母、桑皮、巴叶、甘草等。

皮肤瘙痒症。一是用三石水，即炉甘石、滑石、冰片、甘油等。二是百布洗方，用百部、苦参、蛇床子、雄黄、狼毒等，研末装袋，煮半小时，晾冷用。三是乌蛇祛风汤，乌蛇、蝉衣、荆芥、羌活、白芷、黄连、甘草、黄芩、二花、连翘、当归等，水煎服，一日两次。

银屑病。一是凉血方，水牛角丝、生地、防风、荆芥穗、蝉衣、二花、全虫、丹皮、赤芍、白芍、元参等，水煎服，一日一服，饭后服，药渣煎洗。二是白疕汤加味，即生地、生槐花、山豆根、白藓皮、草河车、大青叶、紫草、黄药子等。一日一服，煎服两次。三是牛皮癣饮，土茯苓、生槐花、生甘草等，煎服或泡茶。四是白疕二号方，土茯苓、忍冬藤、生甘草、板蓝根、威灵仙、草河车、白藓皮、山豆根、蝉衣、当归等，水煎服。五是药水擦洗，百部、斑蝥（炒）、玉片、白及、大黄、土槿皮等，高粱酒浸泡七天。

杨民娃

杨民娃，男，六十六岁。现住商州区城关街道办事处和平社区。

采访时间：2021年6月6日上午和6月19日上午

采访地点：商州区城关街道民娃骨科诊所

杨民娃大夫住在城里，家里还有院墙，红砖砌的。墙外东边是一丛竹子，西边院墙上一堆"藤本之王"——凌霄花，叶子茂盛，橘红花，喇叭样儿，繁密。诗人舒婷的《致橡树》中吟道："我如果爱你——绝不像攀援的凌霄花，借你的高枝炫耀自己。"以凌霄的攀援象征女性对男性的依附。可凌霄花却寓意慈母之爱，不只美丽好看，还有活血化瘀、凉血祛风、镇痛消肿的功效。

小贾跟杨大夫女儿是同事，开玩笑说："我从你家门口过，狗汪一声，把我吓一跳。"杨大夫女儿说："你没看我家大门上写着院内有狗么？"小贾说："院内明明是人么。"说得我们都笑了。说笑毕，大门开了，杨大夫笑脸相迎。他半谢顶，圆脸，胡子拉碴，说话声大。他说："看我像个军人吧，真当过几年兵。"诊所的墙上挂满了图。处置室门口挂的是膝关节图，长沙发后墙上挂的是肘关节发育图、脊柱前后韧带图、活体动态图、踝关节发育图等。杨大夫忙活着给我们沏茶倒水，搬凳子让座，之后才坐下跟我们聊起来。

他祖上是从河南白马寺迁来的。他爷就是搞骨科的，战争年代，他爷曾在部队当过医务总长，擅长刮骨疗毒。他后来也学到了他爷的许多绝活。十二岁上，他就跟父亲走村串乡出诊了。

说话间，他坐到桌前，打开右手边的电脑，把他治疗过的患者病前和愈后的照片，对比着让我们看。他的记性特别好，十几年前看过的病人，啥时来找他的，家住哪儿，现在啥情况，都说得清清楚楚。他说，凡是他看过的病人，他都记得名字，回访也不下三四次。

商州西关的徐牛蛋，在西关砖厂干活时，手被粉碎机打碎了，去西安的医院没看好。他通过刮骨疗毒法，去掉坏死的骨头，埋线处理。后来，除大拇指外，其他手指的肉都长出来了。沙河子镇任家后村的任文文，骑自行车摔成重伤，卧床不起，屁股都睡得烂成坑了，他想法给治好了。十几年前，夜村镇涝峪村一个两岁的男娃，跟婆到楼房上晒苞谷，没注意从楼上摔下来，头骨粉碎了，医院说没治了。家属听人说他能看，把娃抱来。来时，娃一点知觉都没有。他检查后，从头上取出脑内皮和头盖骨，把娃救活了。夜村镇金湾村一个娃，被烫成重伤；杨斜镇寺沟一个女孩烫伤；北宽坪一个娃坐到火盆里，屁股烧伤；大赵峪费那村一个人手被电闸刀电弧烧伤；板桥镇一个两岁的男娃脚受伤；一个糖尿病人并发症烂脚；梁铺一个四轮拖拉机手，翻车后，被水箱开水烫伤……这些他都给看好了。我们一一看了对比的照片，心里很佩服他的医术。

他抿了一口茶，说，外伤感染绝对不能用麝香。他用的是祖传的药物抗感染。像五路车一个姓陶的车主，腿骨骨折感染；一个姓梅的私营老板的老婆烧伤严重；夜村杨塬村一个娃掉到饭锅里烫伤，严重感染……都是他给治好的。商洛第二招待所一个工人，电打了右手，食指烂了，又有糖尿病，他也给治好了。地区建筑公司的老傅，屁股、大腿和腰上烂伤严重，他从大腿内侧取皮植皮，从大腿伤口处取出两斤烂肉，这就是刮骨疗毒、取废生新相结合的办法，给人治好了。商州西关一个肉店女老板，被绞肉机绞了手指，他用胶布将指头肉皮粘住，换了四次药，指头上的肉长出来了。

他还能用祖传手艺治疗腰椎间盘突出。他用大手法复位，患者只需休息六七天，就好了，也不会复发。

他先后到河南安阳、陕西铜川、甘肃武威等地给人看过病。他知道乡下人进城看病不容易，就经常骑上摩托上门给看病。有的地方摩托去不了，他把车往路边草丛里一甩，就走着去了。二十多年下乡义诊，光骑摩托就跑了二十多万公里，骑坏了五辆摩托车。2015年左右，他到山里看病，路太窄，被一辆通村公交车挤到水沟里，摩托车压得他浑身都是伤，他也没埋怨人家公交车，自己简单处理了伤口，又继续外出义诊。他经常是下午在诊所看完最后一个病人，这才骑上摩托下乡，深更半夜返回家里是常事。

他这人不吹大话，行就行，不行就不行。他常说，应人事小，误人事大。有一次，他遇到一个病人，说颈椎疼，他看了，觉得可能是脑出血引起的。他让赶紧上医院，那人还在犹豫，他便给120打了电话。春节过后，那人带上老伴上门，感恩地说，要不是杨大夫叫救护车，他早都没命了。还有一次，在洛南见到一个病人，他一看舌头，黑炭一样，立马给那人叫车，送到医院。

6月19日，阴天转多云。上午10时左右，我们陪着杨民娃大夫回访患者。在车上，他说了不少看过的病人的情况。我们一行先来到夜村镇杨塬村，把车停到村卫生室门口，打听到周姓那家。进到院子，一个穿绿衣服的妇女，正在洗洋芋，她问找谁，杨大夫说找她儿子，女人满脸疑惑。我说这就是当年给你娃看伤病的杨大夫，她这才恍然大悟。这事过去都快十年了，当时娃不到两岁。她大声喊儿子，一个高个子小伙子从上头屋里出来，娃十一二岁，已有一米七八了。见到杨大夫，那娃只淡淡地笑了笑。娃的妈让娃拉开袖子，露出烫伤的胳膊，烧伤恢复得很好，娃的胳膊也能自由转动，手也能握紧了，整个功能没受多大影响，只是没钱换皮，看着很寒碜。杨大夫用手捏了捏，感觉都很好。娃他妈说没钱给娃换皮，落下伤疤不好看。杨大夫说，这无所谓，让娃不要自卑。夏天了，不行让娃穿长袖衣服，不过也要注意适当晒晒太阳。女人还生了一个女娃，是哑巴。不一会儿，跑过来一个小姑娘，拉着男孩的手，哇里哇啦着，就是这家的小女儿了。

随后，我们又来到夜村镇张刘村，找到另一家。一个女的正在院子分拣洋芋，一个女娃，有一岁左右，坐在儿童车上，见人就笑。这家房是砖木结构，瓦房。院子靠北种的有北瓜、西红柿。瓜有拳头大，西红柿有灰白的，有淡红的。那女的有四十岁左右，脸白净，问她大女儿呢，说跑出去了。她认得杨大夫，让座后，跑出去找娃了。童车上的小女娃，一看不见她妈，就哭了。那女人听到娃哭，又返回来抱上小娃去找大女儿。大女儿回来了，这娃是一岁上被开水烫的，杨大夫让娃坐在他面前，拉下娃衣服领子，看到从脖子发根到后背左肩上烧的伤疤也平滑了。女娃很乖，也不说话，跟杨大夫合了影。

最后，我们来到相邻的涝峪村。到村口停下车，杨大夫跑着去找人。这时，走过来一位女的，有三十七八岁，上身穿黄短袖，理个光头。在农村，女的不留头发，看着怪怪的。她对我们笑着，是一种傻笑，嘴里还不停地说着什么。她向前走了一段，又返回我们跟前。一位中年妇女走过来，问我们是干啥的，我们说是来找人的。问那个女的的情况，她说是个疯子。杨大夫返回来了，说是要回访的病人在前面那个巷子，就是路口有电杆那儿。那疯女人也走向那儿。进到巷子里，杨大夫见到他给看好的那个男孩后，这才回来叫我们。界文光大夫是个细心人，让儿子给提了一袋米。这事儿我们咋没想到呢？惭愧！杨大夫指着那个疯女人说，那女的一定是受了一口气，伤了元气了，药物能调理好的。在巷口一家院子里，坐着几个娃，家里正在磨洋芋粉。杨大夫大声叫"超超"，那个上身穿黄T恤、右手萎缩得长不开、右腿也只能用脚尖走路的男孩，走到他跟前。杨大夫让那娃领我们上他家，他就一拐一拐地走在前面。到他家门口，他大声喊："哥，哥。"没人应。他哥出去了，他让我们坐在院子里，院子没有围墙。那年小超从楼上摔下来时，一岁多，医院说没救了，是杨大夫想法给看好的。当时，娃伤的是脑子，外伤，杨大夫叫他过来，要用手摸头，他不让。过了一会儿，小超叔父来了，他也说这娃是捡了一条命。当时，医院说不行了，回来后，他一直守在娃的床边。家里已叫人挖好坑，钉了个木匣子，等娃死了好埋。娃的手脚还能动，在屋里放了一周，娃他妈听人说城里广场有个诊所能看这病，这才找到杨大夫。杨大夫说："当初来时，娃两眼眯着，没一点活人的样子，头上伤都烂得溃疡了。"他给处理好，用了药。他还说，当时要是注意让娃锻炼，脚手不会有影响的。杨大夫问娃的名字，娃能说清楚，又伸出一只手，问几个指头，娃说五个，又加一个，娃说六个，又问两个手有几个，娃数了数，说是十个。看来，娃的智力还行，还能训练出来的。可惜，娃他妈去世四五年了，他爸到西安打工去了。过了一会儿，一个十八九岁的长脸小伙子，骑摩托回来了，车上还带了两个小伙。这就是小超他哥，说是西安技校毕业，学修汽车的，现在没事儿干。修亚兄说他正好认识修理厂的人，在招人，给小伙写了地址、电话。小超跑到一边跟伙伴玩去了。杨大夫从小贾的采访本上扯下一张纸，叫来那个傻笑的疯女人，让她坐到身边。小超叔父说，这女的有两个娃，小的是男娃，正在跟小超玩哩。这女人的病是结婚后得的。杨大夫给把了脉，写了处方。这时，那疯女人的男人来了，他也说没办法治，疯得只会说话，啥也不干。杨大夫把药方子给他，叮嘱咋样弄药，咋样打成粉或者煎成汤让喝，说柏籽可以上山采，说让女的尽量少跑、少说话。问女的年龄，男人说三十九岁，没疯前是个灵性女子。已经中午12点多了，杨大夫接了几个电话，都是要看病的，他让他们下午2点到家里去。我们告别了小超和疯女人，还有那些乡亲。小超还送我们到路口，说了"再见，欢迎再来"。

冀建康

冀建康，男，六十八岁。家住商州区沙河子镇党塬村。

采访时间：2021年7月17日上午

采访地点：商州城区北新街冀世堂诊所

夏日一早，蝉声和汽车声混杂，冀大夫很热情地迎我们进到他的诊所。他人微胖，有点谢顶。早上病人少，他忙着搬凳子，让老伴倒水、洗桃子，然后才坐下跟我们说话。

他说，他祖上是明代从外地迁来的，家里祖孙四代都是中医。他也是从小就跟大人学习中医。20世纪70年代，高中毕业后，他先后在村里当会计、开拖拉机、当代教。当时村上搞合作医疗，他跟张玉彦大夫学中医，还参加了乡村赤脚医生培训。

经商县卫生局的陈松本介绍，他还跟闫升华大夫学了中医。闫大夫住在杨斜赤水峪，1980年春上的一天，他骑上自行车，跑了大半天才找到。闫大夫看他很诚恳，给他腾出一间房子，让他住下。闫大夫教他从认草药学起，带他上山采药。他第一次跟师父采到的是一种叫雄黄草的药，学名叫白屈菜，草药书上的名字是小人血七。那草药稍一碰，叶子和秆上都会流黄水。为了验证这草药的威力，他逮了一条蛇，将雄黄草汁滴到蛇嘴里，把蛇放到躺着的人的肚子上，蛇也不咬人了。这种草药能治蛇咬伤，也是一种抗癌药，其止痛效果也不亚于吗啡。冀大夫用这药治胃病，治老年气管炎，疗效都很好，他配制的人参蛤蚧散也是以雄黄草为主。他第一次在闫大夫家待了二十多天，第二次是在当年秋里，这次住了十六七天，去时带上了大米和大蒜。他们这里洋芋多，不种水稻，但他都给师父拿的是白米。

治脑血管病，他自己研制了中草药方剂，就是用黄芪、丹参、水蛭、地龙、柴葛根、三七、川芎这七样药研成粉，开水冲服，早晚各一次。

他从医四十多年，好多方子是在临床上总结出来的。1973年，他进大队医疗站，给人看浅表性胃炎、萎缩性胃炎、胃溃疡、脾胃虚寒、肝气郁结等病症。有的病人一来，胃痛得厉害，他先给止痛，然后用中药给治本，配合针灸。1975年，有一天来了个病人，胃痛加呕吐。他先用药止痛，再扎针，扎足三里、内关、肚腹，马上见效。

他对一些疑难杂症也有自己的一套处理办法。有个老太太得了贲门癌，家里穷，没钱买药，他就让那家的男人上山采回白屈菜、百鸟不落、树蛇（菌类，像人舌头），加木蹄、蒲公英、香附子、陈皮、半夏等，熬着喝，喝了好几年。他说："过去农村人没钱，大多是小病扛，大病躺，得了重病见阎王。"

他说，胃为水谷之海，海安则胃安。他自己研制的胃病方子，叫谷海安，治疗效果很好。他还有个方子治食滞、发烧、胃痛，效果也不错。他还有治疗腮腺炎的绝招。2002年，大荆镇发生流行性腮腺炎，学校拉了一车学生来看，他给贴了膏药，一贴就灵。他这贴药主要用的还是雄黄草，外加板蓝根、青黛等。

他把多年的临床经验总结出来，撰写成论文，先后发表在中医核心期刊上，像他写的治胃病的文章发表在《中华医学》上，《胃结石的中药治疗》也在中医杂志上发表了。治疗胃结石的组方，他还拍照发给了我：陈皮、半夏、云苓、炙甘草、砂仁、红花、桃仁、三棱、莪术、莱菔子、建曲、麦芽、山楂、炒二丑等，生姜为引子。

我们交谈得正起劲时，有病人来看病了，我就让他先看病，闲下来再说话。前来取药的那名病人，是商洛学院的教授，八十五岁了，也是他的乡党。老教授患有冠心病、胃病等，得过食管癌，做过手术，是他的老病号，今天来取了五服治胃病和冠心病的中药。

治疗口腔溃疡的方子，他也专门研究出来一种：青黛、枯矾、冰片、硼砂等，加白糖，研成末，撒到嘴里，过一会儿，再咽下去，一两次就好了。他还让我们尝了尝，吃得个个都嘴乌青，舌头感觉麻麻、凉凉的。临分手时，他还给我们每人包了一小包，让拿回去，娃们有啥溃疡了，随时能用。

陈 军

陈军，男，五十岁。商州区沙河子镇麻岭子村人。
采访时间：2021年7月17日上午
采访地点：商州城区江南小区北门君得康诊所

在陈军大夫的诊所，我们遇到了画家韩瑞，陈大夫正在给他扎针。

诊所西边墙上是老画家李志贤老师的书法"岐轩国手"四个字。南边，大堂对面挂了四条屏风书法作品，颜体楷书，厚重沉稳，是《黄帝内经·素问》里的东西。一问，是他自己写的，他真厉害，能看病，还懂书法。屏风下面是人体裸像，上面是经络图。屏风东边是中药抽斗，黑红色，金色拉环。

陈大夫跟我的同事陈伟是乡党，他俩也很熟。陈大夫爷就是中医，留下不少医书，他从小就受他爷影响，喜欢上了中医。后来他考入商洛卫校，学习了三年，毕业后在张村乡卫生院工作了四年，又到商洛电大进修，学的是临床医学，1993年回到村上办诊所，1998年到城里来，在工农路开诊所，开了十七年。后来，他在这里买了一套房子，办起了诊所。

他擅长针灸。上学时他跟一位老师学过气功，也了解一些经络穴位知识，拜师学针灸也有条件。当时，一个人肚子疼，他大胆地给扎针，因为紧张，他手上、脸上都是汗，好在给人治好了。为把针灸学精，他先后到北京、山东、浙江等地，凡遇到扎得好的大夫，他都想法拜师学习。

他用针灸治疗坐骨神经痛、肩周炎，都有很好的疗效。有高血压、心脏病的，他都很慎重，一般不乱扎。有一个五十多岁的人，偏头痛二十多年了，吃了不少药，一直不见好，他用泻法扎针，扎了半个月就好了。他说："针灸融入了天地自然文化，有左升右降之说，也就是指太阳每天从人的左侧升起，从人的右侧降下去。调和人的阴阳，就是调脾胃，顺序是水、木、火、金、土。治疗疼痛，都能用针灸。"他遵循老师的教导，把传统文化很好地运用到了针灸上。

对晕针，他认为还是穴位没扎准。另外，早上扎针，不能空腹。

他对皮肤病也有研究，一直在钻研医学家吴述的《伤寒杂病论研究》。在治疗蓝指综合征方面，他也有研究。2020年，有个厨师，五十来岁，手指疼痛难忍，指头变蓝色，到西安住院，效果也不明显，找到他。他认为，这病跟雷诺综合征相似，主要是血不回流造成的。他姐夫的父亲曾得过此病，那老人在医院截了指头，也是没有搞清是静脉血回不去，还是循环系统出了问题，他想法用针灸来打通了血脉，给治好了。这个厨师，也是长期用手颠勺，用力过大，将手指韧带拉伤，把血卡住了，导致血液无法回流，他也是用针灸给治愈的。

我遇见的乡间草医人（三）

2022年3月12日早7点30分出门，过江滨大道，到丹江公园，朝西行。天下着雨，是中雨，我打着伞，走在塑胶跑道上，积水不一会儿就弄湿了鞋，脚有点冷。公园里各种各样的花很耐看，红梅粉红，海棠橘红，紫叶李淡白，在雨中，花瓣含着晶莹的露珠吐艳，为春之美而感动着。有的花瓣被雨打落在地，没有林黛玉葬花的悲情，花瓣在哪里都让人敞亮、愉悦。公园里的雪松也绿出了新意，垂柳杏黄的柳絮像个小娃娃般可爱。我们一同去商洛市中医医院采访。

何安民

何安民，男，六十一岁。洛南县灵口镇人，商洛市中医医院退休返聘大夫。

采访时间：2022年3月12日上午

采访地点：商洛市中医医院会议室

8点20分，我们到了商洛市中医医院门口，陈书存院长在门口等着。医院的房子都改成病房了，办公就在外面租房，采访安排在小会议室。

他请来张青华大夫和何安民大夫。二位都是名中医，也是退休后返聘到医院的。陈院长说明我们的来意，就让何大夫先说，他也没推辞，就说开了。他说，中医是中华民族的瑰宝，为民族的繁衍生息起到了很重要的作用。第一个是对急性病，能立竿见影地起效。过去，人们都认为中医是治慢病的，实际上中医也能治急性病。比如，胃痉挛、胃疼时，针灸，立马就不疼了，这些他有亲身体会。还有神经性休克、癔病，导致人神志不清，针灸就能很快让人清醒。第二个是对慢病治疗有独到之处。比如，慢性胃炎，清除幽门螺杆菌，用中药，病人感觉舒服，副作用还小，还不容易复发。中医在发展中还有短板，主要是现代人生活节奏快，熬中药、喝中药、携带，都不方便。这要求中医药慢慢走向现代化。这有两方面，一个是理论现代化，一个是制剂现代化。医院现在有了自动煎药机，还有颗粒剂和针剂。中医理论要现代化，也还有漫长的过程，比如，气血两虚的指征是啥，等等。一般情况下，中医在西医诊断明确的前提下，辨证论治。但实际上，中医有病治病，无病在保健上也能起一定作用，治未病，中医有优势。

行医四十多年，他有三个感悟：一是以人为中心。现在全民医保了，看病能报销了，减少了因病致贫返贫的情况。过去有些人得了病，看不起病，有的只好不看病，就是个扛。二是急病人所急。比如，挂号、就诊、取药等都要排队，都是个急，现在网上能挂号，手机可付费了。病人住院，钱不够，有的连吃饭钱也没有，医护人员给掏钱的事儿很常见，有的连回家的路费也给掏上。三是既治身病，又治心病。导医台耐心解说，让病人安心，在病房，医生、护士也要做更多的心理安抚。

他也是科班出身，1980年从渭南中医学校毕业，一直在临床上干。他侧重消化系统和心血管疾病治疗，把重点放在补西医短板上。刚参加工作时，他在洛南县上寺店卫生院。一个病人得了病毒性脑炎，昏迷了七天——当时是夏季，洛河发洪水，病人到不了卫生院。后来到卫生院，治疗了七天，病人才醒来，家属感激得差点给下跪磕头。在中医医院内科时，一名病人心动过速，差点出事，经过抢救，病人脱险，家属也很感激，让省电视台做了报道。最近还有一些疑难杂症病人治好了，有的给送锦旗，他给说有这钱不如去买一顿好的吃。看好一个病人，他常常比病人还要高兴。

对民间的偏方、验方治病，他认为，对这个人有效果，对另一个人不一定有作用，中医必须辨证。比如，对气虚的能治的，对阴虚肯定没效果。中医治病要注意三因制宜，节气不一样，用药不一样，环节不一样，用药不一样，个体不一样，用药不一样，都是在动态变化中。

说到当初为啥学中医，他说他小时候，母亲因病早逝，母亲生病过程中所受的痛苦，让他立志学中医。加之他们家是祖传行医，到他已是第五代了。因为家庭的影响，到儿子考大学时，娃也坚决要报考中医。现在他儿子也在中医医院工作，算第六代了。他爷爷当年治外科病多是用蒸、熏、敷等办法，也是一些偏方、验方。小学时，他就翻着看爷爷的《伤寒论》，尽管当时也看不懂。在考上中医学校前，中草药他大多都能认得，哪个药在哪儿长也清楚，草药的功效更有了一定了解，比如阳坡长的药跟阴坡长的效果就有差距。他治的第一个病人到现在他还记得很清楚。那是在乡下卫生院，收秋的时候，一个人脚指头砸伤，缝针时他紧张得出了一身汗。当时，大家都放假回家秋忙去了，他一个人啥都要干，像给小娃扎头皮针呀、给老人号脉呀。病人来不了的，药箱一背上门给看，经常是一去几十里。他说，基层苦归苦，也能锻炼人。

十几年前，他曾给一位市级领导家属看过病，人家在大城市看过不少医生，最看好的还是他，就信他的医术。他笑着说，现在还经常联系，人家还给介绍了不少病人。只要对方有电话，他会利用周末坐班车去西安给看病。

他已经是三级主任医师，发表了中医论文三十多篇，参与多个科研项目。2021年10月，他还取得了两个国家医学发明专利，都是治疗脾胃病方面的，一个是针对脾气虚的，一个是针对胃阴虚的。一个叫黄精二冬养胃汤，能滋养胃阴、益中生津，提高胃肠免疫功能，方子是黄精、玉竹、炙黄芪、麦冬、玄参、甘草、天冬、桂枝、生姜、大枣、白芍、佛手等；另一个叫二术石斛汤，具有温中健脾、补益养胃、保护胃黏膜、抑制胃酸分泌、解痉、止痛、促进胃肠动力等作用，处方是白术、党参、苍术、柴胡、枳壳、石斛、白芍、炙甘草、乌贼骨、百合、桂枝、生姜、大枣等。

在治疗肾病、皮肤病方面，他把祖传草医的方法巧妙地用到临床上。比如，肾透析，解决不了蛋白尿的问题，用中医就能治本。像顽固性咳嗽、顽固性失眠，他用中医解决，最重要的还是用疗效吸引患者。他都是退休的人了，觉得中医还学得是个皮毛，每天还在发奋学习。同行的小陈说，何大夫给他妈看得特别好。他妈的胃不能吸凉气，一到冬天，到阴冷的后院去一次，胃就疼一次。第一次来看，一用中药，马上就不疼了。我们分别和何大夫加了微信，他说还有二十多个病人在等着，就让他赶紧去了。

从相关资料得悉，他是商洛十大杰出医生之一，名医生，商洛市首批突出贡献拔尖人才之一，商洛市医学会副会长，商洛市中医专业委员会主任委员，陕西省脾胃病专业委员会委员，曾获陕西省白求恩精神奖。

张青华

张青华，男，六十九岁。丹凤县蔡川镇朝阳村人。

采访时间：2022年3月12日上午

采访地点：商洛市中医医院会议室

张青华，外号叫"张木匠"，在商洛市一说"张木匠"，大家都知道是说他。他不是那种江湖野游医，是正儿八经的西安医学院的高才生，是西医大夫。那咋又给叫"木匠"了呢，该不是上大学前学过木匠？其实他跟木匠一点边都没沾过。上大学前，他确实在农村干过活，还当过大队支书，但从来没有干过木匠的活儿。实际上，这个外号是他自己给取的。他看骨科出了名，人们都称他为骨科名家，他却戏称自己只是个"木匠"而已。人一听很不理解，明明是个大夫，咋能叫木匠？他却认真地说："骨科么，拉胳膊锯腿，就是跟木匠一样，拿个锯锯子拉拉，拿个斧头刷刷，不就是木匠么。"就这样，一下子就叫开了。

陈书存说："张老师是陕西省有突出贡献专家，也是骨科专家。他有好多独特的配方，都是自制的。而且，这么多年，他制的膏药都没有收过钱，都是免费给人看病，免费让人用，还用了不少名贵药材哩，一年光配药自己都要贴十来万元。张老师的医德医术，在大家心目中都是很高的。"我笑着说："张院长可是商洛人心中的福星。"张大夫摇头说："都是大家太厚爱了，其实啥都不是，是个学西医的一般人。"小贾说，他编卫校志时，从资料上看到张院长在卫校上学，后来到西安进修的。张大夫说："不是的，当时办学，商洛想办'6.26'学院，西安医学院有三十八个指标，商洛想让医学院来办学，同时招了两百人。在这儿上了两年，西安医学院又把他们的三十八个人收回去了。其他地区在招生的时候分得很清，谁是医学院的，谁是地方的，商洛没分。说我是'6.26'医学院的，其实不对，是西安医学院的。"

他中学毕业后，回去当了大队支书。那时正在搞合作医疗，他支持村上搞制剂呀啥的，还有丸剂、标本，弄得很好。他说，他本身是学西医的，信中医、爱中医，都是小时候扎的根。他十四岁时，母亲病了，手臂上长了核桃大的疙瘩，现在想来应该是肠结核。最后引起腹胀、气鼓，病了好几年，周围医生给看遍了，都不得好，让父亲给准备后事。父亲是个犟人，非要给看好不可，就用架子车拉上母亲，到洛南去给看。那时到洛南也没有公路，父亲在小毛毛路上颠簸地走着，半路上，遇到一个拉煤的，跟他父亲一路走一路谝，这才知道这人外家就在他们村，两人一下子就好得不得了了。那人是洛南祖师店人，就热情地让他父亲跟他母亲住在自己那儿，找洛南的名医。当时有个医生，是洛南尖角人，好像在南京中医院当过院长，是国民党的军医，"文革"时，回到老家。那人找到村上干部，给人家提了四色礼，也没敢到人家家里去，只在一棵核桃树下，让人家给他妈号了脉，开了药单子。他父亲为了取药，到处跑，其中有一味药沉香，庾家河街道那家药最全的药铺也没有，又四处打听，最后才在商镇街道一家药铺里买到。就那药，吃了二十多服，母亲身上的疙瘩消了，病好了。从那以后，他就很佩服中医、中药。这事儿发生在1969年前后，后来也没再见过那个医生，也不知道人家叫啥名字，现在可能都不在了，要在的话，也过了百岁了。

他喝了一口水，说，中医的源起应该比五千年文明史都要早，有了文化记载才有了理论的升华。上大学那会儿，他学的是西医，中医的课程也在一百多学时，讲究中西医结合。中医治急病也是常有的，比如，肠梗阻。他在卫校工作时，商州区北宽坪一个老人，做手术后七天肠子都不通，他想用中医的办法,又没专门学中医,也不会号脉,只知道哪个方子治啥病,后来给开了大承气汤,还有小承气汤,小承气汤还要加芒硝,这样能猛些。结果起作用了。说到大承气汤对肠梗阻起的好作用,陈大夫说:"特别是对不全梗阻,效果更好。"

他真正钻研中医还是到商洛市中医医院之后。1984年地区中医院成立,组织任命他为副院长。说话间,有人给他打电话了,对方说把肋骨伤了,他问肿得厉害不,让把照片从微信发过来。他看微信期间,陈书存大夫说:"张老师每年都要上山采药。有的药今年在这个地方采到了,他就做个记号,明年采时容易找到。他把这周围的山跑遍了,还跑到柞水那儿去采。"小贾问:"咱这山上有黄芪没有?"陈大夫说:"有哩。黄芪也叫箭芪,长得高,开一种小花,有白的,有紫的。商州熊耳山上也有,生长在一定海拔高度上。""不行了,来给你些膏药贴。"张大夫在电话里给对方叮嘱说。挂了电话,他问:"野生黄芪哪儿有哩?""熊耳山。"陈大夫答道,又说:"城西构峪口上面那个山顶,就是能看见一片松树那里,有一大片,估计两三个人两天都挖不完。"张大夫说:"我用的黄芪都是野生的,是老家蔡川山上的,海拔在一千两百米以上,有几十年生的。"老喻笑着说:"咱这儿还叫日弄根,日弄根,长得深。"张大夫说:"也叫独根,上面一堆,一扑棱,底下只是一条独根。粗的有大拇指粗细,一般挖不到底。过去,据说挖黄芪要拿绳哩。刨,刨,实在刨不下去了,把绳绑在上面的一堆龙头上,用个杠子,两个人抬着往起拔,能拔多长是多长,根本挖不到头,所以又叫二人抬。"老喻又问:"咱这儿的黄芪切成片子肯炸裂开?"张大夫说:"不能湿湿切,湿切晒出来是黑黑。咱这的黄芪纤维细,淀粉多,不像人工种的,切出来是硬片片子。这种的切出来酥。"陈大夫说:"好黄芪用纵切法,一般黄芪用斜切法。"张大夫笑着说:"斜切了,看着片片大么。"陈大夫说:"它那年份不够。"

张大夫说:"实际上我在临床过程中得益于中医,也可以说是临床逼出来的。我后来搞骨科,骨科有些病,像风湿类疾病、增生类疾病,还有骨折不愈合的,最后没有任何办法了,就从中医找办法。比如骨折不愈合,越做手术越不长，用中草药洗一洗就长哩。"

陈大夫又插话道："我给张老师补个故事噢，真实的。我伯叔侄娃子跟腱断裂后感染，在丹凤没法治。当时张老师还在三院哩，娃住进我们医院，请张老师来做手术。结果都上手术台了，碘伏一消毒，娃就过敏了，手术彻底做不成了，伤口那个——"张大夫抢着说道："怕伤口没法长了。"陈大夫继续说："最后张老师把他的膏药给贴上。二十多天后，断裂的跟腱奇迹般长上来了。张老师你也别见怪哦，当时，就有医生怀疑，这跟腱明明都断了，贴这膏药咋能长上呢？我给我亲戚做主，说请张老师做主，张老师敢这样弄，就有他的道理。因为娃是过敏性体质，做不成手术，这也是没办法的办法，所以就要相信老师。结果，按这办法就长好了。娃活蹦乱跳，跟正常娃一样。后来娃还考上公务员，在西安工作了。是张老师救了娃。这是我自己亲人的病例，实实在在的，太神奇了。"我问张大夫这个膏药的中草药成分，他笑了笑，说："这个膏药用的是黄柏、大黄、公英、地精，然后是重楼、乌蛇、马蜂窝、血余等。"陈大夫笑着说："张老师有三高四贴，那是老师的不外传秘方。"小贾笑着说："那就说一两样就行了。"说得大家都笑了。张大夫认真地说："熬制，然后就是血竭、乳香，熬成膏药。熬的有几样，一种是治骨髓炎的，一种是治增生、治伤湿的。"我也记起几年前我的网球肘也贴的是这药，效果很好。陈大夫说，他有一次下楼不小心，把脚崴了，都肿了，发青，开始也没管，后来要出差，走的前三天，开始贴张大夫的膏药，第六天就不肿了，也不痛了。张大夫说，他是靠实践的，从理论上没翻过梁。

老喻又问到他采药的经历，他嘿嘿一笑，说："除了我老家的，商洛的山我也几乎都去过。像商州的野人沟、黑山，柞水的黄花岭，秦岭的太白山，这些地方都跑过。"老喻又问："采药有季节选择吧？"张大夫说："有，中草药的疗效为啥现在降低了？一是人工栽培的多了，野生的少了；二是采药的季节不对头。关键是季节，比如，有些药开花时采，有些要果实成熟时采，有些要枯了才采。草类的一年四季都能采。现在的药都长不到时候。"陈大夫插话说："像春上张老师采的洋金花，止痛，采得很多，回来在屋里、在科室晾晒，要架高通风，不然会发霉。最后是打成粉吧。采药辛苦得很很。"张大夫说："洋金花一年采两次，夏季采花到——"小贾追问道："洋金花是啥？"他说："就是曼陀罗。"小贾说："噢，就是丹凤人叫的野蓖麻子，是一种麻醉剂。"张大夫说："据说华佗也用过这药，实际上是抗风湿类的。"小贾说阿来小说中提到用曼陀罗做迷药，把偷金子的人迷倒。弄那药一点点，人一喝，当场就不能走路了，神智还清醒，眼看着别人把金子背跑了，你没法儿。张大夫说："实际上迷药用的不是曼陀罗，它只是配合着用，蒙汗药多数是草乌做的，叫人中毒，又不厉害，人心里还清楚。"陈大夫说："其实是东莨菪碱吧。"

张大夫采药有时一个人，有时几个人。去年组织上叫他去疗养，他却跑到柞水山上采药去了。他主要采治跌打损伤的草药，种类不多，像草乌要到高山上去采。牛背梁沿路他都去采过，车不让进去，就坐人家的班车，采的有草乌、铁棒锤、野生丹参。小贾问："铁棒锤是啥药？"张大夫说："盘龙七主要成分就是铁棒锤，也叫棒槌七，它治风湿、治关节炎最好。它最大的问题是毒性大，实验要求严。盘龙七片是传统制剂，这才保留下来。"陈大夫说："这是七药类的。"张大夫喝了一口水，给我们说了一个真实的笑话。他到太白山采药，人家不让采，他那司机给说这是北京来的专家教授，专门搞秦岭中草药调查来的。看护人说："你说你是教授，我指一样药看你认得不认得。"那人顺手指了铁棒锤问这是啥，他装着认真地看了看，说是铁棒锤，那人惊奇地说："噢，看来是真教授。"最后人家还帮忙给挖。他们把带的吃的喝的全留给了那人。药挖回来他在院子栽，开始还长哩，到第二年就不行了，那药是在高海拔上生长的。还有像四七，也是采栽下时长得好，慢慢就不好好长了，有些药就适宜在高寒的阴坡长。陈大夫说："昼夜温差大，湿度也不一样。"老喻感慨地说："生命神奇得很，植物也一样神奇。"张大夫说："咱这儿坡上有一种老鸦蒜，都应该知道吧，它治骨增生效果好得很呀。就是有一个弊病，容易让人过敏，引起皮炎。我过去每年采两季，清明后和九月份。"我说："过去人没啥吃的时候，挖回来煮着吃哩。"小贾说："叶叶子跟蒜苗一样。"张大夫说:"怪得很,我那儿山上就没有。它在阳坡不长,都在阴坡里长着,我还拿了些种到我老家,就是长不大。入药用的是茎块,挖出来,砸烂,敷上,不过敏的话,效果好得很很,止痛也好。过敏了,用翻白草砸烂敷上,很快就好了。"陈大夫说:"我感觉你那个药,只要不见水,就没事。我第三回贴的时候,洗脚时,把水溅到上面了,发痒发红。不见水好好的。"张大夫说:"跌打损伤、风湿类药都是刺激性的,对黏膜刺激得厉害,贴到皮肤上会引起过敏。"

老喻又问他从事中医一事,他说:"应该是1984年以后,准确说是1985年的事。"老喻问:"走向骨科,还有个思想变化,或者认知的过程吧?"小贾也问:"为啥喜欢了骨科?"张大夫长出一口气,说:"当时搞这专业还不是自己个人啥爱好之类的决定的,那时搞专业不由你。实际上,我毕业以后是留在西安医学院的。当时我各方面表现都好,人家把办公室都给分了,这事儿被咱地区卫生局局长知道了,说商洛人才缺得很,就强要回来了。这些我都不知道。我的档案不全,跟这都有关系。在任命我当地区卫校团委书记时,我找过档案,没找全。回来后,我想搞儿科。西安二院有个教授招研究生,就想招我,给我做工作,让我去考,但要求必须从事临床工作一年以上,不然不让报名,加上学校又不放,基础教学缺教师么,最后我也没考成。内科、儿科呀,啥我都上过门诊。到中医医院,那儿没骨科,干脆就搞骨科算了。那时苏州、天津,都有骨科有名的医院办骨科学习班,我把表一填,送到卫生局,人家不批。最后一次机会,是陕西办的骨科学习班,在宝鸡,别人给我说第二天就去呀,我赶紧给省卫生厅打了个电话,填表来不及了,问等去了填行不行,人家说行,同意我去拿表,之后再让单位盖章。去学了都半年了,卫生局知道了,局长一见我们院长就批评。院长给我打电话,我说快了,让我学完再回去,不然可惜了。后来,卫生局局长到宝鸡开会,找到了我。人家一进门,黑封着脸,说:'把啥一拾掇,跟我一路回去,哪有一个副院长出来进修,卫生局都不知道的!'我们听着都嘿嘿笑了,他也笑了,接着说:'宿舍那些人一看不对劲,都溜出去了。局长也是搞业务出身的,搞行政也不顺手。我说你看我年轻轻的,你不让我学些业务,咋能行哩么。好局长哩,你说你现在有你搞业务美吗?这样,把他给说笑了,最后同意我学完,还让他宝鸡的同学关照我。这就算骨科入门了。后来院里下面有要外出学习的大夫,我都全力支持。'"

他说,骨科是慢慢摸索的。像骨增生,西医只给吃止痛药,临时把痛止住了,里头的病变还在发展,最后只有等着换关节。中草药就有神奇处,弄些中药洗一洗,弄点膏药贴一贴,就能解决问题。我最早接触骨科就是治骨髓炎:在宝鸡进修时,医院有个七十多岁的老汉,十二岁上就得了骨髓炎,到他接管时,已经做了十二次手术。现在这病少了,主要是抗生素广泛应用了。上世纪七八十年代,得骨髓炎的人多得很,做手术容易复发,主要是骨头里面有个骨小梁,就是那个根,细菌容易在那里面繁殖。急性骨髓炎转成慢性骨髓炎,多数是血源性的,比如,感冒呀,其他地方有感染呀,都容易引发。细菌藏在骨头里面,不容易出来,骨头那里像蜂窝一样,一栓一坏死,细菌就容易生长。中药面面子,骨髓炎散,用蜂蜜一调,外面一敷,消肿,退热,止痛。有的拿些膏药一贴,慢慢就把坏死的骨头渣拔出来了。现在有几个定型的药剂,一个是肉疮擦剂,做成喷剂,早期一喷就好了;一个是膏剂,烂了的,贴上去就行了。

老喻问到他的孩子们,他笑着说:"两个娃,没有一个学医的,都嫌医生太辛苦。娃最伤心的是,小时候经常被放在幼儿园没人接。"陈大夫说:"张老师爱人也是著名的妇科大夫。"老喻说到传承的事,张大夫郑重地说:"中医药现代化是应当的,规范化管理与发展,这都是应该的。问题是法律还不健全,要把中医药制剂,按照西医的标准来管理的话,确实很难。在某种程度上,中医本身就是个经验医学,是在临床实践中慢慢发展起来的。土单方、验方气死名医,有些病在大医院名医处看不好,人家就能治好。要让广大的患者受益的话,还是有限的,因为他的制剂,不能现代化生产,光一个独立的实验室都很难解决。中国的中医,日本和韩国学得好,他们甚至就说过,以后要让中国到他们那里学中医,这话让人气愤,也刺激了我们。国家重视中医,1982年召开的衡阳会议,就是专门研究中医的。所以,对一些土单、验方——"陈大夫又插话说："《中医药法》倒允许一个是传统制剂，再一个是土单、验方在一定范围内，经过考核执行，但是具体落实到执行层面，还有一段路要走。"张大夫说："确实，这是个问题。再一个你现在管医保，我给你提个建议，中医、中药治疗要多进医保。我总结的是，要花钱少，副作用少，成本小，疗效好。"我说："今年已经把康复项目纳入了，下一步我们全力争取多纳入，咱这儿的中草药是一大优势么。"张大夫说："人家中医来号个脉，望闻问切，用个八纲辨证，方子一开，一服药才几块钱，最贵的也没多少钱。七服药吃十来天，几十块钱。中医副作用还小，像针灸呀、按摩呀、艾灸呀，有啥副作用哩。除非二㞗把哪儿给捏断了。"说着他也笑了，又无奈地说："自制的膏药，也没法申请专利，病人用了见效，可有些病人来要用，咱还不敢给用，用的都是熟人。麻烦很很。"他内急，跑到二楼上洗手间了。小贾说："张院长那骨伤一号、骨伤二号名气大得很。"陈大夫说："张老师自己熬的那药记不上费，都是白用哩。国家规定，必须是院内制剂、有准字号的药才收费。咱这是自己熬的土单、验方，经验有了，效果也好，可也没法。我一直给张老师做工作，把三贴四高做成制剂，这里涉及知识产权问题，将来看是买断，还是给股权。医院都想过，一定要传承下来。人家准备在西安莲湖区开门诊呀，我们及时请回来的。我们医院也想把老师付出的给补偿一下，老师很客气，叫他拿发票，就是不给。"张大夫回来了，他笑着说："那都是给熟人用了，给医院创造不了效益。"说得大家又哈哈笑了。我说："还是要考虑传承的事儿。"他说："中药的专利跟其他工业产品不一样。药的评审手续麻烦、复杂，生产的费用大，周期长。"陈大夫说："要有药准字号得上亿资金哩，只能先走院内自己的路子。医保上没政策，我个人有个制剂也还批不下来。"我说，进医保目录，要考虑的多呢。张大夫说："中药是国粹么。执行层面没有具体措施，推进起来肯定慢。人才培养周期也长，没个十五六年实践，是不行的，还要靠病人认可哩。"陈大夫说："中医现在叫循证医学，其实就是拿效果说话哩。中医是看人哩，西医是看科室哩，看庙哩，思维不一样。"张大夫说："人得病，就是两个不平衡，气血啦，神经啦，从这方面讲，中医好哩。这该让陈院长说，人家才是真正的中医。"还有病人在等，张大夫就告辞了。陈大夫说："他不把脉，根据经验治病，对药理研究很深，人家悟性高，有大量临床实践，积累了很多经验方子。"

张青华也是被载入《商洛地区志》的著名大夫，书上记录了他在骨科治疗上做出的巨大贡献。

陈书存

陈书存，男，五十六岁。丹凤县城关街道办古城社区人。现任商洛市中医医院院长。

采访时间：2022年3月12日上午

采访地点：商洛市中医医院会议室

陈书存大夫是院长，为人谦虚、严谨，说话注重逻辑，他笑着说："我和何大夫、张老师比起来差距很大。"

他是1985年上的陕西中医学院，学的是医疗专业。当时学院只有三个专业，医疗、针灸和药学。学院规模不大，一年只招两百名学生，五年制，在校本科生一千多人，研究生每年才有三十人，是全国八所中医院校之一，现在已更名为陕西中医药大学。

他父母都是教师，父亲在丹凤的寺坪工作，母亲在月日乡马炉教书，将他从小就带在身边。马炉就是当年"学大寨，赶马炉"，出劳模刘西有那个地方，他就在那里上小学。那时课少，语文、数学、劳动课。一天没事了，钻沟溜渠的，跟上那些娃挖药，像丹参呀、远志呀、苍术呀、柴胡呀……那时开门办学，学校种山茱萸，幼苗要移栽成小树苗，再把树苗卖出去，给学校挣点钱。他六岁上的小学，五年小学，至少种了三年山茱萸。他父亲后来当了马炉中学校长，学校就在马炉庙里，是他爸一手给盖的教室、职工宿舍、灶房。当时刘西有还健在，县上宣传部部长就在那儿蹲点。老喻说："就是屈超耘部长。"他笑着说："哎，就是的，就是的。屈部长整天在写东西，我爸给办板报，他的毛笔字写得好。"他经常溜到门外头看屈部长趴在桌子上写东西。他还跟屈部长过继给刘西有的儿子刘丹影在一个学校上学。丹影的腿不美，走路要同学拉哩。小小的他，对中医就有认识。基层看病，多用的是中草药。后来，他报考陕西中医学院时，是他的亲戚，也就是市中医院第二任院长，推荐让他上的，人家也是中医学院毕业的。1990年毕业时，组织要分配他到商洛医院，他成绩好，可以自己挑单位，就选了市中医医院。当时，大学毕业生少，好多科室都要他，他想，内科治病范围广，就选了内科。内科有两位外地来的名老中医，一个叫王俊清，是为了解决子女"农转非"户口问题，从咸阳到商洛来的。王大夫名气很大，他就跟着学。1995年3月到1996年3月，他在唐都医院进修心内科。回来后，把主要精力投到西医上，把医院心内科的急诊急救搞了起来。医院只有一台心电监护仪，大家都不会用，他就给大家教。后来，他又被派到急诊科，1999年，他当了急诊科主任。在这里，他对中医有了更加深刻的认识。在临床上时，有上级大夫制定方案，他不操心，在这里就不一样了，首先要解决大家的吃饭问题，要养活科室。当时，他就想到了中医、中药。比如，肠梗阻，先拍片子，只要不是全梗阻，他就全留在急诊治疗，用中医办法都解决了。当时还有一个病例，拍片子看是个全梗阻，没有穿孔，把中药用上以后，还不见好转，他有西医基础，就给转到外科会诊，很快解决了。

一个农民夏季在地里干活，渴了，吃了一个半夏，中毒了，一两个小时都没声了，送到急诊。他给用了张学文大师的甘草解毒汤，这个方子，上大学时，老师给讲过。他叮嘱病人家属按这个方子熬了喝。第二天这人就来回话了，说当天下午声音就出来了。还有一个，他弟弟的儿子，在丹凤县医院诊断为肠梗阻，要做手术。娃才三岁，他弟也担心，就连夜晚到他们中医医院，去放射科拍了片子，一看是不全梗阻，就给开了中药。孩子是5点到的，6点多熬中药喝，到9点多肠道通了，第二天观察了一早上，下午就出院了，总共才花了五十一块钱。他没用大承气汤原方，按病人情况加减用。

他在急诊科抢救了好多危重病人，用的都是中西医结合的办法：用西医的同时，用中医上汤药。那两年也是他觉得成就最高的时期，他几乎是以科室为家了。后来，他到医务科当科长，慢慢成了半临床状态了。

他说，上学时对中医到了痴迷程度。他能把《伤寒论》三百九十八条倒背如流。他曾想考曾福海教授的研究生，因为曾老师是丹凤人，是教《伤寒论》的。他三个暑假都没回家，学英语，背《伤寒论》。自己不理解的，就四处求教。1988年暑假，他跑到北京东直门，拜访北京中医药大学的刘渡舟教授，刘教授是国内研究《伤寒论》最著名的专家之一。他先寻到门房，门房介绍他到教研室，教研室老师才引着他到老师家里。当时条件差，老师住的只有六十来平方米。老师很耐心地给他讲解了他所有的问题。他毕业那年打算考研，但想报考的学校和专业应届生不准考，必须有一年工作经历才准考。一进入工作，想法就变了，再没去考了。

进修心内科以后，通过运用西医手段治疗心血管疾病，他总觉得西医的办法也还有不如意的地方，比如，心衰、心绞痛患者，要反复住院。西医诊疗很规范，啥病开啥药，是一定的。后来，他就用上中医的办法。一用，减轻了病人的症状，比如，心衰病人的气短，西医只用利尿药减轻心衰负荷，改善不了气短的症状，而中医可以。再比如水肿，西医利尿，但用一周以上西药，利尿效果也不好了，用中医、中药的办法就能把疗效巩固下来。从2011年到2015年，通过观察总结，他取得了一些成果，2012年还在市上评了个科技成果二等奖。当时，他将一个方子的益气温阳改成益气养阴，又组了一个方子，用于治疗，观察后发现效果很好。当然这个办法不是他自己独创的，思路是从北京一位教授那里来的，组方是他自己的经验方。2015年，他又申报市上的科技成果奖，得了一等奖，之后又报到省上，给了个科学技术奖。后来，他在临床上钻研中医对高血脂患者的治疗效果，从2013年起，相继发了五篇这方面的论文。自己组方后，他自己先喝，再让朋友喝。他按茶剂做，请了两百多位朋友，送给他们喝，有啥不足，请大家反馈。在这个过程中，不断调整药的比例，最后形成固定的剂型，在医院以降脂茶开始卖。患者用了，反映说降脂效果好。他认为，血脂高是脾虚引起的，又湿又瘀，因而要健脾利湿化瘀，再加利气，他就用这个思路组的方，是九味药。有人说自己头油重，得两天洗一回，吃了两个月他这药，成了一周洗一回，这又给他一个启示，用的过程中在这方面再加强。这药便秘也能用。制剂室同志们一块研究，比如，大家说茶的观感不好，当时是简单地粉碎，用小袋装，直接在杯子里泡，有沉淀，有黑沫沫子。他们去请教了生物专家，请教了工程专家，请人家提意见改进，后来换了装茶的膜，改变其中一味药的加工工艺，增加了消毒灭菌环节。这样，泡出来以后，淡淡的，黄黄的，很清亮，感觉好多了。去年5月，此药获省药监局审批，现在委托陕西盘龙药业公司代生产，制成颗粒冲剂，取名三花降脂颗粒（薏米、山楂、丹参、葛根、决明子、菊花、玫瑰花、红花、五味子）。此外，还有个参萸养心汤（人参、黄芪、桂枝、山茱萸、玉竹、五味子、扣子七、茯苓、葶苈子、当归等），益气温阳，活血利水。

2018年4月，他拜了国医大师雷忠义为师，举行了隆重的拜师仪式。雷老是陕西合阳人，提出了关于心绞痛的痰瘀理论，研制的药叫丹蒌片，这是国家准字号药。由于这样的贡献，雷老被评为第三届国医大师。医院对他的拜师很支持。2018年到2019年，他每两周去老师处一次，随诊，给老师抄方子，雷大师对他很器重。他在弟子里不算最大的，跟师父的儿子同龄，是老师的第十个弟子。拜师仪式上，陕西省中医药管理局局长、商洛市人民政府副市长、市县区中医院院长参加，也请了上海市中西医结合心血管病研究所所长吴宗贵教授就痰瘀互结理论研究作了学术报告，请了中医药学术经验继承指导老师沈舒文教授讲了话。拜师仪式完全是按照中医传统的拜师仪式进行的，其内涵主要是尊师重教。从4月接触，到8月拜师，他更加深了对老师的敬佩。去老师那里时，每次他都是第一个到，坐下先写上三五个病人的病历，老师来了就直接给病人看病了。三年的随诊，他把老师治疗冠心病呀、心律失常呀、心衰呀等方面的理论基本上都学了，不过只是个皮毛，真正要学精学透，没有五到十年是不可能的。比如说，琥珀，都是冲服，用两到三克，老师用十克煎服，在教科书上没有这用法。国家中医药管理局有个要求，要把名老中医的资料原原本本记录下来，因此每次老师的就诊过程，都是全程录像，将来要整理、发掘、保护、传承这些验方。老师的好多理念，他也学着运用到临床上，解决了好多治疗中的难题。他个人认为，中医成才有三大方面：一是读经典；二是多临床；三是拜名师。他也想多给他们医院的年轻大夫机会，让他们在全国范围内拜名师。近四年，他把老师的经验总结成两篇文章，一篇发表在《中国中医药报》上，一篇发在《陕西中医药大学学报》上。去年他入选"陕西有突出贡献专家"，今年又晋升国家二级教授，对他个人来说几乎到顶峰了。他真诚地笑了笑，说："已经到了天花板了。"他也给医院书记说了，今后再不要把荣誉给他了。这次，医院推荐他当市人大代表，他还想对中医药的事儿多提一点建议。作为一个中医人，要真心去为中医药鼓与呼。

他说，市上提的建设康养之都，中医要发挥大作用。他把六个县的县志都看了，特别关心志书里的中医药内容，镇安、柞水、洛南，中医、中药的资料多，神草医王家成就是柞水的。今后，药膳呀、中医药旅游呀，像孙思邈在柞水采药行医留下的遗迹呀，洛南的"南药王"韦善俊的传说呀，都是商洛中医药文化旅游重要的部分。他们医院这几年也一直在这些方面努力。比如说，他们搞的"膏方节"，每年冬至节后搞，已经连续六届了，反响特别好，可以传承中医药文化，普及中医药知识。膏方是从明清时代开始用的，到清代发展最旺盛，经过一段低落期，至20世纪80年代，又在东南沿海慢慢火起来。每年冬季，许多南方人全家都要到医院开膏方，每人一服，人家叫一料膏，一般吃两个月，是一种养生文化。广东人喝好多汤，汤中也有好多中药。岭南文化中，中医药保健已经潜移默化，进入老百姓的日常生活了。普通老百姓开一料膏，花几千块，不算贵，很普遍。他每年都把全国各地的膏方专家请来。他自己一年到头都吃膏方，也给患者、同事、朋友开。冬天有冬天的膏药，夏天有夏天的膏药，也是起个保健作用。再比如，镇安的十三花，最早就是孙思邈的一个药膳方。孙思邈来采药治病的过程中，发现当地好多孩子拉痢疾，孙思邈把药加在食材里，摆了十三盆子菜，叫娃尝，吃了这些菜，娃们病好了。现在十三花变成了有名的地方菜了。今后，在商洛康养文化里还有许多可做的文章，包括搞中药的百花园。

说到秦岭的七药，柞水就有一百多种。谢晓林等人主编的《中国七药》

一书，就收载了四百多种七药。老喻问："为啥用这个'七'？"他说："七药名最早见于明代李时珍的《本草纲目》，后人将药用功能类似三七，能治五劳七伤的一大类中草药统称七药。生长在太白山的七药就叫太白七药。其实不光太白山有，整个秦岭都有。我到柞水下梁镇去，那里采药的人很多，一个叫春晖诊所的屋里，就有一百多种七药，诊所里的人自己炮制，给病人用。"有种药叫扣子七，陕西中医药大学有个教授把这种药物化学成分的单体提出来，这个单体能治心律失常。他从这里得到启发，把这味药用在治疗心衰的组方里，治疗心衰伴有心律失常的患者，效果也很好。扣子七，又叫珠儿参，一疙瘩一个节，一串串，放大就像大灯笼，也像扣子。在商洛，扣子七、盘龙药业用得多，治疗跌打损伤。说到草药，他认为，民间发现某种药有个啥功效，只在使用层面，至于性味规定、药理研究啦都没去探究。老喻说："你的经验呀、理论呀都到位了，你真是个了不起的专家。采访了这么多医生，有的有经验，理论说不出来啥，有的谈理论都不是发自内心的。"他谦虚地说："过奖了，过奖了！"

这时，他接了个电话，有患者找他，我们就结束了采访。最后，他还笑着说："还需要了解啥，我随叫随到！"

桂柏全

桂柏全，男，五十九岁。洛南县景村镇下店村人。商南县职教中心中医大夫。

采访时间：2022年6月18日上午

采访地点：商南县东岗德福里大药房

桂大夫，头戴白色长沿夏凉帽，圆脸，大耳，眉毛像用毛笔重重顿了一下，浓黑，集中。他坐的桌子后墙贴满了菜籽类、粮食类中草药的治疗功效图，像黑豆，性平，味甘，具有补脾利水、解毒的功效，胡萝卜籽治久痢等，图文并茂，一目了然。靠他左手的墙上是八幅斗方画，上面是李祖疗法流程图，下面是祥盛桂系新经典养生粉配方系列图，有女性组方、男性组方、大众组方、老年组方、儿童组方。像老年组方中的芹菜三豆粉（芹菜籽、黑豆、红豆、绿豆等），能平稳血压。我在小贾采访记录时，用手机拍了下来。

他1980年考入渭南中医学校，学的是中医临床专业，1983年毕业。当时，学校定向为商洛培养中医五十人，商南县没有，他就被分到这里的白玉乡卫生院，先后在梁家湾、太吉河等地工作。1987年，他调到县中医院，曾任副院长；2000年调到县卫校；2008年卫校合并到县职教中心，他任中心副主任兼卫校校长。县卫校现在还有三个班的学生，是和商洛职业学院联办的。

他外爷就是老中医，姓崔，住在离他家十公里左右的何村，在当地也算小有名气。他是家中老小，体弱多病，小时候得过结核性胸膜炎。他受外爷的影响，慢慢就喜欢上了中医。中学毕业高考，他在全县考了第六十一名，能上个好本科，第一志愿却报了渭南中医学校。实习时在洛南县中医医院，他跟的是郭池老师。他说："郭老师都不在了，洛南人都知道他，他是个精方派，临床最多用的是逍遥散加减，用得很灵活。郭老师一天要看百十号人哩，四五十张方子都开的是逍遥散，药味也不多。他早上9点看到下午4点，中间也不休息，最多一天看过一百二十多人，根本没时间跟人说闲话。"一周后，郭老师才让他接触病人。接诊后开的处方，经老师一看一改，再签字。此外，老师每天都要给说一个知识点。他又说："郭老师儿媳妇就是郭老师自己带出来的，叫洪秀珍，现在在市中医院返聘着。"

他说："我姊妹十二个，活下来的只有三个，两个姐姐和我。我小名叫瓷娃。小时家里可怜，我上学回来先去打猪草，收拾柴火。那时家里没劳力，是个缺粮户。"

说到看病，在梁家湾时，他给一个十六七岁的姑娘治过哮喘病。那姑娘走两步，就喘得走不成。家里又穷，他给扎针、服中药，都是免费，她很快就好了。他在那里只干了十个月零十四天，那里的人对他很认可。临调走前，一天三四家来请他到家里喝苞谷酒。

他是2013年被评为商洛名中医的。他擅长治疗心血管病、骨质增生等。他一般是让患者把中药打成粉喝。他的治心血管斑块的处方，效果很好，像他自己家里人喝了一年，80%的斑块变成了60%。他爱人两个60%的斑块，一个消失了，一个成30%了。这些都是做造影看出来的。增生用炮制的马钱子、川草乌等，用酒拌后外敷效果好。我笑着问："这些方子你方便说不？"他说："咋不方便呢，外敷的主要是活血化瘀，它里面有马钱子、川草乌，用的是炮制的，不用生的，你需要了，喜欢研究这一块了，把方子给你，共同分享。治斑块的有红景天、三七、西洋参等。"他让小贾不记了，回头发到微信上。每年到春秋两季，这类病人多，凡来的他都给看，一看一个准，能经得起同行的检验。

治不孕不育症，他的法子一般分三步，经前期、经期和经后期。经前期主要用补阳补肾的药，经期用的是补血活血的，经后期用的是滋阴补肾的，治疗效果特别好，成功率很高。他说："我这一块比较杂，一直没丢过临床，教学时还坚持上门诊。"他还用中药治好了一个桥本甲状腺炎的患者。那是个西安人，折腾了大半年也不见效，听人介绍来找他，他给吃了六十多服中药，好了。他用的是小柴胡汤，加了石见穿。他说，结节、囊肿等都是气郁痰血瘀造成的。好多人把甲状腺结节割了，大环境没改变，又可能出现在其他脏体。之后，他还治好了一个人的三叉神经痛。这人是西安印钞厂职工，男的，五十来岁，当时在商南驻村扶贫，还是得桥本病的那人引荐来的。西医让那人做手术，把神经阻断了，他用中药、针灸给治好了。中药用的是芍药甘草汤，芍药用量大，还有甘草、蜈蚣、水蛭等。他说，这个药简单，效果也好。

他现在坐诊在药店，一天也看二十多个病人，最多一天看过八十多人。说到人的脏体，他说他先天只有一个肾，啥都不影响。

最后，他感慨地说，中医国家重视了，地方关注还不够；老百姓认为中药产业越做越大了，质量却有所下降；吃中药的多是慢病；中药可制成汤剂、散剂、丸剂，原汁原味，但吸收慢一点，卫生标准不好把握。现在的中医院没有特色了，西医化了，不西医化，也不行，医院咋挣钱哩，中西医最好互补，现在病人一来，胳膊一伸，一句话不说，让你把脉，你能说出一两个症状，人家才认可你哩。有的中医完全排斥西医，他认为也不全对。人体要扶正气，人要长寿，心情要好，心里不搁事儿。他笑着说："活得二哩吧唧的，反而长寿。"他还说，有人说夏季不能吃中药，纯纯是胡说，难道古代人夏天都不得病吗？

他行医三十多年，用中医治好了许多疑难杂症，对冠心病、病毒性心肌炎、胃肠病、肝病、骨关节退行性病变等，都有很有效的治疗办法，也能用针灸、推拿、刮痧治疗多种疾病，辨证施治，手法独特，疗效很好。他曾被中华传统中医药专业委员会授予"中医药行业著名专家"，被陕西省中药协会授予"中医药文化传承人"。

回到市里，过了几天，桂大夫在手机微信上给我发来治疗斑块和增生的处方，是把他用钢笔手写的处方拍成照片发来的。治疗冠心病、血管斑块的药是西洋参、三七、丹参、黄芪、水蛭、红景天、青钱柳、炮山甲、绞股蓝等，研成粉，每日两次。用制马钱子、威灵仙、褚实子、补骨脂、透骨草、制川乌、制草乌、狗肾、骨碎补、乳香、没首、白芥子、雷公七、千年健、冰片等，研成粉末，按部位大小装袋，用高度白酒拌，热敷，治疗退行性关节病变，效果非常好。

周万福

周万福，男，六十七岁。商南县富水人。退休在诊所坐堂。

采访时间：2022年6月18日上午

采访地点：商南县城百康源大药房

周万福，1978年考入渭南中医学校，1981年参加工作，其间又先后进修过多次。他在湘河中心卫生院工作了八年，1988年调到县肿瘤研究所，该所随后并入县中医院。2002年他调到城关卫生院，一直上中医门诊。退休后留在这里坐门诊。

他说："商南的中医人才不太多，但现在看中医的病人比较多。"他高中毕业就在大队当赤脚医生，当时省儿童医院在这里包村，选了三个人去进修，其中就有他。他去进修了一年半时间，回来一直干到高考。他母亲常年有病，逼着他在高中就看了不少中医方面的书，有时还自己采点草药给老人用。那时，农村穷人多，来看病，他给简单说点偏方，也不要钱，推拿、按摩、针灸都是免费的，有时真需要买药，别人钱不够，他给垫上，过后，有了给，没有了就算了。他一心对待病人，病人也感恩。现在病人多，就能说明问题。坐诊一月少也在四百多人，一天十几个，有时到二十几个。

他主要侧重看心脑血管病、胃肠病和皮肤病。现在心血管病人多，他认为还是生活好了，人都在胡吃哩。他给说单方时，还不忘提醒咋样吃，比如血脂血压高了，生活上吃啥，不能吃啥，要注意调理，学会防病，也就是中医上说的"治未病"。心理疏导也很重要，有些病人，给说几句暖心的话，都起作用哩。中医讲究的是综合调理。

行医几十年，给他印象深的患者也不少。有些病人都是十年二十年前的，现在还来找他看病。在湘河时，那里条件艰苦，病人也多，天天得跑下乡，一天一跑都在几十里，那几年，他几乎跑遍了湘河的沟沟岔岔。晚上有人找，他拿上手电，背上药箱，上门看病，从来没嫌弃过，遇到啥病看啥病，比如肚子疼的，去了先用药缓解疼痛，再慢慢给把脉。啥时候都是病人至上，个人的事都放在后面，忙起来了根本顾不上家。有一年他娃得了肺炎，他也没能回去，还是亲戚把娃送到医院的。第一次搞合作医院时，还要包村，他老母亲病了，也是叫别人送到医院的。

现在脑梗患者不少，在医院治疗后，开点中药，打成粉，或制成丸剂，回去冲着喝，方便，也能巩固疗效。像十里铺一家两个老人都六十多了，都得了脑梗，不能动了，他给开了中药，打成粉喝，两人慢慢能拄着拐棍走路了。他用的是活血化瘀汤头，费用低，一天花不了几块钱。还有一些冠心病人，没钱做支架，他让吃中药，用中药疏通堵塞的地方，病情得到了缓解。有些水肿病人，用了他的中药，心不慌了，气不短了。

看皮肤病，他也有绝招，对湿疹性皮炎、恶性疔疮等，比较拿手。一个患者头上有一块发痒，流水水子，不得干，十几年了。他给配了两样中药，擦，一个疗程就好了，那人只花了一二十块钱。那人给他拿了一包茶叶来感谢，他没收。他说："看病是我的职责，没啥可感谢的。"还有一个患者，姓祁，五十八岁，头上长了疔疮，有十年了，多次到医院治疗，可是经常复发。他给开中药，配成药面面子，调水抹上去，一个月就好了。那人是个包工头，高兴得拿钱来谢他，他没让进门。

十里铺何家有两口子，都快七十岁了，都得了高血压、脑梗，半身不遂，气血瘀阻，免疫力低下，在医院治疗了一段时间。出院后，他给治疗，用中药活血化瘀，用粉剂、丸剂，效果很好。一个月下来，女的能走了，男的能扶着墙走了，花的钱只有一二百块。

治疗妇科流产，他也有自己的一套办法。流产，就是农村人说的坐不住胎。一个妇女是习惯性流产，他用中药调理，配合吃点补胎药，最后，娃顺利生产了。还有一些不孕症，也是用中药治好的。他说："病人的信任就是自己的成绩。"中医多数是靠病人口口相传。有人送锦旗，他告诉人家，不要玩那虚的，看病是实的，把那钱用到看病上不是更好么。他看病，见不得虚头巴脑的事。

贺力坤

贺力坤，男，七十岁。商南县富水镇人。

采访时间：2022年6月18日上午

采访地点：商南县政府门口惠康医院五楼

惠康医院是一家民营医院，就在商南县政府门前一个巷口，是贺力坤大夫跟儿子开办的，就在他家里。他家盖有八层小楼，设有四十多张病床。

贺力坤大夫，大高个，国字脸，大眼睛。他带我们乘电梯到五楼，一到房间，他就边说边给我们倒水，又让吃水果。说到行医，他慢条斯理，从家族行医历史说起，一边说一边翻出他主编的《贺氏族志》，还有《中西医结合治疗》给我们看，我和小贾急忙用手机拍了照。贺大夫笑着说："不用拍，喜欢了送你们一本。"

他家是中医世家，从清代到现在已有一百七十多年历史，他是第七代传人。他从医已五十多年，十三岁就跟父亲学中医，后来当了村上的赤脚医生，被保送到西安干部进修学院学习，又到西安儿童医院学了三年儿科。毕业后，他又到西建公司地段医院进修普外，学了一年半，回来在富水地段医院工作，其间，还到上海市第七人民医院学习神经外科。他是个典型的中西医结合的医生。

他们家族每一代都有名医，都写入了《商南县志》。他父亲贺则章也是个名老中医，曾在贵阳一个军医医院学习，参加过北伐战争，在冯玉祥部队任过战地医院大夫，抗日战争时期，参加过淞沪会战等四次战斗，1943年回到老家富水办了惠康诊所，是商南县第一家西医诊所。他父亲还能做手术，曾是国民党少校医生。他曾祖父贺怀垣于清咸丰十年（1860）创办药铺，在富水街中段，面铺四间，厢房四间，面积一百八十平方米。这是因为连年瘟疫，群众伤亡很大，他曾祖父才筹资开设药店，开始叫金恒药店，到第三代改名为恒德堂。当时，药店从水路到武汉，从陆路经马山口、禹州等地购买药材，请药师炮制。光绪年间，名医、外号叫聋子先生的贺秉真，尊股票宗旨，传统操作，药真价匀，以济世活人为宗旨，病人有钱没钱都有药，能欠账。每年端午、中秋、年终，药店会上门要账，没钱，可以用药材、生漆、桐油、木耳等山货，按价抵偿。人不在了，或是妇女小孩等连续三年无力偿还，欠账一律作废。这个店以技高药真、医法高明而著称。1958年，合并到富水区联合诊所，也就是后来的富水卫生院。

恒德堂药铺的学徒贺信义，出师后，又在富水街西头南侧，办起了万春堂药铺，门面两间，厢房三间，面积一百二十平方米。药铺四个人，贺信义是药剂师，坐诊医生是贺信振，学徒是贺振家、贺振声，后来还增加了兽医张元贞，专为家畜诊治。这个药铺服务好，医术高，穷人可以赊账抓药，真没钱的，免费，河南西坪、淅川等地的人来看病，一视同仁。后来，贺信义的长子贺振家继承了这个药铺，次子贺振声在对面租房开办了园春堂药铺。

还有义兴九药店，是贺秉旌在民国年间创建，在富水街中西南边，传到贺信周，1968年并入联合诊所。

惠康诊所，是他父亲贺则章在恒德堂旧址上创办的，1944年办成。他父亲自幼喜欢医书，读了十年私塾，1935年因与大人闹矛盾，一气之下出走，参加了国民军；1936年在上海参加了抗日战争，后报送贵阳学了两年半西医；毕业后历任陆军七十一师乙等军医佐、野战医院看护长、上尉军医、七十一师总医院少校医官；1953年调到县医院，是业务负责兼县卫生科医务股长；1954年在县医院担任住院医生时，积极探索中西医结合。老人擅长内科、妇科、儿科，尤其以诊治肝病、肾病、心脏病、结核病出名，还研究以中草药治疗癌症。其运用清代王清任通窍活血汤，治愈脑颈部受伤造成行走不便、手足乱舞、语言不畅的病人，自拟治疗肝硬化、腹水的"四方六法"，临床效果很明显。

他从小就爱读医书经典，像《医宗金鉴》，这是清代中医的教科书，里面的歌诀，读起来朗朗上口，他大都能背诵，当时不理解的，后来反复读，加上临床，慢慢就能融会贯通了。外出学习，他又接触到现代医学。在临床上，他用父亲的经验方，效果很好。他父亲也让他不能忽视中医，父亲当时就断言，中医将来会风靡世界的。在上海学习期间，他花了三十二块钱，买了一套中医教材，回来通读了一遍。他还参加了中医自学考试，当时五十多人，只有他和另外三个人毕业。在县医院搞外科的同时，他经常用中医会诊，好多西医解决不了的，都是用中医迎刃而解了。在采访中，他多次提到"中医博大精深，前景广阔"。在临床上，他继承了父亲的中医经验，对肝病、肝腹水等很有研究。1985年，他撰写了《贺则章医师治肝硬化腹水经验》一文，发表在《陕西中医》第8期，后被收入《陕西名老中医经验选》。他结合现代医学以及中医的特点，总结出了自己治疗肝硬化的"四方六法"。他认为现代医学对肝病研究比较细致，但在治疗上还有缺陷，中医正好能弥补这一缺陷。东汉张仲景见肝之病，治肝传脾，当理湿脾。《黄帝内经》也讲肝藏血，心行之，人动，血循于主经，人静，血归于脾，这些很符合现代医学的原理。古代经典，可用现代医学来印证。他在临床中很有感慨，西医不能排斥中医，中医也不能否认西医，二者应该很好地结合起来，互为补充。他写的《中西医结合发展之路》，收在他编著的《中西医结合治疗常见病》一书中，从十个方面做了精辟论述。这本书中，他整理了治疗肝病的五十份病例，从中可以看出，他对肝病有很好的治疗方法，特别是对肝硬化晚期，有独特的疗法。他的治愈率通常都在80%以上，有效率在90%以上，采取的就是中西医结合的治疗方法。在治疗结核病上，他父亲很有研究，西医用药，容易伤肝肾，采用中西医结合法，就能克服。他父亲后来还研究中医治疗肿瘤，用了二十多年时间，思路跟现在是一致的，很有参考价值。他在临床上还总结了急性湿热病治疗方法，病毒性感染、细菌感染引起的发高烧，一般三天之内就能控制。1992年，他申报了两项专利，一项是中医治疗肝病，一项是中医治疗湿热病，国家都给发了专利证。近期，他把研究重点放在中医治未病上，把健康放在突出位置，这也是现代医学研究要突破的地方。比如，心脑血管疾病，要防止发生心梗、脑梗，可以通过中医活血化瘀、改善痰浊等办法来进行。

说话间，他翻出了一大沓子书籍，都是他曾经发表过作品的杂志，像《河南中医》《中医杂志》等等。他正式发表了十八篇论文，每翻出一篇论文，他都要给我们讲清他的治疗方案、理论依据等。他说，他还准备再写两本书，一本是《一案一话》，一本是《100个中医病例》。现在医院的事，他交给儿子了，他只看病，搞研究，还带了几个学生。

讲到他父亲，他还提到老人行医的一件趣事。那是20世纪50年代，一个小孩吃了大头针，医院也没办法，他父亲找来一小块磁铁，用细电线绑住，让孩子吞下去，磁铁吸住大头针时，慢慢拉出来。那时啥设备都没有，只有用这笨办法。他父亲还读过日文版《伤寒论》方面的书，知道了可以用化学方法分析中药成分。

说到小时候跟父亲学中医，他记得很清楚。父亲不善言谈，为了试试他们几个娃能不能学医，让他们背中医汤头。那时，他才十一二岁，用了不到一个小时就背熟了四君子汤，其他几个弟兄用了几天才背过。这样，才让他学医的。父亲还要求他背诵陈修元的医学《三字经》，每天早上5点就起来背书，像《医学传心录》、汤头歌等也都要背。后来，他的两个侄子也学医了。父亲要求很严格，自己轻易不写论文，教他们都是由浅入深，再学经典。2005年，在县政协文史资料上，他发表了《严师良父贺则章先生》。

他翻开家族志，自豪地说："我费了很大工夫，在族人帮助下，编出来了，也才知道我们祖先是从安徽宿松搬来的。"他们是贺知章的子孙，他对家族做出了很大贡献。他指着《贺氏族志》中的医学那一章，一一介绍，讲他们在医学上的成就。其中，他和妻子都是副主任医师。

2011年，一个吞咽困难，靠胃管下流食的患者找到他，他给开了中药，又给针灸。一个月后，那人能喝水了，还有点呛口，但慢慢有好的感觉了。人只有四十岁，就让坚持治疗。一次，那人去参加婚宴，看到别人吃得很香，就试着吃，居然能吃了，高兴得眼泪长流。

2019年，河南西峡县靖河一个五六岁的孩子，姓刘，得了EB病毒感染。这娃曾在上海复旦大学医学院、郑州医科大学医学院等地治疗，都没有好，仍然高烧不退。这种病属世界罕见。他用中医辨证施治，发热肝脾大，先用湿热汤治疗，十五天后病情得到控制，之后，解决肝脏脾脏大的问题。又过了两个月检查，EB病毒消失。娃病了几年，他爸都没信心给治了，现在终于拾回了希望。那小孩也给他打电话说："爷呀，我的病好了，谢谢爷爷！"

他说，乙肝转肝硬化的概率约为15%，转肝癌的概率高达35%。丙肝难治，易发肝癌，治疗方法是活血化瘀，通经扶正气。

采访到12点多，贺大夫硬留我们吃饭，他让儿子扛了一箱子六年西凤酒，我坚决不让喝，下午还有采访。吃饭间，他给我们讲了不少中医治疗方面的东西，我用手机全部录了下来。

回来在整理贺大夫采访资料时，我认真拜读了《贺氏族志》《中西医结合常见病》等书。在《中西医结合之路》一文中，他从行医经历，中西医共同点、各自特点、争议，中医发展方向等十个方面进行了论述。他认为，五千多年的中医"道法自然，天道唯一，大不见外，小不见内"和"因人因地因时"的理论，和现代医学在某些方面是非常吻合的。中医提倡整体观念，"正气存内，邪不可干"，西医利用现代科技成果，在人体解剖、生理病理、组织细胞等方面，充实了临床诊断依据，中医现代化是中西医结合的必由之路。

《中西医结合常见病》一书分为八个部分，每一部分又分若干种病例，每种病例，都有主诉、治法、方药等，突出了中医的分型施治。比如，肝硬化的治疗，西医可用干扰素、秋水仙碱等，中医用四方六法，即疏肝理脾、清热利湿，用丹栀逍遥散合茵陈四苓汤加减，化瘀通络；疏肝散结法，用膈下逐瘀汤合化瘀软坚散，通阳化气；分消利水法，用实脾饮合温阳逐水汤，养血益阴；疏肝解郁法，用左归丸或益阴疏肝汤加减。对肝肾阴虚、脾气虚为主的，补脾益气，活血养肝，用归脾汤和丹参饮、鳖甲煎丸等。再比如，内分泌系统糖尿病，除用西药二甲双胍、胰岛素等外，中医可辨证分型治疗，如胃火熏灼，肺燥津伤（上消），主诉为烦渴多饮，口干舌燥，大便如常，小便频数，苔薄黄，脉数，治法是甘寒生津，苦寒清热，方药用消渴方加味，有天花粉、麦冬、竹茹、生地、葛根、黄连、天子参、白茅根等。

这本书中还附录了贺大夫收集的中医外治法，即用中草药外敷、贴穴、熏洗等，也有若干种。

在《贺氏族志》里，我看到贺力坤大夫简介中专门提道：1991年3月20日，"乾坤复元袋"获得国家实用新型专利权。2000年4月14日，《一种治疗急性温热病药物的制备方法》获得国家专利。2000年，他被评为"全国农村基层优秀中医"。他的妻子李英谊，毕业于河南南阳卫生学校，协助他创办了商南中医肝病研究所、商洛市新医药研发中心，共同发表医学论文十多篇。两个儿子贺大为、贺嘉，都是延安大学临床学本科毕业的，贺嘉的妻子刘灵华也毕业于延安大学护理学专业。贺大为2013年回商南协助父亲创办了惠康中西医结合医院，也是贺氏恒德堂医药第六代传人。

张彦利

张彦利，男，三十四岁。甘肃省通渭人。商南县城关卫生院中医馆大夫。

采访时间：2022年6月18日下午

采访地点：商南县城关卫生院会议室

商南县城关卫生院中医馆内，患者在排长队。问一妇女，她说："早上6点就来的，等了两个小时，前面还有几个人哩。人家看得好么。"原以为张彦利是个七老八十的老中医，没想到却是个小伙子，中等个子，瘦瘦的。

下午3点再来，他在会议室等着，人黑黑的，戴着眼镜，说话很快，不注意有时还听不清说的啥。一听说通渭，自然想到平凹先生写的《通渭人家》。通渭是个缺水的穷地方，却是个"书画之乡"，通渭人"后脖是酱红颜色，有着几道皱褶"。

他说，上午看了二十多个病人，周六只看半天。他2017年毕业于山东力明科技职业学院中医药专业。他家里以前有五口人，父母亲，姐姐出嫁了，还有个妹妹，在美国留学。他妻子是商南过凤楼人，也是学中医的，他们是在兰州实习时认识的，跟的是同一个老师。他的孩子已两岁四个月。他是2018年到商南的，2019年到青山卫生院，2021年调到这里。他说："在基层基本上是全科啊，像娃的咳嗽感冒呀、大人的心脏病呀都给看，近期看的肿瘤病人多一些，还有妇科，反正啥病都看。"老喻问："听说你是个神医？"他笑笑说："哪有的事儿，一般得很，真的。"他在学校时就开始接诊了，他爷爷是老中医，他上初中时就喜欢上中医了。2017年，他先后也看了不少病人，正式坐到医院看病还是到商南以后。有个五十七岁的妇女，得了宫颈癌，在西安的医院看，花了四十多万元。那人听别人说这个病没治，就这样了，她也抱着活一天是一天的态度，过一天算一天，也不想再花钱了。从去年以来，他一边给看病，一边给开导，从人咋样活，活得舒坦、活得有意义等方面做思想工作，说不管咋样，让他给调理调理看吧。他先从治呕吐起，给人吃了两个月中药，不吐了，也疼得轻些了。又用了两个月药，病情减轻了，头发也由白变黑了。他说："前两天她给我送来蜂蜜，哭着说，她能活到今天也特别开心，回家也不抱怨她那口子了。我觉得这个病还是得益于国家慢病报销政策，肿瘤是大病，吃药报一部分，负担轻了，一般病人吃上两三个疗程中药，是能接受的。这一年来，病人也变得不急躁了，看病也有耐心了。中药报销比例提高，是好事。"他又说："心里放开，不要过多想就好了，交流沟通很重要。"在青山卫生院时，他接诊了赵川镇一个病人，五十二岁，得的是血癌，他给心理疏导，开了七天中药。中途，他回了一趟甘肃。这个病人回到村上，听村里人说他得的是死症，白花钱哩，一下子绝望了，打开煤气罐自杀了。这个病人，他印象很深。他说这种病人化疗时，一定要把病情告诉病人，让其在生死看法上一定要突破，还要讲清治疗的过程。这人的女儿一直瞒着病情，村里人一说自然承受不了。他也后悔，觉得自己工作没做扎实。近年来，他一直侧重肿瘤研究，不断学习。有个包工头，叫赵飞，三十三岁，才结婚不久，有车有房，还没生娃，有一天在工地上突然晕倒，查出来是肝硬化、血糖高，肚子肿得很大，腹水下不去，跑到西安的医院看了，效果也不好。他给看，让人多活了五六年。他说："看病这几年，关键看的是人心。把病人拉住一天是一天，多活一天那比啥都好。"他给肿瘤病人看病，就鼓励病人遇事想开点，舒心活着，不受罪。

老喻问他看的病人的共性，他说："现在人偏重两个问题，一个是寒湿体质，第二是生活压力大，特别是年轻人，晚上熬夜，身体消耗太厉害了，心脏病多发，青山镇一个干部就是累病了，身体透支了。"

他以前看病用的是纯中医，现在也是中西医结合互补，西医检查的结果是客观真实的，以这个作为参考，疗效更好点。西医有它的优势，中医也有它的长处，中西医没有严格的界限，以中医为主，对西医不排斥，该检查的检查，对病人负责。我们的民族是智慧的民族，既用中医又用西医，互不排斥，两者都能治病救人。医生要替病人着想，病人需要啥，就给啥。他跟师父学治肿瘤，就是西医拿住后，中药跟上，才能更好地治疗。

老喻插话道:"中医发展几千年,西医时间短,我觉得西医几百年来能推广使用,肯定有它的长处。像盘尼西林,发明人是佛莱明。佛莱明家里穷,他爸是个再穷不过的穷人。丘吉尔小时候不慎掉进厕所,是佛莱明的父亲救出来的。丘吉尔的父亲当时是英国国会议员,他妈又是明星,便拿出很多钱来感谢,而佛莱明父亲说他们虽穷,救人也不需要给钱,只是请他们带佛莱明接受教育,佛莱明就跟丘吉尔一同上学。二战快结束时,丘吉尔在北非感染了细菌病毒,高烧不退,医生建议用盘尼西林,他知道这是佛莱明发明的,这才用了。"

张大夫说:"不管中医还是西医,都不能片面看问题。"小贾问他是咋样学中医的,他说,家里他爷爷外出看病时,经常带着他,包括采药时也让他一块上山,这是什么药,什么时候采,他都记得。慢慢地,他对中医产生了兴趣,爷爷看啥病用啥药,他都记下来了。像白癜风,用狼毒花治,听这名字,都让人害怕。狼毒花是有毒的,是断肠草的一种。他自己去查找资料,自己去挖,挖出来一看,就是他爷爷说的那种草,一用,效果特别好。他用他爷爷的方子治的第一个病人还是他奶奶。他爷挑担子回到药铺,带回不少柿子,他奶奶最爱吃了,一下子吃得肚子疼,还尿血,是他用爷爷的方子给奶奶治好的。他妈煤气中毒,也是用中医调理好的。农村医生要啥都能干,他爷爷会接生,还会给牛马看病。他爷爷说,给人和牲畜看病,都是一个理,只是用药量不一样。他爷爷医者仁心,有一年一天半夜,有人敲门来看病,他爷爷先让喝罐罐茶,给饭吃,脉一把,药一抓,才让回去。

现在有好多病人,都是跑到他家看病的,他用药看病的基础都得益于爷爷的教诲。他爷爷也看妇科,还告诉他,只有结婚生子后,才能把妇科认识全。他就是媳妇生娃后,才对妇科病没啥害怕的了。

近年来,他在商南接诊了三十多例妇科子宫肌瘤病人,只有一例没有治好。他说,为啥很感谢西医呢?B超一查,没有就没有了,人肉眼看不到那些。同行要相互借鉴,看好病是核心。他认为中医药产业会越做越大的,产业链也会越拉越长。医院的角色太重要了,他说到在青山卫生院时,要建中医馆，让他负责，医院病床本就有限，院长办公室都很破，桌子腿都是烂烂，院长却对中医馆特别支持，给了十张病床，用于中医治疗，这属于纯中医临床。量杯没刻度、粉碎机坏了，都是院长给买的。一次，医院进的药不合格，他坚决要退掉，院长全力支持。他对送药的人说："看你满头大汗，可怜的样子，我可以买饭给你吃，药坚决不能收的。我们要对得起老百姓，要有良心。"

他现在一天接诊五六十病人，他说，他看病比较慢，号脉得七八分钟，还得问，看舌苔，一个病人至少也要十分钟。他也惭愧，有的病看不好，也四处打听好医生，只要知道哪儿有，就主动跑去拜师。他也经常反思，这个病人的病没看好，是病的原因呢，还是医生的原因？有时看完上午的最后一个病人，已经是下午1点多了，他就买点方便面充饥。他常常顾不上吃饭，在青山卫生院三年就是这样过来的。

他对商洛的环境也适应，商南人好，也好客，文化也好，来这里五年多，他感觉都好。问他来的时间不长，为啥病人还那么多，他说，医生要有悲悯情怀，要急病人所急，想病人所想。他是这么说的，也是这么做的，有时他还主动帮病人从药厂进药，节省费用。

他对病人如亲人，病人对他也是亲如一家人。有个患者阿姨，有一次来看病，给他拿了四个煮熟的鸡蛋，非要看着他吃下去不可，无奈，他当着病人的面吃完的。那阿姨说，你对病人这么好，我就把你当成自己的娃了，有啥不好意思哩。有时他也让病人当面哭哭，说说心里话，吐吐心里的苦水。

最后，我们也是相互扫了微信。回来后，得知有个朋友得了肿瘤，我还给他电话联系，他很热情，让病人直接去找他。

2022年10月，我在山阳县色河铺镇胖鱼村一户人家调查脱贫户收入时，见到男主人，知道他得了癌症，我立马联系了张大夫，张大夫很乐意给这人看。我给那人留了张大夫的手机号码，再三叮嘱要去看，那人也淡淡一笑，说："一定去，一定去！"

朱临震

朱临震，男，七十九岁。商南县富水镇龙窝村人，自富水镇卫生院退休。

采访时间：2022年6月18日下午

采访地点：商南县富水镇卫生院

他说自己七十九了，没上过专业学校。1969年6月26日，村医疗室成立，他进了医疗室，后来跟他四叔学过儿科，先学的小儿推拿。乡上有个老中医，叫汤贤田，是他邻村的，把他爷叫舅舅。他当时被分到乡上指导合作医疗工作，汤大夫见他工作积极，学医悟性好，就主动带他。汤大夫当时已经七十多了，一个眼睛失明，只有一个好眼睛。他记性好，几乎是过目不忘，爱唱歌、爱背书、背汤头。他跟汤大夫学了三年，主要学的还是小儿推拿，后来，汤大夫回乡卫生所了，他也回到了村卫生室。1978年，汤大夫去世了。1980年，他转正，到富水地段医院工作，一直干到退休。

他说，当时在村上还是以防疫为主，临床经历很少，他是从到地段医院开始学习，先后考上医士、医师等的。他在中医方面，擅长儿科、内科、妇科。在医院，他多年来都从事领导工作，开始做文书，干了三个月后当副院长。院长是从县上派来的，是个外行。这样，他的担子就更重了。他干了十七年半，临床最后是看内科、皮肤科，退休后开诊所，后来又到私人诊所坐诊了七年。临床以来，每个病人看过病后，他都有治疗日志。说到这儿，他跑了出去，不一会儿就抱来几沓沓子日志，里面对每一个病人是啥病，用啥药，看几次，啥效果，都记得一清二楚。几十年如一日，他如实记录看病的经过。他治过敏性哮喘病，学别人的办法，自己研制药，治了几例，效果很好。有个病人哮喘严重得出不了气，睡眠也不好，他开的是抗敏定喘汤。这个药在农村条件比较差的地方，用得多，效果也好，还有喷剂，很方便。翻看他的治疗日志，字写得漂亮，内容也很精炼。他说，他想当个好医生，千方百计地在这方面努力，退休以后坐诊，也是想把自己看病的经验用到病人身上。他开药，尽量开便宜的，对每个病人都很爱护，很关心，给每个病人的处方都写得工工整整。

小贾问他治疗过程中最难忘的病例。他说，凡是看过的都在他的工作日志里。他一直很谦虚，像治疗不孕症、肺心病、红斑狼疮等，都说是总结的前人的验方，他自己没有啥过人处。说话间，他接了个电话，对方说要来接他，他回答，他开的有三轮车。说话的底气，哪像个奔八十的人！最后，我用手机拍下他的治疗手记，回来整理时，选了两个方子，录于此：

治疗肠癌，牡蛎、半枝莲、白花蛇舌草、杜仲炭、夏枯草、海藻、蜂房、天花粉、川楝子、丹参、枳实、白术、白芍、白头翁、甘草等，四个月一疗程。

治疗红斑狼疮，用养阴清热煎剂方：生地黄、牡丹皮、青蒿、白花蛇舌草、蛇莓草、半枝莲、益母草、丹参等，取其滋阴凉血、解毒化瘀、补虚泻实之功。

董立柱

董立柱，男，六十九岁。商南县试马镇郭家垣村人。

采访时间：2022年6月18日下午

采访地点：商南县老年护理院二楼会议室

董立柱大夫是"文革"结束后商洛卫校第一届毕业生。他先在村上搞合作医疗，后到镇卫生院工作，1978年通过考试，到县医院工作。1981年，因为要照看父母，他申请调回试马镇卫生院工作，搞临床，做手术、麻醉，院长也干了十八年。其间，1983年到1985年，在省卫校外科医师班学习了两年。他1999年5月取得执业医师资格证，2013年退休，2016年到老年护理院坐诊。

董大夫是祖传中医，他是第八代传人。他记性好，十岁就能背诵中药药性。他当场给我们背了一大段。他是跟父亲学的中医。父亲给人看病，开处方用的啥药，他都记下来了，有时候还帮父亲写处方。他父亲开药，一般都很少，没有超过九味的，只是君臣座次变化大。他有个姐，也是学医的。

早期看的病例，他印象深的是在试马镇卫生院时，荆家河一位赵女士，宫外孕出血，男的又不在家，被人送来时已休克。当时他还在乡下，骑自行车回来，一量，血压很低，一查，内出血，一抽，腹腔又出血，只有手术，还没有麻醉，只有打硬外，硬外打好，病人翻平后，没有血压了，脚手血管都塌陷，没办法了，赶紧切开静脉，置管输液，等血压恢复正常后，打开腹腔，从肚子里面收回过滤血液一千五百毫升。后经中药调理，病人治好了。

他说，当时提倡"一根针，一把草"。试马镇有个胆囊炎患者，疼得在床上打滚，他让病人趴在床上，给按摩，人不疼了。还有个肺心病人，喘得不行，也是他用中药治好的。

他从医近五十年，始终是医者仁心，一切从患者利益出发，从不开大处方，能不吃药，尽量不让吃，能不打点滴也尽量不给打，让患者不花钱，少花钱，用土单验方、针灸等方法给人看病。

曹廷华

曹廷华，男，六十岁。商南县青山镇新庙村人。

采访时间：2022年6月18日下午

采访地点：商南县中医医院

他说，他姊妹六个，他排行老二。小时候家里穷，病了也没看过，像感冒发烧啥的，自己上山采点柴胡、连翘，熬的喝。他初中、高中都是在县城上的。1985年，他考上宝鸡中医学校，上了三年，毕业后分配到湘河双庙岭乡卫生院，上门诊；1986年又调到湘河乡卫生院，当了院长；1992年调到县肿瘤研究所。他一直是边工作，边学习，白天上班，晚上看书，有啥体会了，随手写下来。调到县肿瘤研究所，他也是上门诊，1998年又到县中医医院工作。2004年，中医医院成立了中医科，他任主任。原来中医没有病区，现在光中医科就有四十多张床位，七名中医大夫，十几名护士，脾胃病科成为陕西省中医药管理局中医临床重点专科。他热爱中医，不停地学习，不断地钻研。从2004

年开始，他每天晚上都要抽出两个小时研究中医，出差到外地，第一件事就是上书店，看中医书，合适的就买回来。他的办公室有一柜子中医书，家里也有一大柜子，他还订阅有《陕西中医》《中医杂志》《光明中医》等刊物，年年订，从未间断过。2005年县中医医院和县医院合并，县医院有图书室，各种杂志报纸都有，他就如饥似渴地学。1992年以来，他陆续在《陕西中医》《光明中医》《中医杂志》等刊物，发表学术论文十八篇，还出版了一部《中医临证感悟》专著（2010年5月，陕西科学技术出版社）。他现在主持的项目是，扶正与解毒托毒汤治疗慢性乙型肝炎的临床研究，该项目于2012年11月20日获得商洛市科技三等奖。2016年，他被国家中医药管理局评为"全国基层名老中医"，当时全市获此殊荣的只有三个人。他现在是副主任医师。

在治疗中，慢性病和疑难杂症患者给他留下的印象最深。魏家台有个病人，叫姜同成，在西安交大一附院查出肝坏死，全身都黄透了，医院都给下了病危通知书，病人回来家里都准备后事呀，找到他，他说："西安都不接了，我能看好？"那人说："你看看么，开几服中药，能治好就好，治不好也不找你的事儿。"他说："我最多给你开五服药。"结果五服药喝了，有效果了。现在那人情况很好。他用的是他自己创的验方，他有八十多个经验方。

还有一个病人叫魏发正，是肝硬化晚期，已经不能吃不能喝了，住了几天医院也不行。那年正月初三四，病人也不让转院，说："到哪儿都治不了了，一死算了，回家吧。"他说："我不甘心，给那人开了单方。"那人回去吃了一个月他的中药，竟然连银屑病一块好了。那人现在七十多了，身体很好。他说："医生主要是靠病人传病人，越传名声越大。昨天来了个西安的病人，说是我给看好的一个病人介绍来的。"他今天还复诊了一个白血病病人，叫朱宝书，五十岁，试马镇荆家河人，之前开了三次中药，吃了以后，化验血液正常。现在，包括商洛市中心医院的大夫都找他来看病，其他像洛南、丹凤、西安、榆林还有河南、湖北等地的病人也都来找他看病。

今年，还有一个二十多岁，在美国读书，坐飞机到西安，从西安开车到商南的姑娘，找他开了药以后，又坐飞机回美国了。那女孩几个月不来月经，在美国吃了不少药,不起作用。他给开了中药颗粒剂,开了半个月的。他先让喝了一杯,又让路上喝了一杯,女孩父亲打电话说:"曹大夫,你那药真厉害,娃喝了,说有感觉了。"

最后,我和小贾用手机拍了好多资料。曹大夫还签名赠送了他的《中医临证感悟》,又相互加了微信,我们这才告辞。

在整理曹大夫的采访资料时,我认真学习了他的佳作《中医临证感悟》。这本书分上下两篇。上篇医案医话篇,主要收集了他在日常诊疗过程中的一些典型医案,介绍其临证感悟与经验,还有评述;下篇是在有关刊物发表的论文,以及未发表的文章。全书涉猎中医内科、外科、妇科、儿科、针灸、五官、皮肤科,以及医德医风、中医教育、中医发展等内容。书的开场白是一首《我在诊室写诗》:我在诊室里写"诗",写了一生的"诗";我以世界各地为纸,以祖国医学的精髓为墨……让祖国医学在全世界绽放光芒。他的境界、他的格局是放眼世界看中医的。曹大夫把他临床有代表性的病例都如实记录了,从患者的自我感觉到西医、中医各自诊断情况,再到中医方剂、用量,讲得一清二楚。最有价值的是"感悟"部分,言简意赅,说明白了病例的特征,以及用啥药、咋配伍、配伍起啥作用,还有要注意的事项,有的还有总结,比如,仅仅对症下药也不完全可行,要辨证施治,要抓住病机。就连我这个外行,读了曹大夫的佳著,也能照本宣科,给病人说上几味方子。曹大夫还很会用标题抓读者耳目,他的每个标题都是两句押韵的诗,好读好记,朗朗上口,啥病咋治,也一目了然。比如,"寒哮治理有秘方,小青龙汤效果彰""胃疾治疗要得法,健脾化痰祛瘀佳""肝瘟难治不可怕,扶正解毒两大法""升降失调脑卒中,斡旋大气气血通""中年妇女要祛斑,滋阴活血法可参"等等。我在学习中,对不懂的专业用语,还用手机查了,像"病机",就是疾病发生、发展变化及结局的机理;"化裁",就是"变化、加减",专指对方子的用法。

书中每个病例,都凝结着曹大夫的智慧。他看好的好多病人,都是大医院没能治好的。下面抄录几个病例:

心悸咳喘几十年，奇迹发生在今天。吴某，女，四十三岁，农民，以持续腹痛一天之主诉就诊。此患者咳喘已经三十多年，最近三年严重了。曾在我科住院五次，均诊断为风湿性心脏病、慢性喘息性支气管炎、肺气肿、慢性心功能衰竭、心功能四级、慢性肾盂肾炎、慢性胃炎。最后一次住院是在2008年10月，当时拍片子，心脏巨大，几乎成球形，占据左侧胸腔的三分之二，怀疑是心包积液。主要表现为：咳嗽气喘，不能平卧；活动后加重，胃胀痛泛酸，不想吃，心悸，双下肢浮肿。查体：神清，精神差，消瘦；半卧位，气喘貌，桶状胸，双肺叩诊过清音，双肺布满哮鸣音，心律不齐音低纯；二尖瓣可闻得响亮的粗糙的收缩期杂音，向左腋下传导；腹软，肝区叩击痛，于右锁骨中线下4.5厘米，质稍硬，无结节，肝颈静脉征阳性，脾未及；腹部移动性浊音（—），肠鸣音4—5次/分；双肾区叩击痛，双下肢膝以下呈凹陷性水肿；舌质暗淡，有瘀斑、齿痕、苔薄白，脉沉细。治疗以利尿、强心、化痰、平喘、改善血液循环等对症。一周后好转出院。出院时给中药五剂，心宝丸四盒，一次四粒，一日三次。嘱出院后坚持中医治疗。中医诊断：心肾阴虚，水瘀互结，气机不畅。治法：先温补心肾，泻肺平喘，利水化瘀，继调补肺、脾、心、肾，理气化瘀。处方：人参、制附子、黄芪、甘草、葶苈子、桂枝、茯苓、泽兰泻、水蛭、白术、桃红、补骨脂、仙灵脾。五剂服完，其家人来说："五服已经吃完了，现在精神及食量大有好转。"要求照前方再开五服，遂按上方继开五服，后又服上方五服，共十五服。此后无联系。今日因腹痛前来就诊，复查胸片示：心肺无异常。我倍感诧异，认为不可能正常，怀疑是否片子取错了，嘱其再到放射科核实，经过核实确为吴某的胸片，皆大欢喜。经过诊查，此次患的是急性胰腺炎，经对症处理后，迅速痊愈。

感悟：此案例告诉我们，临床上对一些危重病，既要重视，又不要轻易放弃，只要坚持，奇迹就有可能会发生。真武汤合葶苈大枣泻肺汤，治疗慢性中晚期心功能衰竭，疗效可靠，值得推广。临床应用时应注意以下几点：1.葶苈子剂量要大，至少在三十克以上；2.注意应用较大剂量的活血利水剂，常选水蛭、泽兰、红花、苏木、泽泻、茯苓等；3.注意补心肾之阳，常选补骨脂、仙灵脾、附子、桂枝等；4.注意补益心气，常选人参、黄芪等。

看看他的文风，多少有点古文之气，简雅而又精练。

治疗感冒这个常见病，他把多年的经验总结成一首诗：感冒发热虽小恙，兼挟不除不易康；寒热虚实要分清，三因制宜妙选方；辛凉之中佐辛温，高烧不退三解汤；口渴需要加石膏，截断病邪早预防；咳嗽祛邪勿敛止，轻宣理肺疗效彰；四两可以拨千斤，药精力专效果强。

肺痿本在脾肾虚，益气解毒化痰瘀。有个姓汪的妇女，六十一岁，胸闷、咳嗽、气喘、憋气、气短，有三个月。曾在西京医院住院，确诊为肺间质纤维化、冠状动脉粥样硬化型心脏病。中医诊断为：肺痿、胸痹、喘证、胃痛。病机是脾肾气虚，痰瘀痹阻。中医治疗给予补益脾肾，活血利水，解毒化瘀。处方是人参、黄芪、桃仁、苏木、郁金、全瓜蒌、薤白、泽兰、泽泻、葶苈子、地龙、汉防己、补骨脂、仙灵脾、鹿角霜、炮山甲、白花蛇舌草等。一日一剂，水煎服。三天后，气喘消失，咳嗽、气短减轻，双下肺湿性啰音消失，心衰纠正。半个月后，左侧中下肺爆裂音消失，咳嗽、气喘、气短、憋气都减轻了，能下地活动了。出院后，单纯用以上中药方加减，治疗了一个月，共服中药三十六剂，逐症消失。

曹大夫的感悟是，肺间质纤维化是各种不同病因所致，特点是活动后呼吸困难，并逐渐加重，干咳、呼吸表浅、喘憋或发绀，肺部听诊可闻及爆裂音。西医用激素、免疫抑制剂，副作用大，而中医在治疗上有很大突破。中医上此病属"肺痿""肺痹"，病因在肺肾气虚基础上，风、寒、暑、湿毒等侵入，时间一长，肺脉瘀滞，肺因痹而痿。病机属于本虚标实，本虚是肺、脾、胃气虚、阴虚，标实是痰、热（毒）、瘀。总以气虚、阴虚、血瘀为关键，基本病机是肺络痹阻。治法为解毒、化瘀、祛瘀。明代赵献可说："治之之法，不在于肺，而在于脾，不专在脾，而反归功于肾，盖脾者肺之母，肾者肺之子，故虚则补其母，虚者补其子也。"（《医贯》）可见，一要治其本虚，即补益肺、脾、肾之气虚，以补益肾为根本；二要祛除其标实，即痰、毒、瘀，肺络之痹。用药方面，益气选人参、黄芪、西洋参等；养阴多用天冬、麦冬等；化瘀多选桃仁、苏木、郁金、山甲、水蛭、地龙等；化痰多选全瓜蒌、葶苈子、白芥子、贝母、汉防己等；解毒多选白花蛇舌草、虎杖、二花等；补肾多选补骨脂、仙灵脾、仙芋、鹿角霜、冬虫夏草等。

在治疗肿瘤方面，曹大夫始终遵循"扶正祛邪"的思想。有一位李姓患者，五十一岁，确诊为中心型肺癌。中医属肺痿、息贲。病机为肺脾气虚，痰瘀阻肺。治疗以益气养肺为主，化痰散结为辅，兼解毒化瘀。处方是海浮石、麦冬、百合、浙贝、人参、生芪、茯苓、猪苓、白英、冬凌草、白花蛇舌草、生苡仁、生地、加减守宫、金钱蛇、白藓皮、补骨脂、厚朴、天冬、半夏、干姜、焦三仙、莪术、鱼腥草、全瓜蒌等。坚持以扶正气为主，只服中药。两年半后，病情稳定，未转移，未扩散。之后又去做了放疗，不到一年人就去世了。他总结，这个病人吃了六百多服中药，效果很好，家人感激。治疗以益气、养阴为大法，没有用活血剂，解毒以蛇舌草、冬凌草、白英为主，间断用补骨脂、白藓皮、守宫、金钱蛇等。教训是错误地用了放疗，射线为火热毒邪，易灼伤肺之气阴，正不敌邪，使毒邪迅速扩散，也佐证了"正胜邪却"的道理。可见，还是要遵循"有胃气则生，无胃气则死"的古训，注意顾护胃气。中医治病重在治本。气病无形，血病有形。气病通过舌脉辨证干预治疗，就是中医"治未病"的优势。肿瘤也一样，气机失调，提前干预，可以预防。目前，中西医治疗肿瘤的解毒、散结、化痰，以及放化疗等都是治标之举。

在他的十七篇已发表和未发表的论文中，也列举了不少治愈的病例，也是他诊治的经验之谈。像在《狂证一例治验》一文中，说到有一女的，病症以"痰""火"为主，"火"是关键，心气内虚，痰火内扰，用甘麦大枣汤，益气安神，健脾益胃。在《中医辨治胃病的经验》一文中，他总结道：胃性喜通降，治宜辛开苦降；顽疾难愈合，散剂见殊功；中焦虚寒，辛甘以通阳；柔肝养胃以治木横，解郁和胃以疏郁滞；胃病病机有规律，配方伍药要注意。在《临床治验拾零》一文中，他列举了一些典型案例，说明他是咋样辨证施治的。如口疮并非全是"火"，温药也能见功效；腹胀不要都理气，审因论治才是本；畏寒怕冷非皆寒，清热化湿除寒根；口渴何言全滋阴，温中也能疗渴症；遇"炎"不全用解毒，审证求因方取效。在《中西医结合治疗慢性乙型肝炎30例》一文中，他认为乙肝病毒多属中医之湿浊、湿热、伏邪、行邪、杂气，通过分析对比，总结出解毒托毒汤（虎杖、白花蛇舌草、藤梨根、连翘、升麻、生黄芪、茯苓、赤芍、丹皮、丹参、生大黄等）治疗慢性乙型肝炎，要优于扶正托毒汤（生黄芪、党参、仙灵脾、巴戟天、桑寄生、升麻、柴胡、丹参、桂枝、茯苓等）。在未发表的《关于新时期中医药事业发展的思考与对策》一文中，他认为，建立健全中医管理系统是基础，培养过硬的中医药人才是关键，还需要政策保护和扶持，要走"以特色求生存，以优势求发展"之路；中医院科室建设要以中医为主体，西医为补充，中西优势互补、互相带动、协调发展；中医科普宣传是中医药市场做大做强的重要环节；等等。

程金财

程金财，男，六十二岁。商南县富水街道人。

采访时间：2022年6月19日上午

采访地点：商南县富水街道康华诊所

到富水街道拐角处的康华诊所时，程金财大夫正给一位老人看病。他妻子抱来一箱子苏打水，给我们发，让喝，又忙着给切西瓜，热情得不得了。他说："开水太烫，怕一下子喝不成，才叫老婆去扛了一箱苏打水。"

他性格豪爽，爱好广泛，能唱歌，会编快板，也算个"商南通"。说到行医的情况，他就滔滔不绝起来。他2002年毕业于陕西省卫生厅职工卫校。说到专业，他幽默地说："一提到专业，就头疼。开始我拜的师父是河南十大名医之一，叫罗荣峰。跟师父学了三年，没有执业证，不让开门行医。八几年了，有毕业证了，是卫生厅盖的章，教育厅不认，最后又得重新学么。先学中医，后来又学西医。考助理医师考的是中医，过了五年，考医师，又不让考，说是专业不对口。又等了两年，国家政策规定，1984年以前的中医可以考试，这才考了个执业医师。现在考主治医师，西医又不过关，一考成绩都在五十八九。"他让妻子翻出一个袋子，里面全是他的各种证件，有全科医师证，是在商洛地区考的，现在不承认。还有上岗证、中专毕业证、信息员证、1988年的行医证、县政协委员证等等。他说："证是一大包，我叫扔了，老婆却不扔，叫留着。哎，还真起作用了，就是1984年的那证。"我们把他的证件一一拍了照。他妻子笑着说："他有时还写写东西。"他翻开手机，说："今日头条把我都登了，给你们看看噢。"我们加了微信，他发来相关资料。今日头条登的是《何爱国：德医双馨美名扬》，也就是何爱国写他的文章。妻子说："一会儿气（吃）个饭。不检查工作也难见面。"我们没时间。他儿子来了，儿子也是学医的，在医院工作。

他开诊所还是借的房，家里盖的新楼，想搞个中医楼，建个中医馆，还没启用，想着看国家能否补助点。他行医是1982年开始的，先学的是接骨、按摩、刮痧、针灸。这么多年看病，他印象深的有几个：一个是两岁的娃，高烧，抽风。他给按摩，不行，扎针，还是晕晕乎乎的，稍微强一点，又给喝了生脉饮，一会儿好转过来了。这病西医叫休克，中医叫厥证。半月前，有个孩子长肿瘤了，一夜之间头上长多大一个包，早上来诊治。孩子曾到县医院检查，说是血管瘤。他知道血管瘤不会起包，也不会肿的。他用蒲公英、桑叶泡着给娃喝，再用生土豆片贴，一天换三回，第三天肿就消了。十年前，一个妇女得了子宫肌瘤，长得很大，做手术得花五千多块，那人没钱，他给开了二十服中药，一喝，流了一天血，里面还有血疙瘩，病人吓得说不得了了，他说："那就好呀，做个B超看一下去。"一查，好多了，继续用中药，彻底好了。现在那人还经常联系他，感谢他。他用的是四样药：黄豆、马齿苋、蒲公英、元胡，很管用。对风湿病，腿疼了，腰疼了，增生了，包括腰椎间盘突出，他先复位，后针灸，大部分疗效都很好。说到收入，他直言不讳地说："不瞒你说，大部分都靠中药，西医西药占得少。"他能认得上千种草药，自己采药也有点收入。他还想把自己申报成中医药传承人，找不到哪个部门管；想把康华诊所申请个商标，一听说要钱，也就算了。他擅长看心脑血管病、骨科、儿科等。他当村支书的父亲心绞痛，中医叫心闭，每次来脉一号，就扎针，汗一出，身一热，就不痛了，然后给开瓜蒌薤白散，吃过一会儿就缓解了。这时，他又笑着让我们喝水："苏打水碱性的，快喝，不咋。"

之后，他经常在微信上给我发东西，还时不时问候几句。一次他发了一首诗："竹海深深把风恋，山花烂漫笋儿尖。酷暑游玩小西沟，气候清凉二月天。双尖半腰打秋千，漫步竹林听鸟喧。四皓隐居论修道，鹅弓颈上怡成仙。"还有他和何爱国合作的"中药十二陈歌"：一陈化痰是橘皮，老中青年治病疾，化痰陈久黄金宝，止咳理气久病愈。二陈莱菔萝卜籽，祛痰消滞中药奇，陈年皮老劲更大，清痰化食顺风气。三陈丁香止呕吐，针对恶心不走溜，此药年久时间长，用它心畅胃舒服。四陈温中吴茱萸，祛寒散湿暖脾胃，三年之后是良药，外热内寒全排去。五陈木香顺气散，消痈镇痛把毒断，药久劲大力量足，千真万确是真传。六陈理气是沉香，通便利肠良药方，六年之后为药宝，大小肠便润滑光。七陈白蔻化湿积，解除积滞还利机，若还久放中草药，食物停滞除无疑。八陈砂仁能健脾，顺肠防阻又通气，肝胃不和用恰当，年长月久最合意。九陈三棱能破血，消积除毒走经脉，若是气血不通畅，陈旧老药正用得。十陈莪术化积患，通经活血不等闲，五到十年是真药，全身上下病除光。十一郁金排淤闷，消气解郁通正经，腹中惆怅莫惧怕，疏肝解郁心平静。十二陈艾是良方，温中止痛镇寒伤，口服泡脚常蒸澡，身体健康寿命长。

最后，我抄录下程大夫那天发来的今日头条中，也就是何爱国先生夸他的顺口溜：晴空万里退云开，大地回春和风来，无奇不有天下事，专论名人程金财；陕西商南富水街，大古药树真气派，文化古迹名胜奇，生态文明扬四海；大专卫校毕业后，分配医院他不待，心强立下终身志，自创一番事业来；四通八达十字口，三角金地门面开，中西成药样样有，红十康华挂门牌；医术精湛名气大，陕湖河南跨三界，无论远近来看病，以礼待见同对待；大小重轻病能治，疑难杂症破解开，顽固疾病无所惧，小儿科精不例外；照顾多数病弱残，针灸免费好得快，中西药品最低价，正当收费不胡来；有人进院花几千，一点无效任人宰，回到他所来医治，几十块钱不上百；得病实在没有钱，他说单方救病灾，都说他是大好人，性格直爽口头快；办事诚信不耍奸，惯用诚实讲实在，人身正气德众望，憎恶扬善志不改；此人不但医术精，满腹经纶好文采，诗写古言容易懂，墨点今语展风采；见景生情蓝图绘，气壮山河志不改，写诗作文气魄大，文深意含添姿色；古往历史能知晓，今朝奇事能写来，精练生动文章优，报社周刊发表快；干部领导耐心读，人民群众更喜爱，省级市县表彰会，奖状礼品抱胸怀；光彩荣誉聘证书，红红儿的装满袋，文化界人同齐名，咬文嚼字铺天盖；人称身含三件宝，口才技才和智才，有识之士都评语，当今世上文秀才；年过花甲六十载，精神十足笔不衰，诗书文章送华夏，传承文脉跨时代。

我遇见的乡间草医人（四）

彭全民

彭全民，男，七十四岁。丹凤县城中街人。商洛中心医院退休返聘大夫。

采访时间：2023年2月28日下午

采访地点：商洛市中心医院B楼二楼中医科5室

在乡党巩双记先生引荐下，我们在商洛市中心医院中医科5室见到彭全民大夫。他正在给病人号脉，我们在楼道等了近一个小时，等他手头闲下来，才和他聊起来。彭大夫面容清瘦，双眼有神，人很和蔼，说话言语真切。

他说，他与商洛卫校附属医院曾志海大夫是邻居，祖上住在商镇。他现在是主任医师。1965—1969年，他在陕西省中医学校（在三原县）学习，学校属正规中专，每月给学生十七元的生活费，学校还办有中草药基地，也种粮食，生活条件较好。1970年，他被分配到丹凤县铁峪铺镇梨园岔卫生院工作。当地交通条件差，经济落后，人们的卫生条件也特别落后，缺医少药，又是高寒地带，冬天特别冷。但他怀着雄心壮志，始终把人民群众的健康放在心中，及时为群众提供医疗服务。去的时候，他背着行李上山爬坡，在不是和他一个学校毕业的同学们的护送下，冒着大雪赶到栗子坪，路上曾被石头绊倒，受了轻伤，仍继续前进，费尽力气迎着大雪翻过了武长岭。

那时群众多是感冒发烧，病人非常多，只要彭大夫在，群众就围住他。他用中西医结合的方法给群众治病，疗效显著，赢得了群众信任，很快打开了工作局面。遇到过年，家家户户叫他到家里给做好吃的。有一次，他到一个群众家里，看到这家人非常贫困，他就把一户群众给他下的挂面让给了主人家吃。

1970年9月，商洛地区搞战备中草药会战，将他抽调上来在地区搞科研。他上山采中草药，先后到过镇安，柞水的西岭、东岭、凤凰镇、黄金公司附近的大山等，将铁棒锤、百步还阳丹等两百多种中草药制成标本。采集中草药时，和他一路出行的有洛南两人、山阳两人、地区两人，一行七八个人。当时谢晋元任地区卫生局领导，掀起了战备中草药研究高潮。70年代初，商洛地区中医条件很差，他和冯志雄、房志哲等配合工作，完成了商洛中草药系统调查。当时洛南的李盈山、丹凤的张元慧等大学生在工作中取得了很大成绩，后来调到省上工作了。

那时的群众生活水平很低，但人都很忠厚。他经历了好多事情，让他难以忘怀。一次半夜时分，他被群众叫到家里看病，一检查，患者的心脏乱打鼓，心律不齐。他给患者开药清热利尿，守了一夜，患者病好了。

武关河上游黑龙湾（栗子坪一个小村）有个患者咳血厉害，患者四五十岁，属开放性结核，这个病有传染风险。但为了治病救人，他没有退却，冒着被传染的危险给病人看病，通过止血、治疗感染，把人抢救过来。患者家人非常感动，为了表示感谢，用柏木给他做了个木盆，彭大夫说做工讲究，可用三代人。

从医几十年，彭大夫给治疗的疑难杂症数不胜数。1970年1月，感冒流行，彭大夫一直喜欢《伤寒杂病论》，就用里面的方子治疗流行感冒，取得了非常好的治疗效果，治好了很多患者。从那时起，彭大夫就给自己确立了一个中医方向，他熟练背诵《伤寒论》条文，通过临床治疗，发现其效果显著，就把自己的临床经验写成论文发在《商洛科技》上，称自己是"伤寒派"。一个几个月大的婴儿发高烧，父母急得不行，他给孩子打百日静、氨基比林，将孩子抢救了过来。一个孩子虚脱、休克，彭大夫用伤寒调理之"大汗之"捂寒，用桂枝加茯苓等喂小孩，将孩子救了过来。

一个患者嗜睡严重，开不了车。彭大夫经过检查，发现其小脑有问题，用中药调理，治好了那人的嗜睡病。他将这个病例写成论文发表在《陕西中医》杂志，让更多嗜睡患者受益。

1973年，陕西中医学院招生，他复习参加考试，被录取了，政审通过后，他给中医学院的老师带了一把椅子，是梨园岔木匠用野生核桃木做的。

他是中华中医药学会会员、中国中医学会神经内科分会会员；曾为商洛市科委科技成果奖主审、商洛市医师资格考试实践技能考试商洛考点主考（中医）、商洛市职称评审专家组成员（主审）。

自1969年参加工作以来，他始终坚持在临床一线，努力工作，积极开展临床科研，多年潜心于老年慢性病和疑难病症的诊疗研究，对心脑血管病、糖尿病、肝胆胃肠病、风湿病等病的诊治有成熟经验。他撰写的《糖尿病治验三则》一文发表在《陕西中医》1987年第6期上。对糖尿病酮症酸中毒的，他用温燥法，厚朴温中汤加减，即厚朴、木香、陈皮、吴芋、草蔻、炒莱菔、半夏、干姜、熟附片、薏米等，三剂煎服。用此法可使邪去正安。消渴久伤中阳，理中法即可，处方为干姜、附片、炒白术、党参、补骨脂、益智仁、葛根、天花粉、黄芪等，十剂，水煎服，除消渴，又生津液。女性消渴时间长，滋阴活血一同用，处方为生地、熟地、赤芍、麦冬、地骨皮、阿胶、生蒲黄、五灵脂、益母草、泽兰叶、丹参、天花粉、山药、芦根、水煎服。这是他辨证用药最妙的例证。

他还侧重于消化、呼吸、心脑血管等病的治疗，对风湿性病有独到研究和应用。

彭大夫当年在陕西中医学院上学之前，已在基层工作了四年，有丰富的临床经验，被医学院同学称为"老中医"，而实际上当时他年龄还不到三十岁。

他撰写的《经方治验三则》发表在《陕西中医》1986年第5期上，有桂枝加附子汤治小儿虚脱、附子泻心汤治鼻衄顽疾、小陷胸汤治脘痛急症等好几个治愈的病例。小儿虚脱用桂枝、附子、干姜、白芍、人参、炙甘草、大枣等，开水煎，其中加人参、白芍有助于阳中气敛阴。治鼻衄用的是大黄、黄芩、黄连、附子、仙鹤草、小蓟、牛膝等，滚开水浸泡三黄、小蓟，其他药另煎三十分钟，一块服，可清热凉血，引血下行。这是寒热并用的良方。该方子妙就妙在三黄用开水浸泡，取其气，泻上焦浮火；附子煎，取其味，祛下焦阴寒。治脘痛用药为：黄连、瓜蒌仁（打碎）、枳实、半夏、川楝子、建曲、灶心土等，灶心土用滚开水浸泡后，去土留水用。黄连泻热，瓜蒌仁化痰开结，半夏降逆止呕，化痰散结，枳实、川楝子行气，建曲消食，灶心土降逆止呕为引，共同起到清热化痰、行气降逆、消食导滞、散结止痛的作用。

针对出血及溃病性肠道疾病等，他创了赤白地芍汤，处方为白头翁、阿胶、木香、当归、杭白菊、白术、地榆炭、赤石脂、槐花、龙芽草、薏苡仁、公英等，水煎服，每日一服。便血严重加三七、花蕊石、炒茜草；腹痛严重的加槟榔、台乌；里急后重的加槟榔、枳实、酒大黄，并重用白芍；黏液便的加煨干姜，白术增加；脓血便严重的加红藤、云苓；五更泻的加破故纸、肉豆蔻、吴芋；若气血俱损、少气无力的，气虚加人参、黄芪，血虚加元肉、熟地；纳食少思的加砂仁、焦山楂；下血严重、气随血脱、神情不安的用参附汤。

他先后在省以上刊物发表论文二十余篇。在商洛市中心医院工作期间，他创立了"疏潜复脑灵系列方"，用于治疗高血压、脑动脉硬化、颈动脉粥样斑块形成、短暂脑缺血等中风先兆和脑梗死，以及脑血管意外后遗症所致的各种临床综合症状，也用于治疗脑外伤综合征、更年期综合征、血管神经性头痛、抑郁症等。他撰写的《疏潜汤治疗偏头痛120例》发表在《陕西中医》1991年第10期上，他的治疗方法是菊花、川芎、珍珠母、蔓荆子、天麻、全蝎、薄荷、露蜂房、细辛、朱砂等，武火煎十五分钟，一天一服，分两次喝，头胀痛加石决明；抽痛加蜈蚣一条；锥刺痛加桃仁、红花；闪电样痛加防风、地龙；痛以额角颞部为主加白芷；痛连巅顶加藁本；痛到脑后加羌活；疼痛部位不定或者有蚁行感加防风、僵蚕；烘热痛加牛膝、生石膏；血管跳动样痛加杭芍、牛膝；伴有脑鸣加荷叶、磁石；伴有耳鸣加磁石、蝉蜕；伴有眩晕加白蒺藜；伴有失眠加炒枣仁；心悸心烦加山栀、龙骨；鼻塞加辛夷、苍耳子；伴有恶心呕吐加胆星、半夏；吐涎沫加吴茱萸、生姜；眼球憋胀加草决明、密蒙花；口眼斜加僵蚕、白附子；气虚加黄芪；血虚加当归。十服为一个疗程。光一个偏头痛，他就分得这样细致，看病真是如绣花了。他与人合写的《疏潜复脑灵治疗脑外伤后综合征51例》发表在《陕西中医》1996年第9期上，较系统地阐述了中医脑病的治法和方药，强调了同病异治和异病同治的治疗思想。他与人合写的《益气升阳降逆汤治疗肠系膜上动脉综合征68例》一文，发表在《陕西中医》2003年第7期上，治疗方法是益气升阳降逆汤加减，即人参、白术、半夏、陈皮、降香、白蔻仁、黄芪、枳实、旋覆花、当归、生姜、升麻等，脾胃虚寒、脘部喜暖喜按、口淡不渴、泛吐清液的加吴茱萸、丁香、肉桂、甘松；胃中积热、呕吐酸腐质稠、呕吐胆汁、口干口苦、便秘的加山栀、竹茹、大黄、瓜蒌；情志郁结、嗳气腹满的加柴胡、苏梗、木香；上腹膨隆，触及胃型，肠型的加大腹皮、厚朴、槟榔；有振水音的加茯苓、泽泻、葶苈子、椒目；伴有胃脘灼烧、口咽干燥、舌红无苔的加麦冬、石斛、枇杷叶；上腹刺痛的加三棱、莪术、鸡内金。他与人合写的《中西医结合治疗细菌性肝脓肿61例》发表在《陕西中医》1998年第7期上，认为应采用经皮肝穿置管引流加脓腔冲洗，又自拟十味消毒饮以内服，治愈率达到96.7%。其中药主要是清热解毒、排脓的，即黄连、大黄、黄芩、龙胆草、栀子、柴胡、皂角刺、鱼腥草、蒲公英、金银花等，高热的加大柴胡用量，并加石斛、沙参；黄疸加茵陈、金钱草；胸腔积液加苇茎、薏苡仁、桃仁。置管后为排脓通畅，加黄芪、穿山甲、白芷。水煎服，一日一服，分两次服用。

他撰写的《疑难病证治偶拾》一文收在《全国中医疑难病学术会议论文集》中，文章从整体观入手，求本以治；重视个体特征，求异而治；掌握阶段性变化，守变存乎于心；等三个方面进行论述。像一病例阳痿、中风、痫证，从整体观看，元阳亏虚、卫气留阴为多寐的病理基础，处方用熟地、黄芪、仙灵脾、肉苁蓉、石菖蒲、半夏、枳实、天麻、竹茹、胆南星、当归、熟附片、肉桂、细辛等，水煎服，一日一服。

袁刚军

袁刚军，男，四十五岁。商州区板桥镇岔口铺村人。商州区人民医院中医大夫。

采访时间：2023年3月18日上午

采访地点：商州区人民医院五楼东会议室

袁大夫瘦削的脸上，架着一副近视镜，眼睛很有神，两个颧骨凸起，眉毛浓密。他说出的话，就像小孩在格格纸上写下来的书法字一样，规规矩矩，没有一句废话，也没有一句重复。

1994到1998年，他在商洛卫校西医士专业学习，毕业后分配到商州区蒲峪乡计生站工作。他热爱中医，通过自学考试取得了中医大专学历。

说到他为啥喜欢中医，袁刚军说，有一件事坚定了他学习中医的信心。一次，村子里一个三十多岁的小伙，放牛淋了雨，上眼皮耷拉下来上不去，腿不能动弹，说是脑血管病吧，一检查CT，啥都好着哩。那人很着急，而且当时农村没有合疗，病人思想负担重。他判断应该是整个运动系统出了问题，他是个热心肠的人，就主动提出用中医调理，给病人开了羌活胜湿汤排解体内湿气。病人用药两天，人就能动弹了。这件事让他觉得，中医有用呀。

让他爱上中医的第二件事是，有一年，一个大雪纷飞的冬夜，都晚上10点多了，有人敲门。他开门，见一个小伙子火急火燎的，说娃病了，就在蒲峪乡元科村。从他家到那里，得走十几里路，路不平，加上下雪又滑，他实在不想去，那人说，好老哥哩，你不给我看娃，到医院经济上负担不起，我现在为难着哩。那人还说，自己大当年看管自己多不容易，人生了病咋这难么。听了这话，他觉着这人还是个孝子，有感恩心，就答应出诊。那人将摩托车轮子上缠了草绳，防滑，他就坐着那个人的摩托车赶到那人家里。经诊断，孩子是肺炎，吊针又不方便，他就开了成药，一个是麻杏石甘口服液，再一个是头孢氨苄颗粒，七天的药。到第五天后，他抽空去看孩子，娃都在院子跑着玩了哩。用麻杏石甘把表解了，痰也化了，炎症用头孢给消了。从此，他对中医和西医结合产生了兴趣。他认为中西医不冲突，相互配合，相得益彰。

他爱上中医，还要感谢两个重要恩人。一是省中医学院院长周永学。二十多岁时，他将自己在基层医疗实践中的所见所想写信给周院长，没想到周院长在百忙中专门给他回电话，说："刚军呀，你做得很好！"并热情鼓励他多在实践中思考，多在实践中锻炼，好好学习，又送他八个字："其术如仙，其心似佛"。这八个字让他受益匪浅，他将这八个字当作自己的座右铭。坚持学习实践中医，并学以致用。他在基层计生服务站工作，尽自己所能帮助服务对象。对习惯性流产或不孕不育妇女，他用中医治疗，让好多妇女顺利生了娃。他笑着说，他自己用中医让妇女生的娃都能坐十来席。

在工作和生活中，他用平常心做人处事。他说："咱是普通人，热爱自己的专业，心中要有祖国，要有人民，以人民为服务对象，有社会良知，有了这个信念，咱干啥心里都有力量。" 有一次在紧张的采样工作间隙，他接到一位患者电话，说家人在上街买菜途中，突发左上肢运动不灵，他立即通过视频电话和患者交流，初步判断其为脑梗，便叮嘱其急服阿司匹林肠溶片、脑心通胶囊。看到已临近下班，他及时电话联系商洛中心医院神经内科开通绿色通道。通过大家一个多小时的生命接力，患者顺利地完成了溶栓，各项生命体征平稳，肢体运动自如，没有留下后遗症。

利用下乡搞健康扶贫工作的机会，他给很多行动不便的老人送医送药，上门服务，从2017年至今，大约提供上门服务五百人次。在日常的健康体检工作中，他也累计为五千多受检者提供起居、饮食、锻炼、情志等方面"四位一体"的中西医健康指导。

2012年，经过层层推荐，他被评为"最美在基层"中国人口十佳杰出人物。

我问他治疗不孕，中医咋调理，他说，首先要看生理器官是否完整，再看病人是否生气、受寒，身体是否太胖，这些都直接影响生育的。他介绍说，他的一个同样当医生的朋友妻子想生二胎，说他们无论咋整都整不出来个娃，让他给看看。他看了那人老婆照片，女人太胖了，他给开了苍附导痰丸，女人喝了三十服药，身体调理好了，怀孕后生了个女娃。他们第一个生的是男孩，现在得个女娃，他那个医生朋友一家非常高兴。

他之所以有所作为，离不开他在基层的实践和经历。他在蒲峪计生站一待就是十三年，之后调到板桥计生站工作，先后担任计生站站长十一年，副科级。他看到基层群众一生病就手忙脚乱，就坚定了当医生的信念。后来卫生计生合并时，他主动向组织申请，干自己热爱的专业，坚决当一名临床医生，放弃科级职务。

2016年，区卫生局周玉振局长协调派他到陕西中医药大学进修，他认识了张效科教授。张教授给他教了经典方，比如治疗颈椎病用葛根汤，效果非常好。在张教授的指导下，他认识了经方，感受到了经方的魅力。他了解了经方三维医学概念，引进了时间、地点，方子更加科学有效，其魅力在于：通过六经辩证法，针对寒、热、大便干燥、拉肚子等，调寒热升降，很管用。如带状疱疹等的治疗，理论上是通的，病在眼睛上加菊花；病在头上加羌活；病在子宫上加白术。用此原理可解决许多问题，触类旁通。

张效科教授还把吴雄志教授介绍给他。吴雄志教授是一位非常年轻而有造诣的中医学教授，在用中西医结合方法治疗肿瘤上取得了很大成就。受吴教授启发，他用泽漆汤治肺癌，治愈率很高。商州一位干部家住腰市郭村，母亲八十多岁，患肺癌，妹子在西安医院上班，说老人也就三个月了。他用泽漆汤治老人的病，效果很好，老人现在还能下地走路，自己做饭，生活能自理。老人昨天还来开药，都四年多了。

吴雄志教授心肠非常好，告诫他从医要"先发悲悯心，莫归于财利"。

他的学术思想是中西医结合、中西医汇通。2017年，他调到商州区城关街办卫生院工作，2022年调商州区人民医院中医科工作。

在吴教授中西结合思想指导下，他撰写了论文《内服中药辅以圈划疗法治疗带状疱疹的经验》，发表在2022年9月6日的《医学美学美容》杂志上。他选取了2018年6月4日到2021年6月3日医院收治的九十三例患者进行对比研究，研究结果是中医联合组患者疾病治疗总有效率高于西药组，脱痂、结痂、止痛用时都比西药组短。圈划疗法过去在农村很流行，农村有经验的老年人治疗带状疱疹，用瓷片在发病部位划个圈，疱疹就不再扩散了。他小时候见他婆经常给村里人用这办法治溜（农村人说出溜了，就是带状疱疹），受此启发，他将其加以改进，用酒精消毒，用一次性针头尖划圈，效果很好。他将此土法加以改进利用，可谓推陈出新，省上教授也表扬他能创新。

他的治疗扁桃体的论文《中西医汇通思想治疗小儿急性扁桃体炎的体会》在《中外医药研究》2022年第14期发表。写这篇文章的缘起是他儿子扁桃体化脓了，他同学在儿科医院，给娃打了消炎针，娃还在发烧，他用叩诊的办法，在娃肚子上一敲，有浊音，便判断娃的大便没排出来。《伤寒论》里有个阳明病就是燥屎内结，但娃一岁，太小，喝不成中药，他实在没办法了，就用开塞露，从肛门打进去，过了一会儿，娃拉了四疙瘩很硬的大便，一拉出来，娃就不发烧，也将体内毒素释放出来了。中医用大黄可以治疗扁桃体炎，在基层临床实践中很管用，可娃太小，吃了拉得不止咋办？他后来发明个办法，就是把头孢给娃喝上，开塞露从肛门一打，大便一排，再用消炎药把炎症一消，就好了。可见，这种病在中西汇通思想指导下，主要是口服头孢拉定、蓝芩口服液等中西药，配合肛门给开塞露泻下通腑，这方法安全有效，简单易行，收效迅速。后来他把小儿急性扁桃体炎一类的病进行分析，总结成文章，发给南京中医药大学第二附属医院中医大夫沈佳，让人家给指导，发表时他署上了沈教授的名字，以表示尊重。

他一个同学的父亲，七十多岁，患了胰腺炎，肚子疼得厉害，住了一星期医院，还不见好，打电话问他咋办。喝中药受刺激，更疼，老人也受不了，他给建议把中药熬好，从肛门打进去，保留灌肠。老人用上，第二天肚子就不疼了，第三天就能吃饭了。用此方法，患者不仅免受喝药带来的疼痛，也免受手术之痛，缓解了病情，后续治疗，病就好了。

他把中西医结合简单地划分出三个办法：一、中医理论指导下的西医治疗，如治疗扁桃体炎。二、西医理论指导下的中医治疗，如中医带状疱疹的方子就来源于病毒感染理论，这是西医理论。金银花、连翘是抗病毒的；疱疹起了泡了，里面有水了，用茯苓、泽泻利水；病位在表皮和真皮之间，半表半里，用小柴胡治疗；最后圈划，一般三五天可见效。他用此法治疗一个老人的眼睛带状疱疹，治好了。三、中西医结合治疗。如胰腺炎那个病例，直肠灌肠吸收效果好。这些经验都来自老师们的指导和帮助，他吸纳众人之长，推陈出新，取得了很好的效果。吴雄志老师把中西医结合总结成"六个一统"，即寒温一统、古今一统、内外一统、中医一统、中西一统、医学一统。他将吴老师的经验加以吸收，有时就用西医解决中医问题。一个女的祭坟时，受到了惊吓，加上心脏本来有问题，腿不能动弹了。他给做了心电图，是淤积综合征，给开了中药炙甘草汤，三服药，不到五十元，三天后，那人是走来复查的。他还用中药疗法参与学校流感防治，取得了很好的效果。

袁刚军大夫说，心中有大爱，学术上也跳出条条框框，才敢于尝试，但不能盲目尝试，要尊重科学，有底线思维地尝试，即使弄不成，也不能动乱子。照吴雄志老师说的，治好个病人，不要太自豪，想想给人家留下隐患没有，他十年二十年后不得病，这才算弄得好。他时刻牢记吴教授劝他努力做一个有道德、懂医理的医生的话。

他始终把知行合一作为行医的必由之路，通过实践、思考、总结、提高，丰富自己治疗常见病的经验。比如：用百合地黄汤治愈反应性精神病；用四妙勇安汤加减治愈八十三岁高龄老人的项痹；用小柴胡汤合导赤散加减治愈顽固性的口腔溃疡；用补肾养阴、活血化瘀法治愈一例宫角广泛粘连的患者，使其宫腔恢复了正常，为这个不宜手术治疗的患者送去孩子的笑声；用柴苓汤加减治愈带状疱疹；用侯氏黑散加减治愈麦粒肿；用小建中汤加减治愈小儿肠系膜淋巴肿大；用半夏白术天麻汤合当归芍药散治愈难治性的眩晕；用小柴胡颗粒治愈贫困老人的抑郁症；用小柴胡颗粒治愈肝叶切除术后的长期发热；通过审查舌象用藿香正气颗粒合咳特灵胶囊，为远在香港大学的某商州籍学生治愈迁延性咳嗽；用补阳还五汤和二陈汤，治疗特肥胖人的中风后遗症四肢瘫痪症，使其服药十六剂即可扶杖而行；用桂枝汤加减治疗便秘；用四逆散合甘麦大枣汤治愈青春期焦虑症；用桂枝甘草龙骨牡蛎汤加减治疗老年男性噩梦纷纭症；用凉血止血法为即将月经来潮的考生推迟了月经周期，顺利通过国家药师资格考试；某学校流感高发，通过望诊很快从一百多人中筛出普通感冒和流感患者；等等。

中西医的医理是贯通的，他临证常用中西汇通的办法治疗一些疑难病例。比如，通过中药保留灌肠和西医胃肠减压保守治疗胰腺炎，取得较好的疗效；用中医的下法配合西药抗生素治疗伴有便秘的感染性高热，疗效独特。对于血压控制不理想的一些患者，他探索在中医理论指导下选用西药进行治疗，比如：脉数的，给予倍他乐克，降压的同时降低心率；脉弦的，给予卡托普利或者缬沙坦，降压的同时降低血管张力；脉细的，用氨氯地平加六味地黄丸治疗，养阴且扩张血管；等等，都取得了较好的疗效。

采访快结束了，我问他中医最擅长什么，他说，外感病、内病、不孕不育、脑血管病后遗症、心律不齐、胃病、皮肤病、带状疱疹、HPV感染，还有缺血性心脏病等，方法是温血补阳。

他还谦虚地说："在基层待了多年也没多大出息。只是有一片热爱病人的心。"

最后，他说，感恩病人，感恩老师，感恩各方面的关怀，他才有了一点成绩。他将继续努力，当一名好医生。在他的影响下，他的女儿考入首都医科大学中药学专业学习。他给娃报的是中医教育专业，娃自己改成了中药学专业，认为中药学不好好研究，中医咋发展哩？他说，研究药学的人少，光环少，也不是那么驰名。娃读大三，喜欢中医中药，很优秀，令他倍感欣慰。他说："中医还是要拥抱西医，这才能走好结合的路子。"他在《运用中西医结合思维治疗疾病的专题报告》一文中，从中西医结合的源流回顾、中西医汇通临床体会、中西医汇通的思想、中西医汇通的工作方法等几个方面论述，用病例的事实说话。文中最后说："医学源于爱，中西医殊途同归，一颗仁爱的心是中西医结合最好的路径，也是中西医汇通治疗的最佳切入点！"

界文光

界文光，男，六十岁。籍贯西安户县。现住商州城区御湖公馆。

采访时间：2023年5月16日上午

采访地点：商州城关街道东背街56号曲仁堂诊所

一天下午下班，吃了几颗小西红柿，在书柜乱翻，无意看到界文光大夫送来的剪报册，我一下子有了兴趣，便用心翻阅。

翻着那有三指厚、蓝皮、泛黄的记账簿做的剪报册，我思绪万千。这厚厚一册，他也曾反复翻阅，翻得已经有点破烂。他听马修亚兄说我准备写中医、中药，就专门送来，还说："你这可是给咱这个民族做了大事儿呀，我全力支持，只要用得上。"我怯怯地说："只是个想法，能不能实现还是个未知数。"他说："一定要写出来，我看过你的书，也相信你的能力，一定能。"他在西安有工作，就是商洛山里的中草药，勾走了他的魂儿，他毅然决然辞去公职，到商州城里开了个诊所。

修亚兄最早建议我写草医时，说过界大夫跟他是朋友，人很好，说的就是这个界文光大夫。他说："我一没事儿，就去诊所坐，说闲话。他人好，手艺也好，一定要认识呀。"

那个周末，老马带我去界大夫的诊所，他正给人号脉。他急着要给泡茶，我让他先看病。他处理完，这才边泡茶边跟我说话。界文光大夫跟我同庚，中等个子，瘦瘦的，圆脑袋，窄脸，高鼻梁，大耳朵，耳朵薄而竖直，就是农村人说的那种"招风耳"。他脸上像放凉的稀糊汤上停的一层皮，光光亮亮的。

他的诊所，门面不大，病人却不少，主看皮肤病。墙上锦旗多，省内外患者送的都有。他看病，是诊断了，先用药，病好了再算钱。他用的药多是自己采，自己配伍、炮制的。

他很客气，说看过我的书，写得好，又说老马说过我人跟名字一样善良，早就想见面了。说到我想写草医，他很兴奋，很激动，说："这太好了，商洛的老草医、老药农,再不去见,可能就见不到了,再不写,就可能成为历史的遗憾了。"他一口气给我说了不少草医、药农的名字。他利用看病之余,几乎跑遍了商洛的沟沟岔岔,只要听说哪里有啥草医、啥采药的,他都要去见,后来多数都成了他的好朋友。他还给我的采访做了安排,啥时候找哪位,重点了解些啥,他都井井有条。他说:"李老师,这样,这个周末就行动,去找杨斜那个八十多岁的药农。我给联系好,到时候让我儿子开车拉咱们。"第一次见面,他就这样热情,还把一切安排好,看来真是没把我当外人了。

他开始来商洛时主要是用蛇泡酒,治皮肤病,后来蛇类纳入保护之列,就主要用草药治病。

我认真翻阅着他的剪报册——是从2000年开始收集的,以中医、中草药为主,还有"中药谚语""书法与养生",另有陈敏老师的《屋顶上的月光》等文学作品。他的剪报大多标记有时间、出处,空白处写有中药的用法和汤头。剪报册里那些中医、中药的精华,大都成了他治疗病人的灵丹妙方。剪报上有两处信息,看了让我更加佩服他了。2001年12月16日、18日,香港的《大公报》和《澳门日报》分别刊登了曲仁堂中医研究的成果。从西安来商洛不过四五年功夫,他用这里的中草药,吸收老中医、老草医的偏方、验方,研制了新药,获得了专利。三力经胃胶囊、糖尿病三皮栝楼散、乙型肝炎外敷起泡拔毒疗法,三味药方或疗法,治疗三种疾病的效果能达到90%以上。那年他才三十九岁。

册子里还收集有《陕西日报》《公安生活报》《商州报》等媒体报道他事迹的文章,当然时间都比较早了。那个《三秦名医》栏目里,就是马修亚兄和别人写的长篇通讯,占一个整版,已经揉烂了,配的两张照片也模糊了,不过从其中一张中还能看出是他在给患者开处方,眼镜下眼神很专注。

用鳗鱼油治疗白癜风是他的发明。他从容地翻出案头的基本患者登记簿,从1995年到2005年十年间,有三万多患者前来看过皮肤病,半数以上属疑难杂症,白癜风患者居多。

他随口说了几个病例,都是一口清。他竟然还记得患者的模样、姓名、特征，包括家庭住址。许多病人，过了二十年他还不忘，算是奇迹了。

商州区松树嘴的李红，十岁，口腔内左侧的黏膜上，长有乒乓球大小的斑块，还不停蔓延，跑过不少地方，也看过不少医生，吃药打针都不见好转。经人介绍，那家大人抱着试一试的心理，找到他。他用了一个半小时给娃刮疗清理出不少痰瘀，用了四十天药，也就是一个疗程，病症不再扩散了，白斑处好皮长出来了，又用了一个疗程药，彻底恢复了。

商南县湘河镇一个十七岁的小伙，2004年时在额头上发现有拇指大小的白点，一年后蔓延到两只眼睛上，眉毛都成白的了，同学戏称他"白眉大侠"，很伤娃的自尊，家里大人也很着急，到西安看了，也不准啥。到他这里来用了三个月药，手掌大的白斑块皮肤变正常了，眉毛也黑了。

商州区金陵寺一个女的，叫徐莉，二十九岁，八岁上得的白癜风，家里人带她跑了不少医院，见了不少大夫，也没能治好。她的左眼睛周围有白斑，眉毛也白了，几乎毁容了，她的自尊心受到了极大伤害，出门见人只好用头发把左眼遮住，这样又影响了左眼睛视力，对象都没法谈，她很烦恼。到他这里就诊时，他给做了两个多小时的刮疗。那女的眼泪都湿透了毛巾，却没吱一声。过后，母亲心疼地问她，她说："只要能治好，那点痛算个啥？"后来，她治好了，也嫁人生了娃，过上了幸福日子。

说到这些，我们几个都给他竖大拇指，他却说："这不是我的本事，都是从老中医、老草医那儿学来的。"他来商洛不久，在诊所结识了山阳老中医龙颜民，老人见他很真诚，就拿了一本没有名字的老医书给他。老人说，那是20世纪50年代初，自己和哥哥卖掉一头牛，用卖牛的一半钱，从农村一位老人手里换回来的，记得人家好像说是一本《医学金鉴》。这本书里的一些东西，现在的医书里已经找不到了。他从这本书中查到治疗白癜风的外敷内服药，经过多次临床验证，疗效很明显，他又结合人体结构分析和解剖，把这一古方发扬光大。他又说，这病确实不太好治，是皮肤疑难杂症之王，发病率高，治疗效果差，病期长，能遗传，患者最害怕的是长在脸上。这病是皮肤色素脱落发生的局限性白斑色片，是体热出汗当风，风毒侵入毛孔，使毛窍闭塞，阳气被遏，只有绕道而行，造成局部供血不足，时间长了，痰瘀所致。这病中医叫作白癜风，需要祛风行气，通窍活血："白癜为斑"是表象，"风"才是病的根源，祛风是最关键的。他的治疗方案是：用穿山甲片刮患处出血，在鲜红处涂上鳗鱼油；内服中药蒺藜白蚀丸。四十天后，好的皮色从毛孔中长出来，慢慢地，融合恢复正常。此处说的鳗鱼即鳗鲡鱼，是一种海鱼，又叫白鳝、蛇鱼。这种鱼无鳞，属阳性，归肝肾经，能祛风活络。用这种鱼脂炮制的药，具有外走皮肤、内达脏腑的作用，对白癜风白色斑块有独特疗效。白蒺藜花是治疗白癜风的主药，对采摘时间、地点有一定要求。白蒺藜，又叫刺蒺藜、硬蒺藜，是蒺藜科草本植物，果实饱满、背部开黄花的最好；农历五月端午节前后采摘，阴干，是最好不过的。它的功效就是祛风行气、通经活络，性味苦、辛、平，归肺肝脾经，能息内风，开宣破瘀，是君药。白花蛇是臣药，它的性味甘、咸、湿，归肝经，能通窍活血，它和白蒺藜花一块组成治疗白癜风的要药。

穿山甲片，本身就是一味药，它能祛瘀消结，通络散风。用炮制过的穿山甲片，按照人体经络走向，对白斑进行刮治，一方面，可以清理出白斑内的痰瘀，使瘀血消散，气机通畅，血脉正常运行；另一方面，可以使穿山甲片的药效渗入白斑内，祛经络的风痰，涤痰开窍，加快毛细血管的微循环。

界大夫说，中医学认为，气血、津液同源异派，正常运行就是人体的营养物质，停而不祛就变成痰饮瘀血。而痰饮与瘀血阻于皮肤，气机不畅，才长了白斑。明代的张三锡曾说过："痰饮变生诸证，形似种种杂症，不当为诸杂病牵制作名，且以治痰为先，痰饮消则诸症愈。"可见，痰之为病是白癜风的根源。用穿山甲片刮疗，疮面愈合也快，还不留疤痕。

他尊重、继承民间好多医家，同时，也借鉴现代医学中的解剖理论和化验室检查。中西结合，古今贯通，形成了中西合璧的集大成。他表示：要让同胞们在世界医疗上扬眉吐气。他的医术，扎根民族，来自民间，又服务老百姓。

丹凤县一位患者叫刘长，手背被蚊子叮咬后，又去洗了不少衣服，手上出了白癜风，不久，就蔓延到全身。他就在这人左手背上用穿山甲片刮，一会儿就出现了不少水泡，刮破水泡，流出脓水，等脓水流完，病源就切断了。二十天后，病症稳住了。两个疗程后，新鲜皮色长出来了。界大夫往往能在初次接诊时就很快找出病源，在原发病处用穿山甲片刮破，刮出像痰一样的白色黏液，也就是痰瘀。等痰瘀刮完了，就断了病源了。

界大夫治好的白癜风患者很多。商州陈塬三组的刘能，得白癜风有十多年了，全身大小斑块十八处，被他给彻底治好了；商南县清油河一个叫李红的小孩，得这病四个月，他给外擦内服，一个疗程就痊愈了。一位患者曾动情地说："要是没有界大夫的治疗，也不会有我今天的好日子。"一位河南南阳的患者，竖起大拇指，操着浓重的河南口音说："界大夫，看白癜风，中！真中！"

皮肤病中的牛皮癣是难治的顽疾，一般情况下是很难剜根的。界大夫在临床中研究，只要得到信息，就不放过。一次外出学习，听说浙江省山区人用毒蛇熬药，治疗皮肤病，他专门走访了当地的民间医生。后来，在陕西中医学院导师梁齐石教授的指导下，他到浙江曲仁堂拜民间蛇医传人田桂芳老人为师。同时，细致攻读《医学金鉴》《寿世保元》《外科正宗》《本草纲目》《本经逢原》等古典医著。白天，他认认真真听田老师讲授，晚上，刻苦研读医书，做笔记，两三年工夫，就记了二十七大本子。他从几十种毒蛇身上找到了治疗牛皮癣的特效药，叫眼镜蛇药，又把这种蛇药炮制成散剂、丸剂、油膏、酊剂和外敷药。

商州区腰市乡医常书说："我患牛皮癣病，已经三十多年了，跑了省内外大大小小不少医院，钱也花了一大堆，都没治好，是界大夫给我治好的。"蓝田县张家坪乡韩家坪村一个姓李的病人说："这病整整缠了我十几年，病发后，身上起痂脱皮，痒得难受，差点都想自杀。1996年3月，我跑来找到界大夫，他给开了一个疗程的药，吃了，立马见效。服了两个疗程，彻底好了，再没犯过。"界大夫说："这种病关键是肯复发，要真正治彻底，就要在巩固上下功夫。"

商州区照相馆的赵民，是个年轻人，患了八年病，用了五个疗程的药，好了。西安百货大楼一个女营业员，得病十年了，服药二十天后，病症减退。

界大夫说，牛皮癣，在西医上叫银屑病，中医认为其是风、湿、热、虫中这个"虫"，就是寄生虫，如蛔虫、绦虫、疥虫和螨虫等，还有肉眼看不见的病菌导致的。中医治疗的原则是杀虫止痒，清热燥湿。杀虫的目的就是攻毒，而有毒性的药物是治疗这种病的要药。中药里有一味药叫白藓（通癣、鲜）皮，就是因能治这种病而得名的。牛皮癣因起白痂，难以治疗而又叫白疕病，且其抗药能力太强，初发病时稍加治疗，表皮即恢复正常，此时如果停止用药，会致使病菌侵入皮肤的深层，转为慢性病，这就难治了。界大夫用白藓皮、苦参和眼镜蛇药为主药，以毒攻毒，达到治愈的目的。其中，眼镜蛇药因具有攻毒和调节神经的双重功效，药力持久，是其他蛇类药不能相比的。界大夫半开玩笑地说："以毒攻毒在生活中时不时会出现。像有的人被眼镜蛇咬伤，抢救过来后，原来得的牛皮癣也消失了，就是个例子。"

湿疹，中医又叫"湿癣""浸淫疮"，大多是由风湿热或血虚、脾虚、肤受风邪、寒湿等所致，"湿"说明了病的特征和病因。现在，中医已把它列为癣类治疗。界大夫认为，湿疹和牛皮癣属同一类病，区别就在于浸入途径上。湿疹是病菌浸入肌肉，影响人的真皮水分代谢，牛皮癣则是病菌浸入血液系统。这样，二者主药可以共用，只是在佐使药上牛皮癣侧重养血润燥，湿疹侧重活血燥热。潮湿是诱发这两种病的主要原因，实际病因就是脾胃功能失调，脾主肌肉，所以，大多数患者发病在四肢的关节处和腰骶部。

一位患者家属说："我爱人的湿疹，得了几十年了，咋样治都剜不了根。吃了界大夫的中药，剜了根不说，连胃病也治好了。"界大夫谦虚地解释道："皮肤病表现在外，病因在内，由内而治，皮表的病症就会迎刃而解。这位患者长期的胃炎，造成胃功能紊乱，加上经常用凉水洗衣服，双手背湿疹难好。把她的胃病先治好，再用外用药涂到湿疹处，很快就好了。"

商洛山里人多地少，过去早饭多是糊汤，得胃病人的自然就比较多，其中大多是胃炎、胃溃疡、十二指肠溃疡等。科学研究表明，幽门螺杆菌在胃溃疡、十二指肠溃疡的致病原因中占到88%，在胃炎中占到82%，只要杀灭这种菌，就能治好胃病。1991年，民间一位医生大胆地将两种不能配伍的西药配成方子，利用两种药的化学反应产生少量毒性，将这种菌杀死，并在临床上取得了成功。界大夫在这个基础上，挖掘、整理，在杀菌的同时，配以扶正健脾的中药，制成特效药——清胃散1、2号，为不少患者解除了病痛，也为他治疗皮肤病帮了大忙。1996年11月15日，陕西日报记者写的《巧施蛇毒治顽疾》一文，在《陕西日报》刊发后，受到全国乃至国外医学界同行的关注。杭州医学会邀请他参加学术会议；四川成都将此文作为重要文献收录进《改革二十春》。日本鹿儿岛的川雄先生来信称他用蛇药治疗皮肤病和自己在医药研究方面有着相同之处。

他不放过一切学习机会，只要别人有啥长处，他都会虚心学习。初来商洛时，他在他的诊所结识了江苏江都一个治肝病世家的第三代传人——余谷子老太太。后经他多次观察、摸索，他认为老人的方法是根治乙肝的最佳途径。他拜老人为师，倾心学习。他用商洛山中的五凤草，加上攻毒的中草药，捣烂外敷在臂内侧侠白、天府两穴，贴得发泡，通过十二经络，拔出肝内乙肝病毒，再让病人内服五凤草一百天，就能治好此病。

他把这种治疗乙肝的方法取名叫"起泡拔毒法"，即通过人体十二经络的循环过程，拔出肝内的病毒，乙肝病毒汁是黄稠的液体，可以用瓶子收集起来化验，加以验证。严格的禁口是保证疗效的关键。治疗期间，食盐要用化盐，调菜要用香油，蒸馍不用碱，葱、蒜、海鲜类不能吃，以尽量减轻干细胞的负担，让它再生。人体内一秒钟就有上千万个细胞死亡，也有上千万个细胞诞生。长期受病毒破坏的肝细胞，再生能力最快也得七十天，因此用药后，最佳化验时间也在七十天之后。

商州区杨斜的赵勤奋，患乙肝四年多，化验结果是三大阳，经过界大夫治疗，九十天后检查，化验结果正常。

熟人来看病，只要是自己采的草药，自己炮制的，界大夫大多不收钱。2021年春上，我过去教书时的同事、八十多岁的戴太海老师给我打电话说浑身发痒，到医院买的药也没治好，问我哪儿有偏方，我告诉他去东背街的曲仁堂。过了两周时间，戴老师打电话告诉我，用人家的药治好了，人家一分钱都没要，让他很过意不去。

界大夫在诊所看病，很注意将不同病例做好记录，也用出诊机会，大量收集、整理民间的偏方、验方，光收集的笔记本也在一大箱子。对贫困的病人，他不收医药费，要是上门出诊，还要给带上米面油。针对这些患者，他想办法寻找花钱少、见效快的治疗方法，像运用一位老中医的"割耳穴疗法"，提高免疫力，好多人都容易接受。用最简单的方法解决最复杂的疑难杂症，这是他的追求。这也正好跟他的座右铭相吻合："吾以吾心对患者，吾以吾身献医学。"

2023年5月16日上午，太阳已经照亮了整个商州城，界文光大夫打电话叫我去观诊。当时我正要去书房，已走到北新街西岗楼，从这里朝东到中心街，再到东背街，便是他那曲仁堂诊所。诊所门面不大，三个人同时进去都有点挤。我去时，另有三个人在诊所，那两个男的曾给他采过药，患者是个五十来岁的女士，她脚后跟炸裂性流血，属于皲裂性足癣。界大夫给患处拍了照，跟上次比较，明显有好转。他给看病的女的说，一次在纱网袋里装两服药，用大铁锅熬十分钟，泡半小时，洗三晚上，六服药洗九晚上。药膏全是中药，早晚各抹一次。开始多抹几次，伤口长住了，一天抹一次。吃的药一天一次，晚上吃。他交代得很仔细。患者走后，他一边让我看手机上的照片，一边说，一个娃在美国留学，手癣看不好，他给用了药后，娃手好了，跟女孩的一样细嫩。这娃小时候就有这病，中医叫汗疱疹。有一个老板听她员工说他能治这病，专门包了一架飞机跑过来。他说，昨晚才通电话今天就过来，咋这快呢？女老板笑着说："病不等人呀！手难受得不得了。"老板说一洗东西，看见手烂糟糟的，心情就不好。用了他的药，她很快就好了。界大夫翻出李丁老师编的针灸的书，里面有姬鹏飞和彭真给书题的词。还有一套《健美经络图》，也是李丁老师在国外讲学时编写的，穴位中英文对照，绘图者画的是着健美操服的美女，一个穴位一张图，给人以美的享受。李丁老师在西安交大讲学时他全程陪同，老师一讲完，他就跑上讲台，将他陪老师在湖南的经历讲给大家听。他当时正在谈恋爱，两人坐一块，忽然看他上台了，对象吓得把脸捂住。说话间，他让儿子界贝回家取来李丁给他写的书法"龙"字，字里有画，看起来就像一条龙。马王堆汉墓发掘时，发现许多中医资料，他的老师童俊杰（湖南中医大学教授）听到消息，赶紧去了现场。童老师有马王堆汉墓出土的现存最早的导引图谱的临摹图，在西安交大讲完学，就把图留在他这儿了——童老师来西安就住他家，几大箱书也在他家放着。他说，当时这导引图拍一张照都要收五十元，中医教材针灸部分都要提这张图的。界贝说，全国有五份，他家就有一份。界大夫打算把这些资料送回童老师家去。还有一张书法作品是他结婚时，童老师让人给写的。童老师是催眠大师，给他写的是："夜来人静万念消，松恬圆远任风飘。意守泥丸封七窍，怡然自得飞九霄。"

诊所又来个女的说给她娃开了药，好些了，她又不舒服。界大夫给测体温，听她有点咳嗽，给开了药。又说到她娃是鼻炎，界大夫让去医院拍个片子，他给配药。

史永淳

史永淳，男，五十九岁。渭南市蒲城县龙阳镇史张村人，在洛南县卫生综合执法大队工作。

采访时间：2023年5月21日上午

采访地点：洛南县城花溪弄鹤年堂

一早天就下着中雨，8点左右，我们一行驱车来到洛南县。在花溪弄街口，一个棕红色脸，说话没有多少洛南腔的中年人在外面迎接，那就是史永淳，非遗传人。他带我们到鹤年堂中医馆。我们一落座，他就忙着给大家泡他的"四皓仙草"。

老史高个子，大耳朵，国字脸，脸上的皱纹和额头的皱纹使他显得沧桑，让人想起了同是关中人的陈忠实的脸，满脸都是故事。他说话有着关中东府人的豪爽和坦诚，谈到他家世代相传的中医经典，他如数家珍。

因祖上以医传家，诚实无欺，德泽乡里，他家家境殷实，代代都出秀才。他的爷爷会两手打算盘、两手写字，骂人时一句粗话都没有，让挨骂的人都张不开嘴。

他父亲也是名中医，父亲的药方很管用，治疗肝硬化和肝腹水的病例上过陕西广播电台。父亲还将自己的泡酒和治疗扁平疣、肝腹水、肝硬化的方子献出来，让群众受益。他从小就喜欢中医，1983年7月考入陕西省卫校公共卫生专业学习，毕业后分配到洛南县防疫站工作，机构改革时到了卫生监督所，一直干到现在，在一个单位一干就是三十多年。在长期的公共卫生工作中，他想到祖传的方子很多，他要把祖传医学发扬光大。从父亲处拿到方子后，他顺应社会健康需求，在原配方基础上改善口味和成色，发明了中药茶饮"四皓仙草"，并在2012年取得了国家专利。

回顾自己研制"四皓仙草"的艰难经历，老史深有感触。在刚开始的试验阶段，他周围的人认为他是闲得没事找事，不理解，甚至说风凉话，但他认定的事就坚定决心要干，他坚信是金子就会发光。从2007年3月开始，在长达五年多工作之余的时间里，他奔走在洛南、商州，从资料整理做起，对祖传方子不断进行改良，反复试验，使其由药到茶，又反复调整配方，每调整一次，都观察其外观，感受其口感、饮后产生的效果，在自己身上进行"临床实践"。之后，又送朋友品尝，请其提意见后再调整，终于找到了最佳方案。研制过程花费了他五十多万元，不仅花光了他的所有积蓄，还欠了不少外债。

2015年，史永淳将自己发明的专利配方拿出来和商洛学院合作，生产出第一批中药茶饮"四皓仙草"。第一批生产了五十多箱产品，一箱有四十盒，每盒有三十袋，每袋六克。经过市场销售，茶饮得到了消费者喜爱。

史永淳的中药健康茶饮"四皓仙草"主要采用商洛秦岭山林中多种道地中药材，经科学炒制而成，能清脂降压，是天然的血管清道夫。

他说，这个祖传处方，是他父亲的老师刘申子传给他父亲史有龙，他父亲又传给他，他又传给他儿子的。他也告诉儿子："必须把你爷的东西继承下去，发扬光大。"小贾有点不解地问："四皓在商洛，祖传方子的名字谁给取的？"他说："我申报的专利叫清脂降压茶，国家不允许有治疗作用的字眼出现在上面，我在市上跟李志贤老师，还有商洛学院的老师商量，最后才想到'四皓仙草'，这是我自己想的。'四皓仙草'茶是茶和药的有机结合，在全国也是先例，它让消费者能在品茶的同时，高血脂等慢性病也得到很好的防治。这产品经过多年反复实验改良，功效获得了大众认可，能治便秘，防高血脂，特别准。包装盒也是自己设计的，上面'四皓仙草'四个字是李志贤老师题的。要说自己做得最多的，是反复改变口感，但里面药的成分是不能变的，是传承下来的。它的解酒作用也很好，市上各大酒店都放得有。现在市上建康养之都，这茶也是很好的一个支撑产品。"

说到家庭情况，他说，他是一个人到洛南的，妻子是洛南人，在疾控中心工作，儿女都就业了。老父亲不到六十岁就得了癌症，活到八十岁。父亲去世后，他把母亲接到洛南住，老人也喜欢这里，现在还能骑摩托接重孙。

"四皓仙草"茶，通过血液循环将多年沉积在血管内壁上的脂肪和有害成分稀释并清理，促进血液净化，它可分解消化道内的有害物质，以减少和降低对肝脏的损害。坚持服用，具有降脂、保肝、排毒、润肠通便之作用。

经过临床应用，许多患者恢复了健康。一个姓王的患者，2019年1月30日来中医馆，胆固醇是6.75，甘油三酯6.15，血糖7.61，服用"四皓仙草"一个疗程后，4月2日的化验单显示其胆固醇是4.86，甘油三酯2.34，疗效明显。

洛南城关街办一个张姓患者，甘油三酯3.04，血压137/78毫米汞柱，服用一个疗程后甘油三酯降为1.92，血压为130/80毫米汞柱。

县卫生监督所家属老冯，甘油三酯2.39，低密度脂蛋白3.96，高血压两年。2022年9月28日来史永淳国医馆就诊，按疗程服用后，10月2日复查，甘油三酯为2.27，低密度脂蛋白为3.82。

他通过义诊，收集患者的资料，为改进疗效打基础。

"四皓仙草"茶主要成分为：

1. 商南富硒绿茶：硒元素能够提高人体免疫力，促进淋巴细胞的增殖及抗体和免疫球蛋白的合成，硒元素含量高的茶被称为富硒茶。

2. 丹凤野生天麻：息风，定惊，主治眩晕眼黑、头风头痛、肢体麻木、半身不遂、语言蹇涩。

3. 华阳高山菊花：疏风，平肝，对感冒、头痛有辅助治疗作用，久服能轻身延年。

4. 无公害决明子：味苦、甘、咸，性微寒，清肝明目，降血压，降血脂，润肠通便。

史永淳说："当今时代，把血脂、血糖、血压、尿酸、同型半胱氨酸五项控制住，就能确保身体无恙，保证健康长寿。中国仅三分之一的高血压是叶酸缺乏引起的。我老父亲留下的用刚泛红的皂角刺、花椒加红枣熬制的方子可排百毒，拿来用酒泡可治疗带状疱疹。他还有治疗扁平疣的药酒等，都是免费让人用。今后，我的想法就是将'四皓仙草'价位降下来，让普通群众能够接受，让更多群众得到实惠，享受健康生活。"

史永淳爱好多，爱喝酒，爱抽烟，更爱吼秦腔。朋友谁家过事，他会唱上一段秦腔，要说到酬劳，他会变脸的。再干一年工作，他就退了。他一心在搞好"四皓仙草"推广发展，让更多的人受益上。他也期望将来"四皓仙草"能申报国家非遗。

赵朝芳

赵朝芳，女，三十七岁。商州区杨峪河镇下赵塬村人。

采访时间：2023年7月16日下午

采访地点：商州区兴商街西段五行按摩室

夕阳西下，街上已不太热，界文光大夫、马修亚先生陪同我来到城区兴商街五行按摩室，见到了赵朝芳按摩师。她中等个子，瓜子脸，白净，说话声音清脆，总是笑笑的，那笑温暖、甜蜜。她给我们泡的是她妈给晒的金银花。

说到她从事的中医按摩针灸，她有点腼腆，说是跟师父学的。她说，小时候，屋里人身体都不太好，父亲三十七岁就偏瘫了，在她十来岁时就去世了。说到父亲，她眼睛有点湿。她哥身体也不好，她就觉得学医很重要，至少能给亲人治病。

2004年7月，高中毕业后，她到西安打工。2010年，她在一家中医理疗馆跟师父学习中医按摩推拿和针灸。她在西安拜的第一个师父是任伟。师父不给工钱，她也不用交学费。任伟师父的父亲是西安体院运动创伤研究专家，教给了任伟许多创伤治疗方子。学了一段时间，她很快掌握了按摩针灸技术，这才开始有工资。就这样，她在师父店里连干带学四五年，其间，先后拜了西安的崔师父、王师父、张师父。2018年国庆节后，她慕名到山东济南，拜靳师父学针灸，学了一周。2020年4月，她又到济南靳师父的中医馆学了八天。靳师父从中医理论到实践给她做了许多有益的指导，尤其是教给了她治病的思维，让她对原来心里感到没底的治疗方法有了实践操作的信心。

2016年，回到商州，在亲朋好友的帮助下，她在城区兴商街租了两间门面房，开了一家中医诊疗馆，专门做按摩、推拿、针灸、艾灸。刚开始，店里人不多，一天也就三五个。慢慢地，她的按摩、针灸效果得到了认可，店里顾客渐渐多了，最忙时一天接十八九个患者。她给每个患者都要按摩、推拿至少四十分钟，经常是站得腿都肿多粗。

说到她印象较深的患者，她笑着说，刚开始，自己也困惑，这样做到底能不能治病？老师就说让她做了问病人，病人说行就行。一个女的是子宫肌瘤，做过手术，怀不上孕。她接诊后，做了十四次艾灸，女的怀上了孩子。还有一个姓邝的男的，在一次开会时，一个喷嚏打得眼底出血，看不好，她通过推背、刮痧、艾灸等综合治疗，一个月后，那人的眼底出血渐渐好转，后来好了。

她说，按摩、推拿一般是有疼痛的好得快，一次就能见效；压迫神经的好得慢些。

问她一个人腰椎病严重，压迫得半个身子发凉，能不能治疗，她说，可以治好，比麻木的来得快点。腰椎神经有问题，按摩、推拿效果最好。她曾看好了河南一个老婆婆，老婆婆当年坐月子时受凉落下病根，在她这儿一个疗程没做完就说好得多了，便把老汉也带过来让给看，她给按摩理疗，效果很好，老婆婆一家子都很满意。

具体用按摩、艾灸还是刮痧，她说，一般受凉都配合艾灸，寒虚用艾灸，不通了，用按摩疏通，刮个痧之类的。问到中医理论修养方面，她笑了笑说，不怕你们笑话，平时忙着干活哩，根本没时间专门去学习中医理论知识，都是边干边学，在实践中学。界大夫说，赵大夫很好学，已经取得高级按摩师资格证书。马修亚说，冬病夏治，就是疏通经络。她说，就是，她这儿治疗的多是老顾客，有的病反反复复，所以他们就经常来，给他们解决了身体存在的问题，病人很满意，她心里也很满足，有的患者都成了朋友。像正在做理疗的一个女的，从按摩室开门到现在一直都来。

她说，虽然很辛苦，但自己给自己干，心情不一样，再怎么累也比在外给别人打工强。她每天接诊都在十来个患者。她也带过徒弟，人家都想快点挣钱，没学多长时间就走了。

说话间，她接了个电话，说："喂，姐，你来。"外面空中有喜鹊在叫。

她说，还有外县、外地，像山阳、洛南、西安的顾客也经常来，他们觉得在这儿得到了好的理疗，也把朋友介绍来。山阳一个人肝硬化，在这里做理疗，效果很好。有个股骨头坏死患者在这里做理疗，结合针灸、艾灸，效果也很好。中医外治很神奇。一个老婆婆是癌症患者，瘦得一点劲都没有了，从她开店第二年就来做艾灸，她把一些办法教给老人，让在家做，七八年过去了，老人现在身体很好。另外，艾灸调孕妇的胎位，想象不到地神奇。

做中医按摩工作，初衷是给自己家人治病，现在还能依靠自己的手法谋生，她觉得太好了。生存是最大的动力，她一定会坚持下去。

按摩推拿对经络、穴位要熟悉，风险较小。有风险的是针灸，但只要长期实践，熟悉了也不会出多大问题。虽然现在没时间外出学习了，但她也每天都坚持听网课，不断提升自己，以取得更好的效果。

她还说，政府建康养之都哩，咋不推广这方面的东西呢？小贾说，政府正在谋划一个大项目，建一个康养城，把商洛特色中医归置到一块去，让外地人来疗养更方便。她听了，也希望有个更大的平台发展，干点踏踏实实的事情。对未来中医的发展，她也知道大数据、数字化中医。

现在她也在城里买了房子，家里一切全靠她了，她也有能力撑起这个家。

说话间，店里来了理疗患者，她笑着说："这都是咱医院的人，也来理疗。"我们就告辞了。

郭建华

郭建华，男，五十二岁。商州区城关街道办窑头社区人，山阳县延坪镇卫生院副主任医师。

采访时间：2023年7月18日上午

采访地点：李育善书房

正在修改书稿的一天上午，鱼在洋先生来电说，有个中医大夫身上很有故事，值得采访，且就在他对面住，我问咋联系，他说让对方联系我。不一会儿，电话就来了，我们约了见面时间，加了微信，他立马发了有关资料。我还没来得及阅读他的资料哩，第二天上午，在贾书章先生陪同下，他就来到了我书房。他就是郭建华大夫，中等个子，圆脸，稍黑，眉毛浓黑，眼角像用毛笔写字时顿了一下，再折过去。他一脸沧桑，让人有想去探究的冲动。他是商州人，在山阳县延坪镇卫生院工作，是中西医结合内科副主任医师、中西医全科医师、精神科转岗培训医师和心理咨询师。

他早上5点多骑摩托到漫川，再坐班车到山阳县城，再换班车到商州，很辛苦，让我感动。

谈起他的从医经历，他先从家庭说起。他祖籍在原来的三贤乡枣园村，到他父亲时迁到城区窑头村居住。他上学时学习中等，觉得考大学难，就到他姐那里学做生意，人老实，生意做得一般。一年多后，同学聚会，他觉得还是要考大学，有学历有工作，就有地位，有面子。当时受来辉武启发，他觉得中医很神奇，就想学医。同学的母亲知道后，说："这简单，给我弟，你同学他舅说一下。"同学他舅当时就是陕西中医学院书记，给他两本书，让他自学参加全国成人高考。通过成人高考，他以第一名的成绩被学院录取。刚一开始他跟随学院的丁金榜教授（丁教授是国际驰名针灸专家）学习针灸，从早上5点学到快8点，再去上班，跟了近两年。其间，他还跟随刘智斌（刘教授是中国针灸学会副会长）学习推拿、按摩，学了三个月。当时咸阳市一个领导肩膀不能抬，脖子疼，他给按摩，效果很好。随后，他又认识了中医学院主持工作的副院长杜雨茂。杜院长是国家有突出贡献专家，专长于肾病和疑难杂病的诊治。杜院长只在每周五、周六上医院门诊，他就给杜院长抄处方和写病历，这样干了三年。杜院长带的研究生田耘（现为陕西省中医医院肾内科副主任、主任医师、"西部之光"访问学者）她们科室举办"陕西省肾病专科人才培训班"，让他去学习了三个月，掌握了肾病治疗的最新方法。其时，郭建华还得到北京中西医结合肾病医院李建民教授和田耘教授的大力帮助，写了论文《中医药治疗肾脏疾病临床经验总结》，发表在2018年的《双足与保健》杂志。

他说，他妻子的姨患萎缩性胃炎，市中心医院诊断要做手术，需花费十几万元。他妻子的姨拿不出钱，发熬煎。她们家虽养了八头牛，但面临着孩子找对象的问题，她非常郁闷，病情越发严重。他当时正在脾胃病培训班学习，知道后，对姨妈开玩笑说："你把你那一头牛的钱，拿出来吃中药，保证有效果。"经过他断断续续八个月的治疗，姨妈去复查，好了。他采取的是化瘀、保护胃气、健脾等办法。此后，他还写了论文发表。到现在，他用这办法已经治愈四例萎缩性胃炎，一般是用中药摩罗丹、胃苏颗粒，配合西药胃黏膜保护剂果铋胶和益生菌等。

他开诊所时，遇到一个人咳嗽久治不愈，他就让先去化验，结果一查是支原体感染。引起咳嗽的支原体，是介于细菌和病毒之间的微生物，一般抗生素比如青霉素、头孢类没有效果。查明了情况，他用中药治好了病人的咳嗽。他还先后到西安市儿童医院、交大二附院和西安市中医医院进修学习。在西安市儿童医院举办的一次会议上遇到北京儿童医院院长讲支原体的治疗，他问院长用西医治疗儿童支原体感染要多长时间，治愈率有多高，怎么评判支原体治愈，院长说，西医治愈率非常低，且易复发。那时他女儿也是支原体感染，他就对支原体感兴趣，通过学习，他用中药健脾养胃、补肺肾祛邪毒，自拟抗支解毒汤，到现在治愈了一百多例。后来，他撰写了《纯中药治愈西药耐药的支原体病例介绍》，发表在医学相关网站上。

他善于学习，又爱总结。他思维活跃，对涉及中医的各方面都颇有研究。国家《中医药条例》颁布前征求意见，他给提了很多建议，像中医必须由中医领导，不能由西医领导中医来发展中医药；中医药发展重在传承，国家要大力发展中医传承教育；中医要有自己的评判标准，不能用西医标准评判中医；等等。后来，他的许多建议都被采纳了。他取得副主任医师证后，开始带徒弟，带的第一个徒弟是延坪的程彦家，五十多岁，是个村医，现在已经考上助理医师，还被评为山阳第一届名中医。第二个是法官镇人阮家利，后来还当了村支书。到现在，他共带出了六个徒弟。

2019年12月，卫生院派他去省上进修精神病学知识。为什么选派他，是有原因的。

一次，他在班车上见一个老汉骂骂咧咧，聊天中，那人说自己上过战场。后来他了解到，老汉老父亲是老革命，上过抗美援朝战场，老汉也当过兵，当过村上干部，因为一条筋，落选了，加之离婚，落下了病。后来有一次，这人出门回来晚了，回不了家，就溜进了卫生院病房睡觉。第二天醒来，发现玻璃门锁了，一着急，病犯了，就用手拉玻璃门，将玻璃门拉倒，砸伤了自己，送回家就死了。还有一个人，是卫生院附近村上一个女精神病患者，犯病后，把娃从楼上扔下去摔死了，被家人送去了精神病院。加之，他外婆就是精神病。他外婆带他的母亲看社火时，丢了脖子上戴的银项圈，那是祖传的镶有宝石的宝贝，被外爷打骂后，精神就不正常了。他觉得精神病对社会危害大，应该引起重视，他就利用自己民建会员的身份，写了关于全程关爱精神病患者的提案。

培训时，他就想着用中医治疗精神病。在李宝军教授的介绍下，他加入了陕西省中西医结合学会精神卫生专业委员会，还被吸收为学会委员。他说，中医认为，心主神志，西医认为脑主精神，现在解剖学证明身体最大的迷走神经联系大脑和心脏，起到互相调节的作用，治疗精神病要心脑同治，通过调神解决技术问题。他还写了论文发表在《中国医学人文杂志》上。

西安一个大学生，喜欢上一个女孩，另一个有钱的男孩也喜欢这个女孩，双方发生矛盾，西安男孩被对方打伤，有了精神问题，住进了陕西省精神卫生中心。他通过心理疏导，让男孩认识到自己的病情，又让他多帮助别人，找到自身的价值。快出院时知道自己被留级了，男孩又犯病了，他利用自己的切身体会，鼓励开导，说自己三十六岁上得了乙脑，五年都没有自主意识，记忆不佳，后来用中药治疗，努力学习，战胜自己，成了有用之人。他还和那男孩掰手腕，教育那孩子不要认为自己身体好力气大就胡闹，那个男孩想通了，又通过合理用药，恢复了精神健康，住院不久就出院了。

在交大二附院参加全科医师培训时，他在急诊科遇到一位因发烧被送来的护士，伴随四肢抽搐、神志不清，经治疗，体温正常，他又通过心理疏导，推拿按摩，使女护士四肢不抽搐了，第二天就好了。

为了探寻医道文化，他曾三次上武当山，寻医问道。第一次，他听朋友介绍后上武当山，没遇到武当山道长。第二次又去，道长外出开会（道长是中国道教协会会长）。第三次上武当山，终于见到了仰慕已久的李光富道长，和道长论道，谈到药王孙思邈，又建议武当山开办一所道医学院，充分发挥道医作用。道长见他才智过人，介绍他皈依道教，为龙门派弟子。这几年他利用空闲时间拜访道教高人，上华山、终南山，探寻道医治疗真谛，发现道教治疗的很多疾病，都与精神心理有关系，良好的心情就是一剂良药。

问到对中医的看法。他说，目前，仍是西医为大，但中医也迎来了大好发展机遇，所以中医人要脚踏实地积极发挥中医优势，解决医学上的难题。我国面临老龄化和慢性病高发历史时期，发挥中医药预防、抗衰老优势，解决实际问题才会使中医发展更有前途。此外，利用中医抗感染也是我国应对、解决抗生素耐药问题的出路。

王 震

王震，男，四十岁。西安市新城区人，商洛职业技术学院中医教研室主任、副主任医师。

采访时间：2023年8月3日下午

采访地点：李育善书房

那天下午去拜访余振西先生，无意中说到他的古琴老师是位年轻的中医大夫，叫王震，是商洛职业技术学院医学院中医教研室主任、中医学专业带头人，商洛市中医医院（商洛职业技术学院附属医院）专家门诊主诊医师，当晚就让余老师约了小聚，直到8月3日下午，王大夫才有时间接受采访。

他长脸，微黑，大眼睛，双眼皮，大背头，头发向右边翻卷成浪，说话不紧不慢，声音有磁性。他是医学硕士，研究生学历，毕业于陕西中医药大学，现为中华中医药学会内经学分会委员、陕西省中西医结合学会慢性病治疗及健康管理专业委员会委员，潜心于《黄帝内经》理论研究，长期致力于中医临床、教学与科研，擅长于对内、妇、儿科常见病与疑难病进行中医辨证论治，尤其对胃脘痛、心悸、眩晕、失眠、头痛、月经不调、带下病、不孕不育、更年期综合征、黄褐斑、痤疮、湿疹、小儿咳喘、小儿积滞、多汗症、慢性鼻炎、便秘、尿频等的诊治有独到见解，疗效显著。他还承担学院中医学专业核心课程教学，主持及参与省市级科研课题十余项，担任主编、副主编及编委参与编写国家级规划教材及专著十五部，发表学术论文四十余篇，被授予"教学名师""最美医生""优秀医生""优秀教师""先进教育工作者""业务标兵""优秀管理者"等荣誉称号。

他是西安市新城区人，父母是工人。他天资聪慧、心地善良，但幼年体弱、不经风寒，动不动就感冒，屡发咽喉疾患，每月都要注射不少抗生素，针打得屁股上到处都是针眼，屁股哪时都肿着，没办法，母亲就给买洋芋，切成片给他贴在屁股上消肿。长期使用抗生素，导致他身体机能越来越差、面黄肌瘦。

等到上初中时，他身体还是那么差，又开始静脉注射青霉素。有一次，医院给他先后打了80万单位的青霉素，一打就是几小时。他当时正当青春发育期，面部开始时不时冒"痘痘"，这也让他苦不堪言。一次家庭大扫除，他无意中翻出一本已经发黄的旧书，竟然是《本草备要》与《汤头歌诀》的合订本。他好奇地读起来，发现其中蕴含着许多能够治病的中草药方，渐渐地，他熟悉了一些常用中草药物性能功效，如人参大补元气、山楂消食开胃、生姜发散风寒、金银花疏风清热解毒、甘草解毒调和药性……他仿照书上的方剂，给自己开出了人生第一个处方，用于治自己面部的痤疮，方子是：金银花、连翘、桔梗、天花粉、薏苡仁、紫花、地丁、皂角刺、牡蛎、甘草等。在努力征得家人的同意后，他便开始抓药、熬药，自己服用，没过多久，脸上的"青春痘"竟然奇迹般地消散了。那时邻居都住的是平房，他们有一些小毛病总会来问长问短，有些问题他知道该怎么解决，就如实相告，有些问题确实不懂，便继续翻书学习钻研。

一时间，少年的他就被邻里呼为"王老中医"。后来为了给自己增强免疫力、预防咽喉疾病复发，他相继使用了玉屏风散、玄麦甘桔汤等调治，咽喉疾患发作次数明显减少，身体逐渐变得强壮起来。

到了高中阶段，他几乎再没打过针、输过液。2003年高考填报志愿时，他想报考中医，但父母亲说要等到他学中医能挣钱了，怕是胡子头发都白完了。他不顾家里人反对，毅然决然选择攻读陕西中医药大学中西医临床医学。

他学习中医学，是自己的选择。他从小学习成绩好，年年都是省、市"三好学生"，但家人无人从医，也无师承，主要靠自我摸索。他居住的地方大多是道北人，是抗战时期从河南逃荒来的。

上大学期间，王震的邻居阿姨，五十来岁，让他给开方子治好了病。这位邻居阿姨命运不好，老汉不知什么原因辞职，儿子吸毒，女子嫁的男人竟然已有家室，一连串的事搅得阿姨精神几乎崩溃，加之有冠心病、糖尿病等，身体非常糟糕，多次有过想死的念头。他是个细心人，就给她开方子，药物治疗的同时，每到周末回家，先跑到阿姨家，疏导安慰，让阿姨放开那些烦恼，为自己活着。阿姨在他的治疗下，现在七十多岁了，身体很好，也参加锻炼，开朗了，显得年轻了，自学葫芦丝也吹得很好。这让他很欣慰，觉得自己学中医很管用。

大学毕业时，他觉得医学不同于其他专业，应该是学历越高越好，他就选择读研究生。他经过思考，认为要避免中医西化，觉得中医在于思维模式，所以他选择研究中医基础理论，从《黄帝内经》的传承做起。《黄帝内经》不单是医学，它讲究天人合一，对病因病理、养生，有非常全面的概念。他的导师孙教授是个女老师，为人正直，治学严谨，发现他是个好苗子，就多方历练他，给他分的任务很多，让他在读研期间就给大学生上课，让他养动物做实验，搞科研。研究生上完，他获得硕士学位。孙教授让他继续读博士。他认为自己学了八年中医，应该到临床上去锻炼实践。2011年，他在网上找工作，看到商洛职业技术学院招录一名中医教师，他就报名，最后以面试第一名的成绩，被录取。

到了商洛，他非常满意这里的环境。他是顶着压力来的，家里父亲是独子，他也是独生子女，父亲坚决反对他来商洛，但他觉得自己的路还要自己走。教师工作不是很辛苦，比较自由。当了教师之后，他觉得要从中医理论和文化讲起，让学生对中医有兴趣。他这样做了，取得了很好的效果。还有许多学生找他开处方，他就给开，学生用了方子，效果很好，这样一传十、十传百，从学生到学院教师，都请他看病。莫院长把他叫到办公室，问他为啥不当医生，建议他还是要到临床去。他就去附属医院找王德亮院长，院长就在中医科门诊给了他一个位置。他跟另一个名中医坐一间屋子，结果人家是门庭若市，他这边却是门前冷落。他坐在那里，很郁闷，没有病人，也不敢说话，只能低头看书。时间一长，偶尔有一两个病人让他看，他看了后，效果很好，病人渐渐多了。2013年10月13日是他第一天坐诊，到2014年5月，他的门诊一早就有二十多个病人了。他感到很快乐，他用自己的医术为病人解除了病痛。有一次，院长巡查病房时，发现他的病人很多，就给他另外开了个诊室。就这样，他的门诊病人一天天增多。从2016年起，他的门诊量年年排在医院第一名。2021年，他到商洛国际医学中心，门诊病人没受影响，中医科也成了医院的招牌科室，中医科的处方量占到了全院的四分之一多。

2017年，商洛职院附院创二甲复审期间，新成立了中医科病区，任命他为中医科主任。青年医师冯盟盟（1992年生）也加入进来。冯盟盟是中医专业毕业，也是双师型教师，为人很好，擅长针灸，治疗面瘫、颈椎病、妇科病等，效果好。

商洛国际医学中心解散后，市上一家大医院要他，他没答应。后来商洛市中医医院被划为商洛职院附属医院，他被安排于每周一、三、五到医院门诊坐诊。前来看诊的病人很多，他每天要看五十多个病人。他看病，用的是《黄帝内经》诊疗法，用整体概念辨证施治，疗效非常好。糖尿病、脾胃病、心脏病、月经不调、痛经、不孕症等，他都能看。一个女的三十多岁了还没有娃，他给看了，用中药调理，女的生了个男孩，高兴得没法说，还和他成了朋友。有个男的不育，王震也给看好了，有人戏称他为"送子观音"。其实他还擅长看娃脸上长的痘痘、乳腺增生、甲状腺结节等。

问他这么多年给病人看病，有哪些印象深的患者，王震说，那太多了。一位姓张的女士，五十二岁，患支气管哮喘十余年，喘促、气短、咳嗽、痰多，每遇季节交替、天气变化就加重，身困疲倦、少气懒言，稍不注意就感冒，咳喘加剧，内心压抑不舒，备受病痛折磨，经熟人介绍，前来求诊，经他辨证论治，服药后咳喘咯痰明显减少，身困乏力气短显著减轻，精神大有好转，自觉体质日益增强，目前病情平稳，心情十分舒畅。以前她老公多少都有点嫌弃，现在老公陪着来赠送锦旗一面："除病痛技术高超，保健康医德高尚！"还介绍了不少亲朋好友前来就诊。

他在卫校附院时，主要看妇科，取得了很好的效果。他用全身概念给本单位女职工和就诊患者看好了脸上长痘、更年期综合征、乳腺增生等妇科病，被同事们戏称为"妇女之友"。

他在读本科期间学中医理论，实践则是自己在摸索。大学毕业实习，他不愿意，怕自己的中医思想被西化，因为他第一次实习，教师就用的是西医理论。他读书积累经验,主要把中医用在"悟"上。考研前他还培养了不少爱好,像喜欢上了京剧,尤其把三国戏《空城计》听得入迷,还喜欢琴棋书画、舞蹈等。

王震坦言,自己是普通工人家庭出身,小时候没有条件学习其他艺术,但他有天赋。小学三年级时,他到西安市少年宫参加画画比赛,他的作品《鸡》获了奖。小学六年级,他画的作品获省"科技之春"活动二等奖。领奖时,赞助单位送的果汁是他喝过的最好喝的饮料。他平时喜欢看《射雕英雄传》,尤其喜欢黄药师,他学黄药师自己制作笛子,能吹响,有旋律。三十五岁生日时,他给自己送的生日礼物是一架古琴。古琴讲究中正平和、清澈淡远,中医里也有五音五色五味疗法,药可治病,音乐也可以治病。他在他的诊室放一架古琴,燃香,给病人一种温馨感,有利于病人康复,比如古曲《广陵散》《平沙落雁》《半山听雨》等都有很强的带入感。他当我面还哼出"拉咪——来拉哆——",我也学过《半山听雨》的萨克斯,我俩同时吟唱起来。他说弹古琴能练出手指的敏感度。中医认为,病由内生,内有三毒:贪、嗔、痴,外有六淫:风、寒、暑、湿、燥、火,但主要还是心理问题。他喜欢《素问·上古天真论》中的一句话,现场给写了出来:"虚邪贼风,避之有时,恬淡虚无,真气从之,精神内守,病安从来?"

我问他如何诊脉,他说,中医诊脉也是按照天人相应的指导思想,左右手脉各分为上寸、中关、下尺。寸应天,对应上焦心和肺;关应人,对应肝和脾;尺应地,对应下焦肾和命门。一般病在表脉则浮,是气血鼓舞于外,祛邪外出之象;病在里脉则沉,是病邪深入于里之象。脉数有热,脉迟有寒,脉细则虚,脉滑则实。正常人体当为心肾相交,水火既济,方为健康。若寸有余,尺不足,可能属于心火亢于上,失眠多梦,肾水亏于下,腰膝酸软。他请余振西先生创作书法作品"传承中医文化,弘扬国粹精神",挂在他的诊室里。他还在诊室抽屉里放了一些"应急钱",以备患者之需,遇到可怜人就给钱买吃的和返程车票。他医术精湛,很多远路的患者也会慕名前来看病。有一次,一位患者看病时身上钱没带够,考虑到患者身体情况,他就先用自己的钱给垫上。之后，每当有患者钱不够时，他总会不假思索地从抽屉里拿出钱递给患者。有的患者不肯接受，说："王大夫，能否少开几服药？"他说："您路远，来一趟不容易，慢性病中药喝少了疗程不够，下次来还要花路费。"患者说："那您就放心把钱让我用？您不害怕我走了就不来了？"他说："我都不怕把钱让您用，您还怕什么？还推辞什么？赶紧去抓药，回去就喝上，这样就会好得快！要是记得了下次来了多拿点钱，记不得了就算了，治病要紧。"有段时间，他不便外出，为了让更多的群众方便看病，他就给他小区门口一家"妙应堂"药店老板要个凳子，给病人看病，结果病人都撵来了，药店的生意也火了起来。店老板给他钱，他没有要，说我不是为挣钱，主要是为了病人方便。

他妻子是柞水人，在商洛市中心医院化验室工作。两个孩子，大的九岁，小的六岁。他说社会上对他评价很高，但他认为自己还是个学生，还需要不断学习。

杨氏膏药传承人

杨氏膏药传承人是个群体，我电话采访传承人之一的杨彩凤。

杨彩凤，女，1968年生，洛南县城关镇南关社区人，1987年毕业于宝鸡中医学校，后在咸阳陕西中医学院继续学习，现为主管药剂师，在西安开有国医馆，主要用自制的膏药给患者治病。她从小受到家人的影响，长大后，跟哥哥杨青旺学习膏药制作和治疗，行医三十多年，积累了丰富的经验。她在电话里耐心细致地介绍了杨氏传统秘制膏药。

这膏药已成商洛市非物质文化遗产，祖传秘方与现代工艺完美结合，提取纯中药精熬细焙而成，具有活血化瘀、消炎止痛、通经活络等功效，属于治疗型而不是缓解疼痛型的膏药。

杨氏传统秘制膏药，起源于陕西省商洛市洛南县寺耳镇，地处洛南县东北部，东与灵宝市朱阳镇相接，南与石坡镇相邻，西与巡检镇接壤，北与渭南市潼关县太要镇交界，位于秦岭腹地，自然资源丰富。

杨氏家族传承人的核心发展区域，主要在洛南县及周边区域。杨氏一族人通过家族继承、师徒传承等形式来继承和发扬其秘制膏药，影响从洛南县寺耳镇逐渐扩展到洛南全县、商洛市，又辐射到河南、河北、江西、江苏等省份，现已传承至第七世。

杨氏传统秘制膏药都是传承人亲自采集搜集中药材，保证了药品原材料的纯正，再加上精心熬制，世代传承延续，确保了疗效。

杨氏传统秘制膏药配以现代工艺科学的无纺布，使膏药完成了药效最大化的蜕变，使得膏药的特性渗透性地发挥到极致，运用的则是中药归经的原理，多种药物相互协调的效能，组成了多味药物的大复方。

膏药由纯中药熬制而成，不含任何激素、西药化学成分，膏体厚度大，是市面普通膏药的三倍以上，使用安全、无刺激、无过敏性反应（过敏体质除外）。膏药布柔软细密，不损伤皮肤，强度高、起毛性低、透气性、防水性好。

杨氏传统秘制膏药，通过外贴直接作用于患者病痛之处，操作方法简单、易学，一般贴一贴就能感受到效果，个别人吸收较慢，需贴两三次见效，因人而异。

杨氏传统秘制膏药对颈、肩、腰、腿疼痛，跌打损伤，骨折，腱鞘炎，坐骨神经痛，痛风，闭合性软组织劳损，软骨组织损伤等引起的疼痛，颈椎、腰椎、膝关节、跟骨等部位的骨质增生病症引起的酸沉、疼痛，股骨头坏死、骨髓炎、静脉曲张引起的疼痛，血管不通等都有可靠的疗效。对精神病、中风、高血压引起的后遗症，帕金森综合征等顽疾，也有疗效。有几例癌症患者也取得了很好效果。杨氏传统秘制膏药用于治疗的有杨氏秘制膏、杨氏卵巢保养膏、杨氏秘制兴阳膏、杨氏乳腺增生膏等。

杨氏传统秘制膏药现已传承至第七世，具体传承人是：

第一世：杨继有、杨继宽（世家传承）；

第二世：杨随成、杨来成（世家传承）；

第三世：杨金满（世家传承）；

第四世：杨永红（世家传承）；

第五世：杨青旺、杨青林、杨彩凤（师徒传承）；

第六世：杨银行、杨银霞、杨东（师徒传承）；

第七世：杨小亮、杨亮、高健（师徒传承）。

我遇见的山里采药人

生活在商洛山中的人，挖药，采药，都不陌生。特别是农村长大的、20世纪60年代及以前乃至70年代出生的人，几乎都经历过挖药的事儿。挖药补贴生活，挣油盐钱，挣学费，是经常的事。

那些山区的草医，几乎都挖过药，他们治病用的草药，几乎都是自己挖的。也就是说，挖药是为了给病人治病用。但真正以挖药为生计的采药人，现在健在的也多七老八十了，我们叫作老药农，如今，这些老人已经没有多少了。

界文光大夫一有空，就骑上摩托，带上儿子，遍访商洛的老中医、名中医、老采药人。向草医人学医术，他学，儿子也学；向采药人学认草药，了解其生长环境、药性。他现在可以说是商洛草医、草药的"活字典"了，哪儿有啥草药，有啥草医，能看啥病，哪儿有咋样的药农，都认识啥草药，都能给说得清清楚楚。

2020年4月12日一早，界大夫带我们去商州区杨斜镇的西秦村，找采药老人。他是个细心人，前一天，就让儿子开车踏勘路线。今天去，本来小陈开一辆商务车就能坐下，他还是让儿子开上他那辆红轿车。我、老何、老喻、小贾和他坐大车，老马坐小界的车。

车进赤水峪，翻过一座山，界大夫说，从路边那条沟，能上秦王山，也就是商洛海拔最高的山，海拔两千零八十七米。小贾说，秦始皇的儿子在山上屯过兵，还有人说秦王李世民也在这里待过，再就是说李自成也在这里屯兵。《山海经》里说，每座山都有神守护，每座山也有它的故事，秦王山也有自己的山神。界大夫说，今年的流行病以寒湿为主，治疗方子用麻黄、石膏，还有苍术等。小贾说苍术叶叶子跟锯齿一样刺手哩。我问："小时挖的红胡治啥哩？"界大夫说是清肝利胆，治疗乙肝就要用它。土蜂窝泡的水，喝了，能去湿气；土蜂窝泡白酒，治类风湿关节炎，喝一年就好了，止疼效果也好；壮阳药里也有土蜂窝，里面有蜂子哩；泡苞谷酒喝了，一个冬天都不冷。司机小陈说得了荨麻疹，在西安看了好长时间，界大夫说这病难看，二十年前他在报上发表文章就说的是治这病。界大夫说他去年跑这一路不下五六次，拜师父，采草药。翻过山，是砚池河，车子在山间拐来拐去，行到沟底，又要上一座山，再下山，就是过去的牛槽乡了，现在已经撤并到杨斜镇了。

车走了两个多小时，才到王老家门前，这里海拔一千两百多米，比市里冷，树木也刚刚发芽，地里才开始点洋芋。路边有几处大棚香菇，还有一个养冷水鱼的大水池。

过一座小木桥，桥是用桦栎木竖排起来，用绳捆成的。王老家门口乱乱的，堆了不少桦栎树，通通、直直的，锯成胳膊长的节节，可做木耳或香菇菌棒，不规则的锯成短的，劈开当柴烧。

王金明

王金明，男，七十三岁。商州区杨斜镇西联村人，是我们采访的第一个采药老农。

采访时间：2020年4月12日上午

采访地点：商州区杨斜镇西联村王金明家院子

在他家门口见他时，老人头戴黑皮帽，人造革的，身穿好几层衣服，最外面是黑色旧棉袄，上面的垢圿都起层层子了。他一个袖子塞在上衣口袋里，看来是个独臂。有一年冬天烤火时，他把右腿烧伤了，烂成一个坑，骨头都露出来了，在西安医院看时，人家要给截肢，他不干，就跑回来了。界贝带着药，给他换了，重新包扎好。界大夫说，把你伤治好，到最热时引我们上山，老人说好，没麻达的。提到采药的事儿，老人的话匣子打开了，用袖子一抹鼻子，说开了。

他从二十来岁就在秦王山、柞水曹坪一带采草药。他经常引一帮子人去采药，苦没少吃。20世纪70年代，在曹坪采药时，在蛇洞口，曾见过一条大蟒蛇，有水桶粗细，眼睛跟拖拉机的灯一样，吓得他趴在树上不敢动弹。采药时，背上干粮，拿上一把小䦆头，一去就是两三天，晚上就住在山上，有时怕野兽，就在睡的地方温上火。挖的草药有猪苓、天麻、党参、重楼、天南星、朱砂七、萝卜七、刘寄奴等。这些药贵重，也能卖上好价钱。界大夫也曾在秦王山上见过他父子挖药，挖药的同时，还学着给人看病。采药中，见有人腿受伤，被露水激了，成了臁疮腿，他用做过豆腐的豆渣给外敷，能治好。

他曾跟一个算命先生学会了算命，经常跑寺院、庙会，给人算命。他算命很准，连庙里的方丈、住持都请他去，管吃管住。他说，一半行善，一半给人方便，积福行善哩，能混一口饭吃就行了。他还有中草药书，连字典，都放在西安了。他还先后跑到过湖北、湖南、广东、广西。在五丈原周公庙（周文王的庙）会上，人家看门的保安不让进，他就给念了一阵经，见他念得好，也是佛家人，人就放他进去了。在铜川香山庙会上，有人要收他住，他没住，只摆过卦摊子。他就爱云游四方。我想，他能给别人算命，自己咋过得一塌糊涂呢。

他也说道，他的命好，也不好，三个娃，老大儿子病死了；老二，四十七岁了，还没成家，在家里挖药、打柴、种地；老三大学毕业，在河南洛阳电信上工作，接他跟老二儿子去，他们住不惯，就回来了。

二儿子，叫王玉有，脸黑瘦，个子小，不太灵性，穿一件黄衣服。我们赶到的时候，他正在把锯好、劈好的柴，用笼子从屋里提出来，整整齐齐码在房檐台阶上。他说，他是1973年生的，十来岁就跟老人上山挖药，撑不上人么。遇过怪东西，见过野猪、长犄角鹿，有一次，在他家对面的西角洼找牛时，见到一条大黑蛇，有碗口粗，一头在树上，一头在河里，他是从蛇身上跳过去的。他挖药也在山上住过，平时，在家割一种叫马虎梢子的条子，编笼子卖。

王金明老人说话有点颠三倒四，我们也没得到多少有价值的东西，只是他又缺胳膊又少腿，依然乐乐呵呵，对生活的热爱，给人留下了很深的印象。

张京旺

张京旺，男，八十五岁。住在商州区杨斜镇西联村娥项沟，是我们采访的第二个老药农。

采访时间：2020年4月18日上午

采访地点：商州区杨斜镇西联村张京旺家上房堂屋

18日那天，天下着中雨，得穿两件衣服。界大夫让儿子前一天去探过路，去张老家得从石道峪走。下雨天，农民还冒雨在地里干活，也不用伞，也不戴草帽。一位中年妇女在路边涧塄上，用长竹竿上绑着的镰刀，掰香椿，我们在车上都能闻到椿头的香味。女人满脸的喜气。车子走了一段，前边正在清理塌方，不得过去，又返回，从赤水峪走。在车上，界大夫说到两种神奇的虫子能治病的事。一个是倒退牛，老喻说就是咱说的碌碡倒虫，小贾说叫钻窝窝，退着走哩。把它用瓦焙干，敷在子弹造成的伤口上，那些杂质就能自己出来。前文提到王家成治枪伤一事，说的就是这种甲虫。还有一种土鳖虫，就是商洛人说的簸箕虫，接骨用公的，效果很好。

老人住的地方，小地名叫中沟，海拔一千三百米左右。车子走到一个小石拱桥处，界大夫用手往涧上一指，说："那就是张老的房子。"我们从土泥路一滑一滑走到院子。院里很干净，正房和厦房都是土木结构，外墙刷得白白的，瓦是红的，台阶上摞满了锯得整整齐齐的柴火。涧塄边一棵桃树，桃花红艳艳、粉嘟嘟。

老人招呼我们坐到正屋，让儿媳给生火。儿媳端来火盆，烧的是栲树，一股淡淡的清香在屋里弥漫。我们围着火盆，听老人讲他挖药的故事。

老人满头黑发，一脸慈祥，只是眼睑拉得很长，几乎到脸蛋上了。他穿一件军绿色羽绒棉袄，说话一句是一句，慢慢的，但记性很好，脑子清醒。儿媳说老人叫张京旺，老人说就是春苗"旺"的"旺"。老人忙着给大家发烟，都不抽，他说看你们都不抽烟，坐这儿有啥干的。界大夫说前几年来的时候，老人腰板直得很，儿媳说，前两天摔了一跤，把腰摔得不美势了，手里不离一根棍，说是年龄大了，走路得有个招呼。

老人在七岁上，父亲得了细病，也就是现在的食管癌。为了照看父亲，他就没上成学，十岁就离了外首大人（父亲去世）。父亲一走，他就跟婆过活。家里养了四头牛，放牛，套牛犁地，种庄稼，他样样都得学会，再苦都得受。一次，婆叫他背上四十斤苞谷，到杨斜街上去卖，几十里山路，累得他一步都走不动了，背得蛮想哭。儿媳插话说，老人弟兄两个，她那个大大（叔父）都去世了。他跟婆生活了十六年，1958年，婆去世了。

1965年，他拜村上的中医大夫游国顺为师，学看病。游师父没上过学，也不识字，师父的师父是黑山乡双庙子人，是和尚，姓朱，家具体在哪儿也说不清。他学会了看胃病、气管炎、妇科杂症、骨伤等。师父还教他辨认中草药，学习药的用途、用法、用量。像党参，用了外头人（男人）补气，屋里人（女人）补血。用的时候，放锅里一熬，自己一喝，没有毒啥的，才给别人喝。他说他这人不会说话，让我们别见笑，还跟小贾说，把你害得写了满满一张纸。他记性好，啥东西一学就会，很快学会了中草药配方。每学一样药方子，他都先是自己尝过后才给病人开。他给病人抓药，三个指头一捏，就行了，捏得跟戥子秤称的一样准。他开的草药，都是自己上山采的，自己炮制的。农业社干活那会儿，他在地里锄草，这个草是啥，那个草是啥，他都知道，有用的就装到兜兜里，拿回来到处放。屋里人说弄这些烂草草，能吃吗能喝，就随手给甩了，他也不说啥，二回再弄。

他最拿手的是看妇科、蛇咬伤、骨伤等。他认为，独角莲治恶疮、流血化脓，止疼效果非常好。治蛇咬伤，还可用一枝蒿、雄黄草、七叶一枝花。人要是吞下铜钱，用铜钱草熬成水喝，可以把铜钱排出。夏季山里蛇多，农村女人知道蛇常偷吃鸡蛋，就把鸡蛋打开，蛋液倒出来，在蛋壳里放进石头，又放到鸡窝。蛇吃了，难过，就去吃铜钱草，这草便能克化蛇肚里的石头。张老说到这些时，眼睛里放出神奇之光。

接骨，用的是百步还阳草。这种草药秦岭里不太多。老人挖回药苗，在自家地里种了十几苗。这草药接骨有奇效。村里一家人的小山羊，把腿跌断了，他把羊抱回来，把这种草药砸碎，用酒拌好，敷到伤口上，一个礼拜，羊腿就长住了。

赤水峪有个妇女，不怀孕。她公公是原来杨斜乡卫生院院长，给开了不少西药，都不见效。他去那里给把脉，是气血不顺，给开了他采的药，喝了，女人说感觉很好。第二次，又给抓了五服药。后来，那女的怀上了，见人就说张老病看得好。

花红沟的吴友福跟他是好朋友。老吴的女人身体不好，他给号了脉，说是女人身上来时（月经）躺了露水，受凉了得的病，气血不畅，他给开了草药，老吴的女人吃了后，病好了。老吴没法感谢，就偷偷给他衣服兜儿里塞了二十块钱。那时一个工分才几分钱，二十块可是一大笔钱。他发现后，说啥也不要。村里人有个头痛脑热，都来找他，他就用自己采的草药给治，很管用。像上火了，用大黄消火气；车前子籽儿是第一个利水的药，独根的最好，毛根不太好；苒苒草，学名叫茜草，又叫活血丹，能活血，治妇科病；党参熬好，加蜂蜜，可以乌发，最好是野生的；百步还阳草，有凉补性，人吃能补血补气，把它拔些，别在身上，不会变蔫，用这草接骨也好得快，一个礼拜就能长住；独角莲草治脓疮很好；铜钱草熬的喝，能解结石。老人还能治肠炎。他给人号脉，三个指头一搭，就知道这人有啥病，他说三个指头管三个经。他眼睛看啥也准，师父说的，给他看的，都记得牢牢的。

上山采药，夏季要防蛇。有一次，他一脚踏了蛇，也不害怕。去年春上，他在秦王山采药，见过一头白麻麻子脸的野驴，耳朵灵得很，有半桩子牛大小。采药是个苦活，上山到一处儿，就得好几天，有时没得吃，没得喝，饿得都抬不起腿。小界说，去年老人带他们到龙当沟采木通药，七八个小时不吃不喝，走得比他还快。就是到秦王山，平常也得两三天，来回要走百十里路。

老人一辈子最为得意的是，他师父曾参加过商县（现在的商州）"四老会"。那是1974年7月14日的事，师父回来把那个会上发的笔记本送给了他，他喜欢得不得了。这会儿，他激动得两手颤抖着从柜子里取出发黄的笔记本，笔记本扉页上用毛笔写着"商县四老座谈会纪念"，落款是"一九七四年七月十四日"，上面还加盖着"陕西省商县革命委员会卫生局"的公章。本子上整整齐齐地抄录着中药方子，像治疗荨麻疹的、脱肛的、痢疾的等等，他说是赤脚医生给抄的。小贾把所有的内容都拍了照片。老人说现在他这样的人都没有了。老人还领我们到他那小黑房子翻出采药的工具：一个一拖把长的棍，一头安着钢尖尖，能探路，能挖药；还有把镰刀，老人熟练地给我们演示着，怎样把镰架绑在后腰上，他眼睛也不看，"日"一声，就自如地把镰刀抛在背后的架子上，取出来，放进去，都很准的。

外面的雨下大了，老人却很有兴致，冒雨带我们去辨认长在河边的草药。他走路轻快，不一会儿，就到河边一片草地上，指着那几株半人高、枯干、顶上有空壳、地面长有大叶子的说，这就是百步还阳丹。那草药叶子油滑，有手掌大小，用手摸，滑软像婴儿屁股，叶脉为细红丝，跟人的血管一样。儿媳说，去年有十五苗七叶一枝花，现在只有五苗了。张老说，谁挖去都行么。七叶一枝花秆子很脆，开粉红色小花，叶片极小。铜钱草满地都是，叶子像野菊花叶，开小黄花，秆是空心的，撞烂了秆，就流出黄色汁液来。

这些神奇的草药，光听名字，都让人心生敬畏。

约莫过了几个月，听说老人家仙逝了，界大夫还让儿子去给送了花圈，我却深感遗憾，没能送老人一程。老人到另一个世界去了，依然有草药给他做伴，他一定也安心，我在心里为老人祈祷。

郑安玺

郑安玺，男，五十岁。商州区杨斜镇海棠岔村七组人。算年轻一代的药农了。

采访时间：2020年4月25日上午

采访地点：商州区杨斜镇海棠岔村郑安玺家院子

4月25日，是个大晴天，又是界大夫带路，我们一早就去海棠岔找郑安玺，听说他曾挖到一个五百多斤重的薯根。在车上，界大夫说十大仙药，商洛就有五种，仙药之首就是金钗石斛，在商南金丝峡有不少。小贾说听人说过，金钗石斛长得隐蔽，朝水汽长，对面山上还有竹林，是大蟒蛇给看着哩，有神奇的故事。界大夫说这方面的故事太多了，他朋友在太白山采石斛，绑了绳子下到悬崖上，飞鼠要吃金钗石斛，还被飞鼠抓了。

车子也是在山间穿行，太阳刚刚照到山腰，坡上的树木油光见亮，地里的洋芋也刚露土。这里海拔在千米以上，比起我的老家那边，要高几百米，两周前我回棣花苗沟老家时，洋芋长得都把地罩严实了。

老郑家在靠坡根的慢坡上，院子里放着一辆蹦蹦车。路边、台阶上，都是切成片的葛根，晾晒着。满院子一股腥甜味儿。

他那张长脸总是挂着笑，下巴尖尖的，穿了一件紫黑相间的花格子衬衫，人很瘦，看着却很有精神。问他的名字，他说，他那个"玺"是玉玺的玺。大家笑着说名字起得好，把皇上的大印都放他身上了，他说老人胡取，也不懂啥。2018年，他在山上挖到一个有水桶粗、五六丈长的薯根，雇了四五个人才抬回来的。这东西是越挖长得越凶，他只用了一个小时就挖出来了。去年村上有人还挖了一个一千多斤重的薯根，还有人挖了一窝三千多斤的。

他家里姊妹七个，其中弟兄四个，十口人，穷得很。那时土地面积多，但不好好长庄稼。他只上了四年学，十几岁上，就跟堂兄郑安德到太白山上挖猪苓，带上锅碗米面，一去就是一二十天。他说这些枯焦日子时，很轻松的样子，好像在说别人的事情。当时一斤鲜猪苓卖到三十多块，干公家事的工作人，一月工资也不过三四十块。

他们是坐车到太白山下，在小旅馆住一晚上，第二天一大早就上山。他们一块去四个人，每人身上都背着五六十斤吃的、用的，一天下来，得走七八十里山路，走得人只想哭。渴了，就趴在小河边喝几口，再往前走。到了太白山，搭帐篷，一般得扎在背风处、地势高处。晚上还要生火，不然冻得受不了。当时挖药没人管，现在山上管得严了，不让去挖了。

第一天，他们走了七八个小时，在一个山崖下找到了一窝猪苓，大家兴奋得乱喊乱蹦。这一下子就挖了五六十斤，就要卖五千五百多块，刨去费用，能挣一千两百多块，一天要挣六十块。这大概是1988年春末的事，大家高兴得天天都咧嘴笑。

他想，猪苓恁值钱，自己能种不是更好么？2016年，他上太白山挖了一百七十多斤猪苓。当时鲜的一斤大多卖八十多块，有人上门收，一斤给九十块，他咬了咬牙，没舍得卖，自己种下。猪苓生长期长，一斤种子得长三年，长得好时一斤长二十来斤，不好也在七八斤。他说："栽猪苓比栽天麻省事。天麻，两年就要换地，不然，菌种一旦感染，就不出苗了。猪苓就不用倒换地，方便得很。"

在太白山挖药，也是很危险的，那里地形险要。有一次，他脚下一滑，差点掉到悬崖底下，多亏崖边的树杈给挡住了。靠挖药，家里也有了些积蓄。1984年，家里盖起了四间瓦房，三间正房，一间厦房。他人诚实，能吃苦，后来，娶妻生子。他和妻子那时也说不清咋样走到一块的，两口子也经常上山挖药。2018年，挖蒌根拉蒌蔓时，蔓断了，妻子从两层楼高的地方摔下去，肋骨裂缝，界大夫给看的病，用的药。他说，界大夫的药效果确实很好。他孩子现在都大了，老大在河北保定都买楼房了，老二定了媳妇，上人家门了。他两口子也是种地呀，挖药呀，过着普通人的日子，也过得去，后来跑出去打工了，采药还是辛苦得多。

门口晒的石碴药，是他老婆挖的，一斤卖四五块钱，石皮上到处都有。说话间，几只喜鹊在场边树上喳喳叫着。

老郑带着我们到他家上面的椿树沟，找野生草药。他说沟里当年有个老草医，姓蔡，胡子又长又白，治肺气肿很有名，主要是扎针。沟里也有几户人家，在一片竹林处，一家门口的狗叫着，一个胖女人出来问话，叫到门上喝水，他跟女的开了几句玩笑，继续进沟。走到一片野草茂盛的慢坡，他用手拨开草丛，发现一株小圆叶、有臭味的野草，他说那就是野生党参。他从背包掏出一个一边是小镢头、一边是斧头的工具，跪在地上挖，小心地刨。一苗党参，嫩嫩的，根一碰就流出白汁子。他又在边上找到一苗，说，那是风把党参籽吹落到这儿的。他指着小溪说，这里过去还有娃娃鱼来。

他说，在深山里，说话也有讲究，有些话，就不能随便说，那会对山神不敬，还会出事的。石头，不说石头，叫胡基，下雨，不说下雨，叫沙沙。采药人相互打招呼，不叫名字，喊"哎""噢"。一次，在秦王山挖药，他一个人住在庙里，半夜听到呜呜呜像人哭一样的怪叫声，吓得他头发都竖起来了。

返回来，我们到他家门口，在涧崂底下看了他种的百合、重楼，重楼就是七叶一枝花，这名字就像一首诗。临分手时，他给每人送了三五片晒干的葛根片，说，回去泡水喝，能解酒，还能治病。

见过金钗石斛的人

界大夫说商南金丝峡后面山上有人见过金钗石斛，有位赵珍老师他的亲戚就住那儿。

2020年8月1日，多云转阵雨。在界文光大夫的陪同下，一早我们就来到商南富水镇看人工栽培的金钗石斛。在树林和玉米地边，有一座三层小洋楼，门东边一个大棚，用黑网子罩着，那里面就是石斛。主人是个小伙子，他出门迎接我们。他家一楼开了个饭馆，就叫石斛菜馆，餐厅墙上宣传画上有铁皮石斛的功效：补益脾胃、护肝利胆、提高免疫力、滋养阴津、降三高、抗风湿、抑制肿瘤等，说是"药界大熊猫"，民间称为"救命仙草"。他还带我们进大棚，不过告诉大家不要随便乱动。棚里的石斛长得很旺，他说上个月是花期，黄的白的花，很好看。他用石斛花做的茶，一盒两罐，卖一百七十八元，很好卖的。在他的饭馆吃饭，有石斛凉粉、石斛烧土鸡等药膳，营养很好。

饭后，赵珍老师和她先生带我们到金丝峡镇核桃坪村权家组。这里海拔在一千二三百米，又叫卧虎坪，山叫九道梁，那里的人见过野生的金钗石斛。赵老师是商南人，很热心，她先生是喀麦隆人，两人是网恋的，先生现在在商洛学院任外教，中国名字叫王亮。王亮幽默地说，为了跟岳父岳母处好关系，他都学会了商南方言,比如商南人说某人不咋的,他都知道是说那人好,是好人。赵老师的外婆家就在这里,我们先到她老表家,那家的女人正好是界大夫的病人,界大夫昨晚联系上,小界给抱了一箱子啤酒,给捎了几斤辣面子。那家男人骑摩托回来,他说,十四五年前在金丝峡的穿心洞修桥梁时,三四月间,见人在一棵铁匠树洞上采到过石斛。他们管石斛叫石针,有的叫金钗,每年都有,最容易长在树上腐朽处,采的时候腰上得绑绳子,吊到半崖上,很危险的。山里还有石米,像大米一样。有的人还到崖上拾飞鼠屎,走上去得两三个小时。他采的防风,叶子长得像大叶子柴胡,长在石岩上,治半身不遂,给偏瘫的猪搅在猪食里,吃了,猪能站起来,切成片,泡酒喝也能治病。他还泡了治虫牙的药酒,好几种药,是个中医先生跟他喝酒时,给他说的方子。他笑着说:"这是酒后吐真言。"赵老师老表给大家每人倒了一纸杯苞谷酒,赵老师老公说他上次来喝醉过。

商山里的中草药

秦岭东南坡的商洛市,有六县一区(商州区、洛南县、丹凤县、商南县、山阳县、镇安县、柞水县),都在秦岭腹地,自古就有"商山无闲草,遍地多灵药"之说,素有"天然药库"之称。境内植物资源多达五千余种,丹参、桔梗、黄芩、天麻等野生草本中药漫山遍野,连翘、南五味子、杜仲、山茱萸等野生木本中药郁葱成林。丹参、桔梗、连翘、南五味子、黄芩、山茱萸、天麻、柴胡、金银花等五十六种大宗道地中药材,因质优量大畅销国内外。

早在唐宋时期,商州麝香、枳实等就被列为贡品。《威灵仙传》载:唐时新罗(朝鲜)僧人,入商山采威灵仙治愈手足不遂之患者。《宋书·地理志》记载:赵宋时,商州贡物有二,一是麝香,二是枳实。《太平寰宇记》记载:商州每年进贡枳壳三十斤。明代商州白杨店许石山产的银柴胡被列为贡品,年进贡一百斤。《直隶商州总志》记载:唐玄宗病,梦服商山土地所献商山桔梗而愈。明代著名药物学家李时珍曾留下"商州赤箭(天麻)丛生,独摇遍野"的赞誉。又记:远志,商州出者最佳;桔梗,商产者亦佳。新中国成立后,国务院所列三十四种名贵药材中,商洛就有十四种。

商洛中药材资源开发利用的历史源远流长。历史上,曾经有许多医者利用商洛丰富的中草药资源,广泛采集中草药样本,搜集民间医药成就,建立和充实生理、病理、治疗、药物、方剂等的理论基础,丰富实践经验。历代民间自采自制中药防治疾病,不乏名医名方。早在东晋升平四年(360年),著名道教理论家、医学家、炼丹家葛洪就曾到商州、山阳等地讲经说法,炼丹治病，并著有《抱朴子》等。唐代著名医药学家孙思邈、名医韦善俊在商洛山中采药炮制，为民疗疾。商州刺史司空舆既为官又行医，著有医书《发烟录》。明代商州南贤精通医术，奉召进京，赐龙章符验，授医学训。清朝陈廷照曾任八旗教练，精通医学，著有《五云氏藏书》。洛南县农民柳云武从三尖杉中提取治疗血癌的高三尖杉酯碱、紫杉醇，产品销往京津，供不应求。

孙思邈从家乡耀州来到商洛设堂采药、制药行医十三年，所著《千金要方》、编纂《唐新本草》，吸收了商洛中草药的精华，为商洛中草药的开发利用、创名优道地药材奠定了基础，也在商洛留下了很多遗址和历史传说。其中，柞水药王堂村内保留下来的就有药王庙、药王井、药王碥、晒药台等遗址。药王庙里的两棵古柏，据传是药王亲自栽植。相传，一次，孙思邈在商州黑山采药时不慎骨折，被当地李姓猎人相救。养伤期间，他仍然坚持为大家治病，离开李家时，还收了李家三子李小山为徒。后来，人们为了怀念、感激孙思邈，便将原来村名"槐树坪"改为"药王坪"，并修庙立碑，长年烧香祭奠，祈求健康平安。李小山跟随药王三十多年，后在京城长安开设"益生堂"行医，李小山之后，李家每一代都有一人继承医术，"益生堂"声名远扬。清末，"益生堂"因获罪朝廷，举家迁回老家，在商州城里重新开张，虽多有起伏，但在利用商洛中草药资源为当地老百姓治疗疾病方面有口皆碑。孙思邈还曾在山阳天竺山采药治病，当地现在还保留有药王寨、药王台和百草谷的地名。

在清代，医者罗时义济世救民之志未衰，购置医书，日夜苦读，利用当地丰富的中草药，为民治病。他看病不分白天黑夜，不避风霜雨雪，随请随到；他医德高尚、济世救民，被人敬之为祖师爷。

商洛中药铺遍布各地，大多为行医治病之地，少数既行医又收售药材。商州历代旧志对各地中药铺都有记载。比如，清同治十年（1871年），商州城内药铺渐兴，盛时达三十余家，农村集镇也有药铺。民国末期，山阳城乡有中药铺十六家，镇安有中药铺二十八家。商州城的万成仁、龙驹寨的怀仁堂和白杨店街的积善堂并称"商州三大药铺"。万成仁清咸丰七年开设于城内西街，收购当地天麻、麝香、桔梗、柴胡、杜仲等，运往洛阳、西安、汉中等地销售。它也做中药材加工，自制膏、丹、丸、散等成药销售。商州的广济生、谦利永、谦和永、六合堂，镇安的隆盛永、乐善堂、济生堂、三泰恒、吉庆隆、明德堂等都负有盛名。

商洛的中药种植一直都比较活跃，很多农户从事中药种植、采挖、加工、贩卖等活动，并代代相传。据史料记载，商洛中药材人工种植和培育始于唐代。武则天天授年间，著名医学家、孙思邈之徒、太医韦善俊归隐洛南，在四皓岭开荒采集种植药材，详察中药的甘辛咸苦之味，细辨其湿寒温燥之性，总结百草药方，为民疗疾，人尊称其为"南药王"。之后，历代均有中药材种植，都是自发性家种，规模小，产量低，市面上的中药材大多数以野生采集为主。

新中国成立后，商洛历届党委、政府高度重视中药产业发展。1955年，地、县相继成立药材公司，有计划地组织农民种植中药材，大规模地变野生为家种，逐渐由一家一户零星种植变为集体连片栽种。从1958年起，当地先后引进白术、玄参、元胡、生地、贝母、当归、西洋参等中药材，试种成功后大面积推广。丹凤县月日乡马炉村党支部书记刘西有，从1958年开始，经数年摸索，用人粪尿、牛粪沤制山茱萸种子，突破发芽关，人工育苗成功，解决了发展山茱萸的种苗问题，种苗远销山西、河北、湖北、辽宁等省。1974年，商洛地委邀请陕西省科学院西北植物园在洛南县研究丹参、桔梗的野生变家种并获成功。随后柴胡、桔梗、山茱萸的人工种植在商洛大面积推广。

1974年12月18日，商洛地区革委会计划委员会、农业局、林业局、商业局联合下发文件，要求把中药材生产纳入农业和林业育苗造林计划，安排好土地、劳力、肥料、农药等；所有国有林场和社队林场，大力发展林药间作，尽量少占耕地；抓好当地传统药材生产，建立商品药材基地；科学种药，提高药材的单产和质量；积极发展木本药材。

1998年，天津天士力集团公司在商洛建立了全国第一个国家级丹参药源基地，商洛中药产业向规范化、现代化迈进。2007年，商洛以丹参、连翘、桔梗、南五味子、黄芩等为主的中药材种植总面积已达132万亩，其中规范化种植面积达52万亩，从事中药材种植的农户达到40万户，中药材总产量达到15万吨，中药农业总产值达11亿元，药农户均收入达到2700元。"商洛丹参"成为首批通过国家认证的中药材栽培品种、中国国家地理标志产品。

说起中草药，像我们这样20世纪60年代以前出生的农村人，都能一口说出一大串名字。要说我所熟悉的中草药，应该从我们的少年时代说起。那时，我们大多都上山挖过药。商洛人在野外劳作，草药随手就用，像脚手哪儿碰破了，采一把水蒿，揉碎，敷上，就能止血，还有长节的草都能治骨折之类的病症，等等。下面列举几样我自己认识的和曾经采过的中草药，有丹参、桔梗、连翘、五味子、山茱萸、金银花、黄芩、黄姜及菌药（天麻、猪苓）等。

小名叫蜂糖罐儿——丹参

丹参，又叫赤参、红参、山参、木羊乳、逐马、奔马草、郄蝉草，在我们这里到处都有，野生的不少，种植的也很多。家乡人常不叫其学名，叫它红参，更多的是叫它蜂糖罐儿。听听这小名，叫一声，满口都是甜蜜蜜的。在家乡，能叫小名，能叫乳名的，大都是大家最熟悉、最亲近的人。我们跟它也像亲人般亲。

那时，我们还在上小学，挖药，多在暑期。一早出门，路边、河畔、涧旁、阳坡、树下，只见一串串紫色花，像一串串小钟，叶子像桑叶，可比桑叶小，叶面有绒毛，白色，不光滑。叶子为单数羽毛样复叶，小叶片是卵形。枝秆四棱形。它在乱石丛里也长，石头是那种叫麻骨石的，酥酥的，一镢头下去能挖成一大堆石渣。一旦发现蜂糖罐儿，不急着挖，先是小心地把那一串串紫花割下来，一朵一朵拔下来，用嘴轻轻吮吸下端，甜丝丝的，眯着眼，咂巴着嘴，就像从蜂糖罐里沾了一指头尖蜂糖，用嘴慢慢舔时的感觉。我在想，农村人叫它蜂糖罐儿，也许就是这个缘故吧。市场上也有丹参花蜂蜜，我也尝过，有一点点花蕊的味道，没有当时那么纯正、自然。等美美享受完了，这才动手，抡起镢头挖，挖出来是一爪拉子，土红色，像蚯蚓，主根有大拇指粗细，一两尺长。挖得完整了，我会幸福地将它提到眼前晃来晃去，欣赏着，仿佛春节拜年去，亲戚给的一毛压岁钱，一会儿掏出来看看，一会儿掏出来看看，看够了，这才小心翼翼放到背篓，有时还会给同伴显摆显摆呢。

同伴们上山挖药，谁先看到就是谁的，从不去抢。那次是我第一个喊："看，蜂糖罐儿。"大伙立即齐刷刷向我这边看，还会跑过来帮我挖。吮吸花蕊时，只要我一发话，他们就会小心地摘下花朵，深深地吸，也是吸一口，眯一下眼，咂一下嘴巴。那份情意，大伙一辈子也忘不了。

丹参是唇形科植物，平常是在12月中旬，或者第二年春天发芽前挖，我们夏季挖，不是最好的时节。只是我们上学，只有这个时候了。冬天挖，秆枯死不好找，地也冻得不好挖，孩子们的热情也像给冻住了一样。人工种植的，挖的时候，先把秆割了，在丹参前挖一个沟，等露出根了，顺着向前挖，心不要急，不然，挖断了，会心疼半天。

丹参，根多，根就是药，有分根，还有胡须一样的细根。其外表多为棕红色，像刚刚挖出的红薯，粗巴巴的，有纵向皱纹。老根的外皮疏松，紫棕色，上有鳞片，质硬而脆。人工种植的，粗壮，红棕色，外皮紧贴，不易剥落，质地坚实，断面平整，呈角质样。最好的根是条粗、紫红色。

丹参不挑剔，啥地方都能生长，最爱的还是沙质地，通常生长在海拔一千米以下的低山、丘陵、平地，在海拔两千米以上，也能长，产量低点。

商洛的气候、土壤最适宜丹参生长。据专家检测，这里的丹参丹参酮含量是全国之最，比药典标准还要高一倍多，丹酚酸B含量也要高一倍。商洛在全国建立了第一家丹参药源基地，通过了国家GAP认证。大规模种植丹参也是这里农民增收的产业之一。据统计，截至2021年末，商洛丹参种植面积已达6.15万亩，年产量1.547万吨。

丹参是苦的，花却是甜的。按五色配五脏，丹参入心。据传，丹参名字的来历，还有个故事。很早以前有个小伙，母亲得了崩漏，在当地治不好，听人说东海海岛上有一种草，花紫根红，能治此病，他就冒着生命危险，将其挖回来，煎汤给母亲喝，母亲果真好了。人们见他这般孝顺，给这草药取名"丹心"，慢慢就成丹参了。它色赤味苦，性平而降，阴中阳品，是心和心包络的血分药；能活血化瘀，通经止痛，清心除烦；治疗胸痹心痛、脘腹肋痛、心烦失眠、疮疡肿痛等；还能预防血栓、降血脂、降血糖，提高机体耐缺氧能力。实用的妙方有：丹参散，治疗月经不调、胎动不安、产后恶露、冷热劳、腰脊痛、骨节痛等；丹参末跟羊油煮好，能治烫伤；丹参末膏，能治小儿惊痫发热，治乳痈。丹参味重，在人群中，如果闻到浓浓的丹参药味，多半是心脏不太好的人身上带有丹参滴丸，那味道，常常是人还没到就已扑面而来。

当然了，好药还要有好搭档，不然就会出问题。比如，藜芦跟它就不能一块吃，吃了可能出问题；服用抗凝药物时服丹参，也有可能引起严重出血。

花像紫色和尚帽子——桔梗

桔梗，又叫白药、梗草、利如、卢如、符扈，号称"餐桌上的宣肺祛痰药"。商洛的桔梗可是不得了的，名气大得很，连皇帝做梦，都梦见它。《直隶商州总志》里记载，唐玄宗病了，梦见用了商山土地上生长的商山桔梗，病马上就好了。第二天，果真好了。

相传，商洛很早就有商山人参，并且，商山人参和商山桔梗都成了"精"，变成一群穿绿袄红裤子的顽童，在山间花草丛中嬉戏。秦末四皓隐居商洛山后，他们能认出那些娃娃中谁是人参、谁是桔梗，便拔了人参来充饥。人参娘娘怕断子绝孙，下决心迁移到辽东。人参娘娘跟桔梗娘娘告别时，桔梗娘娘对天起誓："决不说出人参搬家的秘密，谁说谁黑心烂肝。"唐玄宗因梦病好，认为是商山人参之功，准备封赏，商山桔梗娘娘急了，说出了治愈皇上之疾的是商山桔梗，商山人参早都跑到辽东去了的秘密。她违背了给商山人参娘娘的承诺，便成了黑心的。所以，商山桔梗大多是黑心的。

桔梗，也是我们小时候经常挖的草药。它是多年生草本植物，秆有半人高，秆圆，光滑，折开，会有奶一样的汁子流出。叶子多是一个节上长一对，叶片就像切开的橄榄球面，两头尖，中间圆，边上齿齿拉拉，像锯齿。花很特殊，紫蓝色。在《植物名实图考》里，是这样描写的："桔梗处处有之，三四叶攒生一处，花未开时如僧帽，开时有尖瓣，不钝，似牵牛花。"花快开还没开的时候，就像和尚的帽子。一旦开了，五个花瓣，像五角星，是那种鼓鼓胖胖的样子。花脉像血管。叫它和尚帽子花，逼真，形象。花蕊是白的，茸茸的，也是五个。花在顶上，一般一支秆上一朵花，也是桔梗自己的"一花一世界"了。花期长，花谢了，结的籽儿多而小，褐色，跟芝麻一样，心皮不分离。

桔梗是药，还能当菜吃，食药同源。韩国、朝鲜，还有我国的东北等地，都有一道菜，就是泡桔梗。桔梗腌制，是最好的下酒菜，还能凉拌、做汤、酿酒、磨成粉做糕点。清代赵瑾叔的《本草诗》说："春来桔梗嫩苗生，煮食须知味最精。甘草可将同奏效，荠苨莫使错呼名。咽喉气下痰俱降，痈痿脓排血自行。诸品至高难得到，功非舟楫不能成。"把桔梗能当菜吃，还能治病的特性，交代得一清二楚。可见桔梗食药同源，古代就有了。

朝鲜还有关于桔梗的爱情故事。桔梗姑娘和恋人是青梅竹马，却被抢走抵债。桔梗悲痛欲绝，茶饭不思，不久逝去。死前，她让家人把她埋在恋人砍柴必经的山路边。第二年，她的坟上长出开紫色小花的草，根还是甜的，就像他们曾经的爱情，人们叫它"桔梗花"，编成情歌传唱。

桔梗适宜生长在海拔两千米以下的阳坡草丛里、灌木堆中，喜欢凉爽，也不怕冷。人工种植桔梗多在海拔一千米以下的丘陵地带的沙土中，像商州的沙河子、夜村一带的坡塬上，大片大片地种着桔梗，花开时便成了一片斜挂天边的紫色花海。

桔梗入药的是根部。挖回来，去了毛根，用木槌轻轻砸头部，用手一捋，皮就掉了，样子很像人参，只不过人参去不掉皮。桔梗根部表面为淡黄白到黄色，去了皮，则为嫩白色，慢慢会转成黄棕色到灰棕色，上部还有横纹。其味道先微甜，后苦涩，要是家种的，甜味重一些。

桔梗"主胸胁疼痛如刀刺，腹满，肠鸣幽幽，惊恐，悸气"（《神农本草经》），能宣肺、利咽、祛痰、排脓。咳嗽痰多，胸闷不畅，咽痛喑哑，肺痛吐脓，用它再好不过。妙方有：胸满不痛，用桔梗、枳壳；伤寒胀腹，用桔梗半夏汤；虫牙肿痛，用桔梗、薏仁粉；牙疳臭烂，用桔梗、茴香研细敷。使用时，也要注意脾气合不合。桔梗是有个性的，性情升散，像呕吐、呛咳、眩晕、阴虚火旺等，就不能用，用了，适得其反；阴虚久嗽、气逆、咯血也不能用；胃病、十二指肠溃疡更不能用；也不能跟猪肉、白及、龙眼、龙胆一块用。

商洛也把桔梗种植作为农民增收的产业之一。据统计，截至2021年，商洛桔梗种植面积已达6.81万亩，年产量2.015万吨，像商州沙河子、夜村一带，每年种植的桔梗都在2000多亩，一年产鲜桔梗400多万公斤，同时，也带动了药材营销等。

桔梗除了含有皂苷、氨基酸、多糖，还含有矿物质等，维生素B_1、维生素C也丰富。下面介绍几种食疗方子。

1. 桔梗百部萝卜汤：白萝卜一个，生姜五块，百部十克，桔梗六克。将它们洗净，切成片，放到锅里，加一碗水，煮二十分钟，去渣，加蜂蜜，当茶喝。对春天气候干燥引起的咽喉干疼、眼睛干涩、鼻子热辣、嘴唇干裂、食欲不振、大便干燥、小便发黄等"上火"症，最有效。

2. 桔梗茶：桔梗十克，蜂蜜适量。桔梗洗净，放到茶杯里，倒上开水，加盖焖五到十分钟，再加入蜂蜜，搅匀喝，一天一次。能够利咽化痰，治疗咽喉干痒、慢性咽炎、干咳等。

3. 桔梗粥：桔梗十克，大米一百克。桔梗泡半小时，再与米煮成粥，每天一次。能润肺止咳。

叫忍冬，花却开在春天里——金银花

金银花，名字叫成真金白银了，却是一种蔓生的草药，多长在地塄、沟畔、乱石堆。记得当年母亲在生产队上工时，春上放工回来，手里总是攥一把金银花。她采回来的是没有开的花骨朵，像食指长的小棒槌，晒干，能卖钱，一旦开花了，身价就低了，有时连代销店都不收。因此就得早早起来，不等太阳出来就采。母亲老早就去上工，稻田的石埂上，那花长得很旺。

金银花，又叫忍冬花，是能忍耐冬天的寒冷吗，还是能忍受冬天的寂寞？为啥这样叫，我也说不清。不过，名字是诗意浓浓的。李时珍在《本草纲目》里这样写道："忍冬在处有之。附树延蔓，茎微紫色，对节生叶。叶似薜荔而青，有涩毛。三四月开花，长寸许，一蒂两花二瓣，一大一小，如半边状。长蕊。花初开者，蕊瓣俱色白；经二三日，则色变黄。新旧相参，黄白相映，故呼金银花。"李时珍老先生把为啥叫金银花、枝藤的样子、花的样子，交代得很清，也写得活灵活现，很有现场感，仿佛面前就是一丛生机勃勃的金银花。陶弘景也说过："处处有之，似藤生，凌冬不凋，故名忍冬。"这就说清楚其叫忍冬的原因了。金银花都是成双成对地长着，跟鸳鸯一样，也叫鸳鸯藤。其叶子和秆上都有绒毛，花开时，有淡淡的香味，花瓣外卷，像黄花菜，花蕊很长，头上顶了一个小洋帽，可爱极了。

金银花要采摘，最好在早上露水刚刚落下去时。这时，花骨朵还没开，养分足，气味浓，颜色艳。太阳一照，开花了，展示了美丽，治病的劲儿却差一大截。采回来的金银花，不能在太阳下暴晒，最好是晾干，或者阴干。最好的金银花，花骨朵大，颜色为黄白、绿白。

金银花入药，从古到今都如此，其主要作用是清热解毒、疏散风热，可治疗痈肿疔疮、喉痹、热毒血痢、风热感冒、温病发热等。金银花含有绿原酸、木犀草苷等药理性成分，对溶血性链球菌、金黄葡萄球菌以及上呼吸道感染都有抑制力，还能增强免疫力、抗早孕、护肝、抗肿瘤、消炎、解热、抑制肠道吸收胆固醇等。跟其他药物配伍，能治呼吸道感染、菌痢、急性泌尿感染、高血压等。

金银花性偏寒，脾胃虚寒、慢性溃疡患者以及婴幼儿、孕妇，都要谨慎使用。

要注意的是，山银花不是金银花。2005年及以后的《中国药典》中，金银花项下再没有收入山银花。

花是一串金黄——连翘

连翘，又叫异翘、旱莲子、兰华、三廉、折根，消肿止痛，为疮家圣药，在商洛大地上，随处可见。野生的连翘很多，但我们小时候没采过，好像丹江以北山里不太多，至少我们没见过。它又叫一串金、连壳、黄寿丹。听听这一串金的名字，多么富贵呀，黄色本身就显得高贵，何况还开了满身，一串又一串，真成了满身黄金甲了。春天，一串串金黄，最惹眼，商洛市的市花就是连翘。连翘是先开花，后长叶的。它的得名，来源于《本草衍义》，书中说："今止用其子，折之，其间片片相比如翘，应以此得名尔。"《说文解字》以为"翘"，就是鸟尾的长毛，有高高举起之意。连翘的枝蔓正是举起的。连翘是灌木，单叶对生，像卵，在海拔二百五十米到二千二百米的地方都能生长。连翘生命力极强，好活，很少有病虫害，栽下，到第二年就开花，结果，果子像桐子，却小得多。据统计，截至2021年末，商洛连翘种植面积已达86.02万亩，年产量2.677万吨。仅山阳县高坝镇的石头梁，就建有1万多亩的连翘基地。

连翘采摘很讲究，时间不同，药效也不同。每年白露前，可以采摘刚熟的连翘，绿色果实去杂质，蒸熟，晒干，这是青翘，筛取的籽实可做连翘心用。青翘最好的是，果实完整，均匀，青绿色，没有枝干。青翘不裂开，表面绿褐色，质硬，种子多，细长，一侧有翅。寒露前采摘的，果实熟透了，晒干，去杂质，就是老翘，也叫黄翘。老翘最好的是，色黄，壳厚，无种子，纯净。老翘从顶上裂开成两瓣，表面黄棕色，质脆，种子棕色，易脱落，气味淡香，味苦。药用还是青翘好，现在人为了挣钱，五六月就连叶子一块捋了，一斤二十多块钱就卖了。

连翘历来都被看作疮疤的克星。它能清热解毒、消肿散结、疏散风热，治疗痈疽、瘰疬、乳痈、丹毒、风热感冒、湿热入营、高热烦渴、热淋涩痛等。青翘清热解毒效果好；老翘则透热达表、疏散风热。整体而言，连翘可清

记得炎天禾气浓
深贵淡白
绕如龙
蓬门不识
金银气
嘆乘芳
名怪忍冬

清人刘灏
咏金银花

金银花

丹　皮

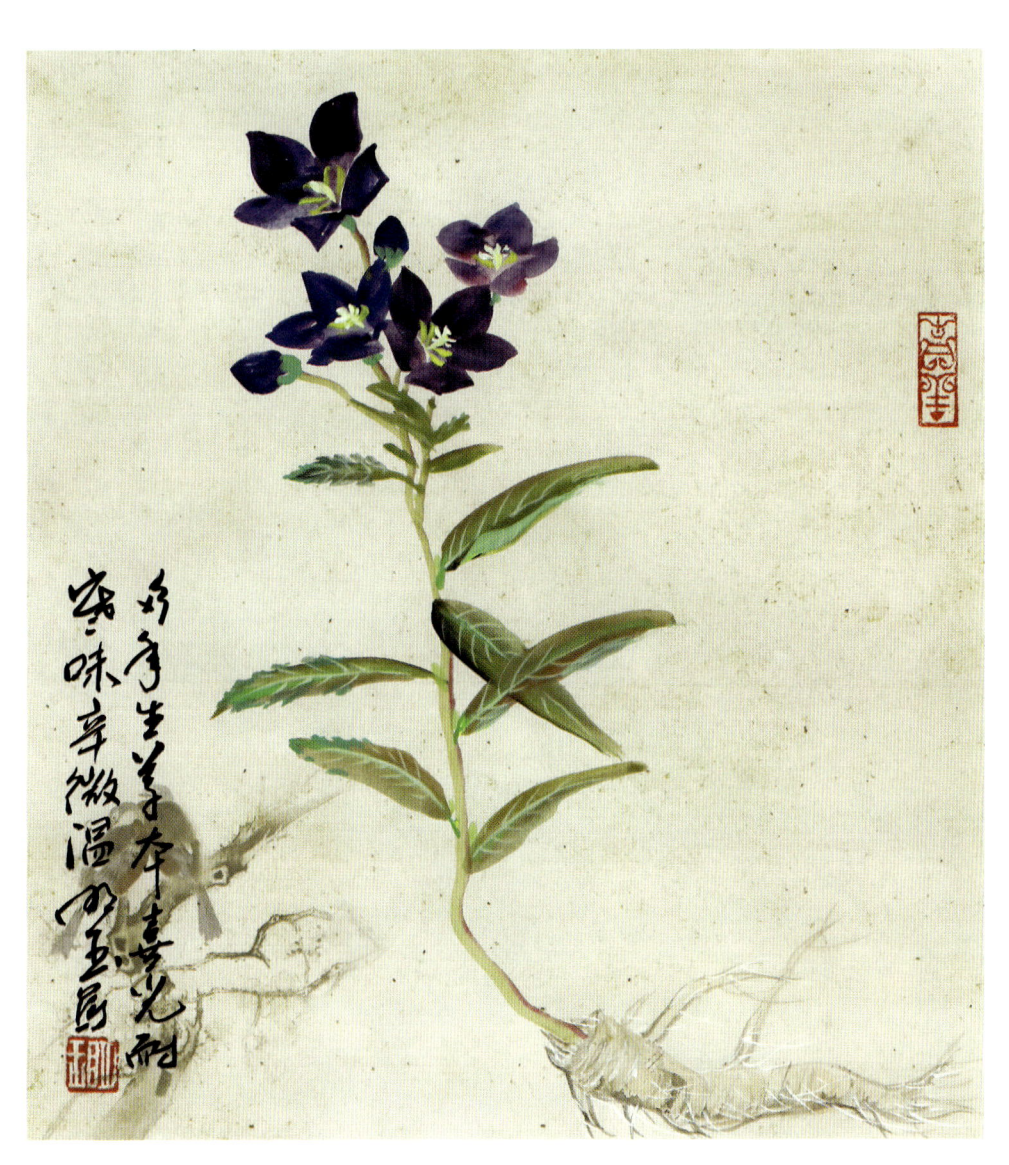

桔梗

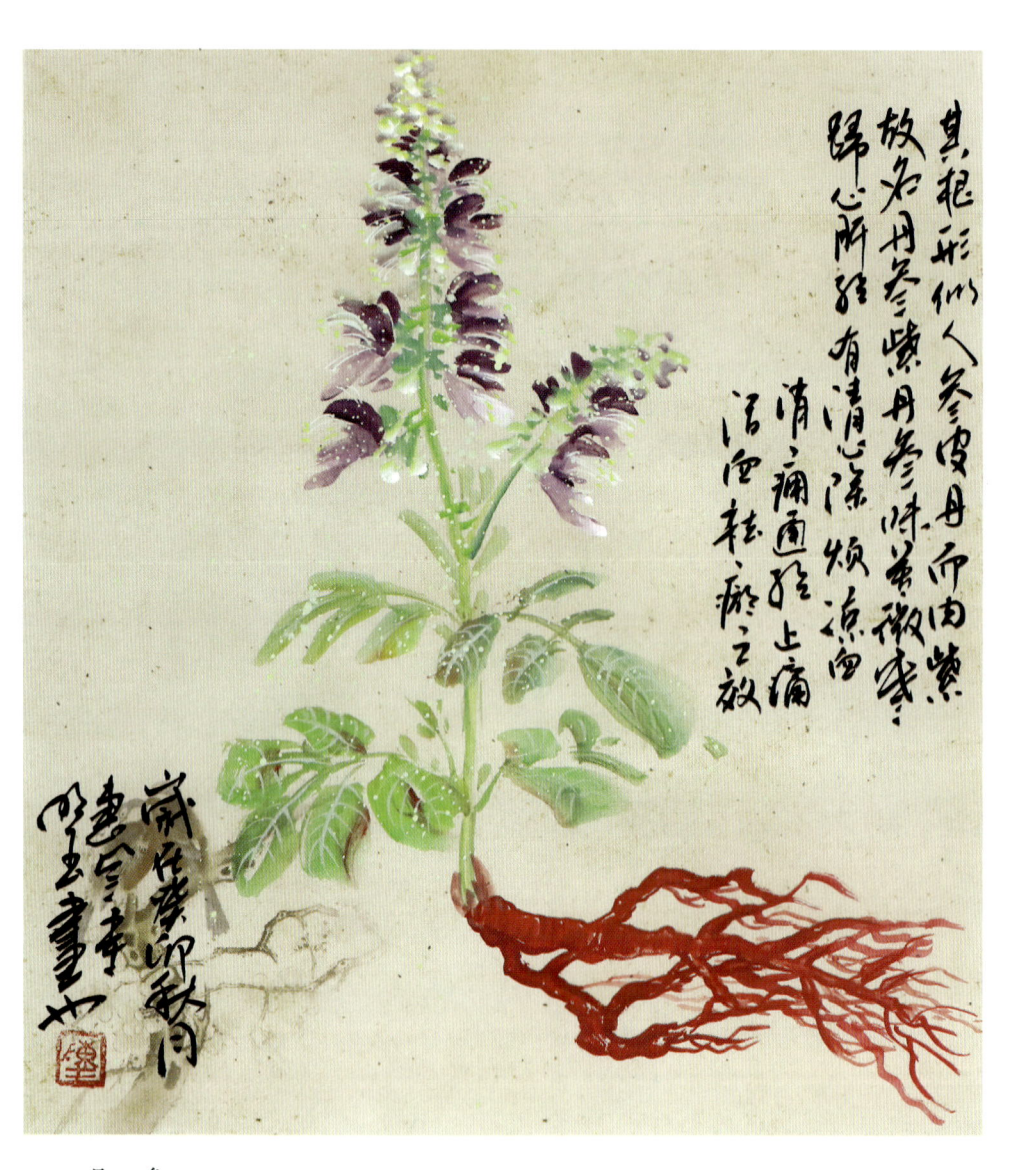

其根形似人参而肉紫，故名丹参。紫丹参味苦微寒，归心所经，有清心除烦凉血消痈通经止痛活血祛瘀之效

岁在癸卯秋月惠今幸明玉画也

丹　参

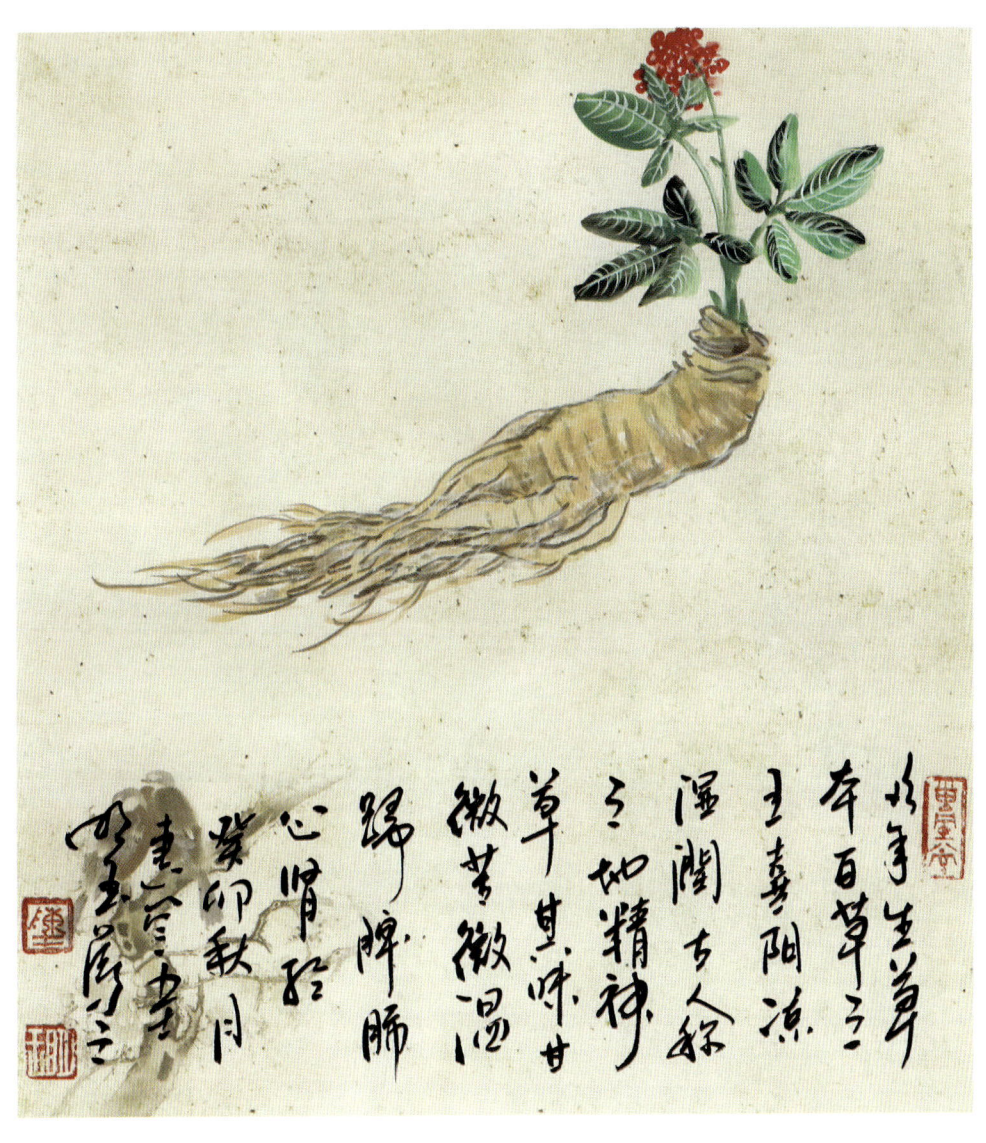

人参生草本百草之王喜阴凉湿润古称之如精神草其味甘微苦微温归脾肺心肾经癸卯秋月雪堂画之

人 参

半夏又名守田守眠洋夏
蝎子草麻芋果扬天南
星星科毒山坡溪谷陰味辛性
温歸脾胃肺經

半　夏

天　麻

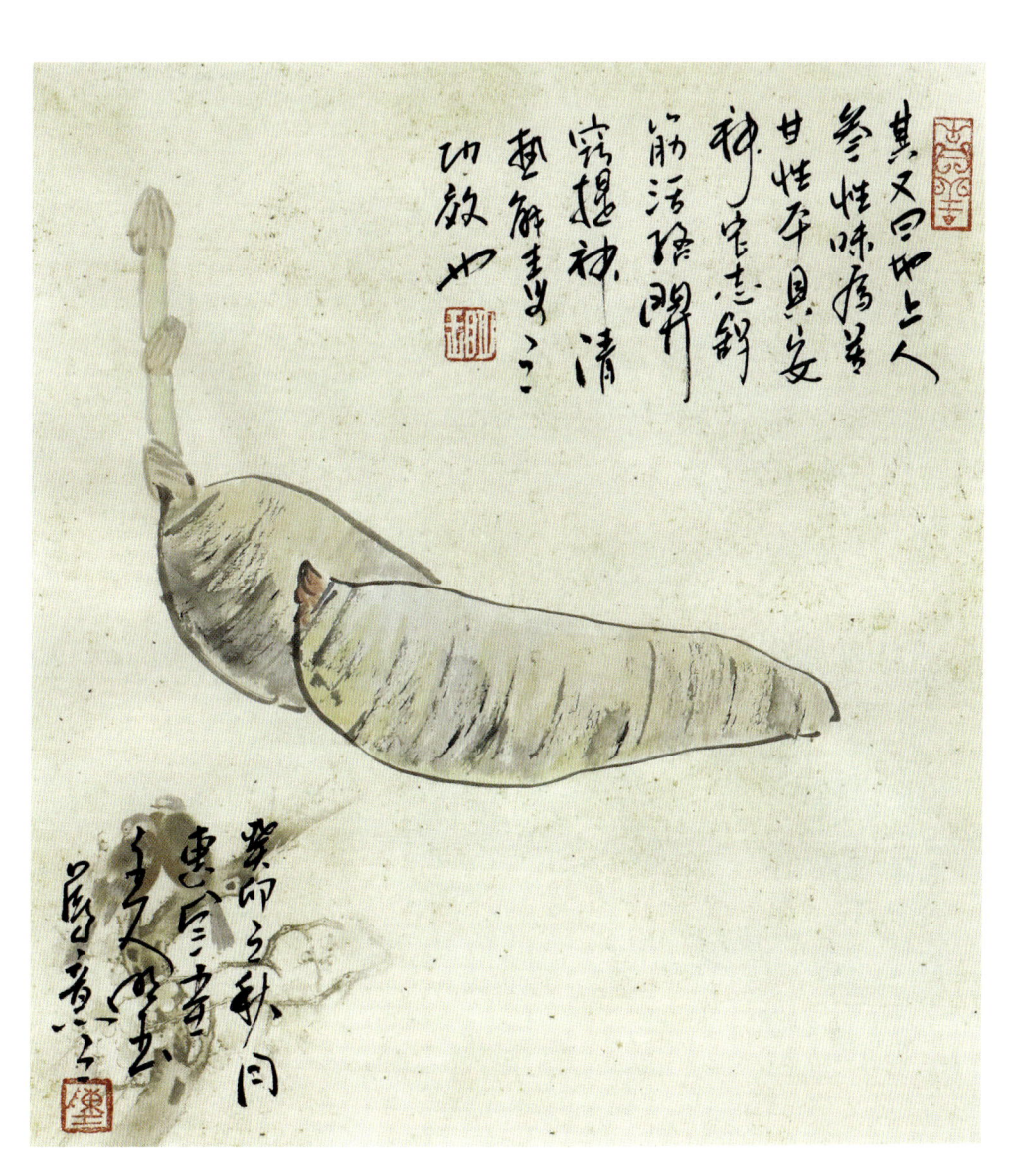

车前草

心泻火，治邪入心包，神昏谵语。

脾胃虚弱、气虚发热、痈疽溃疡、脓稀色淡的患者，不宜用连翘。

连翘浑身都是宝。干、叶、实、根等都能当药用。叶，下热气，益阴精，可当茶，生津解毒、清热泻火，还能抗氧化、保肝，常饮可长寿；根，"治伤寒郁热欲发黄"（李时珍）；实，"主寒热、鼠瘘、瘰疬、痈肿、恶创、瘿瘤、结热、蛊毒"（《神农本草经》）。

连翘还可当花卉来欣赏。春种一片连翘，就有"满城尽带黄金甲"之美景了。

连翘的花能"令人面色好，能明目"，能美颜护肤，女人用了会更美。采回连翘花和青果，在开水里煮，每天早晚用煮好的水洗脸，能杀菌、杀螨、养颜护肤。坚持使用，脸上的黄褐斑、蝴蝶斑，会自动消失，还能抹平皱纹，减少痤疮。

实用妙方有：瘰疬结核，连翘、芝麻研末用；痔疮肿痛，连翘煮汤熏洗；小儿一切发热，连翘、防风、炙甘草、山栀子等，研末煎服。

连翘熬成水，饭前喝，能治视网膜黄斑出血；连翘水煎液一月一个疗程，能治急性病毒性肝炎；要是有打嗝儿的毛病，用连翘心炒焦，炒黄，煎成水，一喝一个准；光是连翘煮成水，也可当消毒液用，有很好的抗菌作用。

连翘的来历也是一个凄美的故事。很久很久以前，有个姑娘叫莲巧，贤惠善良。一次在山里见蟒蛇缠住一个小孩，她用石头砸得蟒蛇松开，却被蟒蛇反扑缠住，活活折磨死了。后来，她的坟上长出一片小藤蔓，开着黄花，人们说这就是莲巧姑娘变的。为了纪念她，人们就把这藤蔓叫连翘。

酸辣苦甜咸——五味子

一味药有五种味道，酸辣苦甜咸，真是"五味俱全，补养五脏"。神奇吧，这就是大自然了，真叫无奇不有。五味子，又叫玄及、会及。商洛人对五味子太熟悉了，秋天山上一串串挤得实实的玛瑙一样的小红果，吃起来，酸甜中带有辛苦咸，那就是五味子了。《抱朴子》介绍五味子："五味者，五行之精。其子有五味。移门子服五味子十六年，色如玉女，入水不沾，入火不灼也。"还把它列为上品。《新修草本》中说，五味子"一出蒲州及蓝田山中"。而陶弘景说五味子，"今第一出高丽，多肉而酸甜，次出青州、冀州，味过酸，其核并似猪肾，又有建平者少肉，核形不相似，味苦，亦良"。《本草图经》载："今河东、陕西郡尤多。"李时珍在《本草纲目》中分开了南北五味子："五味今有南北之分，南产者红。"商洛的五味子就是南五味子。

南五味子，藤蔓有两三丈长，细细的干，干有棱角，灰褐色。叶子卵形，食指长，宽处两指，前面尖，叶柄楔形，叶边有细齿，有光泽，无毛。花单性，公母不在一家，也就是不在一个枝上，花长在叶下面，花梗细长，花为乳白、粉红色，果子成熟，跟麦穗一样，果子球形，暗红，里面有籽。困难年代，人们把五味子果实当饭吃，能充饥，也可口。

南五味子，称得上小家碧玉，喜欢温暖湿润微酸的土壤，在海拔一千米以下都能长。

据统计，至2021年末，商洛五味子种植面积为17.95万亩，年产量为6.52万吨。人工栽培需要四到五年才能挂果。最好的南五味子是果皮紫红、粒大、肉厚、柔润、有光泽。

五味子，"益气，咳逆上气，劳伤羸瘦，补不足，强阴，益男子精"（《神农本草经》），"明目、暖水脏，壮筋骨，治风消食，反胃霍乱转筋，疭癖，奔豚冷气，消水肿心腹气胀，止渴，除烦热，解酒毒"（《日华本草》）。南五味子能收敛固涩、益气生津、补肾宁心，对久咳虚喘、梦遗滑精、遗尿尿频、久泻不止、自汗盗汗、津伤口渴、内热消渴、心悸失眠等都有很好的疗效，用白酒泡，还能治神经衰弱，对提高免疫力、抗氧化、抗衰老、利胆保肝、抑菌、降低血压等都有好处。

实用妙方还有：久咳不止，用五味子、甘草、五倍子、风化硝等，研末，干噙；阳事不起，新五味子，研成末，酒送服。

南北五味子有明显的区别。北五味子大，苦涩，不能吃，南五味子小，甜酸，可当水果吃。前者表面是红色、紫红色、暗红色，有的还是黑红色，出现"白霜"，油润，果肉柔软；后者表面棕红色到暗红色，干瘪，皱缩，果肉紧贴在种子上。种子是一样的，像人的肾，棕黄，有光。破开后，放香，味辣，微苦。

南北五味子用来泡水喝，能降血压、降血脂，可是对胃有伤害，不宜长期饮用。感寒初嗽、肝旺吞酸、痧疹初发、肝有动气、肺有实热都不宜用。

在东北还流传有"消百病的五味子"的故事。从前，长白山脚下有一穷家的小伙子病了，没钱看病，还要上山砍柴。在山上，见到藤蔓上长得樱桃大小的红果子，他又饥又渴，美美地吃了一肚子，只觉得香得很，啥味都有。回来不久，他的病好了。乡亲们知道后，有病了就吃这果子，还真管用。果子皮是酸甜味，核是苦辣咸味，五种味道都有，人们就叫它五味子。

百花丛中最鲜艳——牡丹

歌唱家蒋大为那首《牡丹之歌》，我最爱听，也最爱唱，乔羽老先生把牡丹描绘成历尽贫寒，最后成为众香国里"贵妇人"的花，无论听还是唱，总能给人一种昂扬向上的力量。小时候，家门口有一株牡丹，花是白色的，花开时有碗口大小。晚春，放学时，我总爱凑到花上闻，那浓浓的药香味，让我忘记了饥饿，有时，禁不住会拽几个花瓣，美美地咀嚼，满嘴的香呀。奶奶看见，会喊叫，"那是药，不敢乱吃"。我咋样也想不通，恁好看的花，咋能是又苦又涩的药呢？后来才知道，牡丹的根叫丹皮，能入药。

历代文人墨客称赞牡丹的诗文不少。唐代皮日休的《牡丹》："落尽残红始吐芳，佳名唤作百花王。竞夸天下无双艳，独立人间第一香。"把牡丹夸成人间花第一，真是把牡丹花的美描绘到了极致，使其成了人间花卉的老大了。"洛阳牡丹甲天下"，也是古人给洛阳牡丹的定位。在日本作家清少纳言笔下，"露台前面所种的一丛牡丹，有点中国风趣，很有意思的"，看来，牡丹的好，不光中国人认可。

在《神农本草经》里，牡丹作为中品："味辛，寒。主寒热；中风瘛疭、痉、惊痫邪气；除癥坚，瘀血留舍肠胃；安五脏；疗痈疮。一名鹿韭，一名鼠姑。生山谷。""牡丹"是《本草纲目》给取的名字："以色丹者为上，虽结子而根上生苗，故谓之牡丹。"

牡丹是多年生落叶灌木。叶子长得有个性，一个叶柄上一对一对小叶，每个小叶上都生长着三个叶片，用植物术语叫"二回三出"。花开在顶端，大而圆，富贵样，颜色有红的、白的，白色居多。它喜欢住在温暖、凉爽、干燥、阳光充足的地方，也耐阴、耐寒、耐旱、耐弱碱，不喜欢积水，怕热，最适应中性沙地。

牡丹药用的是根上的皮，也叫丹皮。秋天挖，去掉须根，用刀子划到木质处，抽去木心，剥根皮，晒干，就是连丹皮，也叫原丹皮。鲜根刮去外表栓皮，抽去木心，这叫刮丹皮。连丹皮，是筒子样，外面灰褐色或黄褐色，有横长皮孔样突起和细根痕，栓皮脱落处是粉红色，内表面为淡灰黄色或浅棕色，有时有细纵纹，常见发亮结晶，质硬而脆，容易折断，断面平，呈淡粉红色，有芳香气，味道微苦而涩。刮丹皮，外表有刮痕，红棕色或淡灰黄色，有的有灰褐色斑点。最好的牡丹皮是，皮厚、肉质、断面色白、粉性、香气浓、亮星多。

牡丹皮有清热凉血、活血化瘀功能，对热入营血、温毒发斑、吐血衄血、夜热早凉、无汗骨蒸、经闭痛经、跌扑伤痛、臃肿疮毒等都有疗效。牡丹皮还有抗菌、抗炎、抗过敏、抗肿瘤、止血、祛瘀血、清热解毒、镇静、镇痛、解痉等功效，还能提高机体特异性免疫功能，增强免疫器官重量。但血虚有寒、怀孕、月经量过多以及胃气虚寒、自汗多的不能用，也不能跟菟丝子、贝母、大黄、香菜、大蒜同用。

牡丹浑身都是宝，花可食。明代的《遵生八笺》载："牡丹新落瓣也可煎食。"明代《二如亭群芳谱》说："牡丹花煎法与玉兰同，可食，可蜜浸。""花瓣择洗净拖面，麻油煎食至美。"可见，明代的人生活也很闲适，很会吃，也讲究吃，在变着花样吃牡丹花。牡丹花鲜花瓣还能做牡丹羹，配菜添色，可制作名菜；还能蒸酒，制成的牡丹露酒，香醇；还可以做茶，能降低血脂，预防心血管病。牡丹果可育苗，籽粒可榨油，出油率也高，核心成分α-亚麻酸是"血液的清道夫"和"植物脑黄金"。金代中医、易水学派创始人张元素说，牡丹为天地之精，群花之首。叶为阳，主发生。花为阴，主成实。丹为赤色，属火，所以能泻胞宫之火。李时珍说，牡丹皮治手足少阴、厥阴四经血分伏火，古方唯以丹皮治相火。所以张仲景肾气丸中用本品。牡丹中红花主通利，白花善补益。

牡丹的实用妙方有：疝气，气胀不能动，用牡丹皮、防风研末，酒送服；损伤瘀血，牡丹皮、虻虫熬后，酒送服；下部生疮，牡丹皮研末，开水送服。

据统计，至2021年末，商洛牡丹种植面积为2.4万亩，年产量1.011万吨。每到春天，商州区从夜村到沙河子的坡塬上，就成了几十公里的牡丹花的海洋，蔚为壮观。

牡丹是花中之王，也是我国十大名花之一，被称为国花，是我国特有的木本名贵花卉。传统艺术像刺绣、绘画、印花、雕刻等，都会以牡丹为创作模本，一般人家客厅也会常挂牡丹画，象征着富贵高雅。

"天香国色擅名久，艳艳妩媚更可怜。自与洛神魂共附，无人笔下不牡丹。"牡丹花曾惹怒过武则天。相传，武则天称帝后，为庆贺太平盛世，要百花冬天齐放，百花遵旨，唯有牡丹觉得不合时宜，抗旨不从。武则天把它从长安贬到洛阳，与洛神为伍，而牡丹却勇敢、奋发，开成天下第一。从此，每年谷雨，洛阳便有了牡丹盛会。欧阳修有诗为证："洛阳地脉花最宜，牡丹尤为天下奇。"

《红楼梦》第七回中，薛宝钗说她服的冷香丸，治好了她胎里带来的热哮喘，其中就有"春天开的白牡丹花蕊十二两"，这正与李时珍所讲的"牡丹……白花善补益"吻合。

叫枣皮子却不是枣——山茱萸

山茱萸，又叫鸡足、鼠氏、蜀酸枣、肉枣、魁实，本地人称枣皮子。二十世纪七八十年代，商洛市丹凤县就大力发展山茱萸种植，仅在月日乡马炉村，因全国劳模刘西有提出"经济林缠腰"，就栽了许多山茱萸，农民也因此钱包鼓起来了。有关他咋样种山茱萸的故事，我在长篇散文《走过丹江》里有详细记录。春天去刘西有老家马炉，满山腰都是淡黄花，秋天则是一片红海洋似的山茱萸果，像唐代诗人王维在《山茱萸》诗中描写的那样："朱实山下开，清香寒更发。幸与丛桂花，窗前向秋月。"花好看，老百姓也能得实惠。

《神农本草经》载："味酸，平。主心下邪气，寒热，温中，逐寒湿痹，去三虫。久服轻身。一名蜀枣。生山谷。"并把山茱萸列为中品。《本草经集注》里说："出近道诸山中，大树，子初熟未干，赤色，好胡颓子，亦可啖；既干，皮甚薄，当以合核为用尔。"《本草衍义》云："山茱萸色红，大如枸杞子。"

山茱萸树一般都能长到三四丈高，树皮像鱼鳞，淡褐色，叶子像卫兵两个一对，并列着，有一拃长，叶子小，椭圆样儿。花像小伞，米黄色，花瓣像舌头，一般是先开花，后长叶。山茱萸喜欢温暖湿润气候，耐阴，喜光，怕湿，在海拔四百到一千五百米之间都能生长。

商洛境内很早就有山茱萸。清康熙时《续修商志》以及乾隆时《直隶商州总志》都有记载，都冠以"佳"字。丹凤县是山茱萸的最佳适生地，产量也在全省居第一。这里的山茱萸，果子个儿大、肉厚、色泽纯正，药用成分含量很高，深受客商喜欢，被誉为"龙萸"。丹凤号称"山茱萸之乡"，2003年还注册了"丹凤山茱萸"商标。

山茱萸能耐寒冷，一旦花开，花蕊却娇贵，冰点以下对它就有伤害，最害怕倒春寒和桃花雪。山茱萸有丰年和歉年，也就是我们这儿人说的大年和小年，大致往复交替。采摘果子在霜降到冬至之间最好，早了，肉薄，色淡，质差，难捏皮；过晚，被鸟啄、老鼠吃。采摘时，要保护好花芽、枝条。

山茱萸药用部分是干燥的成熟果肉。采摘回来，预干，水中略烫一下，用手捏去果核，留药用皮儿，其表面紫红、紫黑色，皱缩，质柔软，味道酸涩苦。

山茱萸含有生理活性较强的山茱萸苷和多种维生素，能增强免疫力、抗炎、抗菌，具有补益肝肾、收涩固脱的作用，可治疗眩晕耳鸣、腰膝酸痛、阳痿遗精、遗尿、尿频、崩漏带下、大汗虚脱、内热消渴等。它的特效在补力平和、壮阳而不助火、滋阴而不腻膈、收敛而不留邪等方面。张仲景曾以山茱萸为臣药，研制出了金匮肾气丸。此外，山茱萸还能增强非特异性免疫功能，体外试验能抑制腹水癌细胞，有抗实验性肝损害作用。要注意，命门火炽、强阳不痿，有湿热、小便淋涩，不能用，也不能跟桔梗、防风一块服用。

秋冬季，山茱萸还可作景观树欣赏。有一年冬天，我陪外地友人去马炉。因山茱萸市场不好，人都懒得采摘，山茱萸满树，雪中的山茱萸，白里透红，很好看，朋友激动得不停换角度拍照，最后，摘了一把，还没等我阻挡，就塞到嘴里，"呸呸呸，果子好看，咋恁难吃呢"。我这才告诉他，这是一种药。

那年深秋，也就是走丹江采风时，在丹凤庚家河路边，见到群众用剥皮机剥山茱萸，剥出的核多，肉少，但比起手工捏，也算是用上了现代化手段了。小贾是记者，赶忙下车去拍照，也算抓住一个新闻瞬间。

山茱萸熬粥喝，能治头晕目眩、耳鸣腰酸、虚汗不止。山萸肉煎汤喝，对肩周炎有很好的疗效。

《本草纲目》和《神农本草经》中都记载有山茱萸和吴茱萸：都叫茱萸，算"亲戚"，却不是"一家人"。吴茱萸属芸香科；山茱萸属山茱萸科，是一种古老的植物，它的化石最早发现于白垩纪赛诺曼期，距今有近八千万年左右。二者的功效不同，山茱萸偏滋阴，吴茱萸偏温阳；山茱萸补益肝肾、收敛固涩，用于肝肾不足引起的头晕目眩、腰膝酸软、阳痿早泄、遗精滑精、小便不利、虚汗不止等；吴茱萸则有散寒止痛、疏肝理气、燥湿的作用，常用于脘腹冷痛、寒疝腹痛、厥阴头痛、虚寒泄泻以及肝气犯胃的嗳腐吞酸等。王维的诗《九月九日忆山东兄弟》中，"遥知兄弟登高处，遍插茱萸少一人"的茱萸指的就是吴茱萸。

赤箭——天麻

商洛的天麻很早就有名气。《神农本草经》里把天麻尊为上品。书载："气味辛，温，无毒。主杀鬼精物、蛊毒恶气。久服益气力，长阴，肥键，轻身，增年。"秆像箭杆，赤色，顶上开一串花，远看就像有羽毛的箭，这才叫赤箭，还叫鬼督邮、离母、合离草、独摇、神草、白龙皮、定风草等。这些名字，听起来也怪怪的，有点不可思议，想必背后一定有奇特故事，只是后人不知道而已。《本草纲目》称"天麻即赤箭之根"。其又叫定风草，得益于药谚，"赤箭钻天，有风不动能定风，无风自动可驱风"。过去的人认为此药是仙女所赐，叫天麻，"深山天麻真是奇，神仙播种地下生。果实成熟见其踪，凡人无法能栽种"。李时珍也相信其是"神药"。就这样，天麻的名字叫出去了。

天麻是寄生草木，菌种可附在锯成节的栲树上，长在土里，像洋芋。一株天麻长一根秆，圆形，黄色，叶子跟鳞片一样，没有叶绿素，就是说叶子跟花一样，也是黄的。栽培的天麻分为有性繁殖和无性繁殖，可在菌棒上下种，按窝论。商洛野生天麻很多，分布比较广泛。栽种的天麻也不少，像丹凤蟒岭山区一带，仅2017年，就种植了8000多万窝，产量达1.2亿公斤。商南县清油河镇，欲打造秦岭天麻第一镇，种植了天麻1万多亩。

20世纪90年代，商州的原仁治乡沙地多，很适合栽种天麻。我和程云竹先生曾经前去采访，写的通讯稿在《陕西日报》上发表。记得1995年，我在江苏常州武进县挂职，给那里的朋友送的就是天麻，他们喜欢得很，将其当成"仙物"。那里潮湿，天麻炖汤，去湿气效果特别好。

挖天麻要在其休眠期。冬季栽的，到第二年，或者第三年春天挖；春季栽的，当年冬季，或者第二年春天挖。挖出小的可做种子。挖出的天麻要蒸透，再晒干。

天麻，能息风止痉，平抑肝阳，祛风通络，还有抗惊厥、抗癫痫、抗抑郁、镇静、镇痛、催眠等作用，能增强记忆、改善微循环、扩张血管、降压、抗凝血、抗血栓、抗血小板聚集、抗炎、抗衰老、抗氧化、抗缺氧、抗辐射、兴奋肠管等，广泛用于头痛、眩晕、肢体麻木、半身不遂等的治疗。

天麻、杜仲、川芎，水煎了喝，能治高血压。天麻、扣子七、羌活、独活，用白酒浸泡一周，早晚喝，可治风湿麻木和瘫痪。但注意，天麻跟御风草不宜合用。

天麻的根、茎、子都能入药。天麻子俗名叫还筒子，定风补虚；根晒干如羊角，叫羊角天麻，蒸后是酱瓜天麻。

黄金条一样的根——黄芩

黄芩，又叫腐肠、空肠、内虚、妒妇、经芩、黄文、印头、苦督邮、子芩、条芩、尾芩、鼠尾芩、茶根、宿芩等，还有一个名字叫黄金条根。这名字叫得很值钱，这种草药却不名贵，很普通，就像一个穷人取了个富贵名字，想富贵起来一样。它是天然有效的植物抗生素，通常长在路旁、林边、山顶等向阳处。《神农本草经》把它列为中品。《名医别录》《本草纲目》都有记载。

我小时候挖过黄芩，伙伴们叫它烂心子。它的根心是黑色的，叫它腐肠大概就是这个意思吧。它的秆是四棱的，枝多，叶子没有把把，单叶对生，叶片窄细，花蓝紫色，是串状，五瓣，呈嘴唇的样子，果子球形，黑褐色。黄芩喜欢温暖，也能耐寒、耐旱，沙土地最好。春秋季采挖。晒干，像扭成的绳子样儿，质硬而脆，断面黄色。中心红棕色的，也叫子芩。老根心是枯朽的，也叫枯芩。黄芩能人工栽种。

金代中医、"脾胃学说"的创始人李杲说，黄芩中空质轻的，主泻肺火，利气，消痰，除风热，清肌表之热；细实而坚的，主泻大肠火，养阴退热，补膀胱寒水，滋其化源。黄芩能清热燥湿、泻火解毒、止血、安胎。但一样的药，不一样的长法，治的病也不一样，像子芩和枯芩，子芩治湿热泻痢腹痛，枯芩治肺热咳嗽。真是龙生九种，各有不同呀。黄芩能抑制多种细菌、皮肤真菌、钩端螺旋体等，还能治疗小儿急性呼吸道感染、传染性肝炎、慢性支气管炎、急性菌痢等。但黄芩不能跟葱子、朱砂、牡丹、藜芦一块用，脾肺虚热、中寒作泄、中寒腹痛、血虚腹痛、脾虚泄泻、肾虚溏泄、血枯经闭、气虚小水不利、肺寒邪喘、血虚胎不安、阴虚淋露等都要禁用。

黄芩的叶子、花、茎，都能当茶喝。古诗云："一捧黄芩一桶金，清凉解暑赛寻荫。杀青揉捻轻轻甩，沸水冲开君自斟。"黄芩茶能清热解毒、降脂降压、利尿镇静、利胆保肝，也能治顽固性失眠。其茶色金黄明亮，味甘郁香。

黄芩的实用妙方有：上焦积热，泻五脏火，用黄芩、黄连、黄柏研末制成三补丸；肺中火，以片芩炒后研末，水调制成清金丸；小儿惊啼，黄芩、人参研末，温水送服。

传说，黄芩曾救过李时珍的命。他在十六七岁上，突患急症，咳嗽不止，咋治不好，方圆百里名医求遍，也无果，生命危在旦夕。这时来了个云游的道士，把脉后，说："此病只需用黄芩一两，加水两盅，煎至一盅，服用半月。"半月后，他彻底好了。

火头根——黄姜

黄姜，又叫穿地龙、哑边姜等。21世纪初，种植黄姜在商洛成了一股风，光卖种苗，就让不少人发家致富了，黄姜在这里，真成"土黄金"了。特别是山阳县，发展得更快，县里建有皂素厂，种植生产一条龙，被称为"黄姜县"。我的一位同学，那年冬天专门从咸阳赶来，找到我，我陪他到山阳，找熟人，才联系到种苗，量还不大。

黄姜又叫火头根，当地种药的没人不知道，可很少有人知道，它的学名，叫盾叶薯蓣。

黄姜是藤蔓草，叶子像女孩照相时，手在头上做成的"心"样儿。花有公母，有时不在一条藤上。花是穗样儿，紫红色。茎左旋，根横生，种子蓝黑色，像薄膜的翅。

黄姜喜暖，不耐寒。生长在海拔五百到七百米之间的黄姜，皂苷元含量比较高。

黄姜根是茎状，秋季挖，表面褐色，粗糙，有明显纵皱纹，和白色圆点状根痕，质硬，粉质，切开为橘黄色，味苦。生长两年的黄姜产量高、药效好。挖出的嫩根做种子，老根药用。

黄姜，是世界上薯蓣皂苷元含量最高的天然物种，被誉为"激素之母"。其根茎是重要的医药化工原料，含有50%左右的淀粉，能酿造工业生产用酒精、酵母粉、肌苷粉、葡萄糖等，还含有50%左右的纤维素，能生产"工业味精"，废液还能提取优质化肥。黄姜在医药、食品、高级化妆品、兽药等行业都有广泛应用。黄姜味甘苦凉，具有清肺止咳、利湿通淋、通络止痛、解毒消肿等功效，可治肺热咳嗽、湿热淋痛、风湿腰痛、跌打损伤、蜂蛰虫咬，同时，还能治皮肤病、软组织损伤等，也能降胆固醇、抗肿瘤等。黄姜是中国植物图谱数据库收录的有毒植物之一，根茎能滋补，但要适量。

地乌桃不是桃——猪苓

猪苓是十大商药之一，是菌药，跟猪没一点关系，却又叫猪茯苓、野猪苓、野猪粪、猪屎苓、鸡屎苓、地乌桃等。在《庄子》里就有"豕零"，指的就是猪苓。《神农本草经》把它列为中品。书中记载，其"味甘，平。主疟疾，解毒，蛊疰不详；利水道。久服轻身耐老"。《本草经集注》这样记载："枫树苓，其皮去黑作块，似猪屎，故以名之。肉白而实者佳，用之削去黑皮。"名字的由来说得很清楚，形同猪屎，才叫猪苓的。名字听着不雅，却能治病。

猪苓是多孔菌科真菌，干燥菌核，喜欢冷凉、阴郁、湿润，怕干旱。一般生长在海拔一千米以上，阴坡地最适宜。猪苓得长两个季节，春秋都能挖。其表面黑色，疙疙瘩瘩的，真像猪屎块，切开为白色、黄白色。

猪苓也长猪苓蘑菇，在夏秋多雨时节，主干上分出枝，上面长满小蘑菇，色雪白，三五天就腐烂了。

猪苓能利水渗湿，治疗急性肾炎、全身浮肿、小便不利、尿急尿频、饮水则吐、黄疸等。猪苓也能抗肿瘤、抗辐射、增强免疫力，保护肝脏。湿症、肾虚则不宜用。

据统计，至2021年底，商洛猪苓的种植面积为4.7万亩，年产量1.22万吨。山阳县南宽坪银厂一条沟都是猪苓，宁家湾村流转土地2000多亩，种植了猪苓5000多窝，年产50多万公斤。

浑身长胡子——苍术

苍术，又叫赤术、山精、仙术、山蓟，是菊科的草本植物，药用的是根部。其味辛苦，性温，无毒。它虽不是十大商药之一，却被《神农本草经》列为上品，可见，它是一味好用的药。书云："味苦，温。主风寒湿痹，死肌、痉、疸。止汗，除热，消食。作煎饵，久服轻身、延年、不饥。"书中称"术"，应该包括苍术和白术。《本草纲目》是这样描述的："苗高二三尺，其叶抱茎而生，梢间叶似棠梨叶，其脚下有三五叉，皆有锯齿小刺。根如老姜之状，苍黑色，肉白有油膏。"从外形到药体描写得栩栩如生。我们小时候挖药，挖得最多的就是苍术。苍术常常是一大片一大片地长，绣堆堆哩，只是卖不上价钱。它的叶子像刺苋，却比刺苋硬，花是在二指长的绿圆柱上开，白色，还毛茸茸的。

挖回来的苍术，最难处理的是它浑身的毛根，几乎是一个挤一个。晒干后，毛根硬得扎手，可用棍子敲打，或用脚踩，最好的办法是用烂布鞋底子搓。把烂布鞋套在手上，将苍术压在地上搓，只有干透了的，才能搓下来。用劲一大，手就搓出了泡，从地上抓一把土散上，继续搓。它比其他草药难摆治，还便宜，好在它分量重，一晌挖一把柴胡，重量没有一窝苍术的五六分之一。

苍术块状，也有点像猪苓。商洛野生的苍术不少，还有人工栽种的，光柞水县红岩寺红安村就有上千亩的苍术基地。最近，我到山阳县西照川镇茶房村调查农民经营性收入，发现好多家都种有苍术。那天到村委会，场上晒满了苍术，村干部说一斤鲜的能卖六七块，一亩地能挖三四千斤哩。我说那浑身的硬毛难处理，他说，现在用烘干机一烘，再用机器一脱，就干干净净了。

苍术，燥湿健脾，祛风散寒，还能明目，可用于治疗湿阴中焦、脘腹胀满、泄泻、水肿、风湿痹痛、夜盲、眼目昏涩等。以下七段为摘录钱永昌主编，中国中医药出版社2017年版《谢兆丰临证传薪录》中的一些苍术的适应证及方子。

祛风湿。"苍术治湿，上中下皆有可用。"（《丹溪心法》）。苍术内化湿浊，外祛风湿，跟苦参、生地黄、防风、木通、牛蒡子、蝉衣等配伍，治疗块状皮肤风疹再好不过了。它跟黄柏、槟榔、花椒、枯矾等，制成粉末，用菜油调，敷在患处，能治皮肤湿疮、坐板疮、阴囊湿疮以及一切黄水疮等。

除痹症。不管寒热，只要是风寒湿邪造成的痹通，苍术都能治愈："主风寒湿痹，死肌"（《神农本草本经》）。不同的配伍，治不同的痹症：跟附子、桂枝、甘草配伍，治寒湿痹通；跟石膏、秦艽、薏苡仁配，治热痹关节红肿；与羌独活、防风、威灵仙配，治风寒湿痹。

治胃痛。苍术能入太阴、阳明经，健脾调胃。"苍术除心下急痛，暖胃消谷嗜食。"（《名医别录》）"苍术健胃安脾。"（《用药法象》）它与木香、陈皮、半夏、砂仁、苏梗等配，治疗胃痛很好；要是阴虚引起的胃痛可加沙参、麦冬、石斛；属于胃热胃痛加牡丹皮、山栀、黄连；属于血瘀胃痛，加丹参、赤芍、延胡索。要是有胃炎、胃溃疡、胃酸过多，取苍术、陈皮、厚朴、甘草，研成粉，一天三次。

治腰痛。腰痛多因肾虚或寒湿之邪入侵肾引起。腰为肾之府，痛在腰，是湿邪伤肾引起的，用苍术配干姜、茯苓、甘草等，像《金匮要略》里的肾着汤，效果很好。

解气郁。"苍术总解诸郁，随证加入诸药。"（《丹溪心法》）"苍术宽中，其功胜于白术。"（《本草图解》）《丹溪心法》中的越鞠丸，配伍苍术，能治疗因气、血、痰、火、湿、食引起的六郁。加上绿萼梅、佛手花，效果更佳。如胀甚加厚朴；痞满加枳实；呕痰加半夏、生姜。

治感冒。"苍术能除湿发汗。"（《用药法象》）它配伍羌活、防风、菊花、甘草等，能治疗外感风寒夹湿引起的头痛、身疼、恶寒无汗等，且一年四季都适用。它既无麻桂发汗多之虑，又无银翘伤胃之嫌。《医方集解》中的神术散，就是苍术配伍防风、甘草等而成的，适用于"内伤冷饮，外感寒邪而无汗者"。

主泄泻。"苍术止暑月水泻。"（《中药学》）"苍术止吐泻"，"湿盛则濡泻"（《本草备要》）。夏感湿邪，乱于肠胃，会出现发热、呕吐、腹痛、泄泻等，用苍术配藿香、紫苏、半夏、六一散、鲜扁豆花等，治暑泻；如里急后重、便下脓血，用苍术配伍木香、黄连、赤白芍、马齿苋等；热重加白头翁、黄芩；食滞加槟榔、焦三仙；有表证的加葛根。

此外，苍术的挥发油能抗副交感神经介质乙酰胆碱引起的肠痉挛，对中枢神经系统，小剂量有镇静作用，能使脊髓反射亢进，大剂量呈抑制作用。它的制剂能促进肾上腺抑制作用的振幅恢复。苍术醇可促进胃动力；苍术煎剂有降血糖作用，也有排钾、排钠作用。

苍术的由来也有一段小故事。相传，茅山观音庵有个老尼姑，医术高，却贪财，前来看病的没钱，她不给看。一次，一个患吐泻重症的穷人来找她，被她赶出去了。庵里小尼姑看不惯，她曾见过老尼姑用一种草药治过这病，她就学着给那人用了，治好了。后来，小尼姑离开观音庵，继续用这种药给人治病。这种药有点像白术，开白花，根苍黑，就叫它苍术了。

能给人类以大爱——艾叶

艾，也叫冰台、医草、黄草，在《广群芳谱》第九十五卷里有记载。又叫"蓼萧""潇萩""荻蒿"。"蓼彼萧斯，零露湑兮。既见君子，我心写兮。"（《诗经·小雅·蓼萧》）艾叶是艾蒿的叶子，跟水蒿很像，只是艾叶灰白绿，水蒿青碧绿；艾叶叶片宽，水蒿叶片窄；艾的秆是四棱的，水蒿秆则是圆的。两种植物气味也不同，水蒿是青草味，艾蒿是清香味，在文人那里，因抒发情怀的不同，有的还把这清香说成臭，像白居易困惑不已时，在《问友》一诗中写道："种兰不种艾，兰生艾亦生。根荄相交长，茎叶相附荣。香茎与臭叶，日夜俱长大。锄艾恐伤兰，溉兰恐滋艾。兰亦未能溉，艾亦未能除。沉吟意不决，问君合何如？"

端午插艾，在我的家乡跟许多地方一样，也是从祖辈传下来的。我从记事起，就知道端午要插艾。那还是在生产队时，端午节，母亲总是在上工前就把艾采回来，插在门上、窗上，说是避邪。我们姊妹惦念着有没有粽子吃，因缺吃的，常常使我们失望，有时，还把私愤发到艾叶上，趁母亲不注意，把艾叶扔到厕所里。没能吃上粽子，管他狗屁避邪哩。奶奶却说艾能挡住鬼，这倒让我对艾叶有了敬畏。

艾叶名字由来，也有故事。相传，是药王孙思邈给取的名字。他五岁上就跟父亲给人看病，上山采药。一天，他和小伙伴上山玩，一个伙伴不小心摔了一跤，把脚崴了，疼得"哎哟，哎哟"直哭。他赶忙从山上采了一把草叶，放到嘴里嚼烂，敷在小伙伴疼处，一会儿，就不疼了，小伙伴也不哭了。大人问他用的是啥药，他忽儿想到小伙伴刚才的"哎哟"哭声，灵机一动，说："是艾叶么。"这样，就有了艾叶的名字，后来人们就叫开了。它别名艾蒿、艾，家乡人常说："我采了不少艾。"外地人不解，问"爱"咋能采呢，原来这个"艾"，不是那个"爱"。过端午，我们总是把"艾"吊在嘴上，"艾""爱"读音一模一样，外人就说这里的人真能"爱"，真会"爱"。

艾到处都能生长，一长就是一片一片的。它单茎，有棱，叶厚，有绒，头顶开花，是椭圆的。端午那天，艾味最浓，有香味。乡下人一早就上山，随手采一把，城里人也到城周边山上去采，也有前一天就采回来的。端午节一早，有头脑的人把采回的艾，扎成小把拿去市场，一把子也卖三五块钱。

"艾灸回阳理气治百病。""灸百病。也可煎服，止吐血下痢，阴部生疮，妇女阴道出血。能利阴气，生肌肉，辟风寒，使人有子。"（《名医别录》）"犹七年之病，求三年之艾也。"（《孟子·离娄上》）可见，很早以前人们就用艾治病了。李时珍说，艾温中逐冷除湿。《珍珠囊》载其可"温胃"。实用的妙方有：治流行伤寒，温病头痛，壮热脉盛，干艾叶煮服；中风口噤，用熟艾灸承浆穴与两侧颊车穴；脾胃冷痛，服白艾末；久痢，艾叶、陈皮煎服；盗汗不止，熟艾、白茯神、乌梅煎服。

艾叶是止血要药，能治妇科疾病。艾叶晒干，捣碎，制成艾条，能做艾灸。现在艾灸成了保健的良方。2021年5月12日，习近平总书记考察了河南南阳药益宝艾草制品有限公司，对这一产业给予充分肯定。此外，艾叶煮水泡脚能活血化瘀，驱寒除湿通经络，防冻疮，防脚臭，提高睡眠质量。

艾叶药食同源，过去南方人寒食节的小吃青团，就是以艾叶为食材的。清代诗人袁枚在《随园食单》里说："捣青草为汁，和粉作粉团，色如碧玉。"这里的青草就是艾叶。鲜嫩艾叶、艾芽，能当菜吃，还能做茶、熬粥、蒸馒头、做丸子等。现在的艾叶制品还有牙膏、浴剂、枕头、保健腰带、蚊香、香烟等。艾叶还能做染料，也是制印泥的原料。艾是越陈越吃香。

还有个艾叶救大象的故事。古时有个人在芦苇丛里见到一头老象卧着呻吟，象见人，举起前腿，那人见象腿上扎了个竹钉，便帮忙拔出来，谁知血长流不止。边上的小象用鼻子卷了一把艾草，交给他，他把艾叶砸碎敷在老象伤口上，血止了，老象站起来了。后来老象和小象经常去给那人耕田犁地，人们也知道了艾叶是止血的良药。

龙根——板蓝根

板蓝根，又叫菘蓝、山蓝、大蓝根、马蓝根等。它还有一个名字叫龙根，这跟一个传说有关。相传，东海龙王和南海龙王从天宫回龙宫时，发现横尸遍野。一打听，原来是瘟疫的缘故。二位龙王商量，要解救百姓。他们扮成郎中，到药王菩萨处求来药种，大面积种植，等长大了，挖出来，熬成水喝，很快，一切都好了。从此，人们就把这种药叫龙根了。

板蓝根，花有四瓣，呈十字，黄色，像油菜花，叶子也像油菜花的叶子，互生，大青，灰白。主根深长肥厚，外皮灰黄，有短横纹，少数须根。据统计，至2021年末，商洛板蓝根种植面积为1.32万亩，年产大青叶达350万公斤，根达200多万公斤。

板蓝根含有靛蓝、靛玉红、蒽醌类、β-谷甾醇、γ-谷甾醇以及多种氨基酸：精氨酸、谷氨酸、酪氨酸、脯氨酸、缬氨酸、γ-氨基丁酸，还含有黑芥子苷、靛苷、色胺酮、1-硫氰酸-2-羟基丁-3-烯、表告伊春、腺苷、棕榈酸、蔗糖和含有氨基酸的蛋白多糖等。

板蓝根的叶、根都能入药，可预防流行性腮腺炎、流行性乙型脑炎，主要治外感发热、温病初起、咽喉肿痛、温毒发斑、痈肿疮毒，能清热凉血、抗病毒、抗菌，还有抗肿瘤、抗白血病的作用。

商洛各地采用"公司+农户"的方式，将板蓝根种植作为林下种植业大力发展。其管理也简单，种下除草施肥外，几乎不用操心，等长到八九个月就能挖了。

三片叶子一个秆——半夏

中草药的名字都叫得很有意思，大都有诗意，有时一个名字就是一首诗。就像这半夏——半个夏天，啥意思？是能长半个夏天，还是能让人凉快半个夏天，不得而知，很神秘，也很有意义。唐代颜师古在《急就篇注》里说："半夏，五月苗始生，居夏之半，故为名也。"颜氏说的半夏名字来历也有道理。

半夏，也叫半月莲、水玉、三步跳。你听听，这些名字哪个不是一首诗、一幅画呢？它一般只长三片叶子，叶子先白后绿，花初长佛焰苞，色紫，花白，絮长。根是圆球，像小洋芋或剥皮的板栗。半夏有水里生的和地里长的两种，常用的是地里长的旱半夏，夏秋两季都能挖。

半夏，又叫守田、地文、和姑、麻芋果、蝎子草、羊眼半夏等。"味辛，平。主伤寒寒热，心下坚，下气，喉咽肿痛，头眩，胸胀，咳逆，肠鸣，止汗。"（《神农本草经》）唐代医家甄权说，半夏消炎，下肺气，开胃健脾，止呕吐，去胸中痰满。生半夏，磨痈肿，除瘤瘿。张元素对不同痰证用半夏说得再明白不过，他说，热痰佐以黄芩同用；风痰佐以南星同用；寒痰佐以干姜同用；痰痞佐以陈皮、白术同用。

半夏，庄稼地里长得多。小时候，挖地时，不注意就能挖出一大堆。挖回来，刮皮，晒干，就能卖钱。听大人说半夏有毒，拿过半夏，一定要洗手，更别说随便吃了。

商洛野生半夏面积跟现在的商洛市区建城区一样大，二十多平方公里，人工种植面积则达三十多平方公里。半夏燥湿化痰，降逆止呕。不同的炮制，使其有不同的功效。生半夏，捣碎，可外用，消肿止痛；清半夏用白矾浸泡，煮后腌制，可以化痰；姜半夏，就是用姜矾将其煮透，治呕吐反胃，胸脘痞闷，梅咳气；法半夏，用石灰炮制，用于痰多咳喘，痰饮眩悸，以治寒痰、湿痰为主；半夏曲，用生半夏浸泡，晒干，研成粉，用姜汁、面粉调匀，发酵，可消食健脾，化痰止泻。

生半夏中毒，可用生姜治。有关生姜解半夏的毒，还有个故事。相传，宋时广州知府杨立之爱用鹧鸪下酒，一天突然感觉咽喉疼痛，服药无效，反而生了溃疡。请来名医杨吉老医，把脉后，问清病情，只给开了一斤鲜生姜，让切片吃。吃完，病好了。杨知府疑惑地去问大夫，杨先生说："你爱吃鹧鸪，而鹧鸪最喜欢吃半夏，你用它下酒多年，半夏毒在你体内蓄积。医书上说，生姜可攻半夏毒，所以先用生姜败毒，后再用方剂扶正固本。"

半夏不能跟川乌、草乌、制川乌、制草乌、附子一块用，也忌雄黄、生姜、干姜、秦皮、龟甲，用半夏时不能吃羊肉、羊血、海藻、饴糖。此外，血证、阴虚及阴虚燥咳、伤津口渴不能用；孕妇不能用。

既是菜又是药——白蒿

白蒿，又叫火草、火艾、小花火绒草、小花戟叶火绒草、蘩、蟠蒿、由胡、蘩母、白艾蒿、旁勃、蓬蒿、茵陈、茵陈蒿、绵茵陈等。商洛人对白蒿太熟悉了，连三岁小孩都知道。见面问他吃啥饭，会奶声奶气地说，奶奶给我吃的白蒿麦饭。春节一过，沟畔、河边、荒坡地、地塄上，到处都有刚刚长出的毛茸茸、像雪绒花、颜色灰白的野菜，那就是白蒿。白蒿稍微长老就不能吃了，就成蒿草了。李白诗"仰天大笑出门去，我辈岂是蓬蒿人"，我认为，这里的蓬蒿就是白蒿已经长成蒿柴了。所以采摘白蒿必须把握好时节，正如农谚所说的，"适时是宝，过时是草"。农村人采着白蒿能卖钱，城里人买来当菜吃，一举两得。亲朋好友，还会互送白蒿，拌凉菜、蒸麦饭、油炸、做窝头，再好不过了。采得多，煮熟冻到冰箱，一年四季都能吃。白蒿药食两用，既能充饥又能治病，能祛风除湿、利尿消肿、补中解毒、益肺、治黄疸。20世纪80年代，上海发现黄疸肝炎，山上的白蒿被采空了，勤快的农民也挣了不少钱。

《神农草本经》载，白蒿"味甘，平。主五脏邪气，风寒湿痹，补中益气，长毛发令黑，疗心悬、少食常饥。久服轻身，耳目聪明，不老。生川泽"。关于白蒿的记载，最早见于《诗经》，"呦呦鹿鸣，食野之苹"，这里的"苹"就是蟠蒿，鹿吃的解毒的草，能充饥，还能防病。

我所了解的中草药炮制

中药炮制是我国传统的药学专名。炮制，是根据临床用药和中成药制剂的需要，将药材用选定的方法制成饮片等的过程。

炮制的目的：

一、增强药效。如醋制元胡可增强其所含生物碱的溶解，增强其补气止痛的功能。

二、转化药性。如蒲黄生用行血破瘀，炒炭收敛止血。

三、降低或消除毒性。如半夏、南星等炮制后毒性降低。

四、除去杂质。如盐生肉苁蓉漂去盐味。

五、便于煎汁制剂，有利保管贮藏。

关于中药炮制的理论，明代陈嘉谟所著《本草蒙筌》讲得十分全面。陈嘉谟曾说："制药贵在适中，不及则功效难求。太过则气味反失。"又具体说明："酒制升提，姜制发散，入盐走肾脏，仍仗软坚，用醋注肝经且资住痛，童便制除劣性降下，米泔制去燥性和中，乳制滋润回枯助生阴血，蜜制甘缓难化增益元阳，陈壁土制窃真气骤补中焦，麦麸皮制抑酷性，勿伤上膈。乌豆汤、甘草汤渍曝并解毒致令平和……"这些总结，值得我们继承、研究和发展。

炮制的方法有以下几种：

一、切作

切作，古称"修治"，包括筛选、洁净、软化及加工切作等内容。切作是一种中药炮制方法，很多时候也是其他炮制方法的基础准备。

（一）筛选：用竹筛、簸箕、风车等工具或人工操作，除去泥灰、石粒等较大的杂质以及非药用部分。如麻黄去根、厚朴去粗皮、草果去壳、鳖甲去筋肉等。

（二）洁净：用洗淘的方法除去药材中较小的泥沙及杂质。

（三）软化，包括以下各种方法：

1. 喷、淋。芳香性或质地细硬的药材，如荆芥、薄荷、藿香等，水洗易失去有效成分，酒焖易腐烂变质，直接切尘雾太大，可用少量水喷、淋，使其软化。

2. 浸、渍。加入清水，淹没药材叫浸；加水少量，能让药材吸尽软化，为渍。如郁金、莪术等可使用此类方法。

3. 润。将洗净的药材，或浸、渍而未透心的药材，放到容器内，喷洒少量清水或液体辅料，用厚布或盖密封器口，使其保持湿润状态，放置一定时间，使药材内外皆软化，以利切作。如川芎、天麻、木香等可用此法。

药材软化的时间可根据季节、气候及药材质地情况确定。一般夏秋短，冬春长。

（四）加工切作：经过上述处理后的药材可进行加工切作，制成硬片。切作方式有机器切、铡刀切、刨、锉、劈等。

二、水制法

水制法是中药材炮制的一种方法，也可为药材的进一步炮制提供条件。水制法大致包括以下步骤：

（一）泡：用开水、热水或药汁浸泡药材，时间较短。

（二）漂：将药材放在宽水中，时间较长，需要经常换水，以漂去毒性（如半夏）、筋肉（如虎骨、龟板）、腥臭（如胎盘）、盐质（如昆布）、油分燥性（如白术）等。

三、火制法

火制法是用不同火候加热或者加入不同的辅料，以达到加强、抑制或改变中药材部分原有功效的一种炮制方法。火制法主要包括以下几种：

（一）烘：将药材或饮片放在静火处，让水分徐徐蒸发。如紫和车即可用此法炮制。

（二）焙：将药物铺在瓦或金属板上，再放置炉上，使药材焙至质地疏松、形态改变部分碳化为止。如水蛭、虻虫等都需要焙制。

（三）煅：将矿石类及贝壳类药材等用高温处理，煅透存性，使有机物质被破坏，变成无机盐类或氧化物，使无机矿石更加纯净松脆，易于研粉。分直火煅（明煅）、罐装煅（隔火煅）、闷煅（暗煅）等。但雄黄、朱砂等矿物药忌火煅，易生成剧毒物质。

（四）炒：分清炒与加辅料炒。清炒（也叫干炒、净炒）又分微炒（炒黄），如麦芽、豆卷等可用此法；炒爆（炒香），如王不留行、牛蒡子等可用此法；炒焦，如焦白术、焦山楂等即用的此法；炒炭，如蒲黄炭、棕榈炭等就用的此法。加辅料炒，有麸炒，如麸炒山药等；米炒，如米炒红娘子等；蜜炙，如炙甘草等；酒炒，又分先浸酒炒（当归等）、后下酒炒（虎骨、龟板）、中下酒炒等；醋炒，如醋炒元胡等；盐水炒（如补骨脂、黄柏、小茴香等）；姜汁炒（如黄连、草果、厚朴等）；米泔汁炒（如苍术等）；砂炒（如穿山甲、毛姜等）；滑石粉炒（如胶珠等）；土炒，如土炒苍术等。

其他火还有油炙（如马钱子）、煨（如木香）等。

四、水火共制法

水火共制法也是炮制中药的一种常见方法，主要有以下两种具体做法。

（一）蒸：用水蒸气加热药材，使之熟透，多用于滋补药类。分单蒸（如薤白）和加辅料蒸（有酒蒸，如女贞子等，有醋蒸）。

（二）煮：把药材加清水或辅料拌匀后，再加适量的水在锅内加热同煮，直至透心。分清水煮（薤白）、醋煮（郁金）和加其他辅料煮（如半夏有清半夏、法半夏、姜半夏，天南星有制南星、胆南星）。

五、其他法制

（一）发酵（曲法）：以麦麸或豆类为主要原料，拌合药材，经发酵制成产品，具有新的疗效，如六曲、半夏曲等。

（二）发芽（蘖法）：选取成熟的谷麦豆类，用清水泡胀捞起，放入可漏水的篱篾器或草包中，严密覆盖，防止光合作用而变绿色，如麦芽、谷芽等。

（三）制霜：将中药材通过除去油分，或析出结晶物等方法，制成结晶或粉末，形似寒霜，称为制霜。制霜主要有以下几种常见方法：

1. 去油成霜。先将种子晒干或炒干，去壳取仁碾碎，入甑蒸，成饼状，去油晒干。

2. 风化成霜。如西瓜霜等即用此法制得。

3. 升华成霜。如红升丹、白降丹等即由此法制得。

4. 副产品得霜。如鹿角熬取鹿胶后，剩下的空疏的骨质色白如霜，即叫鹿角霜。

经上述操作炮制的中药饮片，在临床上广泛而常见的用药方法，是做成汤剂服用或用来熏洗。

那天去界文光大夫曲仁堂诊所观诊，他送我一本《中草药炮制》，是1973年12月由商洛地区革命委员会科技局和商洛地区卫生学校合编的。书是三十六开的，已泛黄，封面竖排版，"中草药炮制"是行草，另用橘红画了一株药，有花，有叶，有根，好像是丹参。书的扉页上有毛主席1950年8月为全国卫生会议题的词：团结新老中西各部分医药卫生工作人员，组成巩固的统一战线，为开展伟大的人民卫生工作而奋斗。毛主席的书法苍劲有力。此外，书上引用有毛主席的话：把医疗卫生工作的重点放到农村去。备战、备荒、为人民。中国医药学是一个伟大的宝库，应当努力发掘，拿到这本书，我如获至宝。书中对中药的分科先用拉丁文标识，再在括号里标注汉语，如藜芦，Veratrum nigrum L.（百合科）。对采药时间、加工与贮藏、炮制等都做了详细叙述。如根及根茎类，宜秋末到早春采；根皮和树皮宜春季到夏初采；花类多在含苞待放或花瓣初展时采；叶类在叶片茂盛、颜色青绿时采；果实和种子在成熟时采；全草类多在茎叶茂盛、蓓蕾初放时采。炮制在民间常用的方法有几种，即草木灰水处理、石灰水浸泡、童便浸泡（七岁以下无病男童中段尿液）、甘草水浸泡、米泔水浸泡、醋煮、生姜水浸泡以及水泡、水蒸、酒炒、醋炒、麸炒、米炒、盐水炒、甘草水炒、蜜炙等。

  在书中，根及根茎类收录了八十六种，像黄栌木，在我们老家叫黄腊木，树皮黑灰色，皱巴巴的，树根心蜡黄色，叶子像鲁迅笔下的阿Q被杀前画押时画的圆。每到秋天，山上"霜叶红于二月花"的多是黄腊木叶子，那红，那美，赛过枫叶。小时候我会砍一节黄腊木做"猴"（陀螺），在场上用布条拴在指头粗的树棍上抽打，跟别的伙伴用其他木头做的"猴"一比，黄亮亮的，很好看，这让我满脸的得意与自豪。将黄腊木的根部晒干，或用酒炒，能祛风毒，活血散瘀，可用于治疗跌打损伤、皮肤瘙痒等。

  叶、花、果实、种子及全草类，收录了一百二十种，像徐长卿，属萝藦科，又叫英雄草等。柞水人叫它柳叶细辛，洛南人叫它谷根细辛，镇安人叫它竹叶细辛。药用带根的全草，味辛，性温，有小毒，可镇静、止痛、利尿、解毒，用于治疗烦躁不安、胃腹泻、腹水、白带、毒蛇咬伤等。徐长卿本是民间神草医，他用蛇痫草治好唐太宗李世民的蛇伤，因皇上圣旨，"蛇"字犯讳，他就说此草药无名，皇上因此赐名"徐长卿"。像换香树，又叫化香树，属胡桃科。小时候砍柴，砍不到栲树，我们就砍换香树，能砍到栲树的小伙伴，都被高看一眼哩，说那娃真能行。换香树是灌木，雌雄同体繁殖，公花比母花开得早，开在树顶，风一吹，从上到下自行受粉。这种树一般都长不大，就被人砍了。它皮青灰色，木质松软，不耐烧，但年年砍，年年长，仿佛专为人烧柴而活着的。它那毛毛的果穗，我们叫它篦梳子，像猕猴桃样儿，还能入药。等果未落前采回来，煮服能散寒祛风、消肿化痰、通窍，能治筋骨疼痛、慢性鼻窦炎。用换香木果穗煮水洗头能治疗脱发。过去农村妇女生孩子时将其熬水喝，有利于顺产、防风寒。

  皮类收录了二十五种。像楤木，属五加科，又叫鹊不踏、虎阳刺、刺树椿等。柞水人叫飞天蜈蚣，山阳人叫它百鸟不落，洛南人叫它下山虎。楤木是传统食药两用山野菜，嫩芽含有多种维生素和矿物质，还有除湿活血、安神祛风、滋阴补气、强壮筋骨、健胃利尿等功效。根皮用于治疗风湿痹痛、肝炎、跌打损伤、无名肿毒、糖尿病等。

书中"中药炮制提要"部分里，有解表类药（包括辛温解表药、辛凉解表药），祛痰止咳药（包括温化寒痰药、清热化痰药、止咳平喘药），清热药（包括清热泻火药、清热燥湿药、清热凉血药、清热解毒药、清热解暑药），温里药，理气药（包括行气药、降气药），理血药（包括止血药、活血药），泻下药（包括攻下药、缓下药），涌吐药，消导药，祛湿药（包括芳香化湿药、利水渗湿药），补益药（包括补气药、补阳药、补血药、补阴药），安神药（包括重镇安神药、养心安神药），开窍药，消风药（包括祛风温药、平肝息风药），驱虫药，外用药等。

中草药里的文学

中国古典文学里涉及中医中药的内容俯拾即是，像《西游记》里就有很多中医中药治病的故事，孙悟空大战猎户的场景被描写得惟妙惟肖：石打乌头粉碎，沙飞海马俱伤。人参官桂岭前忙，血染朱砂地上。附子难归故里，槟榔怎得还乡？尸骸轻粉卧山场，红娘子家中盼望。其中用的全是中药名，如乌头、海马、人参、官桂、朱砂、附子、槟榔、轻粉、红娘子等。《红楼梦》是一部文学经典，也是一部中医药经典，常见病提到了风寒、泄泻、中暑等，以及妇科病、儿科病等，处方就有人参养荣丸、独参汤、八珍益母丸、左归丸等几十个。还有十几个章节的题目都用了中医药相关词语，像"张太医论病细穷源""胡庸医乱用虎狼药"等。民间故事里，曹操想考考华佗，赋诗一首："胸中荷花，西湖秋英。晴空夜明，初入其境。长生不老，永远康宁。老娘获利，警惕家人。五除三十，假满期临。胸有大略，军师难混。接骨医生，老实忠诚。无能缺技，药店关门。"华佗挥毫一口气写出十六种中草药的名字：穿心莲、杭菊、满天星、生地、万年青、千年健、益母草、防己、商陆、当归、远志、苦参、续断、厚朴、白术、没药，曹操心服口服了。此外，像范仲淹、苏轼、王安石等文学巨匠，大都有着丰厚的中医药知识，并将其用浪漫的笔触写入了文学作品里。

一次，我参加市里一个研讨会，见到地方志专家杨建国先生，他听说我在写中草药，给我推荐了万晴川先生（扬州大学文学院教授）写的《妙趣横生的中药文学》。文章发表在《光明日报》上。"中药文学"应该是万晴川先生第一个提出来的吧，我也是第一次听到。仔细想，这个提法很有意思。无论是现实中见到的中草药，还是在《本草纲目》《神农本草经》里看到的中草药，光那名字，就让你喜欢，让你爱恋，那诗意盎然的名字，就像一首首优美的诗，有的还有大名、小名、学名，好几个。像一碗水（八角莲、窝儿七），人头七（杜鹃兰），水慈姑（燕尾草、张口草），七叶一枝花（重楼），阿魏，安南桂，两头尖，徐长卿，常思，王不留行，神曲，红娘子等。《神曲》不是但丁的传世名作么？是但丁借用了我们中药的名字，还是我们觉着这名字好听，就直接"拿来主义"，用了名著的名字？纵观中草药历史，中药名字真可谓妙趣横生了，有风花雪月、草木石虫、六畜五禽、日月星辰、金木水火、天地玄黄，也有酸辣苦甜、轻重缓急、赤白青紫、东西南北、上下左右、春夏秋冬。很多药名形质兼备，动静相宜，俗中见雅，雅俗共赏，立意奇巧，饶有韵味。有一天，我乱翻手机，无意中听到山西省中医院发布的中医原创歌曲《中医说》，觉得很美，赶紧收藏起来。它讲述中医之美，演唱人员男女老少都有，声音美，歌词美："日升伴月落，寒暑并交错。石骨为刀刻，在诉说，天人本是一起合，精气自然多，华夏五千年，花开千万朵，中医的故事，岐黄策，悬壶济世。"在手机上搜，还有不少写中医、中药的歌曲，像《老中医》，就很好听："爷爷是老中医在救死扶伤，那是专属于我让我相信生命的力量。习惯了百草的甘香，习惯看爷爷走得匆忙。"歌词真挚朴实，有着亲情的温暖和传统文化的自信。还有一首许诺作词作曲的《老中医说》："想起老中医说，有因就有果，阴阳要调和……老中医说嘿什么都能吃喝，什么都不能吃多。老中医说十一点该睡了，休息好了再去工作……老中医说嘿生气多病就多。"老中医说的是大白话，却道出了中医的魂。

万晴川先生阅读了大量的有关中医中药以及中医药文学方面的书籍，对"中药文学"做了精辟的概括，以下叙述多借用了他的资料。

吴承学先生的《本草药方妙成文》中介绍过中医散文，分两类，一个是以药为喻。像唐代张说的《钱本草》以药说钱；侯味虚《百官本草》，以本草的功用，解说百官的职能；宋慧日禅师《禅本草》，以药说禅；清代张潮《书本草》，以药物比喻书籍。另一个是用药方阐述人生修养。像明杜巽才《霞外杂俎》中的《快活无忧散》《和气汤》；屠本畯《处穷方》《一味长生饮》《无比逍遥汤》等。另外，像情人之间用药名传情达意，也很常见。清人褚人获《坚瓠三集》卷二的《药名尺牍》记录了歌姬詹爱云与周心恒的情书往来，都是以药名写成，含蓄有味，情意绵绵。明代著名作家冯梦龙写过一首《桂枝儿》，就是用中草药名字写的情书："你说我负了心，无凭枳实。激得我蹬穿了地骨皮，愿对威灵仙发下盟誓。细辛将奴想，厚朴你自知，莫把我情书也当破故纸。想人参最是离别恨，只为甘草口甜甜的哄到如今，黄连心苦苦地为伊担心，白芷儿写不尽离别意，嘱咐使君子切莫作负恩人。你果是半夏当归也，我愿对着天南星彻夜地等。"其中用了枳实、地骨皮、威灵仙、细辛、厚朴、破故纸、人参、甘草、黄连、白芷、使君子、半夏、当归、天南星等。

药名出现在文学作品，最早可能见于《诗经·小雅》和《魏风》。"十亩之间兮，桑者闲闲兮，行与子还兮。"（《魏风·十亩之间》）"桑"就是一味中草药。甚至，"药名乃古诗一体"，"药名诗，须字则正用，意却假借，读去不觉，详看始见，方得作法。"（王骥德《曲律》）《楚辞》中提到的二十多种香草，几乎都能入药。屈原的《离骚》用大量的香草来比喻高尚的品德和纯洁的志趣，这些香草也多是草药，像"扈江离与辟芷兮，纫秋兰以为佩"中的"江离"就是中草药川芎，是活血化瘀的良药。宋玉在《高唐赋》中的"秋兰茝蕙，江离载菁"一句也用到了药名。"橙施方药自来稀，性具酸寒毒莫依。美荐雕盘香馥郁，圆成金日色光辉。酒醒可喜功能解，蟹毒尤欣力足辉。核治闪腰兼挫痛，炒研服罢愈堪几。"这是清代朱钥的诗，写橙子入药，能止呕恶、宽胸膈、醒酒、解蟹毒等，几句诗把药的功效说得明明白白。朱钥著有《本草诗笺》（1739年），以七言诗形式写了八百七十二种中草药的性味、功效和临床应用情况。背诵一首写药名的诗，就记住了一味药的用法，岂不是一举两得。宋代的沈约，与茅山道士、医生孙游岳、陶弘景为好友，他也了解一些医药知识，他的《奉和竟陵王药名诗》中就有十八种草药名。王融的《药名诗歌》里中草药名就有九十三种，他那首"重台信严敞，陵泽乃间荒。石蚕终未茧，垣衣不可裳。秦艽留近咏，楚蘅揩远翔。韩原结神草，随庭衔夜光"诗里，每句都有一种草药名，"重台"就是重楼，"陵泽"就是甘遂，"石蚕"就是石蛾的幼虫，"垣衣"就是爬墙虎，"秦艽"就是川芎，"楚蘅"就是杜衡，"神草"就是人参，"夜光"就是锦草。诗人用药名诗句渲染出了一种凄凉惆怅的氛围。到唐宋时，药名入诗已经很成熟了，出现了药名离合诗，就是以句断意连的"离""合"手法，把药名嵌入诗句中。晚唐的皮日休和陆龟蒙就作有不少药名离合诗："桂叶似茸含露紫，葛花如绶醮溪黄。连云更入幽深地，骨录闲携相猎郎。"（皮日休《奉和鲁望药名离合夏月即事三首之三》）前句诗最后一个字和后句第一个字合起来就是一味药，即"紫葛""黄连""地骨"。宋代的陈亚号称药名诗专家。他小时候父亲就去世了，是当医生的舅舅把他养大的。受舅舅影响，他对中草药名字很熟悉。他说："药名用于诗，无所不可，而斡运曲折，使各中理，在人之智思耳。"他在祥符县做县官时，朋友来借他的牛犁地。他写诗道："地居京界足亲知，倩借寻常无歇时。但看车前牛领上，十家皮没五家皮。"诗中"京界"与荆芥同音，"无歇"指全蝎，"车前牛领上"指"车前子"，"五家皮"指五加皮，很幽默。张籍、黄庭坚等都有药名诗。明代萧韶的《药名闺情诗》，更是用药名成诗言情："菟丝曾附女萝枝，分手车前又几时。羞折红花簪凤髻，懒将青黛扫蛾眉。丁香漫比愁肠结，豆蔻常含别泪垂。愿学元中双石燕，庭乌头白竟何迟。"清代龚自珍用药名"远志"作为诗题目，抒写不被朝廷重用的失落心境和愤世之情："九边烂数等雕虫，远志真看小草同。枉说健儿身在手，青灯夜雪阻山东。"

古代词曲用药名也盛行一时。像辛弃疾词《定风波·用药名招婺源马荀仲游雨岩马善医》："山路风来草木香，雨余凉意到胡床。泉石膏肓吾已甚。多病。提防风月费遍章。孤负寻常山简醉。独自。故应知子草玄忙。湖海早知身汗漫。谁伴。只甘松竹共凄凉。"词中"木香"、"雨余凉"（禹余粮）、"石膏"、"防风"、"常山"、"知子"（栀子）、"海早"（海藻）、甘松等，都是药名。药名曲在金代杂剧里就出现了。像关汉卿散曲【中吕·普天乐】《崔张十六事·开书染病》中，以药名描写张生得到莺莺信后相思成疾，用的药名有当归、知母、红娘、使君子等，一语双关。孙叔顺的【中吕·粉蝶儿】套曲，讲述蒋太医与人通奸受刑之事，就用了六十多种药名。明代陈大声《药名》散套、无名氏的【折桂令】等，都是用药名的名曲。

据周密的《武林旧事》记载，宋代说书的艺人中就有专门"说药"这一行。小说戏曲里，也有用药名的。像萧韶的小说《桑寄生传》描写了桑寄生传奇的一生，其中药名就用了上百个。清代的长篇白话药名小说《草木春秋演义》，将药名人格化，个别国名、地名都用中草药名。药名的表层字义和药性与人物的属性、性格及其地位巧妙融合，以战争历史演义的故事来戏说各种草药的性味功能。如书中以刘寄奴为汉家君主，管仲、杜仲为相，甘草为国老，金石斛为总督，黄连、木通为总兵，以巴豆、大黄为蜀椒国郎主，高良姜为军师，天雄为元帅等，演绎出一场番汉两国交兵的战争戏，借助神魔传播中药知识，表达了士人抵御外敌的深沉忧思。周密的《武林旧事》、陶宗仪的《南村辍耕录》中记有不少演唱医药、医生故事的宋金杂剧和院本。南戏《幽闺记》第二十五出《抱恙离鸾》，写一位医生出诊时向家人交代事情，说的话句句都有中草药名，总共有六十多种。明代邓志谟的传奇《玛瑙簪记》，"以槟榔、红娘子为配，外以诸药中有类人名者，辏合以成传奇"。清代的药性剧，利用药性、功能、配伍、禁忌等设定戏曲人物的性格、能力以及故事情节。清代的郭秀升是个儒医，著有《草木传》《药会图》，他认为《草木春秋演义》只是"集众药之名，演成一义"，没有讲药性，达不到科普效果，因而自己作书加以改造。《药会图》写的是员外甘草的女儿菊花自幼许配金石斛，还未成婚，海藻、大戟、甘遂、芫花送来聘礼，想强娶菊花，菊花被吓病了，甘草派家僮栀子去请名医黄芪，路上遇到石斛相救。最后石斛与菊花喜结良缘，甘草、石斛平定反贼，皇帝钦赐荣封。郭秀升在卷首自述道，他创作药性剧的目的，不仅是要"正其错误"，而且希望通过演出使"人人知其药"。他的戏剧中涉及的中草药多达五六百种，通过演出，达到了普及医药知识、推销药品之目的。剧中甘草能解百毒，为众药之要，甘草女儿菊花有清热解毒之效，甘家的家僮栀子，也有凉血解毒、利胆退黄之功效，菊花的未婚夫金石斛有养胃生津、滋阴清热、明目强腰的功能；而大戟、甘遂、芫花性寒，味苦，与甘草等中草药功能相反。戏中人物的品德气质正好与药性相吻合，戏剧矛盾的产生和故事情节的发展，又由药性的相生相克关系构成。

中草药用到文学中也让文学有了传统中医中药的味道，文学让中药鲜活，中药使文学灵动。

草医、中医、中草药都是中华文化的重要部分，草医、中医、中药的历史与中华文明一样绵长。名中医、名草医、药学家大都有较高的文化修养，他们有中国哲学思维，也有深入浅出的表达能力、精练准确的文字表述功夫，《神农本草经》《本草纲目》等经典医药著作中对中药及其性能的介绍都成就了一篇篇精美的散文。

那些远去的草医人

不同的时代，有不同的草医高手，他们像昨夜星辰，白天是没法打捞的，只能从一些史料或民间口口相传中，得悉他们救死扶伤的故事。我原打算分头找他们的后人了解情况，先后找了几位，有的不愿意接受采访，有的后人再没从事医疗工作，有的因各种原因，一时间难以谋面。像商州城区的老中医陈庭翰已去世多年，他的孙子陈宁明，也已成商洛的名中医，我通过熟人联系上他，他却很忙，采访时间一推再推，遗憾的是，在这期间，他不幸因病突然辞世，我们再也听不到他讲他爷爷治病救人的感人故事了。我只好做个文字搬运工，把地方志、政协文史资料等里面的东西搬过来，把最原始的故事讲给更多的人听。

韦善俊

长安人，武则天在位时，因不愿做太医，隐居到洛南县城西。我在洛南采访张平良时，他多次提到韦善俊，说韦善俊就是"南药王"，跟"北药王"孙思邈有一比。他们洛南秦岭草医药研究所正在收集相关资料。

韦善俊一生奉道法，精医术，曾师从孙思邈。公元690到692年，也就是武则天天授年间，他被选进皇宫，成为太医，后来隐居洛南。为了给当地老百姓治病，他一边行医，一边开荒种草药，也上山采药，认真研究风寒湿燥的特性，总结百草药方治病的经验，深受民众爱戴，民间尊称他为"南药王"，把他种药的山叫作"药籽岭"。他仙逝后，就安葬在那里。

为祭祀这位神医，人们在他的墓前修建了"药王庙"。明正德年间（1506—1521年），洛南人又在县城西另外修建了一座"药王庙"。庙内塑有"北药王"孙思邈和"南药王"韦善俊的像。庙门上镌刻有楹联：月书下九重，自昔封王称圣；素问传一脉，于今济世活人。仙境非遥，药籽粒埋韦氏垄；春风又到，杏花俨放董公林。

《列仙传》和《陕西通志》里，对韦善俊都有记载。

罗时义

柞水县石翁乡东干沟人，生于1785年，卒于1854年。清嘉庆十六年（1813年）进士，曾任湖南省永州州判。见官场腐败，遂抛官帽、脱官衣，还乡，立志济世救民。他挑灯夜读医书，精进医术，又做佣工挣钱购药，为民看病，不分昼夜，随叫随到。相继有河南、湖北、甘肃等地的病人慕名而来看病。有人送礼，他说："如今官府腐败，民不聊生，我曾有救民之志，也是枉然，只求为民除病解痛，以慰我忧国忧民之心，赠我厚礼，大悖我意。"

咸丰元年（1851年），河南一个病人来看病，病情严重，他日夜伺守，煎药、喂药、喂水、喂饭。为给病人上山采药，他从山上摔下来，却忍着疼痛，爬了十多里回到家，一心只想着给病人用药治病。两个月后，那人病好了，拿了上百两银子感谢他，他说："你是万贯家产的大财主，但世间有一个'德'字是买不到的。以富贬贫，大有人在，你家若有不义之财，应发还原主，只要做到这一点，我就心安了。"那人感激地说："我这回死里还生，多亏你妙手回春。我曾盘剥佃户不少钱，回去后，定要一一奉还，今后再也不干这伤天害理之事。"两个月后，河南来了四十多人，抬着"神医救世"的大匾，向他说明，那个财主回去后，给他们四十多户佃农退还银子五百多两，还把土地给他们无偿耕种。他听了以后，高兴地说："但愿天底下所有富户，都能如此通情达理。"

咸丰二年（1852年），孝义厅（也就是现在的柞水县）同知雍载庆下令加收田赋，用来给自己祝寿，百姓没钱，大多外逃。七月，雍同知得了重病，请罗时义去给看，罗先生试脉后，说："病入膏肓，危在旦夕，我看病分文不取，唯愿把加收田赋令收回，只有这样才能下药。"他答应了，还把已收的如数退还。一月后，病情好转。百姓知道后，做了"恩哺桑梓"的大匾送给罗时义。

咸丰四年（1854年），罗时义与世长辞，前来吊唁的有好几千人，人们按他的遗愿，把他安葬在云台山上，集资在墓前修了祖师庙，塑了像。

孙天朗

丹凤县茶房人，清同治年间太学生员，出身中医世家。他承袭祖传秘方，救活不少人。那时，棣花一个叫张怀瑾的人，得了肺痨，家里看没救了，都给做棺材、寿衣了，他去给看了，开了几服中药，那人吃了，就好了。那人感恩得不得了，送来"杏林风徽"的匾额。有段时间，疫情流行，他怕误事，到地里干活，都拿着纸和笔，随时给人开药方。他医术高，又不收礼，在方圆几十里都很有名气。清光绪二十五年（1899年），商州知州焦云龙给他赠送了"救人洁己"的匾额。匾上的跋文是："闻孙先生济世活人，世所罕见，特送匾额，以美其德。"后来，他把医术分别传给两个儿子孙新文和孙新民，他们也先后救治了不少病人。

任 四

原名任奉瑞，字霭峰，排行老四，人称四先生。生于光绪五年（1879年），商州城东三贤枣园人。幼读私塾，体弱多病，立志学医。跟二祖父任向升学医，熟读脉诀、汤头、本草。二祖父每遇出诊，必带着他，一直到他能单独出诊。他出诊，回来把诊断情况告诉二祖父，老人一一给他指正。同村的张平保、杨巷的王安帮以及城里小巷子的屈怀贞等，长年卧病不起，都是他一一给治好的。

他擅长看时症，像春瘟、夏泻、秋疟、冬寒等，尤其精通伤寒治疗。他为人谦虚，常常对人说："我给你说些单方，你试一试。"也常常是一试一喝就见效。省立商县中学校长高震，患伤寒，多处求医不见效，到任大夫那里一看就好了。校长重金相谢，他不受。校长的父亲高培之先生，当时就任西安易俗社社长，亲手书写了四扇屏赠谢。新中国成立前，西荆公路（西安到河南荆紫关）警备司令许用修，得了伤寒证，也是久治不愈，他给一看，开了中药，立马见效。许派人送来三十枚银圆，他让护兵转交退还。他五十六岁寿辰时，商县城内各界人士赠了"国手无双"的匾额。

民国期间，任先生与王思恭、周世益、孔繁明，并称为商州四大名医。1956年，先生任商洛医院中医内科医师。1959年12月辞世，商州书画家李实生给四先生寿材档上题"菩萨心，华佗手，高卧云山，天长地久"。

孔繁明

生于光绪十六年（1890年），商州夜村张涧乡涝峪村人，出身中医世家。清同治三年（1864年），祖父在白杨店街开积善堂中药铺，药品质量好，与县城里的万成仁、龙驹寨的怀仁堂并称商州三大药铺。父亲孔庆文从小习医，医药都精，群众送有"理精素问""德正名立"等匾额。

他七岁就跟祖父学医，熟读《医学三字经》《药性歌括四百味》《汤头歌诀》等，十四岁就能在药铺做调剂，遵古炮制药材，十七岁随父行医临证。又攻读《寿世保元》《医宗金鉴》《伤寒论》《内经》《难经》等。他记性好，到老年了还能熟背医学经典，而且能记得哪个方子在哪一页。

1916年，他协助父亲在白杨店街开办中医讲学堂，首次收徒杜万斗、王志鹏等八人，每五天讲授一次中医课，然后让其在药铺实习，临证制药，三年期满考核合格准出师，这可以说是商州最早的中医学校。他总结祖上行医经验，广收行医验方，集岐黄之术于一身，三十岁就已经名扬商州。他的高徒杜万斗（1898—1985年），洛南县名医，也是洛南最早晋升中医主治医师的；王志鹏（1900—1987年），商州的名医。孔先生擅长中医内科杂症，善古而不泥古。对内科虚劳，力主培基脾肾，巧用食补与药补结合法，收效良好。他擅长用中药为病人调理，糕、丹、丸、散、药酒等，穿插使用。同时，还善于将针灸，刮痧，中草药外敷、熏、洗等外治法与内服结合，疗效更佳。治臌症等，多功补兼施，祛邪而不伤正，审证用药恰到好处。1956年，他被聘为商洛医院中医内科医师，1957年要求回乡，到张涧乡卫生院工作。1973年逝世，享年八十三岁。

周世益

商州南街人，原名周丕猷，在堂兄弟十二人中排行十一，又被称为周十一先生，后来更名为周世益。清咸丰十一年（1861年）读私塾，二十岁左右随岳父魏二习医。他的岳父是清末的贡生，精通医理，对中医内科、外科、妇科、儿科都很精通，最擅长儿科。三十岁左右，他就单独出诊了。他的家境富裕，没开药铺，也不收出诊费，专心以医济世，自娱为乐，老百姓称他为"救命的活菩萨"。他常说："不能成相辅朝救国，但愿以医济民。"老先生活到九十七岁。

王思恭

商州东街人。生于清光绪六年（1880年）正月十二日。少年时在东街"太运堂"中药铺当学徒，先做中药调剂，精通中药炮制，拜药铺任庆锋为师。他熟读中医药经典，特别是《傅青主女科》，能倒背如流，对妇科的经、带、胎产及妇科杂症有独到见解。

1914年，他在东街开"万生成"中药铺。他对药材质量要求很严，没有炮制的一律不得入药。穷人在他这儿看病吃药不要钱，群众送有"今世华佗"的匾额。

他治疗妇科杂症的验方很多。他的徒弟吴永良说，1931年春，城东一张姓妇女，婚后八年不孕，小腹有碗口大的积块，庸医说是身怀"血鬼"，怕活不了多久。他看后，认为是经期受寒，瘀血阻胞，用少腹逐瘀汤加减，只几服药就治好了，后来还怀孕生子了。1941年，南街一产妇瞑目不语，时而悲伤哭泣，时而高歌，后又昏睡三天不吃，他确诊是脏躁症，用甘麦大枣汤加减，一剂而安。

1945年冬，东关一个少妇经潮突至，寒热往来像疟疾，白天安静，晚上严重，一闭目就见到死了的人，六七天高烧不退，以为是鬼缠身，他诊脉，是热入血室，用小柴胡汤加减，两服就治好了。

陈庭翰

陈庭翰生于1911年1月，2004年12月辞世。他1937年毕业于北京南苑军医学校，在协和医院实习后，当了军医，后来到上海同济医院从医。1950年回商州工作。1964年到1993年，陈老先后在商县第一联合诊所、县联合医院、商州市保健医院等部门从医。退休后，又主动到商州城关卫生院门诊坐堂，不收挂号费，不收礼。

陈庭翰行医近七十年，细研《寿世保元》《医宗金鉴》等医学专著，先后接诊、治愈患者七十多万人次，光退休后的十多年就诊治患者十多万人次。

陈庭翰对妇科、肝病、类风湿和类风湿性关节炎的诊治尤为擅长。山西有六十多人先后来看风湿病，他都给治好了。

陈庭翰一辈子为人正直、忠厚，与人无争，与世无争，与利无争。他的养生之道是：思想开朗，豁达大度；起居有时，坚持晨练；6时起床、散步，8时回家工作，不午休，晚上10时就寝，生活规律；饮食合理，一日三餐，定时定量，粗细搭配，不吃零食，多吃青菜，少吃荤；退而不休，老有所为，知足常乐，益寿延年。

吴梓川

吴梓川，1907年3月3日生于山阳县南宽坪乡上坪村的一个书香之家。1924年考入北伐军军医学校，后又入美国同济医师学院学习，1930年毕业分配到黄埔军校，做上尉军医。1948年1月因病以上校军医身份退役，在城里开办"民生诊所"。1952年陕西省人民政府主席赵寿山来商洛视察，专门接见了吴梓川，并向地委推荐他，随后将他安排在商洛医院。他精湛的医术至今还在商洛传为佳话。

一天，一个乡下中年男人肚子疼，躺在街道上乱哭乱叫，他见状，马上给扎针，一下子就好了。20世纪50年代，一名男子急症发作，一下子都没脉搏了，他诊断是窒息，也就是假死，当即扎针，做人工呼吸，等有了脉搏了，又立马送医院治疗。

有个得精神病的女人，他给扎针时犯病了，一脚把他蹬倒在地，他也没当回事，起来拍拍身上的土，继续诊治。

开诊所时，他的收费最低，对山里的穷人更是想办法让少花钱，扎针能治的，就不用给开药。他退休后，义务教授针灸，又主动给商洛附小、县卫校、乡村医训班等义务上课，还跑到河南洛阳，湖北襄阳、汉口，广东等地传授针灸技术，也是分文不取，外地寄来的劳务费，他原封不动退回去。

周怀贤

商州城复生堂药店主人，也是出了名的老药工，是周世益的侄子。复生堂从明朝晚期开办，他是第七代传人。

他在叔父周世益的教导下，熟读李时珍的《本草纲目》、雷公的《炮炙论》等经典药书。他有极强的辨别药材的能力，也懂得炮制技术。浸泡药材时是用温水还是凉水，浸泡多长时间都有讲究，泡好后，切碎、切细，切的刀口也有要求，有的切细还要炒熟。炒药也有讲究，有用酒炒、小孩尿炒、麸皮炒、醋炒等，有的还要蜜炙。贮药的斗子也有要求，药性相近的方为邻，避免"十九畏"与"十八反"的药物接触。"药室生香"，药香容易串味，陶罐、瓷瓶少不了，这些在他的复生堂，一应俱全。商州有名的医生给病人开了药方，都会叮嘱其去复生堂买药，放心。

1956年，商州中西药店实行公私合营，他出任业务主任，后来在地区药材公司任老药工多年，国家授予他"老药工"荣誉称号。

樵思敬

商州名中医樵思敬（1880—1961年），字舍柱，光绪六年（1880年）古历三月十三日生于秦川樵湾，家中是中医世家。他是顺兴正中药铺的创始人。

他从小就随父亲樵生桂学中医，熟背《汤头歌》，精读《寿世保元》《医宗金鉴》《本草纲目》等，二十二岁就能独立行医。宣统三年（1911年），他创办顺兴正，与陈塬油坊渠张三虎的药店，被人们称为商州城西两大名中药店，有"南樵北张"之说。

他用自家一间上房做门面房，买了药柜、药斗，把祖传的药碾、石臼、太师椅等一块搬过来，进了三百五十多种中药材，就在这年端午节那天开张。他自己看病，自己炮制药，严把药材质量关。

他行医，有"五心"，即良心、热心、细心、耐心、爱心。他看病不分时间，不管贫富，都是随叫随到，随到随看。有的可怜人要着饭来看病，他给管吃管住，管熬药送汤，不要钱。有的人觉得实在没法回报，到铺子做义工，他照样给工钱。

他曾与红四方面军有交集，1932年11月，徐向前率领的红军经过金陵寺，他拿出家里的核桃、柿饼来招待，战士们却一口也不吃。后来，一位首长得知他能看病，请他去给战士们看病。事后，他逢人就说："红军秋毫不犯，是仁义之师，将来必胜。"

他家境好，为人善良，但因村里古世珍的妻弟樵思义索要钱财，与古家结了怨。1938年，古世珍奉命开赴武昌，叫他家二儿子樵正明当随军医生。1939年樵正明回家探亲，樵思敬怕儿子被害，给古世珍的二弟古鼎立、三弟古江水送去钱财。一天，古江水说自己妈病了，叫樵正明去给看，他走到竹园子古家的老屋子，被软禁起来，后被护兵送到房店村和樵湾交界处杀害。连夜晚，樵思敬让大儿子樵正海、长孙樵永和、二孙樵永杰到县城住下，他和两岁的三孙樵永齐仍住老家。一年后，大儿子去世。1941年，他在城区西门外开药铺，1956年改名为金陵寺乡樵湾高级合作化保健站。

解放初，杨院一位老人生恶疮，腿肿，皮肤发黄，家里都给准备后事了，他去用刀切开恶疮，挤出恶脓，用麻纸蒸了消毒，用棉花搓成黄蜡药捻子穿进去，半个月就好了。

杨峪河一个妇女多年不孕，他用中药给调理，那女人后来生了儿子，还拜他为干爷。

他有一个神奇的中药配方叫化铁丸，后来成了家传秘方。该药方以马钱草为君，瓜蒂为臣，主要是消食祛瘀。房店村一个孩子天冷吃猪肉时叫唤，滞胃腹胀，出冷汗，村里人都说这娃怕不行了，吃了他的化铁丸，不到一顿饭工夫，就好了。

过去出诊没有费用，富人家给送开包礼，也都是随心布施；穷人家看病抓药记账，到腊月天才去结算，再没钱，就免了。有一年庙口过庙会，一户李姓人家中的妈妈病危，李家用马接他去给看，仅一个时辰，病情就好转了，李家一次性送开包礼三十块大洋。

他对药材质量要求特别严格，炮制也很规范，像当归补血，要用酒炮制；黄芪、甘草、五味子补气，要用蜂蜜炮制；硇砂去腐，要用醋炮制；当归治痨病，要用童子尿炮制。为病人携带方便，他自制有膏、丸、丹、散，像大黄麻油膏、山楂消食丸、化铁丸、白术散等。

李秦川

商州人，生于1937年，出身中医世家。他的高祖父李继白（1864—1947年），清末秀才，先在丹凤跟庙宇道人学医，1881年正式行医，办有致和堂中药铺，医术高，医德好，收钱少，名声远扬。他祖父李印娃（1883—1924年）跟随父亲学医，行医十多年，因家里盖房，劳累病故。他父亲李增厚（1920—1991年），又名李钱娃，也是中医，专长为治小儿天花，1953年因组织互助组有功，还受到了省政府嘉奖。

他1957年毕业于商县一中，后跟随父亲学中医，熟读高祖留下的医书，1961年在杨峪河卫生所当调剂师，跟他高祖的徒弟宴定华（当时是中医大夫）学医。1963年又跟杨鹏飞（抗战期间跑遍大半个中国）学中医。1985年后，他在城里工农路中段继续办起致和堂诊所。2000年，他又在莲湖公园西大门南侧买地盖了五层大楼，诊所开在一楼，以中医为主。他的儿女都是学医的。

薛世昌

商州城西关人，生于清光绪二十三年（1897年），出身中医世家。他读私塾，喜书法，十岁左右跟父亲学中医，熟读《医宗金鉴》《寿世保元》《万病回春》《本草纲目》。行医过程中，对《种痘新书》有更深的研究。人们尊称他为"花花先生"，每到春天，州城方圆数十里地的人，都来请他给娃娃点花花，也就是接种，预防天花病。

中年以后，他开了万应堂药铺，坐堂行医。他研制的万应膏，专治小儿食积、臁疮、瘫疽、恶疮、疔疮、无名肿毒、烫破火伤等。这个膏药也是他的镇堂之宝。另外，在治疗内、外、妇科及疑难杂症方面，他也有独到之处。

他长期积累的验方、单方有几百条。徒弟祝思杰随他行医十多年，也成了商州一代名医。他的堂弟薛仰清，还到抗战后方医院深造过，新中国成立后，回来筹建了商县联合医院。

薛世昌老人六十寿辰时，陕西警备司令第二游击支队二营六连的田春发、张占奎等八人给他送了"佗鹊精术"大匾。

1967年，先生病逝，享年七十岁。他的后人薛健强在城内西关办起了健强中西医诊所。

陈钟霄

商州陈塬人，生于清光绪二十五年（1899年），出身中医世家。他小时候读私塾，十五岁就跟父亲学中医，二十岁左右在家乡边务农边行医，1934年在县城内西街租房开设复生堂中药铺，坐堂看病。抗战胜利后，国民党捐税增多，他把药铺搬回陈塬。1952年，他同儿子陈正太又在城里西关办起济众诊所，1953年改为济众药铺，1954年加入联合诊所，后更名为商县城关联合医院。1976年辞世，享年八十七岁。他的儿子陈正太退休后，重开药铺健康长寿诊所。陈正太的儿子陈红新也是个中医。他家已是七代从事中医。

中医是我们这个民族的"守护神"，人们对中医郎中是见不得离不得。民谣是这样说的："郎中门上过，快请屋里坐，看病不看病，却是冷热货。"

许多已仙逝的草医、中医，没有留下任何资料，他们的治病救人已尘封在沧桑的岁月里，已成昨日吹过的一阵春风，了无踪影，但他们的形象和精气神都凝结在中华医学文化的宝库里。

2023年2月4日初稿完

2023年3月13日第二稿完

2023年4月30日第三稿完

2023年6月4日第四稿完

2023年8月4日第五稿完

后　记

　　写完长篇纪实散文《商山草医录》最后一个字，已是2023年2月4日，立春。时序进入春天，也是兔年第一个春。这年是两头春，第一个就被我这属兔的占了，也许是缘分，也许是兔子渴望吃嫩草吧。无论咋样，好赖也算给自己走进六十岁送上了一个小礼物。

　　从动议到采访再到成书稿，用了四个年头。不是"十年磨一剑"般打磨，而是采访要预约医生，得等人家有闲空时间；再则，特殊时期，人跟人见个面也难，更别说啥采访了。

　　为啥要写商洛山中的草医、草药，书中"引子"部分有所交代。在创作《走过丹江》时，也遇到不少民间草医，他们说丹江，最爱提到的是丹江两岸的草药，和能治百病的民间验方、秘方，当时对我就有触动。后来看到草医王家成的资料，听到他神奇的治疗骨伤的故事，更加坚定了我书写的信心。作为秦岭腹地商洛的一介平民，我有义务把散落在沟沟岔岔的草医救死扶伤的故事记录下来，更有责任收集、整理、抢救那些民间偏方、秘方，让这些灵丹妙药，裨益后世。

　　采访仍然是走丹江的原班人马，加上何高峰先生，他的文学感知力很强，也是我几十年的好朋友。书中的小陈，就是陈伟，他车开得好，人好，也勤快；小贾是贾书章，记者，采访对他来说轻车熟路，那些医者，也喜欢跟他聊，而且他记录神速，几乎没有遗漏；老喻就是喻永军，他和何高峰先生都擅长写小说，提问、交流，都能谈到点子上，还能抓住细节。这采访也能给他们写小说提供素材，像喻永军先生先后发表的小小说《卷丹》《宾至》《1946年的宽郁街》等，用的都是走丹江时听到的故事。何高峰先生善于把握小人物的生活细节，写出了几个中篇。我只是听，用手机录音，回来再整理，结合小贾的采访记录，也整理了好几本，以备书写时使用。

采访的中医、草医有七十多人，其中全商洛名老中医的名单，是市卫健委分管科长提供的，他很热心，亲自把名单打印出来送给我。此外，还有自己听人说的，有界文光大夫推荐的。这些医生，能采访的，我都做了采访，他们大多诚实善良、温文尔雅，有的能看病，也能说会道，有的看病是高手，却不善言谈，我将这些都原汁原味地记录了下来。采访过的医生和采药人，无论高寿九十的，还是三十左右的，都很谦逊，都有一颗善良的心，对自己的医术、稔熟的验方，乃至自拟的方子，都毫无保留地奉献出来，有的医生还和我加了微信，时不时给我发来中医知识和典型病例。贺五牛大夫还给发来处方，让我给身边患胃病、糖尿病的人试着用。这些人值得尊敬，在此对他们表示真心感激。

中草药，我自己认识一些，加上商洛地处"无闲草"的秦岭怀抱，要写那么多的草药，出几本书也写不完。我以《商洛道地药材志》为蓝本，那是我做市食品药品监管局局长时组织编写的，主编是陕西盘龙药业公司董事长谢晓林，我也被纳入编委会，还挂了副主任衔。市药学会秘书长牛维彬女士亲自把志书送到我手里。她是我的同事，又是恩师牛树林的千金，我们有着姐弟般的情谊。市药检所的陈雪琴，是个药学专家，曾在《商洛日报》上发表不少关于中草药的文章，她得知我要写中草药，很高兴，也把她手边的有关资料压缩打包发到我邮箱，方便我写时用。乡党刘建国先生把他撰写的《林业志》里的中药产业部分，发到我微信，供我参考。同事席虎臣先生，把他当年上学用的教材全送给我，像《中医理论基础》等，书旧得发黄，知识对我却是新鲜的。该书收录了十六种草药，十大商药就在其中。虎臣先生告诉我，商洛曾在1985年到1986年期间，搞过中草药资料普查，他也曾参与过。之所以称十大商药，一是这十种草药产量大；二是传统上形成了大宗商品，在西北地区很有名，质量也很好；三是国家药典委员会在二十世纪八九十年代在商洛采集的道地药材样本，就是这十种。

采访、写作都在周末，在工作之余。写出一小部分后，我分别发给永军兄、高峰兄，让把关。他们也提了不少意见，永军兄建议，把人物按小传形式写，结构再做调整；高峰兄列出十八条修改意见，我虚心接受，在修改时予以采纳。写到六七万字时，自己感觉把各位医生写得同质化了，一样的病，用一样的中草药，这样写下去有啥意义，不是在害读者么？又和几位文友一起商量交流。他们全都鼓励我写下去，写生命对生命的敬畏、关注、帮助，不同的生命就有不同的故事，我这才又重新拿起笔。写着写着，写不下去了，又拨打电话继续采访遇见过的医生和采药人，有时还反复联系，被访医生也很有耐性，耐心解说，他们的人品、人格让我敬仰。

初稿完成后，最先发给商洛市中医医院陈书存院长，让他从中医、中草药的理论角度把关，书出来不能有知识错误，更不能闹出笑话，他欣然答应了。他是全省比较年轻的名中医，还掌管着上千人的医院，够忙了，我还给忙中添乱，很是不安。他用了十多个晚上，按照经典理论，一字一字修改，修改的部分蓝体字标注。他的认真负责精神，让我感动，也让我这部拙著敢跟业内专家谋面。

李继高老师大学期间教我逻辑学，他是个严谨的学者型教授，他主动要去书稿，还自己打印成册，反复看了三遍，小到标点错别字，大到谋篇布局，都提出了很好的修改意见，写满了他装订成册的稿子的封一封二封三封四。他亦师亦友，对我的写作给予了莫大帮助。商洛学院教授程华女士看了初稿，从书名、成书结构、写草药的文学性等方面提出了宝贵意见。二稿让何高峰先生审阅，他提了十二条具体意见，我也一一采纳。他是个认真的人，也是我每篇拙作的第一读者，如亲人般亲切。马修亚先生看完，也提了修改意见，对拙作语言节奏的舒缓大加赞赏。

采访后把没多大特色的，没有写进书中，但仁者之心在每个草医人身上都有体现。为了不引起没必要的麻烦，书中患者都用了化名。

书稿取名也让我受了很大难怅，比给孩子取名都作难。最初书名叫《商洛，那些草医与草药》。后来，永军兄建议叫《清泉白石间，那些草医与草药》，"清泉白石"来源于唐代大诗人白居易那首《答崔十八》中"我有商山君未见，清泉白石在胸中"一句。那天，鱼在洋先生和几个文友到我书房喝茶，他说："这名字太文绉绉了，不好！"大家又讨论一番，我说："不行，就叫《南坡草医》，贾平凹先生给商洛写的那首歌里有'秦岭南坡有个地方叫商洛'。"在洋兄说："南坡不如南山，寿比南山，医药跟长寿有大关系。"于是，就暂定为《南山草医》或《南坡草医》。

那天我带着书稿和商南明前茶去见平凹先生，他对商南白茶情有独钟，对商南白茶比对我稀罕，亲自小心翼翼放到冰箱里。说到新书作序一事，他笑笑说："忙得太太，哪有时间呀，书名可以写。"我说了暂用名的由来，他听了，深深吸了一口烟，陷入沉思，过了一会儿自言自语起来："用《秦岭草医》太大，《商洛草医》《商山草医》吧，先别定哩，再想想。"说到叫"草医"，我说："书中以草医王家成为脊梁，周恩来总理曾接见过他，就叫他名草医。"他只是抽烟，思考着……

书中收集的一些经方，民间验方、偏方、秘方，还有一些医生自拟方，老草医、老中医，年轻的科班出身的名中医从医的经验，曾医治的疑难杂症患者资料，传播出去后，在医学现代化的今天，依然会发挥巨大作用。

3月的一天，我在手机上看到商洛市非物质文化遗产名录中有"四皓仙草"（清脂降压茶）和洛南县寺耳镇胭脂河村卫生室的杨氏秘制膏，让市文旅局的张亚东先生给我发了相关资料，决定再去采访，作为增补内容。去年下乡正好在胭脂河村结识了县文化馆馆长赵洛莹先生，他们单位包抓的这个村，电话联系，他满口答应。

4月29日，商洛北客站建成，西安到商洛的城际列车，复兴号绿巨人开通，"22℃商洛·中国康养之都"成了西安的后花园，首列开往春天的列车，让西安和外地贵客到商洛享受深呼吸。健康和养生离不开医和药，特别是中医中药，商洛在中草药上有得天独厚的优势。

5月31日晚上7时左右，夏晓武微信说："先生说用《商山草医录》！"他是贾平凹老师的同事，一般要联系先生，先联系他。我给穆涛兄发去，他回微信说"有个'录'字好！"这回书名取了，自然不用说，先生也会用毛笔给书写的，我自个偷着乐。

穆涛兄也是大忙人，要办《美文》杂志，要讲学，要带博士，还要读书、写书，他却答应给这部拙著作序了。我们交往几十年了，不是亲兄弟胜似亲兄弟。

书中插图还是请画家陈明玉先生画的，《走过丹江》插图就是他画的，反响很好。这次出书他又主动说给画，他人好，画空灵，我喜欢，我只有感激的分儿了。

这本书能与读者见面，要谢承的人真太多太多。除了书中采访过的人外，还有上文提到的各位，还有为采访提供各方面服务的人们。采访组一行更不用说了，我们早成了好弟兄了。最后还要致谢陕西师范大学出版总社的社长和编辑，这是我在该社出的第三本书，一直以来他们都热情、亲切、周到，我们现在也处成亲戚了。再道一声：亲人们，你们辛苦了，恩情铭于心。

李育善

2023年8月12日于商州